U0937239

本书为国家社会科学基金一般项目“城市化进程中的‘城—乡’关系与社会文明价值建构——近三十年中国小说书写研究”（项目编号：13BZW120）的结项成果

“城乡中国”的交往叙事

20世纪80年代以来小说研究

张继红　郭文元◎著

中国社会科学出版社

图书在版编目(CIP)数据

“城乡中国”的交往叙事：20世纪80年代以来小说研究／张继红，郭文元著．—北京：中国社会科学出版社，2021.8

ISBN 978-7-5203-8033-1

Ⅰ.①城…　Ⅱ.①张…②郭…　Ⅲ.①小说研究—中国—20世纪　Ⅳ.①I207.42

中国版本图书馆CIP数据核字(2021)第038311号

出 版 人　赵剑英
责任编辑　慈明亮
责任校对　刘　娟
责任印制　戴　宽

出　　版　中国社会科学出版社
社　　址　北京鼓楼西大街甲158号
邮　　编　100720
网　　址　http://www.csspw.cn
发 行 部　010-84083685
门 市 部　010-84029450
经　　销　新华书店及其他书店

印　　刷　北京君升印刷有限公司
装　　订　廊坊市广阳区广增装订厂
版　　次　2021年8月第1版
印　　次　2021年8月第1次印刷

开　　本　710×1000　1/16
印　　张　18
插　　页　2
字　　数　295千字
定　　价　99.00元

凡购买中国社会科学出版社图书，如有质量问题请与本社营销中心联系调换
电话：010-84083683
版权所有　侵权必究

目　录

引论　现代性际遇与中国“城—乡”关系

从社会发展的历史进程来看，城市和乡村是人类最基本的两种居住形态。如果说乡村是人类从事农业、农事的结果，那么城市则是生产力发展到一定程度后才有的产物。从农耕文明到工业文明，从乡村到城市，从古代到现代，这是人类社会最基本的发展路径。以此来看，城市是人类文明化程度的一个标志。在谈及西方城市化的历史演进时，卡尔·马克思（Karl Heinrich Marx）曾这样的判断：中古时代是从乡村社会形态开始的，然后进入了乡村与城市的对立阶段，而“现代的历史是乡村城市化”[①] 的历史。当下中国也正在经历着从城乡对立到城乡共同发展的历史化过程，这一过程凸显出中国社会从“乡土中国”向“城乡中国”转型的总体性、时代性特征。从城市化的实现历程来看，城市是一个地区社会经济发展到一定水平的体现，也是社会经济与文化发展互动的结果。从乡村到城市，这既是生产力发展的标志，更是人类另一种生活方式、社会形态的实现过程。在城市化过程中，城市人口所占城乡总人口的比例增加，人际关系重组、职业分工细化、价值秩序不断重构，随之催生各种新事物、新观念。城市的活力和创造力促进了新的生产方式和生活方式，雅典、佛罗伦萨、伦敦、维也纳、巴黎等城市，创造了日常生活和艺术文化的“黄金时代”——产生新的伦理、美学、信仰秩序，甚至在物质生活相对富足后形成蔑视“有产者”、醉心于贫穷、崇尚自由的“波西米亚”风尚。这绝非庄园、农场、乡土等社会空间所能实现。换言之，城市化是经济、文化发展到一定阶段的必经过程，也是某一国家或地区现代化的标志；相应地，一个国家或地区城市化的程度越高，它利用社会资源的程度和效率也就越高，人们创造和想象新生活的愿望也越迫切。

---

① 《马克思恩格斯全集》（第46卷·上），人民出版社1995年版，第480页。

中国城市化进程中的城乡关系想象是一个历久弥新的话题。至宋代，作为娱乐消费和物质生产意义上的城市形态已悄然兴起，至今已有一千多年的历史，① 从彼时起，文学的城乡想象既已有较突出的表现，及至19世纪中后期，现代工业生产意义上的城市在中国兴起，城乡关系、城乡对比已逐渐成为文学、文化表现的重要领域。当下中国城市化进程中的“城—乡”② 二元结构仍然是四十多年制约中国经济和社会发展的结构性存在，而城乡转型则是中国社会从乡村走向城市，从传统走向现代的“社会转型问题”的焦点，因而探讨有关城乡想象的问题，呼应经济社会领域的社会变革和文明社会的建构，是我们这一时代当然而又必然的话题。

一 “城—乡”关系的形成与演变

在中国的城市化进程中，“城—乡”关系关涉中国社会的现代化转型进程，深刻地触及了中国社会的城乡二元对立的社会结构形态。“城—乡”关系是基于城乡二元社会基本结构的一种相互关系，包括市民与农民、工业与农业、城市与乡村等多种元素所形成的对立冲突、接触和解、交往融合等复杂关系，还包括由上述关系所引发的城乡之间的人口流动、物资交换、价值碰撞、心理接受等多元立体的要素互动。如何处理、协调好上述诸种关系，关涉中国社会发展最基本的道路选择问题。③ 那么，与世界范围的城市化进程相比，现代中国的“城—乡”关系的历史基点何在，其矛盾关系究竟是怎样形成和演变的？作为对社会生活和人类历史的想象与建构的文学作品是怎样书写、回应这一重大的社会发展历程的？诸多问题的追索都需要我们从梳理和描述中国城乡关系的演变与中国社会发

① 也有论者认为，中国古代城市的成型在唐代既已完成，论者通过历朝的重大事件、经济状况、领土变化、科技和文化艺术的发展，以及军事和政治体制的变迁等作为营造推动城市化的动力，并通过城市空间布局、城市内部居民的生活、生产方式等论述了该观点。参见薛凤旋《中国城市及其文明的演变》（世界图书出版公司2010年版）。

② 本书选择了“‘城—乡’关系”“城乡关系”两个词组，并指向不同的意义，前者试图将城与乡的矛盾、冲突，以及交往与转型看作一个动态发展的过程，不是单纯、孤立地对比观察城与乡的异同，同时，在观念上确立二者的双向关系特征，后者则强调城乡之间的融合与一体化关系。

③ 刘应杰：《中国城乡关系演变的历史分析》，《当代中国史研究》1996年第2期。

展的关系入手。

古代中国的城市具有农业社会的市镇化特点，又具有乡土社会的诸种特征，尤其是近代以前，乡土社会特征鲜明，城市化进程缓慢。首先，乡土中国的典型特征是基于“地缘”和“血缘”基础的“熟人社会”，所以，中国是“家族结构式的国家”①。倘若按照社会学家费孝通的说法，传统中国社会人与人之间的交往大都建立在“熟悉”的基础上，这种“熟悉是从时间里、多方面、经常的接触中所发生的亲密感觉。这感觉是从无数次的小摩擦里淘炼出来的结果”②。其次，“乡土中国”这一提法在现代启蒙观念进入中国后逐渐形成，后被赋予一种“超稳定结构”的乡土化特征。换言之，乡土中国的“被发现”则是在近百年来，在东西方文明不断的接触、碰撞之后才被确认的，所以，“近代中国思想史的大部分时期，是一个使‘天下’（熟人社会——引者注）成为‘国家’的过程”③。在没有西方现代工业文明烛照的背景下，在没有中国现代化历史征程的视域下，我们无从“发现”乡土，即没有乡土社会作为与现代文明相对的一种传统，也就没有将乡村解释为城市视域中的“他者”理论基础。也就是说，正是19世纪末至今的现代化进程，让中国的“城—乡”关系问题在整个近、现代化历程中才如此凸显。

从世界范围看，由于经济基础的差异和空间感知的不同，在乡村向城市的转变过程中，尽管城市与乡村的对立由来已久，但各自的生活方式和价值取向不尽相同。雷蒙·威廉斯（Raymond Henry Williams）曾在《城市与乡村》中说：“将乡村与城市作为两种基本的生活方式，并加以对立起来的观念，其源头可以追溯至古典时期。”④ 事实上，这里所说的乡村和城市生活方式也有诸多表现形态，不只是以农业为经济基础的乡村田园的生活方式，所以，威廉斯进一步认为“乡村生活方式”，包括“猎人、

① ［德］马克斯·韦伯：《儒教与道教》，洪天富译，江苏人民出版社2008年版，第107页。

② 费孝通：《乡土本色》，《乡土中国　生育制度　乡土重建》，商务印书馆2011年版，第6页。

③ ［美］列文森：《儒教中国及其现代命运》，郑大华等译，中国社会科学出版社2000年版，第87页。

④ ［英］雷蒙·威廉斯：《城市与乡村》，韩子满等译，商务印书馆2013年版，第1页。

牧人、农夫和工厂化农场主的各种不同的生活，其组织包括了从部落、领地到封建庄园等不同的形式，既有小农和佃农阶层，也有乡村公社，既有大庄园和种植园，也有大型资本主义企业和国有农场”①。所以，与城市对立的乡村既是一个空间概念，也是一种文化观念。进一步看，即使是工业化程度非常高的英国，在经过近三个世纪的漫长发展，甚至历经流血和动乱后，才将一个农业基础牢固的国家改造为一个工业实力雄厚的城市国家。一些新兴的城市（如伯明翰、利兹、利物浦等），就其转变历程来看，是“乡村工业发展即所谓‘原工业化’的结果”②。事实上，至20世纪末，英国才称得上一个现代城市国家，其标志则是用金融操纵经济行为，银行业和保险业渐趋成熟。这不仅可以用资本比较，还可以从这一原始形态（Prototype）里看出各国选择城市化、现代化的一个漫长过程。③ 不仅如此，城市的形式和生活方式也不尽相同，比如首都、行政基地、宗教中心、集镇、港口、商品集散地、军营、工业集中区，必然会形成以工作地域、劳动方式、契约观念相异而形成的城市观。④ 总体而言，与城市相对的社会空间概念则是乡村和村庄。同样，村庄既是一个空间概念，也是一个文化概念，同时具有不同时期特征变迁的历史维度，它“在大小和特征方面各有不同，村庄内部又有聚居和散居之分”。⑤ 很显然，城市生活与农村生活的区别特征非常明显，但是，即使经历了如此巨大的转变，乡村经验仍然是工业化过程中一种未曾失效的集体记忆，比如英国人“对乡村的态度，以及对乡村生活的态度，却一直不变，其韧性不同凡响”⑥，而在整个国家基本完成城市化后，甚至在整个一代人的审美经验中，英国文学优秀的文学题材，仍然是乡土文学。⑦ 总之，乡村和城市是人类社会的两种定居空间，从而形成了两种不同的生活经验。城市

---

① ［英］雷蒙·威廉斯：《城市与乡村》，韩子满等译，商务印书馆2013年版，第1页。

② 钱乘旦、高岱主编：《英国史新探：全球视野与文化转向》，北京大学出版社2011年版，第268页。

③ 钱乘旦、高岱主编：《英国史新探：全球视野与文化转向》，北京大学出版社2011年版，第89、255页。

④ ［英］雷蒙·威廉斯：《城市与乡村》，韩子满等译，商务印书馆2013年版，第1页。

⑤ ［英］雷蒙·威廉斯：《城市与乡村》，韩子满等译，商务印书馆2013年版，第1页。

⑥ ［英］雷蒙·威廉斯：《城市与乡村》，韩子满等译，商务印书馆2013年版，第2页。

⑦ ［英］雷蒙·威廉斯：《城市与乡村》，韩子满等译，商务印书馆2013年版，第2页。

与乡村的关系及意义，则在社会学、人类学、知识史以及文学书写方面的交互特征仍然是两种经验在社会变迁和历史转型期的价值化显现。

相比较而言，中国现代工业化意义上的城市的出现是在19世纪中后期。这一意义上的城市明显有别于“乡土中国”社会形态里孕育的“城市”。从词源意义上看，中国古代的城市，侧重“城”的功能及意义，即城的军事防御和权力保护。早在先秦时期，诸子学说和经学典籍中都有关于城的记载，比如《孟子·公孙丑下》云：“三里之城，七里之郭，环而攻之而不胜。”《墨子·七患》强调“国有七患”，而居于七患之首者乃城郭不坚，沟池不固：“城郭沟池不可守，而治宫室，一患也。”《吴越春秋》亦有类似的观点：“筑城以卫君，造郭以守民。”① 在上述文献中，常见有“城郭”的记载，一方面说明当时城郭之制的流行，另一方面可以看出，早在先秦时期，“城”与“郭”相对应，而非“城”与“市”相关联。按照今人在《辞海》里的梳理和解释，“城”有三种内涵，一为“旧时在都邑四周用作防御的墙垣，一般有两重”，二为“唐边戍名”，三为“修筑城墙”，用作动词。② 费孝通先生也说：“‘城’本意是指包围在一个社区的防御工事，也即是城墙”，而“‘城’墙是统治者的保卫工具，‘城’是权力的象征，是权力的必需品。”③ 可见，城的地点也因政治和军事的需要而决定。从上述词义梳理来看，在城作为军事防御工程的意义上，城与市并不合用。在这一阶段，与“城”相关联的词语主要是城墙、城池、城门、城垣、城隍等。这里的城，显然是在军事和政治意义而言的，而与交往意义上人的日常生活空间没有直接联系，诚如城市伦理研究学者所言，“乡土中国”的城市，“由于城市政治功能的强化，作为城市应有的经济功能——组织商品生产和贸易的功能一直处于被抑制的状态、这几乎是中国古代城市必须接受的宿命”④。此后，在唐代的文学、文化典籍里逐渐出现了与人们日常生活相关的城郭之内与之外的审美描述，其

① 上述几处引文参见张国硕《中原先秦城市防御文化研究》，社会科学文化出版社2014年版，第177页。

② 上述释义见辞海编纂委员会《辞海》，上海辞书出版社1980年版，第532—533页。

③ 费孝通：《论城·市·镇》，《乡土中国　生育制度　乡土重建》，商务印书馆2011年版，第360页。

④ 杜素娟：《市民之路——文学中的中国城市伦理》，北京大学出版社2014年版，第6页。

意义逐渐超出了单纯的军事防卫和政治保护意义上的空间范畴，只是城市的经济基础仍然根植于农村。在文学作品中，城市作为政治、文化中心，其物质相对的富足程度已让从事男耕女织的乡下人惊奇和羡慕，比如晚唐诗人杜荀鹤写的《蚕妇》：“粉色全无饥色加，岂知人世有荣华。年年道我蚕辛苦，底事浑身着苎麻。”[①] 该诗通过面有饥色、身着苎麻的女性形象，写出了养蚕人的贫困状况与人世繁华之间的巨大差异。与诗人杜荀鹤诗歌同名的、宋代诗人张俞的五言诗《蚕妇》，其立意与杜荀鹤相同，道出了城与乡的巨大差异，诗歌写道：“昨夜入城市，归来泪满巾。遍身罗绮者，不是养蚕人。”如果说杜荀鹤写出了贫富差异，那么张俞则写出了鲜明的城乡差别。尽管诗中的“城市”，并非今天社会空间意义的城市，而是行为意义上的“进城入市”，但对于贫富与城乡因果关系的表现仍是真切的。再如唐代诗人李绅的《悯农》系列诗，始终表达了“四海无闲田，农夫犹饿死”的悲悯与同情。及至清代，《红楼梦》中进入大观园的乡下人刘姥姥这一人物形象塑造，使得城乡差别的文学表征更具形象性、象征性。刘姥姥一出场，就被放置于大观园（城）与乡下的鲜明对比中，她被描写得粗手大脚，面如菜色，行为粗陋，生活困窘。[②] 也就是说，中国古代文学中的城乡差距和“进城”主题主要表明的立意是：城乡之间的差距已经相当明显。可见，大量的古代文学作品道出了城乡之间的生活差距，即城之于乡的优越感，具体表现乡下人对城市的羡慕，以及城乡差距引起的审美反应。不过，这种审美意识尚未上升到城与乡的冲突与对立关系。具体而言，古代诗歌中的城乡关系，并非城市与乡村、现代与传统、先进与落后等的本质关系。换言之，虽然城乡差别的存在由来已久，但在文学作品中，文人士大夫对城中人的批判，其主要的原因是传统军事防御意义上的城市并不能提供生产资料，即它不是生产性的城市，而是消

---

① 此诗的创作语境可参看《附录·诗人小传》有关杜荀鹤生平。杜荀鹤（846—904），字彦之，号九华山人，池州石埭（今安徽太平）人，出身寒微。曾数次上长安应考，不第还山。当黄巢起义军席卷山东、河南一带时，他又从长安回家。从此“一入烟萝十五年”（《乱后出山逢高员外》），过着“文章甘世薄，耕种喜山肥”（《乱后山中作》）的生活。对流离百姓和朱门生活有深切的同情，与杜甫诗歌在题材选择方面接近。相关资料参见萧涤非、程千帆等撰《唐诗鉴赏辞典》，上海辞书出版社 1983 年版，第 1354—1361、1410 页。

② 到大观园被抄检后，刘姥姥因感恩贾家的待见而回报贾府。写其“救巧姐”（王熙凤女儿）报恩的内容，足见作者在对乡下村妇在情感与道德上给予的足够肯定。

费性的城市，这样，乡村的农业生产和手工业产品必须以“以乡补城”的方式流入城市，以供给并不从事农业生产的“城中人”。他们是城池的守护者，是方略的制定者，是有谋的“肉食者”。尽管城乡社会各尽职守，各具社会结构功能，但城与乡在差异中发展，是一个不争的事实。

现代意义上的城市，其主要的功能、特征是“市”，而不是“城”，是集生产、交换、消费于一体的空间场域，而不是军事防御、人身保护意义上的自然空间。随着城市手工作坊的出现，城市的生产性和消费性特征逐渐加强，其现代性内质也逐渐显现，城乡可供交换的物资增加。尽管在唐代文学中有“遍身罗绮者，不是养蚕人”的文学表述，但作为社会空间意义上的城市和乡村，仍然具有自然空间意义上的平等性和正义性，即在“自在的自然”（马克思语）的意义上，城与乡并不存在资本、经济意义上的根本性冲突，也就是说，在“自在空间”这个意义上，工业和农业的交换可实现互通有无，互惠互利，城与乡的关系表现为一种“相辅相成”的一体两面。

在中国社会的近代化进程开启以来，由于大量工业资本的入侵，城乡的对立、冲突被强化，与此相关，文学也表现出城乡对比、城乡冲突的鲜明主题。单就前者而言，分工引起“工商业劳动和农业劳动的分离，从而也引起城乡的分离和城乡利益的对立”。[①] 这是马克思有关城乡关系较为明确的表述，也是此后城乡关系理论的一个重要的政治经济学的基础。马克思、恩格斯有关城乡关系理论科学地阐述了城市与乡村关系建设的重要性、一般规律和发展趋势，并预见了城乡一体的理想发展态势，对中国城乡一体化政策提供了理论参考。事实上，中国的城乡关系演变经历了一个从“相成相克”到城乡对立的演变过程。近代以来，中国城乡之间“相成相克”“一体两面”的平衡状态被外来工业产品的大量倾销而打破。[②] 自此，城市（都市）不再消费大量的国内农副产品以反哺农村，更严重的是都市（特别是沿海大都市）大量输入“洋货”，那些批量生产的工业产品倾销国内，同时城市开始借机器生产，生产出大量的轻工业产品，比如丝织品、棉麻产品。农副产品和农村手工业产品因工业产品的挤

① 《马克思恩格斯选集》（第 1 卷），人民出版社 1995 年版，第 68 页。

② 费孝通：《乡村·市镇·都会》，《乡土中国　生育制度　乡土重建》，商务印书馆 2011 年版，第 353 页。

压而滞销，从农村经济的发展角度来看，城市（都市）则成为农村的异己，工业和农业的矛盾冲突空前强化。这种状况得到社会学、文学、历史学等不同领域学者的关注。就文学表现领域而言，20 世纪 30 年代，茅盾的“农村三部曲”（《春蚕》《秋收》《残冬》）就是对这一现状最为形象，也是最为广阔的展现，甚至是新文学以来文学城乡叙事中最为集中的反映。[①] 当然，这仅仅是城乡发展出现矛盾、走向异路的一种文学审美走向判断。费孝通先生在 20 世纪 40 年代则从社会学和经济史的角度作出判断：“乡村和都市应当是相成的，但是我们的历史不幸走向了两者相克的道路，最后竟至表现了分裂。这是历史的悲剧。我们决不能让这样的悲剧再演下去。这是一切经济建设首先要解决的前提。”[②] 但是费孝通先生期望的城乡“相成”的城乡关系至今并未实现。后来，因为城乡相隔的制度原因，城乡关系并没有得到缓解，甚至出现了恶化。

那么，如何看待中国“城—乡”关系的矛盾与对立，以及在 20 世纪 50 年代社会主义建设话语背景下城市被赋予一种资产阶级化的阶级属性，而乡村则获得了主流话语讲述的历史合法性的问题？

二　当代中国的“城—乡”关系

中华人民共和国成立初期，以工人阶级领导的、以工农联盟为基础的、人民民主专政的社会主义新中国的国家性质通过宪法的形式被确定。工人和农民的联盟成为社会主义国家的基础，城乡之间的协调发展，则是社会主义新中国经济建设和文化发展的重要内容。

1953 年，新中国对工业、农业、资本主义工商业进行社会主义改造。这是无产阶级革命“农村包围城市”的革命道路和革命意识的必然选择，也是新中国在严峻的资本主义与社会主义意识形态斗争中展开社会主义经济建设的重要策略。从“包围城市”到“夺取城市”，再进行社会主义性质的改造，所遵循的是无产阶级革命和建设逻辑。无产阶级革命时期，由于乡村和城市被赋予鲜明的阶级属性，农民作为被压迫阶级，具有个体翻身和群体解放的愿望，是中国无产阶级革命和建设的依靠力量。革命胜利

---

① 相关的文学表述，将在本书第一章第一节展开论述。

② 费孝通：《乡村·市镇·都会》，《乡土中国　生育制度　乡土重建》，商务印书馆 2011 年版，第 353 页。

后，农民作为“人民”的重要组成部分，从而在无产阶级革命和建设话语中获得主流话语讲述的历史合法性。但是，由于城乡之间隔阂与矛盾历来已久，在政治上获得翻身和解放的工人和农民的城乡交流和互动相对较少，城乡社会之间的隔膜和矛盾，使得农民对于代表着先进、文明的现代城市的向往并未因政治地位的提高而实现，具体表现则是城乡之间在经济、社会地位的差距，由于“城市和农村之间的工作、社交和文化生活方式有着极大的差异”，仍然存在“倾向于把农村看成野蛮的、奇怪的和危险的地方，乡下人绝对低城里人一等”的城乡观念。① 工业“大跃进”时期，由于城市工业扩大生产，大量农村劳动力主动向城市转移，甚至出现了新中国成立初期农民工进城的一个短暂“高峰”。但是，城市对进城农民的吸纳能力远远低于城乡青年人口数量的增长速度。为了弥合城市与农村之间的差距，缓和工业跃进带来的城市过分拥挤而引起的人口、粮食、就业等问题，20 世纪 60 年代初期，国家从政策层面积极鼓励青年男女“上山下乡”。1968 年 12 月，毛泽东曾发出“农村是一个广阔的天地，到那里是可以大有作为的”“知识青年到农村去，接受贫下中农的再教育，很有必要”的指示，大量城市“知识青年”离开城市，在农村定居和劳动，即“上山下乡运动”。② 按照政策的规定，这个活动是自愿的。政府鼓励满怀理想的青年人献身于建设农村这一光荣的工作中去，以实现知识青年大有作为的人生理想。然而，“在用这些理想化的术语表述时，到农村去的基本思想也承认：这是一种献身行为，言下之意是农村生活水

① ［美］R. 麦克法夸尔、费正清编：《剑桥中华人民共和国史・下卷：中国革命内部的革命（1966—1982）》，俞金尧等译，中国社会科学出版社 1992 年版，第 663 页。

② 上山下乡运动，指的本是 20 世纪六七十年代中国在“文化大革命”运动期间，由政府引导的、鼓励城市知识分子和青年学生到农村和边远地区劳动的一场声势浩大的人口迁移运动。毛泽东曾发出“农村是一个广阔的天地，到那里是可以大有作为的”，“知识青年到农村去，接受贫下中农的再教育，很有必要”的指示，新中国政府组织大量城市“知识青年”离开城市，在农村定居和劳动的政治运动。实际上，“上山下乡”的观念在 50 年代既已出现。1955 年，以北京城市青年杨华为首的六十名志愿者，远赴关东北大荒去垦荒，中国共产主义青年团中央为他们举行了盛大的欢送会，并授予“北京市青年志愿垦荒队”队旗。上山下乡运动到“文革”开始时达到高峰。70 年代以后，开始允许知识青年以招工、考试、病退、顶职、独生子女、父母身边无人、工农兵学员等各种方式逐步返回城市。未能回城的青年将自己的遭遇归因于农村的拖累，因此，城乡之间的误解增多，城乡矛盾进一步增加。相关观点参见刘小萌《中国知青史：大潮（1966—1980）》，当代中国出版社 2009 年版。

平比城市低”[1]，其中已暗含了农村低于城市的先天因素，所谓的“自愿”的成分逐渐减少，[2] 城乡关系在政策引导和个人志愿之间不断错位。

在新中国成立初期，农民作为土地主人的地位得以确定，农民个体的获得感和对社会主义国家认同感不断增加，乡村社会主义要素空前增加。相应地，“乡土文学”在经历了“土改文学”后开始向农村题材的小说转变。与此相关，乡土文学中的乡村、乡情，民俗、民情等内容因社会主义改造而弱化，乡土民间话语逐渐被社会主义革命话语取代，甚至“自动离场”。写农民思想转变的作品，如柳青的《创业史》、周立波的《山乡巨变》、赵树理的《三里湾》、马烽的《韩梅梅》等大量小说，往往以先进/落后人物、“两种思想”“两条路线”的斗争为主旨来结构小说，[3] 偶尔涉及人物与城市、县城、镇、区等“非乡村”社会空间的关系，但这些空间往往是作为学习相关文件、接受革命教育的场所，而非生活化的空间，其功能是实现上传下达，是革命政权一个中间部门，而不是生产、消费的日常化生活空间。所以，其功能和意义没有发生根本性的变化。

值得注意的是，不同话语转型背景下相应主题的变化。从新文学的乡土主题变化来看，比如“革命话语”对“启蒙话语”的取代，代表着一个时代的终结。这里的启蒙话语在城乡关系上所指的主要是鲁迅等作家、知识分子开创的“国民性”批判的思想，即以城市来批判乡村，通过民主、科学的观念批判、改变这些国民的“愚与弱”。而不同的声音也很早就有，比如沈从文、张爱玲等，就是特例。在启蒙者来看，乡村社会保守、愚昧，并有“三座大山”的压榨、“四大绳索”的捆绑，但沈从文恰

---

① ［美］R. 麦克法夸尔、费正清编：《剑桥中华人民共和国史·下卷：中国革命内部的革命（1966—1982）》，俞金尧等译，中国社会科学出版社 1992 年版，第 663 页。

② 在这个运动期间，从 1962 年至 1968 年，约有 120 万城市青年“下到”农村。1968 年后，这一活动规模大大增加。1968 年到 1978 年间，1200 万左右的城市青年被下放，这个数字约占城市总人口的 11%。不过，此时运动自愿性逐渐减少。参见托马斯·P. 伯恩斯坦《上山下乡：中国青年从城市走向农村》、马德森《中国农村的伦理和权力》等，转引自［美］R. 麦克法夸尔、费正清编《剑桥中华人民共和国史·下卷：中国革命内部的革命（1966—1982）》，俞金尧等译，中国社会科学出版社 1992 年版，第 663 页。

③ 也有少量的作品将“路线斗争”和“乡村伦理”作结合、对比，以凸显新政权、新思想，比如梁斌的《红旗谱》、柳青的《创业史》等。

恰是在乡土社会中找到那些真的、美的、善的质素，那是在启蒙话语盛行时代的另一类声音，所以他们的写作在很长一段时间是被排除在启蒙、革命话语之外的（张爱玲的创作仍然带有明显的启蒙的话语，也赢得了更多的读者），其实这种声音在当时颇具特点，沈从文这样的作家并不多见。

在革命话语取代启蒙话语之前，乡土题材的作品，更多是表现乡村社会内部的关系，而在革命话语进入农村之后，民间话语的生存处境尴尬。出于新的人民共和国国家政权合法性建构的需要，这个时期农村题材的作品，更多体现土改之后的合作化运动、人民公社化运动的集体话语。具体而言，即在公社化过程中，集体化的革命思维开始介入——改造、取代乡村内部的话语，“五四”时期的启蒙话语被革命话语所取代。在这一时期的小说中，农村社会人与人之间的关系主要表现“路线斗争”或阶级关系。相应地，在翻身与解放、锻炼与改造的革命主题引领下，农村叙事关注的不是作为普通百姓之间的乡村内部关系，而是依附于经济和阶级等的外部关系。也就是说，那些家族的、亲情的、血缘的、乡邻的、乡里的等等民间乡村话语，要不被否定，要不被改造，而维系乡村社会人际关系的纽带，比如乡规、乡约、族规、伦常等行为规范的伦理意义很难发挥作用。在“土改文学”之前，乡土社会的乡规、乡约的价值核心主要是传统文化中作为道德体系和文化精神的“礼”[①]，它是礼治社会的行为准则和价值标准。代为执行维护这一社会秩序的，一是乡绅，二是民间伦理。[②] 维系这一伦理的基础是家族、血缘、亲情、邻里等关系。“土改文学”及其之后的农村题材小说中则以现代政权的社会管理组织取而代之，比如合作社，人民公社，生产小组，干群关系。“新的人民的文艺”，其文学叙事也是以一种革命的规约取代了传统的乡规、乡约，人际关系出现了空前的变革。

在社会主义初级阶段，农民的身份是社员，是社会主义、共产主义

① 这种乡规、乡约的价值核心是“礼”，按照费孝通《乡土中国　生育制度　乡土重建》里的观念，是指如下三层内涵：一是节制人的生物性的社会制度，二是一套道德体系和权力结构，三是一种文化精神。

② 费孝通：《士绅与皇权》，《中国士绅——城乡关系论集》，赵旭东、秦志杰译，外语教学出版社 2011 年版，第 93—95 页。

“想象共同体”中的一员，其政治地位空前提高，但物质生活水平仍然不高。对这种现象，文学作品也有为数不多的表现。从农民的愿望来看，小说作品既写出了在公共政治生活领域翻身的喜悦，也写出了部分“落后人物”自认为他们几乎没有个人财产，就是“不富裕”[1]，有这种思想的人物，多为“落后分子”，比如赵树理、周立波笔下的“小腿疼”“吃不饱”“菊咬筋”等，他们对社会主义生产建设并不积极，从而在人物形象塑造中出现了“公共政治文化领域”与“私人日常生活领域”的矛盾，特别是“大跃进”时期，自上而下的大办食堂运动，一方面将妇女从锅台、灶边解放出来，体现了社会主义制度的优越性；另一方面也弱化了农民个体——“小家”的致富观念。他们通过接受舍小家、顾大家的生产、生活方式，完成对共产主义社会形态的生产和想象。

新中国社会主义建设时期，无产阶级革命路线所预设的“农村包围城市”进入最后阶段，“夺取城市”并改造城市成为“三大改造”的重要内容之一。1954 年，《人民日报》转载了一篇名为《徐建春——农村知识青年的好榜样》的文章，[2] 该文立意鲜明地将一个回乡知识青年作为一个典型，在第二个五年计划期间，也就是新中国的工业化建设初期，国家从政策的层面鼓励、引导农村青年回到农村，建设农村。在这一社会背景和时代需求之下，文学创作也与时俱进，马烽的《韩梅梅》、李准的《林业委员》等小说应运而生。中国社会主义建设初期，资本主义和社会主义两种意识形态水火不容。但是英美等资本主义国家已经进入发达的工业化与城市化大国序列，其经济发展水平远远超出了刚刚进入社会主义初级阶段的新中国。为了稳定社会主义经济基础，加快经济发展，以彰显社会主义生产力的先进性和社会制度的优越性，新中国开始实施全民性的“超英赶美”，即所谓“超赶战略”，其目的是首先从经济发展水平和工业总量方面对英美国家实行“超赶”。相应地，发展工业经济的直接目的，客观上刺激了工业化程度的提高和城市化水平的发展，城市对农村的吸引力

---

① 在柳青的《创业史》、李准的《不能走那条路》、赵树理的《“锻炼锻炼”》、周立波的《山乡巨变》等作品对此现象进行了成功的描写；与农民的生活、生产状况相比，这个时期，工厂的经济生活状况相对较好。相关论述我们将在后文不断展开。

② 此文最早发表于《大众日报》，1954 年 3 月 2 日《人民日报》转载，在全国引起了较大反响。

进一步加强。

但是，在新中国初期的社会主义的生产力和生产关系中，经济基础和上层建筑的不协调，导致城乡差距进一步拉大，城乡关系也空前紧张。1955年后半年，农业合作化已经暴露出较多问题，翌年，部分农业社自行解散。因为高度集中的生产方式在某种程度上挫伤了农民，特别是农村青年建设社会主义新农村的积极性，加之新生的社会主义国家急于追赶甚至要超过发达的资本主义国家，从而进行轰轰烈烈的工业大跃进，如炼钢、开厂、开矿等，大量的农村劳动力（并非剩余劳力）从农村进入城市，成为出身农村的工人（近似于今天的农民工）。他们在经济收入和社会地位上，均超出农民。这从物质利益和自我认同等层面再一次凸显了城市与乡村的差距，刺激了农村青年的进城欲望。据统计，由于“三大改造”的完成，特别是对资本主义工商业的改造，城市生产建设需要更多的劳动生产力，所以在新中国成立初期的四五年时间，城市招聘的临时工人数约200万，而至1956年竟达到300万。[①] 由于“城优于乡”的状况异常凸显，所以，城市对农村青年仍具有巨大的吸引力。农民进城给城市造成巨大的压力，粮食、住房、就业岗位这三大难题，国务院出台相关政策，限制没有目的、没有计划从农村常住地迁徙到城市者的“盲流”。[②] 1958年《中华人民共和国户口登记条例》，即“户籍制度”的出台，从而“在城市和农村之间设立障碍”[③]。在1958年“大跃进”政策的号召下，又有1000多万农民通过招工、招干成为城市工厂以及企事业单位职工，在新中国成立初四五年间，每年由农村进入城市的人口达到四五十万人。1958年，工农业跃进的弊端渐趋明显，制止农民工进城，引导进城农民回到乡村则成为此后城乡关系发展的一个历史节点，也是当代中国“城—乡”关系文学叙述的历史起点。

---

① 参见《国务院转发公安部关于各地执行劝止农民盲目流入城市和紧缩城市人口工作中发生的问题及解决意见的报告》，转发于1957年7月29日，北京市档案馆，档号：2-9-36。

② 从1953—1958年，中共中央国务院、公安部、全国人大等机构和组织先后出台了12个“限制农民”进城的文件，最终导致了1958年《中华人民共和国户口登记条例》出台，上述资料参见张玉林《流动与瓦解：中国农村的演变及其动力》，中国社会科学出版社2012年版，第4—12页。

③ ［美］R. 麦克法夸尔、费正清编：《剑桥中华人民共和国史·下卷：中国革命内部的革命（1966—1982）》，俞金尧等译，中国社会科学出版社1992年版（2007年重印），第663页。

新中国成立初期的作家对社会主义乡村改造的表现较为丰富，但是关于20世纪50年代的“盲流”主题的观照相对滞后，文学的形象也不很饱满。涉及引导、劝止主题的小说有马烽的《韩梅梅》、康濯的《春种秋收》，以及柳青的《创业史》（第一部）、赵树理的《互作鉴定》等。《韩梅梅》的主题是农村青年要安心农业生产，不能贪图个人物质享受；《春种秋收》则通过女主人公刘玉翠爱情观的转变，展开对农村青年城乡观念和劳动价值观的教育，其中不无宣传政策之作的痕迹。对于上述“盲流”主题更具有“反思”意味的，是路遥在30年后创作的《平凡的世界》的表达。在《平凡的世界》（第三部）里，田福军到偏远的山村考察农民的吃饭问题，一老者见到田福军，就像见到“青天大老爷”，他双膝跪地，请“大老爷”为他做主。当田福军——作为社会主义社会的国家干部，看到农民像封建时代黎民百姓一般下跪、“告官”的场景，他心生同情，又自感愧疚。当他得知老人的儿子在村里“不安分”，被定性为“盲流”，从此一家老少炊断粮绝。可见，在路遥的讲述中，“盲流”与贫穷互为因果。当然，对“盲流”的态度，路遥是以辩证的眼光来看的，比如在《平凡的世界》中，双水村老实巴交的农民孙玉厚，其女婿王满银好吃懒做，经常“溜”进城去贩卖老鼠药，后被石圪节公社抓去“劳改”，致使其妻孙兰花母子忍饥挨饿。作者一方面对社员贩卖老鼠药这一点小事就动不动“劳改”的“极左”行为予以批判，另一方面对王满银“进城”的盲目和逃避农活的懒惰行为予以批判。在这一人物塑造中，路遥对于“盲流”问题并没有深入地剖析，但是对于新中国成立初期因限制农民进城而制定的措施，以及这一制度对普通百姓造成的伤害，在此后的情节中逐渐深入，成为城乡叙事的典型，启发了后来的“城—乡”关系书写。

总之，中国新文学在发生期已表现出城市与乡村的价值冲突，也凸显了作家体验现代性时的价值取向。但在此后很长一段时期内，由于战争和社会政治等原因，城乡互动关系被制约和遮蔽，甚至在20世纪50—70年代，中国社会对城市、城市文化表现出明显的消极态度，文学回应现代性的方式和能力也因此减弱。令人欣喜的是，80年代以来，中国的现代化进程历经波折，不断修正“极左”的意识形态，社会发展的总方向从“以阶级斗争为中心”转向“以经济建设为中心”。自此，城乡人民群众的日常生活观照的合法性得以保证。随着制度层面的城乡流动壁垒逐渐被破除，城市化进程再次启动，单一的“城—乡”关系渐趋走向多元，城乡之间的人口流动、文化交流等日益频繁，冲突与对话成为“乡村中国”走向“城乡中国”过程中文学表达的总体特征。

第一章　“城—乡”关系：历史与叙事的生成

城市和乡村既是一组相互对立的地理空间，又是指向现代与传统的两种异质性的经验方式。新文学在发生期表现出的城市与乡村、现代与传统在审美意识中的价值冲突，也凸显了作家回应中国现代性道路选择时复杂的价值取向。所以，“城乡的划分一直是现代文学史的显著特点”①。这种状况在80年代以来的文学书写中仍然较为普遍。可以说，“城—乡”关系是一百多年来中国最为重要的、对人民生活影响最为深远、最为巨大的社会结构存在，与此相关，“城—乡”关系书写也再次成为文学表现和想象“中国路径”的重要语码。

第一节　新文学视野中的“城—乡”关系（上）
——80年代以前的小说书写

19世纪后半叶，现代意义上的中国城市开始兴起，传统农业国家在空间意识和价值观念上逐渐出现了城市/乡村、传统/现代的分野，并逐渐形成了城乡二元对立的社会结构形态。与传统文学中的“农人同情”不同，“五四”知识分子以城市“流寓者”的眼光来观察落后的乡村，这是“五四”时期“乡土文学”出场的历史语境。② 但这个时期，有关于城市和乡村的认识并不十分强烈，中国新文学的立意更多表现于对传统乡土文

① ［美］费正清主编：《剑桥中华民国史》（第2部），章建刚等译，上海人民出版社1992年版，第537页。

② 有论者认为，在1892年出版的《海上花列传》中已经出现了较为典型的农民进城的叙述内容。参见盛翠菊《百年“乡下人进城”小说叙事研究》，博士学位论文，扬州大学，2017年，第10页。

化的反思及观照。

一

倘若要介入新文学视野中的“城—乡”关系书写，乡土叙事的当代变迁与新文学传统的创造性转化，则是一个首先要厘清的问题。新文学初期形成的乡土叙事传统，其思想根基建立在作家对乡土社会以血缘、家族为静态结构的审美判断之上。20世纪20年代，周作人、鲁迅等作家首倡的“乡土文学”传统中的乡土叙事指向相对明确。从流寓城市后“归来”的知识分子审视乡村，其叙事策略往往是以鲜明的人性和道德的尺度控制人物和事件，在叙事伦理层面表现为对新旧社会形态变革中的道德批判、文化批判和社会批判。这既是中国新文学初期形成的“乡土审美经验”，[①] 也是批判现实主义文学传统在20世纪90年代式微后能够再度复苏的思想起点。

在新文学传统中，“乡土文学”叙事空间明显具有“符号化”特征。乡村作为知识分子关注底层民众、推动社会进步的一个社会空间，仍然是作家回忆的、想象的精神家园，而不是变动的、日常化的农村世界。在“乡土文学”的审美观念中，农村文化愚昧落后、狭隘保守，须以现代的审美眼光去审视乡村。因此，在“乡土小说”中很少出现两种文化的互动与交融，其书写多停留于某种单一空间的文化想象，甚至“乡土文学”作家提出“避开都市题材，专写边远乡镇中的人物和风景”[②]，比如鲁迅的鲁镇、未庄、平桥村（《社戏》），或者王鲁彦、许钦文、蹇先艾等作家笔下的故乡小镇、山地农村中的人和事。这些事件往往与乡土社会道德伦理相关，比如鲁迅的《阿Q正传》中阿Q进城的原因是被土谷祠的小尼姑咒骂了“断子绝孙”，便欲与吴妈“困觉”，后被赵太爷等未庄人指责为“大逆不道”，遭遇“生计问题”后，被迫“上了一回城”；《故乡》中杨二嫂断定出门多年的“我”在城里“放了道台”，“还说不阔”，且

---

① 对乡土文学思想根基和乡土审美经验的论述，参见张继红《论新世纪文学与新文学传统》，《当代文坛》2015年第1期。

② 此乃蹇先艾乡土写作的宗旨，转引自丁帆《中国乡土小说史》，北京大学出版社2007年版，第48页。

不能大度地接济“我们小户人家”[1]，是不仗义；丁玲的《阿毛姑娘》中阿毛，她对城市急切向往，最终在城市之梦幻灭之后走向绝路，等等。乡村与城市的关系，在这一时期已显现出一种以道德为叙事基础的城乡对比和价值判断。

“五四”时期另一种“城与乡”关系的表现则是通过以价值引导的方式亲近民间，走向乡土。这种价值引导运动是由蔡元培、李大钊等接受了现代新思想的知识分子发起的。1919 年，李大钊在《青年与农村》中，以激情洋溢的笔墨写出了城市的罪恶、阴暗和农村的善良、淳朴，较早地体现了城与乡对立和冲突的观念，表达了劳工神圣的价值观：“在都市里漂泊的青年朋友们呵！你们要晓得：都市上有许多罪恶，乡村里有许多幸福；都市的生活黑暗一方面多，乡村的生活光明一方面多；都市上的生活几乎是鬼的生活，乡村中的活动全是人的活动；都市的空气污浊，乡村的空气清洁。”[2] 即在李大钊的世界观中，乡村是幸福之源，而都市却是人间地狱，所以他劝诫青年们：

> 你们为何不赶紧收拾行装，清结旅债，还归你们的乡土？你们在都市上天天向那虚伪凉薄的社会求点恩惠，万一那点恩惠天幸到手，究竟是幸福，还是苦痛？尚是一个疑问。曾何如早早回到乡里，把自己的生活弄简单些，劳心也好，劳力也好，种菜也好，耕田也好，当小学教师也好……一面劳作，一面和劳作的伴侣在笑语间商量人生向上的道理。……只要青年多多的还了农村，那农村的生活就有改进的希望；只要农村生活有了改进的效果，那社会组织就有进步了，那些掠夺农工、欺骗农民的强盗，就该销声匿迹了。[3]

1920 年，北京大学破天荒地举行了由李大钊主持的“五一纪念会”，《新青年》《北京大学学生周刊》《民国日报》等杂志也特设“劳动节纪念专号”，在最具影响力的城市——北平掀起了一场由知识者倡导的有关于乡村、民间的再认知。事实上，如此深入民间、亲近劳工大众的纪念活

① 鲁迅：《故乡》，《鲁迅全集》（第 1 卷），人民文学出版社 2005 年版，第 506 页。

② 守常（李大钊）：《青年与农村》，《晨报》1919 年 2 月 20—23 日。

③ 守常（李大钊）：《青年与农村》，《晨报》1919 年 2 月 20—23 日。

动与蔡元培所倡导的“劳工神圣”密切相关。按当时《民国日报·觉悟》所载，蔡元培《劳工神圣》的演说中，他对于民间力量充满信心：“以后的世界，全是劳工的世界呵！”①

应当说，这是对“国家重建”（state-building）寄予厚望、对于新世界充满向往的知识分子对劳工大众的热爱，对于不劳而获的蔑视，是真切的民间立场。更重要的是，他给予有为青年“回乡”的期望，更是溢于言表。

二

与劳工神圣、国家重建相关的另一种观念就是“乡村溃败论”。这一观念产生于20世纪30年代。从乡村经济史的角度看，出现“乡村溃败论”的原因是自中国的近代化进程开始以来，中国乡村经济日益显现出衰败迹象，乡村社会道德沦落，人伦失序，乡村问题成为当时知识界讨论的重要话题。在1933—1935年，由胡适担任主编的《独立评论》刊载了一系列反映农村经济、文化危机的文章，“农村破产论”已经成为普遍呼声。② 还需要注意的是，20世纪30年代的知识分子叙述中，还有一个“文化守成”流脉，即在城乡价值判断中，将理性的天平偏向乡村，特别是沈从文、吴组缃、蒋牧良等的乡土抒情审美传统。沈从文以乡土的质朴、善良，批判城市的造作与伪善，吴组缃以功力深厚的笔墨书写乡土风俗人情，想象和建构了理想世界中淳朴而善良的人性之美与人情之善。但是，在军阀混战、文人互相诘难的特殊年代，他们的成就，特别是沈从文的意义并没有被发现和肯定。③ 至20世纪30年代后期至40年代初期，中国文学的城乡互动关系在两种力量的驱使下不断加强，其一是中国全面的抗日战争，其二是延安文艺中毛泽东“农村包围城市”政治观念的文学化。七七事变后，由于民族危机加剧，起初忠于内心写作的作家逐渐停止了个人化的探索，转向对集体精神的表达，特别是对乡村基层民众民族情

① 蔡元培：《蔡元培选集》，中华书局1959年版，第65页。

② 知识界就乡村问题和乡村建设方案出版了上百部专著，发表了数千篇论文，具体梳理和论述参见［美］艾恺《最后的儒家》，江苏人民出版社2011年版，第164页。

③ 这种意义和价值一直到20世纪80年代以来，特别是夏志清《中国现代小说史》（英文版1961年初版，中译本为1979年初版）的翻译引进后才逐渐被认可。

感的唤醒。这一时期，接近大众化写作的快板书、街头剧、街头诗成为众多作家的首选；作品所表现的内容多为农村题材，“以重庆为中心的‘大后方’，就有一种农村氛围，爱国热情引导大多数作家，下乡去接触农村人民”①。需要注意的是，这一接近农村、选择大众化的艺术表现方式，其结果是，一方面为延安时期毛泽东文艺理论提供了合法的逻辑，即为此后工农兵服务的文艺政策中强调以农民为重心的理论获得了政治依据，另一方面，由于中国文学全国性的农村化倾向，使得 20 世纪 40 年代中国文学的主流失去了城市书写的根基，所以李欧梵也曾认为，战争使中国现代文学失去了城市性，这一状况一直延续到新中国成立后“十七年”文学的城市书写中。尽管在这个特殊的时期，不乏一些作家在特殊的空间区域内坚持一种城市书写，比如寓居国统区以及上海“孤岛”的钱锺书和张爱玲，前者始终坚持了对不同层次的知识分子的批判立场，后者倾心于大都市小市民男男女女的冷眼旁观，二者都体现出作家一贯的城市书写和现代性探求。但是由于当时的“孤岛”环境和意识形态斗争，这些作品的城市体验在当时并未能被社会主义“新的人民的文艺”所吸收，所以，在当时，它对中国文学的“城—乡”关系的影响十分微小。而张爱玲和钱锺书对城市知识分子和小市民生活的书写一直到 80 年代后才为读者和文学史家所看重。② 在很长一段时间，乡村与城市的隔离未能被拆除。虽然鲁迅的《阿 Q 正传》、老舍的《骆驼祥子》《离婚》，甚至萧也牧的《我们夫妇之间》等小说从不同层面触及“城—乡”关系，但“进城叙事”在很长一段时间并没有为后来作家很好地继承。同样，城市书写也仍在相对封闭的都市空间展开，比如 20 世纪 30 年代的穆时英、刘呐鸥、施蛰存等“新感觉派”小说，在咖啡厅、酒吧、歌厅、证券交易所、赛马场等具有现代性特征的局域空间里寄托了知识分子的现代体验：身居都市的孤独与落寞。在都市文学中，城市有其自身的“非人性道德”和“历史罪恶”本质，而“革命文学”中的都市也最终成为“革命和欲望”的容器，这是现代作家对欲望化都市的集体表述。城市

① ［美］费正清主编：《剑桥中华民国史》（第 2 部），章建刚等译，上海人民出版社 1992 年版，第 538 页。

② 此期间有关现代性、城市题材的书写的作家还有“西南联大”的后被称为“九叶派”诗人群以及路翎、胡风等，但这些成就多是在新时期以来才被真正认可。

与乡村、都市与乡下等城与乡的空间互融的书写局限显而易见。

当然，我们也要看到，20世纪40年代延安文艺时期的文学书写的重要意义。这一时期的文学书写主要是以乡土文学为主要形式，写土改、合作化和农民的翻身解放，配合解放区政治主旋律，比如丁玲的《太阳照在桑干河上》、周立波的《暴风骤雨》等长篇小说的斗地主、分田地，以及农民翻身解放的结构设计和主题表现，都是典型的“配合”主旋律的审美思维，对农民的翻身解放的急切心理，表现得比较充分。所以，延安文艺较多地关注期望获得土地的农民在解放区政权的乡村革命中逐渐获得的自我意识，这在客观上促进并完成了农民对解放区政府权威的认同。延安文艺时期，由于抗日战争、解放战争，客观上造成了中国城乡人口的大量流动，特别是从城市向乡村的流动。从人口流动的客观效果来看，城市市民和知识者被迫或自愿的“下乡”，客观上促进了城乡之间的交流与互动，他们把城市生活方式、价值观念和城市文明元素带到农村，促进了农村底层群体和底层社会的变化。同时，在延安文艺时期，“现代城市文明的影响也从国家的东部、南部向中西部腹地扩展，这其实也是一个将城市文明带入乡村的过程”①。在这个意义上看，市民和知识分子的主动或被迫下乡，从城乡价值的互动来看，他们带来的是一种乡村社会改造的可能，“作为一场新的启蒙运动的一项隐蔽内容，城市文明以一种微妙的方式将其价值观影响、渗透到了社会的底层。正是在这样的背景下，我们读到了解放区文学对农民生活与此前截然不同的反映”②。与此可作并置阅读的是20世纪40年代的“新农民”的形象塑造。其实这种新质有一些远非传统农村文化所能概括的元素，比如孙犁、康濯、潘之汀等作家的小说中对读书识字、生活卫生、新型婚姻等一类新鲜事感兴趣的青年农民形象的塑造，③另如赵树理的《小二黑结婚》、孙犁的《山地回忆》、李季的《王贵与李香香》这一类看上去完全“乡土化”的作品所描绘的解放

① 邵宁宁：《城市化与文明社会秩序的重建——中国现当代文学中的“进城”问题》，《兰州大学学报》2008年第1期。

② 邵宁宁：《城市化与文明社会秩序的重建——中国现当代文学中的“进城”问题》，《兰州大学学报》2008年第1期。

③ 参见郭文元《“识字”“讲卫生”：日常生活的现代化符号》，《乡村/革命与现代想象——40年代解放区小说研究》，中国社会科学出版社2014年版，第169—174、179—184页。

区农民对婚姻自主的追求、对集体劳动的向往，其中也有与城市现代文明联系在一起的现代人生观念的渗透，① 这一切从客观上促进了乡村文化和乡村精神的提升。

总体来看，20 世纪 40 年代的文学城乡格局主要分为国统区和解放区，② 国统区作家总体的写作对象是城市，而解放区作家关注的主要是农民和农村。但是 40 年代的战争语境促成了文学表现的城乡交往内容。

三

至 20 世纪 50—70 年代，城乡互动关系进一步被历史性地制约和遮蔽，中国社会对城市、城市文化表现出相当消极的态度。相应地，城市与乡村书写就很难突破此前的城乡隔绝与城乡对立。

新中国成立后，社会主义性质的革命和建设重心及其阵地也开始转移，即由无产阶级革命时期的“农村包围城市”道路转向以国家政权建设为主的“政治权力中心的城市转移”。也就是说，以农村为主体的革命政权在实现城市化转移的过程中，农村与城市，农民与市民，乡村文化与城市文化之间形成了一次正向的融合。这种融合本应促成城市文化（知识）和乡村文化（伦理）之间的传递与互通，但是由于新中国成立初期相对紧张的社会主义和资本主义两大阵营的意识形态斗争，使得以生产、交换、消费为主的城市日常生活没能被真实地显现，因为以生产和消费行为作为特征的城市文化被赋予一种“资产阶级性质”，具体而言就是城市日常生活和城市文化空间被阶级化。“城—乡”关系更多表现为一种社会成员的空间交往关系，通过交往，不同的空间才得以实现互补和融合，特别是文化的交往更是如此，但“以往各种类型的社会之不合理性，正是在于社会制度对沟通行动的扭曲、窒息和限制，使沟通行动未能发挥其合理作用”③。蔡翔认为：“合作化这一集体劳动方式并不单是中国乡土社会传统的互惠互利劳动形式，而是一种借用城市工业化组织方式对乡村关系

---

① 邵宁宁：《城市化与文明社会秩序的重建——中国现当代文学中的“进城”问题》，《兰州大学学报》2008 年第 1 期。

② 当然文学区域还有上海“孤岛”“沦陷区”文学，但是，因其特殊的政治氛围，人口的流动并不频繁，特别是城（都市）/乡之间的交往甚至不能正常展开。

③ 高宣扬：《当代社会理论》（下），中国人民大学出版社 2005 年版，第 1022 页。

的一种全新的改造，是中国革命对苏联‘集体农庄’的另一种创造性想像。”① 此可谓一种具有参考价值的城乡互动理论。

中国经济发展模式从互助组到合作化，再到人民公社，体现的是生产方式由自由自在的农事生产方式向高度组织协作生产方式的转变，这一转变也是应对社会现代转变中对生产效率的追求。经济生产方式的转变标志着无产阶级革命取得了阶段性的成功。所以，文艺作品中的城市，要么就是完全工厂化的城市，要么就是完全消费性的城市，而农村只能是封闭的乡村空间，生产性的农村，前者如《上海的早晨》《海港》，后者如《创业史》《艳阳天》《锻炼锻炼》等，但无论是农村题材还是工业题材，其主导思想仍是两条路线的斗争。

在这种思维的引导下，新中国成立后“十七年”的文学表现出了自延安解放区文艺以来整体性的“农村化”气象，比如柳青的《创业史》（包括40年代创作的《种谷记》），周立波的《山乡巨变》，赵树理的《三里湾》《锻炼锻炼》，以及此后浩然的《艳阳天》等小说，即使是以表现革命历史斗争的作品也表现出鲜明的农村化特征，比如《红旗谱》《青春之歌》② 《林海雪原》等一大批长篇小说均以农村为背景。所以，从题材上来看，“十七年”小说有农村压倒城市的明显特征。这一特征在内容的表现上则更明显。比如在《创业史》中，梁生宝作为联系乡村和城市的桥梁，他在农村怀着一颗火热的心，不顾一切加入了互助组，为了互助组（及其此后建成的“灯塔农业社”）的发展，他往往忽视了和徐改霞的恋爱，不惜和娘老子闹翻，常常忘了吃饭和睡觉。这是作者所塑造的“新人”形象，但是，这样的新，更像是阶级叙事中的革命英雄，而不是新型的农民。可见，在柳青笔下，梁生宝是一个具有较高的政治觉悟和人格力量的、道德上趋于完善的人。在这种叙事动力的推动下，徐改霞——这一曾经自作主张推掉包办婚姻、参加棉纺厂招工的青年人，放弃从事农业生产的进城动机，就只能与阶级立场错误的郭振山直接相关，使得柳青对“新青年”的塑造不能一以贯之，也就成为预料中的事了。也

① 蔡翔：《革命/叙述：中国社会主义文学——文化想象（1949—1966）》，北京大学出版社2011年版，第79页。

② 《青春之歌》的修订版，在1960年版的基础上增加了林道静在定县为农民宣传革命思想，联系群众在当地与地主斗争的内容，而且成为杨沫强调的自己比较满意的“修改”版。

正因为这样，“十七年”文学中的城乡关系的描写就显得别有意味。[①] 吴秉杰先生认为：“现代文学中的小说，有的把乡村写得满目疮痍，有的把乡村想象得古朴和谐，建国后有意不强调有城乡差别，工农主体把乡下人进城这个问题消解了。”[②]

20 世纪 50 年代作品中显现出的重要现象是，对社会主义未来的想象中，现代化及其“现代性”本身的描写不足。有一些作品无意或有意表现出了社会主义建设过程中可能的城市图景。比如从苏联引入的“工人新村”理念，构筑了社会主义国家的建筑蓝图，不仅解决了大量产业工人的住房困难，更是成为无产阶级翻身当家的伟大标志。对“工人新村”的描写，既是社会主义城市建设的理论蓝图，也是部分文学作品想象未来社会的理论依据。相当多的研究者在追溯“工人新村”的来由时，都提到了“五四”时期红极一时的“新村主义”理论。[③] 周而复创作并完成于 1958 年的《上海的早晨》中，出现了以两层新楼和整齐的平房组成的“工人新村”形象，就是一个鲜明的例证：

> 只见一轮落日照红了半个天空，把房屋后边的一排柳树也映得发紫了。和他们房屋平行的，是一排排两层楼的新房，中间是一条广阔的走道，对面玻璃窗前也和他们房屋一样，种着一排柳树。[④]

然后写巧珠奶奶眼中的高大的建筑、操场、秋千架、滑梯、平房：

> 巧珠奶奶远远望见一座大建筑物，红墙黑瓦，矮墙后面有一根旗杆矗立在晚霞里，五星红旗在空中呼啦啦飘扬。红旗下面是一片操场，绿色的秋千架和滑梯，触目地呈现在人们的眼前。操场后面是一

① 另外，在赵树理的小说《卖烟叶》《互作鉴定》都有对城市想往青年的书写，但其价值指向与柳青的判断基本一致。

② 徐德明、黄善明整理：《乡下人进城：现代化背景下城乡迁移文学研讨会综述》，《文学评论》2007 年第 4 期。

③ 徐刚：《“工人新村”与城市空间的文学建构》，《文艺理论与批评》2013 年第 1 期。

④ 周而复：《上海的早晨》（第 3 部），人民文学出版社 1979 年版，第 147 页。

排整整齐齐的平房，红色的油漆门，雪亮的玻璃窗，闪闪发着落日的反光。①

对于这段论述，单纯从文学表现手法来看，并无特别之处，但如果从空间生产的意义上来看，就显得意味深长了。在文中，作为一种居住空间，巧珠奶奶眼中的平房以及“高大的建筑物”，不单单是个人或集体的居住场所，也不是室内的空间布局呈现，② 而是与高高飘扬的“五星红旗”并置的空间存在，很显然，这是一种社会主义意识形态和居住制度的显现，在这里，“工人新村的建造过程，首先有助于我们透过历史来理解社会主义城市的空间生产逻辑：新村不仅是一种居住模式，在广义上更是一种制度，一种根植于中国近现代社会发展史，与意识形态、经济政策、政治运动和技术发展等诸多因素相互作用的一种居住制度”③。在社会主义革命和建设初期，工业化发展一方面是提高无产阶级国家外在形象和生产力的标志，以此确立社会主义制度的优越性。另一方面，“大工业化”时代的工业生产进程必然要与“住宅”空间不足和粮食短缺等问题相联系。因为工业化的发展，必然吸引更多的工人和农民从事工业生产，从而引发“住宅短缺”问题。如何解决这一问题，既是一个扩大再生产的经济问题，也是一个让普通劳动者能够安居乐业的政治问题。

所以，如何能在有限的空间范围内有效容纳更多的人口，并让无产阶级能够安居而乐业，有尊严地生活，这一阶级的未来想象，主要是通过文学叙事完成的。在叙事逻辑和叙事动力的意义上看，文学叙事中的“工人新村”想象，恰恰是通过“城市色彩”的“建筑”“住宅”等空间叙事完成的，从而在文学想象和群众心理接受的意义上解决了无产阶级的“尊严政治”问题。

---

① 周而复：《上海的早晨》（第3部），人民文学出版社1979年版，第148页。另外，在胡万春的电影剧本《钢铁世家》中，“工人新村的环境非常美丽，到处是碧绿苍翠的树木，以及鲜艳的花草，住宅周围，有小河、木桥，以及修剪得很好的花园，无数幢两层、三层、四层的楼房，都是红瓦黄墙，玻璃帘子闪闪发光……”更具有城市园林景观的意味。

② 文中对于平房的居住性特征以及房屋的内部空间布置的描写是缺省的。

③ 徐刚：《“工人新村”与社会主义文学空间的文学建构》，《后革命时代的焦虑》，云南人民出版社2013年版，第127页。

四

在带有强烈的农民文化记忆的无产阶级表述中，城市不仅仅是有别于乡村的商业、行政中心，也是诱人享乐、堕入声色犬马的异己之地，甚至是生长“恶之花”的渊薮。所以，从文化改造的意义上看，当无产阶级完成了“以农村包围城市”，最后“占领城市”的革命目的后，一方面要完成对城市的政治接管，另一方面要对其进行文化改造。作为被接管与被改造的对象，城市文明与乡村文明的交往则成为不可避免的城乡交往形式。新中国成立前夕，毛泽东曾宣布：

> 从一九二七年到现在，我们的工作重点是在乡村，在乡村聚集力量，用农村包围城市，然后取得城市。……从现在起，开始了由城市到乡村并由城市领导乡村的时期。党的工作重心由乡村移到了城市。①

按照无产阶级的革命和建设目的，新政权建立后，工作重心移到城市，并非要抛弃乡村，而是党的工作重心在具体阶段发生转移，即在获得对城市的领导权后，作为执政党必须用相应的方法管理城市和建设城市，才能巩固革命政权。毛泽东适时地提出：“只有将城市的生产恢复起来和发展起来了，将消费的城市变成生产的城市了，人民政权才能巩固起来。”② 同时他又告诫全党：“可能有这样一些共产党人，他们是不曾被拿枪的敌人征服过的，他们在这些敌人面前不愧英雄的称号；但是经不起人们用糖衣裹着的炮弹的攻击……我们必须要预防这种情况。”③ 毛泽东这种不无担忧的告诫，其指向是农民干部对城市生活的隔膜及其管理城市的知识局限，正如莫里斯·梅斯纳所言：“虽然中国共产党的领袖们起初是来自城市的知识分子，但是，在那些经历过长期革命的严峻考验而幸存的领导人中，大多数是在农村的穷乡僻壤生活和战斗了20多年；而且，对

① 毛泽东：《在中国共产党第七届中央委员会第二次全体会议上的报告》，《毛泽东选集》（第4卷），人民出版社1991年版，第1426—1427页。

② 毛泽东：《毛泽东选集》（第4卷），人民出版社1991年版，第1428页。

③ 毛泽东：《毛泽东选集》（第4卷），人民出版社1991年版，第1428页。

于那些农民干部来说，城市是完全不熟悉的陌生地方。……此外，伴随着不熟悉的是不信任。”① 这般描述尽管不无以偏概全，但也客观地指出了新中国成立以来无产阶级城市认同的某种事实，特别是农村干部对城市生活的不熟悉而引起的对城市文化的不信任的状况，因为“以集合农村革命力量去包围并且压倒不革命的城市这种做法为基础的革命战略，自然滋生并且增强了排斥城市的强烈感情”②。即农村是革命的，而城市则带有天然的保守性；农村是我方，城市是敌方。在孟繁华先生看来，20 世纪 30 年代，特别是左翼文学以来，城市属性往往与人的道德状况相连：“那些革命家把城市看作是保守主义的堡垒……是滋生社会不平等、思想堕落和道德败坏的地方。”③ 无产阶级建立的社会主义新中国，标志着无产阶级完成了对城市的解放和改造，在本质上确立了城市社会生产和生活方式的阶级属性。

这种把革命的农村与保守的城市截然对立的观念，是激进的革命经验和阶级思维造成的，也是形成 20 世纪 50 年代以来很长一段时间中国“城—乡”关系的经验模式。所以，在这样一种经验模式和思维方式的影响下，文学在表现“城—乡”关系时，逐渐形成了几类叙事模式：第一种模式“批判—改造”模式，第二种模式“放弃城市工作—建设农村”模式，第三种模式就是“进城—回乡”模式。

第一种模式，即“批判—改造”模式。这个时期虽然也出现了少量城市文化与乡村文化对比的文本，但是相关的叙事不但展开不充分，而且城乡对比的思维中仍然有“城市批判”的倾向。相关作品发表后最后的评判标准都是阶级标准，而非艺术标准，具体而言，就是以无产阶级观念和农村立场改造小资产阶级观念和城市思维。《我们夫妇之间》《霓虹灯下的哨兵》等作品表现得比较典型。萧也牧的《我们夫妇之间》尽管是一部短篇小说，篇幅不长，体格不大，但其中所写的城市生活以及“小

① ［美］莫里斯·梅斯纳（Maurice Meisner）：《毛的中国及其发展——中华人民共和国史》，张瑛等译，社会科学文献出版社 1992 年版，第 96—97 页。

② 孟繁华：《反城市文化的现代化悖论》，《传媒与文化领导权：当代中国的文化生产与文化认同》，山东教育出版社 2003 年版，第 76 页。

③ 孟繁华：《反城市文化的现代化悖论》，《传媒与文化领导权：当代中国的文化生产与文化认同》，山东教育出版社 2003 年版，第 76 页。

资产阶级”的城市认知在当时引起了较大反响。革命年代结成伴侣的李克和张英，被人称为“工农兵结合的典型”。新中国成立后，随大批革命者进入北京的男主人公李克，对城市生活有种莫名亲切感，他感觉自己又回到了“故乡”。小说这样叙述：“这城市，我也是第一次来，但那些高楼大厦，那些丝织的窗帘，百花的地毯，那些沙发，那些洁净的街道，霓虹灯，那些从跳舞厅里传出来的爵士乐……对我是那样的熟悉，调和……好像回到故乡一样。”① 李克对城市的熟悉与亲切，是一种久违的“故乡”记忆。而张英对北京城的生活很不适应，对很多人、事看不惯。她的抱怨更多来自眼前这个光怪陆离的、看不见劳动生产的、只有消费和享受的城市，地毯、沙发，以及大街小巷里满眼的鬈发、口红、霓虹灯、跳舞，城市在她眼里显然是一个张牙舞爪又不无摩登的怪物。显然这与农村的单一和朴素格格不入。进城后，张英进一步干涉丈夫抽烟、跳舞、藏私房钱等“自私”的“享乐”行为，认为丈夫和城市都需要“改造”，还包括男人和女人：“那么多的人！男不像男，女不像女的！男人头上也抹油……女人更看不得！那么冷的天气也露着小脚，怕人不知道她有皮衣，就让毛儿朝外翻着穿！嘴唇红红的，像是吃了死老鼠似的，头发像草鸡窝！……”② 相反，丈夫李克觉得这也再正常不过，倒是妻子大惊小怪，没见过世面。也就是说，城市在他们两个人之间很少有交集，最后只能引起“两个人的战争”，而“发动战争”的一方往往是在日常生活和经济地位并不占优势的乡下人。张英们很自然地拿革命年代的思维方式和话语方式教训丈夫，认为“我们是来改造城市的”，绝不能忘记“开展节约，反对浪费”，“我们应该保持艰苦奋斗、简单朴素的作风”的革命作风③，等等。在接受“批判与改造”中，李克逐渐意识到，“自己在思想感情里边，依然还保留着一部分小资产阶级脱离现实生活的成份，和工农的思想感情，还有一定的距离”④，而张同志也在不断地学习业务知识，在与同事的交流中逐渐意识到自己的不足，主动给自己买了双旧皮鞋，衣服也比以前整洁了许多，那种对城市生活的偏见在身处城市的过程中逐渐减小。

① 萧也牧：《我们夫妇之间》，《人民文学》1950年第1期。

② 萧也牧：《我们夫妇之间》，《人民文学》1950年第1期。

③ 萧也牧：《我们夫妇之间》，《人民文学》1950年第1期。

④ 萧也牧：《我们夫妇之间》，《人民文学》1950年第1期。

文本末尾，李克在“她真是个倔强的人”的感慨中，两人相互谅解，和好如初。这个作品应当说是新中国成立初期一个难得的“轻喜剧”。小说发表之初，好评如潮，但时隔一年半后，却受到严厉批判。[①] 需要注意的是，《我们夫妇之间》在发表之初，可谓好评如潮，至今仍具有可读性。作家通过“乡下妻子”的视角观察、评价一个陌生的城市，这种“类乡下人进城”叙事，无论从文学表现对象，还是城乡书写空间，以及城乡交往的可能性等方面来看，都具有非同寻常的意义。因为只有交往，才有可能消除偏见，只有沟通，才有可能相互包容。城乡社会仍然是一个需要沟通的网络，“沟通行动的相互理解功能，有助于文化知识的传递和更新……沟通行动的行为协调方面，使它有助于社会整合和社会连带性的建立”。[②]

有些可惜的是，由于当时处于新旧社会交替，整个社会对城市、城市文化的认识并不健全，城市与乡村的“沟通”几乎丧失了可能，甚至双方还带有某种敌视心理。本应该促成城乡交流和沟通的文本，在受到严厉批判之后，成为“批判—改造”的反面典型。

进一步看，社会主义新中国成立之初，城乡关系的一个鲜明特点是无产阶级国家以工业化的方式组织农民从事农业生产，工业与农业、工人与农民的关系已显现出一种工业化、合作化的特征。对于新中国成立之初的社会主义建设需要来说，新生的国家一方面要实现心理态度、价值观念、行为方式的现代化，并用“五年计划”的方式将现代化进程列出了时间表。另一方面，出于无产阶级的革命历史经验，革命者“只有保持‘非城市化’的生活方式，特别是革命战争时期的艰苦朴素的作风，才能保有无产阶级和社会主义者的本色，才能与资产阶级的生活方式保持必要的距离”[③]。可以说在物质相对贫困时期，只有描绘美好的愿景，才能调动其奋力实践的勃勃雄心，这是社会主义初级阶段典型的时代特征。因此，

① 批判观点可参见於可训、吴济时等编《文学风雨四十年——中国当代文学作品争鸣述评》，武汉大学出版社 1989 年版，第 257 页。

② 于尔根·哈贝马斯在论述“社会是一个沟通的网络”时的观点，转引自高宣扬《当代社会理论》（下），中国人民大学出版社 2005 年版，第 1021—1022 页。

③ 孟繁华：《反城市文化的现代化悖论》，《传媒与文化领导权：当代中国的文化生产与文化认同》，山东教育出版社 2003 年版，第 76 页。

“在思想文化领域、意识形态领域反城市的倾向，是中国农民文化在社会主义初期的具体体现”①。

在这种特殊的社会主义革命和建设语境中，城乡之间的流动首先体现为鼓励城市知识青年下乡锻炼，发扬艰苦朴素的革命作风，而不是成为城市的“享乐者”，其次是，作为小资产阶级成分的作家，需要深入普通百姓，他们必须频繁地在乡村体验生活。新中国成立初期，毛泽东提出党的工作重点是“由城市到乡村”“由城市领导乡村”，在社会主义方向问题上，明确了“城市领导乡村、工业领导农业”的方针。而在20世纪40—60年代，中国大地上出现了一系列土地改革、农业合作化、“大跃进”和人民公社的运动。这些运动多在封闭的乡村内部进行，是对“乡村文明化”和社会现代化历史进程的局部性追求。由此形成城市和乡村尖锐对立又共同存在的二元结构，“这一结构深刻地规定着城市和乡村政治状况的不一致性”②。“批判—改造”叙事模式，最终成为城市与乡村正常交往关系走向矛盾、对立的一种审美思维。正如费孝通认为城市与乡村是相克又相成的：“乡村和都市应该是相成的，但是我们的历史不幸走上了使两者相克的道路，最后竟至表现了分裂。这是历史的悲剧。”③

第二种模式，即“放弃城市工作—建设农村”模式。新中国成立初期，文学积极介入社会主义国家形象的建构，为社会主义新中国国家政权的稳固和发展寻求合法的历史依据。

为了配合社会主义国家意识形态的宣传，彰显社会主义国家在工业、农业等领域所取得的成就，新中国成立初期的小说叙事中出现了农村知识青年对城市的憧憬的描写，也出现了一些描写知识青年放弃城市而投身“新农村建设”主题的选择。柳青的《创业史》、马烽的《韩梅梅》、王汶石的《沙滩上》等小说就是这一时期影响较大的、涉及“城—乡”关系交往叙事的代表作。柳青在《创业史》中描写了当时城市招工报考的场景：当西安国棉三厂招女工的通知到了下堡乡。乡政府的大院子，拥挤着满院的闺女们。到县城报名现场后，徐改霞得知：“分配给渭原县的名

① 孟繁华：《反城市文化的现代化悖论》，《传媒与文化领导权：当代中国的文化生产与文化认同》，山东教育出版社2003年版，第76页。

② 徐勇：《非均衡的中国政治：城市与乡村比较》，中国广播出版社1992年版，第55页。

③ 费孝通：《乡土中国　生育制度　乡土重建》，商务印书馆2013年版，第359页。

额只有二百八十个女工，报名的突破三千了。光城关区就有一千多报名的。”① 许多像柳青笔下徐改霞一样的女青年期盼着能考进工厂，实现进城当工人的梦想，“奔向新生活”。这样的城乡叙事本应该也是社会主义新青年叙事题中之意，但是，一旦要塑造梁生宝——一个扎根乡村，建设乡村的人物，作者对于进城的问题的描写就显得游移了。为了发展互助组，梁生宝淡漠了男女之情，甚至不惜和父母闹翻，工作起来常常废寝忘食。有了这样的铺垫，作者写梁生宝到城里参加劳动，就颇有意味了。在1960年版的《创业史》中，作者写到梁生宝到城里，是为接受工人阶级教育。比如第一部第十六章有这样一个颇具意味的情节：梁生宝与徐改霞的爱情因为她“参加祖国的工业化”——到城里参加招工而出现了变化，梁生宝曾设法改变徐改霞“良好的愿望”。但是梁生宝也很快意识到：这样做，自己也不无自私心理。从私底下说，那就是为了把徐改霞留到农村，留到自己身边参加农业生产，多少有点为“达到个人目的”的自私。② 所以，与其说这是梁生宝个人的自觉，毋宁说是作者站在梁生宝的立场，对徐改霞进城参加招工而不顾及乡村劳动生产的提醒。因为两个人都在站在自己的角度去考虑对方时，自己本身可能带有作者所批判的“自私”，梁生宝和徐改霞在“城乡之间”终因选择相异而分道扬镳。

实际上，柳青一方面将改霞的进城与不支持合作生产的郭振山对她的鼓动相关联，另一方面又肯定农村青年进城参加招工对工业生产的现实意义，对于徐改霞这一人物角色及其价值指向的构思，体现了柳青在城乡关系上的矛盾，甚至不无辩解的努力。在写“带着爱情上的失意”的梁生宝的情节时，梁生宝被安排了一个重要工作——去中共黄堡区委会和区公所参加会议。从“城—乡”关系叙述的角度看，这个情节设置颇有意味。梁生宝参加会议的流程都是与那种“达到个人目的”的自私行为相对照。小说写道，梁生宝到区公所，看见的不是区公所的地理空间位置，也不是农民干部进区公所院子之后的新奇与陌生，而是“里三层外三层，挤成一大团”的庄稼人。他们不是在讨论农业生产丰收与歉收，而是在看一

① 柳青：《创业史》（第1部），中国青年出版社1960年版，第433页。

② 引号中的语句均出自柳青《创业史》，中国青年出版社1960年版（1988年5月第13次印刷，未标明再版，但在出版说明中明确指出：“这次再版时，作者又进行了一些重要的修改”），第258—259页。

场吵架，有老哥俩争着要将儿子过继给已亡的大哥，其目的是为了争得大哥因“无后”而留下的十多亩田地。原本是一个可以展开的家庭伦理的情节，却被放置于因自认为男女之爱显出的“自私自利”的梁生宝去开会之前，小说情节合理地转向梁生宝的“公家意识”，其接受“现实”教育的叙事也显得合情而又合理，梁生宝在区公所参加会议的目的和意义就再也清晰不过了。“梁生宝听了（两兄弟吵架）挖心地难受。他在整党学习中，听了区委王书记社会发展史的通俗报告。他现在又在痛恨一个可憎的名词——私有财产。”[①] 从文本接下来的叙述中可以看出，梁生宝认为继父和自己闹别扭、郭振山没有积极性、蛤蟆滩的土地不能尽量发挥作用，这一切都是因为“私有财产”，并将其上升为“人类的丑剧”加以批判。[②] 很显然，从叙事逻辑来看，梁生宝到城里去开会，不像是去开会，而是去接受一种思想教育。依循这样一种叙事逻辑，作者所塑造的劳动一线的“社会主义新人物”，首先是具有较高的政治素养和理想人格力量的完善道德，即梁生宝是传统道德意义上的好人，道德领袖，其次才是在技术革新、生产方式寻求变革的新型农民。

在梳理书写“放弃城市工作—建设农村”题材类型的小说时，不能不提及马烽的《韩梅梅》和王汶石的《沙滩上》。马烽的短篇《韩梅梅》着意塑造了一个与柳青《创业史》中徐改霞的人生道路选择（由乡入城）相反的高小毕业生韩梅梅的故事。韩梅梅升学失败之后，不像同学张伟一样去城里找工作，而是顶着家人“没出息的东西”的骂名，决心回乡参加农业劳动。在农业社里，作为有文化的青年，她原本可以去当“保管”，得到比较轻松的工作，可是当农业社进行工作分配时，需要一名社员去养猪，社员都嫌这个工作“脏”而不愿去，于是韩梅梅主动选择去养猪，而且克服了猪圈里的“脏”和“臭”。半年多的时间就挣了“70多个劳动日”工分，为农业社挣了1000多斤粮食，被选为了“劳动模范”。据马烽《在关于〈韩梅梅〉的复信》中讲述，1954年，当他在看了报纸上有关高小毕业生参加农业生产的通讯和社论，[③] 认识到高小毕

① 柳青：《创业史》（第1部），中国青年出版社1960年版，第260页。

② 柳青：《创业史》（第1部），中国青年出版社1960年版，第260页。

③ 相关社论是指《组织高小毕业生参加农业劳动》，《人民日报》1953年12月3日第1版；《关于山东蓬莱县潮水乡高小毕业生参加农业生产情况调查》，《新华月报》，1954年第1期。

业生参加劳动的重要教育意义后创作了《韩梅梅》。① 所以，马烽在《韩梅梅》中，着力要表现韩梅梅在农村工作的“意义”。因而，小说也特别设置了韩梅梅高小毕业后，是选择回乡参加生产劳动，还是留在城里发展的两难选择。选择的主动权虽在韩梅梅手中，但是选择主体的价值倾向偏于语文老师吕萍关于“在今天的新社会里，不管做什么工作都有前途”的教育，最后做出了回乡决定。小说最后，韩梅梅当选“劳动模范”，甚至“受邀参加省国营农场培训”的细节，都表征着作者有意在全力地诠释着“年轻人在农村广阔的天地间大有作为”，在劳动生产建设中才能彰显出她应有价值和意义的思想。至此，作者的创作意图也水到渠成。《韩梅梅》发表之后，1954 年的《文艺学习》杂志“短篇新作介绍”栏目进行重点推介：“他（马烽——引者注）用这个人物的模范事迹和思想品质，正面地对青年（特别是刚从中、小学毕业的青年）进行了一次劳动光荣的教育。”② 足以证明，政策引导对作家城乡价值选择产生了重要影响。

在这样的现代化想象和社会主义意识形态宣传下，小说创作出现了类似于马烽笔下的韩梅梅，赵树理笔下的王兰（《卖烟叶》），以及浩然的《艳阳天》中的焦淑红，康濯的《春种秋收》中的刘玉翠，王汶石的《夏夜》中的王树红、《沙滩上》的陈大年和陈囤儿，管桦的《葛梅》的中葛梅，韦君宜的《月夜清歌》中的秀秀等大量回乡参加农村建设的青年形象，就情有可原了。需要留意的是，这些回乡青年，他们无一例外都是高小毕业生或者初中毕业生，他（她）们曾经读书的学校无论是在城市还是乡村，已经并不重要，重要的是他们读书上学的经历和履历，他们对城市的和乡村的价值选择随着这一时期的城乡观念的变化而发生了改变。

所以，在“放弃城市工作—建设农村”的“城—乡”关系叙事中，主人公，特别是有机会进城的女性主人公放弃进城，不是因为她们缺乏进城参加工业建设的能力，而是通过进城还是回乡的认知决定了她们的最后选择。这种认识转变，并不是依据人物的成长，也不是通过人物的精神成长来完成，而是因为他们接受的“乡村建设对之于知识农村青年的紧要

① 马烽：《关于〈韩梅梅〉的复信》，《马烽文集》（第 8 卷），大众文艺出版社 2000 年版，第 168 页。

② 参见《文艺学习》1954 年第 4 期。

意义”？

第三种模式就是“进城—回乡”模式。在新中国成立后的“十七年”文学中，很少有作品专门写农村人进城后留到城里工作的完整叙事，大都写成为城里人后再次回到农村，参加劳动生产，建设农村的故事。

有关于“进城—回乡”的叙事在小说中主要是依靠“次要人物”的塑造完成的。有这样两个作品值得注意，一是《一架弹花机》，二是《韩梅梅》，这两个作品都是“山药蛋派”作家马烽的作品。小说《韩梅梅》的故事主人公是韩梅梅，高小毕业后的韩梅梅因为“社论”的引导和教育，毅然选择回到农村，建设农村。而作品中与之对应的另一个人物则是张伟，他在省城当了工人，他妈妈感到无比骄傲和荣耀，见人便说儿子当工人了，她知道“当工人是最吃香的”。这原本不是作者的叙事重心，也不是最终的叙事目的，但张伟及其母亲的人生选择却令更多“没能接受社论”的农村青年所羡慕。如果说，《韩梅梅》中的“张伟进城”对农村青年的影响是不积极的，那么，在另一篇小说《一架弹花机》中，张老大和张宝宝两个“次要人物”的进城，让更多农村青年看到了城市“洋气”和“新奇”，这使得“城—乡”关系的讲述，不只是一种“社论”的宣传，也不只是单一的意识形态教育，而是更为丰富的城市讲述。张老大和张宝宝曾因购买弹花机而进城，他俩回来后，全村男女老少聚拢到合作社院里，村民围着他俩，听他俩谈论城里的见闻。这时，“合作社院里真象唱戏赶会一样热闹，全村男女老少进进出出，都来看省城办回来的货物。有的问洋火多少钱一盒；有的问颜料多少钱一钱；还有的问省城里怎个热闹，火车汽车是个甚样子……”在此，“进城”成为“见过大世面”的标志，因而也会得到村民的尊重，折射出农民对城市生活的好奇、仰慕的普遍心理。宋小娥就因为张宝宝从城里给她捎回了“一个红红的化学梳子、一个圆圆的小镜子，还有一本蓝色的硬皮日记本”，所以“每天总要把这些东西拿出来偷偷看三遍，心里经常是热乎乎的，说不来是怎股劲”。这既是对恋爱中男女相互倾心爱慕的写照，又反映出农村青年宋小娥对来自城市的物品（工业产品）的爱不释手，直观而生动地表现了他（她）们对城市生活的渴望。很显然，在这类作品的潜文本中已经暗含了城市与乡村的对比，特别是二者在物质生活方面的差异。但作为小说的叙事也只能到此为止，因为故事的主人公是宋师傅，小说指向是宋师傅在弹花机买来后的心理反应和变化。作家的叙事目的在于交代张老大和张宝宝进城后学习先进技术，然后通过技术的学习和掌握，反过来改进弹花技术，改变农村，以改造落后的农村面貌。更重要的是，他们进城学习技术，是要通过改进技术，最后说服宋师傅，使其放弃传统的、以家庭为单位的弹花技术和劳动生产方式。也就是说，在“十七年”时期，城市的优越性只能在文本的裂隙中表现出来，唯其如此，城市生活讲述才能获得合法的讲述权力。尽管城乡之间的物资交换、文化差异、空间对比等丰富的内容没能完全展开，但相对于“放弃城市工作—建设农村”的叙事类型，“进城—回乡”的叙事显然要比前者单纯的“社论引导”而引起的人物心理转变的叙事逻辑显得更具合理性。也只有在这种情理逻辑的推动下，有关日常生活中的、以人为中心的城市与乡村关系才能真正地表现出来。

总之，在社会主义革命向社会主义建设的过程中，革命理论和战时思维被运用到社会主义建设当中，城市，在革命意识形态之下，首先成为改造对象，而后才是建设对象。农村和城市建设的新气象，以及农村与城市、农民与市民的常态化交往尚未充分展开。世易时移，文随境迁。“文革”结束后，80年代以来的中国“城—乡”关系及其文学表述逐渐显现出不同于前一历史时段的新内涵、新质素。

第二节 新文学视野中的“城—乡”关系（下）
——80年代以来的小说书写

新时期以来，随着制度层面的城乡交往壁垒逐渐被破除，八亿农民的吃饭问题作为国家战略提上日程，城乡之间的人口流动、文化交融等也日益频繁。“文化大革命”结束后，随即出现了少量直接面对“左”的思潮、描写农村题材的作品，[①] 以农民的吃饭、生活等基本问题，来回应、反思“左”的思潮。作家一方面是贴着时代写作，另一方面已经敏锐地洞察到，中国的社会生活开始从政治、革命主题转向日常生活观照，先前那种追求单一的工业化而造成的反城市化的后遗症将得以缓解，城市对乡

① 比如高晓声的《李顺大造屋》、张一弓的《犯人李铜钟的故事》、张贤亮《邢老汉和狗的故事》等作品较为典型。

村的排斥和乡村对城市的敌意开始逐渐消除，乡村和城市的决然对立将走向缓和。可以说，文学及时地参与和见证了这一社会发展和思想史变迁的历史。这就是20世纪80年代以来中国新“城—乡”的起点，也是中国文学“城—乡”关系书写的新内容。

一

城乡融合既是社会主义改革的结果，又是社会主义进入共产主义前的必经阶段。改革开放以来，随着农村分工分业的发展，城乡流动政策有调整。1984年中央出台了20世纪80年代以来的第三个中央一号文件《关于一九八四年农村工作的通知》，允许“农民自理户口粮到集镇落户”①。但是由于农村生产力的发展水平还不够高，城市和农村在生活方式上还有很大的差别，在衣、食、住、行等方面农村还明显落后于城市，又如教育、交通、医疗、社会保障等方面的差距仍然很明显。因而，在农村，物质生活得不到真正的提高，城市和乡村发展过程中的“交往”仍在试探当中。因此，中国城乡的发展，必须是以提高生产力发展为基础，仍然是马克思所说的“由社会全体成员组成的共同联合体来共同而有计划地尽量利用生产力；把生产发展到能够满足全体成员需要的规模”②，即通过生产力的发展，从根本上破除城乡二元结构，才有可能实现真正的城乡文化、空间的融合。

文学创作不仅能够及时反映社会生活的变化，也具有相对自足的想象、揭示、建构功能。现实主义作品《陈奂生上城》《人生》《平凡的世界》等小说就是及时反映典型的“城—乡”关系的文本。陈奂生之所以进城，是因为手上有了“余粮”，他通过勤俭节约，省吃俭用，可以结余一些粮食和米面，再通过自家的清油自制“油绳”，去县城卖掉，换来必需的生活用品。从商品的“交换”意义来看，陈奂生的进城已经完全不同于此前的农民进城了。这种不同，首先表现在进城者自主的商品交换意识，其次则是农民进城后表现出的相对自信，再次是他的进城是合法行为。他进城是因为与城里人做生意，是一种自主买卖，而不是有求于城里

① 《关于一九八四年农村工作的通知》内容，转引自周其仁《城乡中国》（下），中信出版社2013年版，第72页。

② 《马克思恩格斯全集》（第18卷），人民出版社1995年版，第371页。

人，当然也不是“诓骗”城里人。可以说，陈奂生是“城—乡”关系书写中一个具有新意的进城形象，因为长期以来，由于城市与乡村的隔绝，以及城市现代文化对乡村自在生活所造成的“挤压”，乡村的弱势仍然使空间流动和经济交往变成了一种不言自明的“弱者体验”。在“五四”新文学传统中，炫目的城市对于刚刚进城的农民带来的眩晕感和城市文明病对农民造成的身心伤害，是进城书写的贯穿性主题。

新时期以来，中国农业、农村、农民待遇和工业、城市、工人待遇同时获得提高，但城乡矛盾、城乡冲突仍然是这一时期社会发展的重要问题。由于城市的政治、文化中心地位，改革开放以来，市场经济在城市，特别是工业城市快速发展，城市对劳动力的容纳远远超出了农村，即城市相对于乡村而言，在吸纳剩余劳动力时显现出的“主体”地位明显，向城而去、“城市在高处”的生活方向和价值观念进一步改变了中国农民的乡土文化自信，进城（跳农门）成了近半个世纪以来中国城乡关系的主导观念。可以说，“陈奂生上城”是新时期农民进城的一个时代隐喻。在高晓声笔下，尽管新时期初期的进城农民有了生活资料的盈余，但是面对城市时，他们的“悠悠”心态，逐渐转为一种弱势体验。在《陈奂生上城》中，当陈奂生（因县委吴书记照顾）被安排到县委招待所时，他是激动的，也是感恩的。但当他知道在这样一个高级的招待所住一晚需要自己花五元钱时，他的内心却是复杂的。当陈奂生心疼地交出五元钱、离退房还有一点时间时，他便开始使劲地折腾，目的就是要将那五元钱以“折腾”的方式“消费”殆尽。在《陈奂生上城》里，高晓声写出了农民精神深处的“阿Q性”。倘若从农民进城史的角度看，陈奂生无疑中国文学进城农民形象的深化。

与高晓声所写的陈奂生相似，路遥在写城乡社会的变迁和中国农村的人心剧变时，也写了乡下人进城的炫目感。但路遥与高晓声的不同是，他写出了农民进城的自足与自觉，这又是对高晓声的进城主题的开拓，而《陈奂生上城》仍不无“流浪汉叙事”游历和好奇。在《平凡的世界》里，孙少安第一次进黄原城——这是在他的砖厂已经办出成绩之后。因为当时农民进城是受政策限制的，所以，孙少安在村里开了介绍信后坐车进城。进城之后，孙少安对地级城市黄原城的感觉就“乱了方向”，“当他斜背着那个落满灰土的黑人造革皮包从汽车站走出来的时候，立刻被城市的景象弄得眼花缭乱，头晕目眩，觉得和双水村的太阳都是相反的——”黄原城对孙少安来说，与其说是意味着城市文明，毋宁说是陌生与恐慌，甚至某种神秘。城市道路、宾馆、楼房等新的空间与自己与生俱来的双水村简直成了两个世界。在表现“城—乡”关系时，路遥的真切在当时少有人企及，这源于一个对土地有真切的情感，又有一种极力否定乡土社会落后的思维和生活方式的内心搏斗的情感判断。倘若没有真实而痛切的乡土情感和城市向往，是很难写出这样的“进城”体验的。路遥始终认定自己是有“农民血统的儿子”，是“既带着‘农村味’又带着‘城市味’的人”，坚信“人生的最大的幸福也许在于创作的过程，而不在于那个结果”，认为“只有在无比沉重的劳动中，人才活得更为充实”①。

在这个意义上看，“城—乡”关系便是新时期以来“农裔作家”城乡集体经验表达。可以说，“城—乡”关系则成为这一时期中国最为重要的、对人民生活影响最为巨大的社会结构存在，也是当下中国社会的文化心理结构。依此，“城—乡”关系书写也再次成为文学表现中国社会城市化、现代化的重要语码。作为对社会文化生活的想象与建构，高晓声、路遥、贾平凹、铁凝等一大批作家开始以饱满的笔触回应中国社会出现的制度变革，“城—乡”关系书写已成为时代解冻的“春之声”，为此后的“城—乡”关系书写释放了强烈的信号。

二

20世纪80年代以来，由于制度层面的城乡流动壁垒不断被拆除，以及城市化进程加速，城乡一体化已成为时代巨变的风向标。“城乡之间的物资交换、人口流动、文化交流等日益频繁，城乡空间成为一个最为重要的、对人民生活影响最为巨大的社会结构存在，也是当下中国社会正在形成的文化结构。”② 1980年，高晓声发表了《陈奂生上城》（《人民文学》），③ 开启了80年代以来“农民进城”叙事的先例，而后，1982年，路遥发表了《人生》（《收获》），铁凝发表了《哦，香雪》（《青年文学》）。1988年夏，路遥写完了100万字的长篇小说《平凡的

① 路遥：《早晨从中午开始》，北京十月文艺出版社2013年版，第5页。

② 张继红：《新世纪文学与新文学传统》，《当代文坛》2015年第1期。

③ 该小说发表于《人民文学》1980年第2期。

世界》，以全景展示的方式描写了西部乡土正在发生的巨变。这一系列作品，一方面回应了中国社会出现的新制度变革，另一方面又以饱满的笔触描写了城乡社会的矛盾和冲突。在描写乡下人进城寻找前途的小说中，路遥最具有自觉意识，甚至可以说，其作品对乡村与城市关系的影响从《人生》《平凡的世界》发表至今，其综合影响力超出了当代文学史上的任何一部作品。反过来看，这种影响又深刻地促进了“城—乡”关系的壁垒逐渐被拆除的进程和力度。路遥《人生》里所写的高加林进城，可以算作 80 年代以来的第一波进城潮，甚至让我们惊奇地看到，路遥竟然写出了一个二十年之后中国的普遍化的一个问题，那就是农民的城市化，或者说农民的市民化问题，且这个问题在二十年之后更成为一个社会焦点问题。这到底是路遥创作的偶然，还是社会发展的必然？路遥倾其毕生精力，关心“特定历史环境中发生了什么”，[①] 以及由此引发的能够贯穿中国社会人心裂变的问题，这是值得思考的！高加林的进城，及其中道而终的市民化，与后来进城务工人员的进城不同，因为他上过学，而后成为体制认可的城里人，暂时实现了他强烈的进城梦想；后二十年的农民进入城市讨生活，是刘高兴，出苦力或出卖身体。高加林是可能进城变成城里人的，但是刘高兴这样的人在现今的城乡关系中却难以变成城里人。《平凡的世界》中的孙少平，就是典型的城乡过渡时期农民市民化的人物形象，也是“进城后的高加林”形象的补充，在精神层面能与田晓霞指点江山，针砭时弊，但骨子里仍然保留着农民式的生活方式，万事不求人，很少主动与城市（人）交往，无论从社会空间归属感，还是心理空间认同感来看，他始终处于城市的边缘，处于进入城市、改变命运的“中途”。而高加林的城市化，要比孙少平更艰难，他所面对的，不是工作意义上人际关系，而是进城后巨大的道德压力。《人生》发表后，曾引起了很大的争论。因为高加林为了进城，为了改变自己的命运，和城市姑娘黄亚萍相好，把淳朴、善良的农家姑娘巧珍“闪在了半路上”。有人把高加林比作“于连”，即司汤达《红与黑》中的于连·索内尔，引出了道德困惑的问题，即如果个人的选择具有“合目的性”，那么，手段是否可以不完全正当。换言之，高加林以自己的爱情的牺牲来获得物质生活的改善，或者，

① 路遥：《早晨从中午开始》，北京十月文艺出版社 2013 年版，第 59 页。

当物质与精神不可两全时，以放弃一个来成全另一个，是否会受到道德的谴责。在《平凡的世界》中，孙少安的人生哲学就是，人为了改善生活，为了子承父业，可以放弃浪漫的爱情，而在《人生》中，高加林显得更矛盾，他既要逃离“面朝黄土”的生活，又珍惜与刘巧珍之间淳朴的爱情，更想得到黄亚萍浪漫的爱情。但是，他梦想的城市生活，只能放弃与刘巧珍的爱情。他们可以与孙少安和田润叶的爱情相比较，田润叶因为被父亲田福堂安排到县城上学，又到城里工作，这使得她与孙少安的心理距离越来越大。孙少安为了撑起那一个“烂包”的家，悲痛而压抑地放弃了田润叶，从而造成了二人（特别是田润叶）长期的痛苦和爱情悲剧。如此来看，高加林、孙少平的悲剧，归根结底是社会的悲剧，是进城而不能，进城而不得，进城而不安的一代农村青年的精神传记。

在80年代以来的“城—乡”关系书写语境中，进城是社会变革与个体生命精神相联系的命题。在作家笔下，一代人因物质贫困和精神的压抑，成为他们进城路上自我认知的最大的障碍。但是，这样的问题，在我们看来，恰恰是城市化带来的。乡村熟人社会让他们固守道德伦理，指责高加林的背信弃义，而城市的流动性恰恰是利益、机会驱动机制，也是乡村社会向城市社会转变的一种表征。这一系列问题，并非自路遥始，《海上花列传》《骆驼祥子》等进城小说早有呈现。路遥的意义在于，他竭力塑造一个“强大的灵魂”，即使失败了，“意识和灵魂应该继续攀登”的抗争精神。其作品能够打动人心的一个重要元素，就是他塑造的乡村社会的个体如果面对不公平的命运，并讲述他们怎样反抗，怎样让自己活得有尊严，在很大程度上写出了一代中国农村青年与贫穷和屈辱拼搏的生命历程。可以说，在这个语境中，人格主题与中国农民进城主题血肉相连。孙少平和孙少安两兄弟，无论是在农村还是在县城，他们都不甘贫穷，试图用一切可以改变贫穷的方式来改变命运。路遥通过《平凡的世界》细致地从一个家庭，一个村子，一个公社，一个县，乃至一个省，由小到大，因小见大，以广阔的全景视角讲述了中国当代历史的艰难变革，并以几对年轻人的婚姻、家庭、命运的变化展现了中国社会过渡、转型时期中国农民和农村改变贫穷，逐渐获得尊严的历史。不无可惜的是，这种尊严感的获得、人格的建立尚未完成，中国的城乡转型已经进入关键期，诸多问题没能寻得究竟，就已经转向了大规模的城市扩张和乡村突围。所以，路遥的意义就不仅是他写出了一代人在困境中的努力，而且揭示了城市化、现代化过程中必须面对、必须反思的现实问题，即贫困本身必然造成精神的困境。

在中国古代文学的叙述中，乡村在城市面前并不具有这种落后、自卑性，因为乡村具有生产性，是自在的，城市仅仅是商品交流流散地，同时在精神上，乡村是传统道德文化的承载地，而城市中的商人，在重农抑商的文化语境中并没有更多道德优越感。但是在中国现代文学的叙述中，这种城乡关系书写必须面对城乡关系现实，城市成了现代化的表征，乡村成了落后愚昧的象征，乡民也失去了精神意义上的自信和自足。高加林、孙少平们一旦进入到这样的现代化的话语叙述中，在城乡关系中无论怎样都会败下阵来。他们的道德纯洁化和高尚化，都会是一种自我的假象，而身处其中“奋斗者”，要么认同城市，竭力挤进城市，要么陷入漂泊无根，成为城市边缘的游离者。诚如张明廉先生所言：“在我们走向现代、融入世界的历史进程中，城市化是相当引人注意的一个显著趋势。不单大、中城市在扩张，小城镇也在发展，特别是农民正以前所未有的规模涌向城市，寻找他们新的家园。但乡土仍然‘包围’着城市，只是城市成为乡土中国触手可及的一个现实诱惑，已经进城的在这里左冲右突，正在进城的在途中艰难跋涉，没有进城的同样感受到城市带来的巨大冲击。他们的生活方式、价值观念正在经历前所未有的裂变。”① 这种裂变，农裔作家能够感同身受，但他们却始料未及。这里所言乡土“包围”着城市，既是地理空间意义的，也是社会空间意义的，更是心理空间意义的。从自然地理空间上看，由于乡土的裂变，“当下文学所关注的焦点和热点仍然在乡土中国，大多数小说家在面对乡土叙事与都市叙事的选择时，仍偏重在乡土叙事上；当然，这是与20世纪前半叶，同时也是与20世纪50—60年代的乡土叙事截然不同的另一种叙事”，② 而在社会空间和心理空间上看，“除相当‘前沿’的部分地域的一批作家外，在某些都市叙事中……或显或隐地处在乡土叙事视角上的某种微妙的情绪与心理。……

① 张明廉：《小说多元格局与陇原地域叙事——“陇军实力派·短篇小说特辑”笔谈》，《飞天》2005年第8期。

② 张明廉：《小说多元格局与陇原地域叙事——“陇军实力派·短篇小说特辑”笔谈》，《飞天》2005年第8期。

对特定地域文化情景中生活样态与人心世相的观照与想像，是在获得一种因开放而更加宏阔的视野后对自身认识的一种清醒”[①]。可以说，乡土、地域、城乡关系主题在20世纪80年代中后期成为更重要的文学表述领域，比如高晓声、路遥的进城叙事、寻根小说的传统（乡土）文化发掘、新写实小说中以历史的、现实的进城难题观照等，呈现了丰富而独特的“城—乡”关系景观。

三

20世纪是中国社会发展的重要转型时期，如何更好地保持传统的社会文明和现代社会秩序、传统文化和现代文化相对平衡，是新世纪[②]众多学科思考的重要问题。一大批实力派作家的乡土书写，担当“时代书记官”的角色，较为全面地书写了中国乡村社会在新世纪发生的历史性变化，如城市化进程中出现的乡村社会秩序动荡、乡村经济困窘、乡村自然生态破毁、乡村文化衰败、乡村伦理变异、农民精神价值焦虑等问题，也在文学发展的内在标准方面，如情感立场、价值判断、书写领域、典型塑造、叙事方式、语言运用、意象营造、情节模式等方面，不断地展现出一些新的美学特点。这一审美观照逐渐跨越了对静态的乡土社会的审美批判，更多呈现出城市与乡村的复杂关系。这里有对异质化的空间变迁的把捉，也有对落后与先进、愚昧与文明二元结构的理性辨析，更有对乡村文化伦理和城市文化精神走向交往融合的切身观照。具体而言，表现在如下几个层面。

第一，从符号化到具象化。倘若说，新文学传统中的“乡土文学”，特别是乡土小说中，人际关系的“结成”，不以春生夏长、秋收冬藏的乡土生活空间为背景，而是以新旧道德、世事伦常为抽象的概括，以确证乡土文化的衰朽，这种典型化的塑造、高度抽象的概括中，包含着作者鲜明的审美判断，它是现代知识分子批判传统文化的思想利器，那么，新世纪初，被称命名为“新乡土小说”的书写类型将小说叙事空间向城市甚至

---

① 张明廉：《小说多元格局与陇原地域叙事——“陇军实力派·短篇小说特辑”笔谈》，《飞天》2005年第8期。

② 本书所用“新世纪”具有特定的历史含义，并非仅指时间上的21世纪，所以有些表述上保留“新世纪”而不用21世纪。

荒野扩延，出现了“城中村”空间叙事、农民市民化转型叙事、“候鸟”迁移叙事及其动态的审美空间和“交往叙事”形态。新世纪文学立足于现代性视域下的乡村变革，作家开始以“交往”的眼光将乡村看成一个复杂多变的现实空间，这不同于“五四”新文学传统中“乡土文学”揭示的静态的历史空间，而是对乡土文学乃至新时期农村题材小说相对封闭的想象空间的重要突破，从而逐渐形成了文学世纪转型过程中新的审美形态和审美经验。也就是说，新世纪初的乡土叙事和“城—乡”关系叙事的审美表现方式开始从“想象化”转向“经验化”。比如，在新文学传统中想象化的“符号乡村”中，启蒙文学视野中的“乡土文学”中的社会空间，比如鲁迅的鲁镇、未庄、贺家坳、卫家山，或者王鲁彦、许钦文、蹇先艾等的故乡小镇、山地农村等，其间并没有具体的日常乡村生活，也较少深入邻里之间的家长里短，没有与乡土社会生产、劳作方式直接相关的喜怒哀乐，生老病死，进一步而言，这一时期的城乡关系书写缺乏因乡村生产劳动而产生的人际关系观照。所以，在乡村社会空间的意义上看人物关系，其背景是“挂图式”的，人物形象也是白描化的，人物关系也是抽象化的，所以叙事带有鲜明的写意成分，人物关系的社会化、时代化、命运化过程展开不够充分。尽管20世纪文学中的“乡土小说”“农村题材小说”与新世纪“新乡土小说”具有“同源关系”，比如二者对农民、农村的现实观照，但是二者已存在明显的差异，“乡土文学”叙事空间明显具有“符号化”特征。在新文学传统中，农村作为知识分子关注底层民众和农民阶层的一个社会空间概念，仅仅是作家回忆的、想象的精神家园，而不是变动的、日常的农村世界。也就是说，在“乡土文学”的启蒙审美视阈中，乡村文化有天然的、基于土地意识的封闭与保守，城市文明被赋予先进、开放，易形成新文化、新道德。同时，“乡土小说”中没有很好地体现出两种文化在日常生活层面的互动与交融，而仍然停留于单一空间的文化想象，甚至“乡土文学”作家提出“避开都市题材，专写边远乡镇中的人物和风景”，① 这是一种“单向度”的审美价值判断。

相比较而言，新世纪以来的乡村叙事则显现出日常化、琐细化的

① 此乃蹇先艾的写作宗旨，参见丁帆《中国乡土小说史》，北京大学出版社2007年版，第48页。

"现实乡村"景象，在手法上趋于写实，在观念上更接近现实主义。[①] 无论周大新《湖光山色》笔下的"回乡"青年面对乡村权力、乡村伦理底线溃败等的原生态人生世相的展示，还是孙惠芬《歇马山庄的两个女人》中以剥茧抽丝、层层深入的叙事展开过程对"回乡"女性隐秘心理的发掘与揭示，或是李佩甫《城的灯》《羊的门》中以诗意乡村书写人心冷暖的"新乡土小说"，他们或以琐细化的情节带动叙事，或以日常化生活呈现乡村社会的隐在变迁，在新世纪小说审美中表现得非常独特。

新世纪小说的这一审美方式，既是与新文学传统中"乡土小说"资源的一种"对话"，又显现了"城—乡"关系现实语境中乡土经验的世纪流变。

第二，从静态审视到动态观照。这里的静态化，主要是指作家以某种固定的视点观察"过去的时空"的一种回忆性写作。在"五四"乡土文学作家审美观念中，乡土文化被想象为一种愚昧落后、狭隘保守的旧的文化形态，周作人所期望的"土气息""泥滋味"，并没有得到很好地体现，反而不断强化了周作人所谓的"凌空的生活"。那些隐藏在历史褶皱中的鲜活的乡村生活，那些本应该通过文学细节能够呈现的乡村真实并没有得到丰富的展示。包括鲁迅在内的"五四"乡土作家，"凡在北京用笔写出他的胸臆来的人们，无论他们自称为用主观或客观，其实往往是乡土文学"，[②] 但是这些乡土文学作家基本都是被鲁迅称为"侨寓文学"的作者，他们流寓北京多年，无论是写故乡贵州的蹇先艾，还是钟情于家乡榆关的裴文中，都是采用一种鲁迅意义上的"二十年之后回故乡"的精神还乡的审美眼光，他们用远距离的"长焦"视镜观察记忆中的故乡，以此来隐现作者记忆中的乡愁，所以，鲁迅也认为，这种"侨寓"的眼光，"很难有异域情调来开拓读者的心胸"[③]。也就是说，乡土文学关涉乡土的作

① 有关转型语境下，乡土中国既有的秩序、伦理面临的困境与新世纪乡土小说的细节化、日常化叙事方式关系的论述，参见李志孝《论新世纪乡土小说的叙事特征》，《天水师范学院学报》2013 年第 6 期。

② 鲁迅：《〈中国新文学大系〉小说二集序》，《鲁迅全集》（第 6 卷），人民文学出版社 1981 年版，第 247 页。

③ 鲁迅：《〈中国新文学大系〉小说二集序》，《鲁迅全集》（第 6 卷），人民文学出版社 1981 年版，第 247 页。

品，也没有写出两种文化的互动与交融，而仍然停留于过去时态中一种单一空间的文化想象“专写边远乡镇中的人物和风景”①。在很长一段时间，乡村与城市的隔离未能被拆除。

侨寓北京、上海等大城市的现代知识分子之所以会以静态的眼光来审视记忆中的乡村，一方面，出于将大都市与乡土社会自觉或不自觉的对比，乡村的暗淡也显露无遗；另一方面，将乡村想象为静态的社会，是出于言说的方便，即将乡村确定为静态的靶心，作家（知识分子）则更容易“有的放矢”。事实上，静态不过是一种想象的状态，一种相对的存在状况，乡土社会时刻都在发生着裂变，只是这种变化没有城市和现代社会的变化迅速而已，正如费孝通在《乡土中国·名实的分离》中所言：“我们把乡土社会看成一个静止的社会不过是为了方便，尤其是在和现代社会相比较时，静止是乡土社会的特点，但是事实上完全静止的社会是不存在的，乡土社会不过比现代社会变得慢而已。”② 而这种因变化速率不同而引起的差异，在20世纪20年代的“乡土小说”叙事中没有得到很好的展示。尽管有因剪辫子而引起的“风波”（鲁迅《风波》），也有因跪地求欢犯了道德上的错误被赶出未庄的阿Q的“进城”（鲁迅《阿Q正传》），更有因拒绝改嫁、以头撞香案的祥林嫂的“反抗”（鲁迅《祝福》），但是，在这些风波、进城、反抗的一系列叙述中，乡村的变与不变并没有通过对乡土社会的日常生活方式的描写得以显现，其中新与旧、高与低，传统与现代、激进与保守等对立的主题，主要是通过两组对立的人物来体现，尽管“在新旧交替之际，不免有一个惶惑、无所适从的时期，在这个时期，心理上充满着紧张，犹豫和不安”，③ 而乡土社会“熟人世界”中的邻里的、乡情的，以及日常的、劳作的乡土社会几乎是缺席的。

在新世纪以来社会急剧转型的大背景下，情形发生了变化，从静态审视到城乡交往的流动叙事，出现表现农民从熟人世界走向陌生世界之后的主体性焦虑和迷失的“城市异乡人书写”。“城市异乡人书写”，从广义的

① 此乃蹇先艾的写作宗旨，参见丁帆《中国乡土小说史》，北京大学出版社2007年版，第48页。

② 费孝通：《乡土中国 生育制度 乡土重建》，商务印书馆2011年版，第79页。

③ 费孝通：《乡土中国 生育制度 乡土重建》，商务印书馆2011年版，第80页。

角度看，它是指农民进城叙事，从狭义的角度看，是指聚焦进城农民“在进城路上的迷茫与期待”和“进城后的城市认同”的叙事。这两类题材书写，是新世纪乡土小说创作的不倦的主题，有评论家说：“在乡土空间的开掘方面，城市异乡的书写是个亮点。”① 如贾平凹的《高兴》、尤凤伟的《泥鳅》、王安忆的《富萍》、周大新的《湖光山色》、孙惠芬的《吉宽的马车》、陈应松的《太平狗》、罗伟章的《我们的路》、范小青的《城乡简史》，等等。这些作品是新世纪乡土文学的重要构成部分，它们书写了农民进入城市之后的生活和他们的心理情感经历。那些进入城市的“他者”，遭遇了与乡村文化完全不同的另一种文化，城市文化不断地吞噬他们的乡村文化记忆。但是，因为他们无法改变的身份，即便是努力认同城市价值观的人，如《高兴》中的主人公刘高兴，城市并不认同他，但作家试图通过他的尊严感的维护对他赋予更多的情感认同和道德同情。作家一方面描写了农民工艰难的物质生活，给予了他们人道主义的同情；另一方面又揭示了“城乡意识形态”的超稳定结构形态，以及城乡两种文化的差异造成的农民工的心理、情感和精神问题。这类作品拓展了乡土叙事的疆域，让读者看到了农民生活状态的另一种面相。

新世纪“城—乡”关系书写与新文学传统自身时代新变之间的关系密不可分。新文学初期形成的“城市眼光—乡土批判”的乡土叙事传统，其思想根基建立在作家对乡土社会以血缘、家族为静态结构的审美判断。这一审美经验的改写发生在城乡关系壁垒被打破、城乡互动真正形成的过程中。这一变化是百年农民心灵史在新世纪的历史节点上的飞跃，也是新语境下文学自身审美表达的历史使命。

第三，从文化批判到日常生活观照。80年代以来，特别是新世纪初，城乡分割制度的坚冰开始消融，城乡流动壁垒进一步被破除，城市化进程加速，城乡一体、新型城乡关系已成为时代巨变的风向标。城乡之间的人口流动、文化交流等日益频繁，城乡互动关系成为城乡社会日常生活巨大的结构性存在，也是当下中国城乡关系调整的文化心理结构。铁凝的《哦，香雪》，高晓声的《陈奂生上城》，路遥的《人生》《平凡的世界》

---

① 李丹梦：《流动、衍生的文学“乡土”——关于〈新世纪中国乡土文学大系〉》，《南方文坛》2012年第6期。

等作品为此后的"城—乡"关系书写发出了及时而准确的信号。20 世纪 80 年代中后期，新写实小说中的《塔铺》《一地鸡毛》等小说则以历史和现实中的"进城""在城"难题，以"视点下移"（雷达语）和平视眼光表达了个体在面临凡俗生活构成的"泼烦人生"时的尴尬与无奈。同时，新时期初的乡土和市井题材，揭示了现代性对乡土文化的"拔根"引发的乡村伦理、民间道德的"溃败"问题。对此，我们不得不考虑，在当下城市化背景下，城市与乡村尽管文化空间不同、生活方式各异，但是，他们仍然会面临共同的难题，具体到个体的自我认知和社会认同，往往都会回到最真实的存在，即在具体语境下，作为"人"的悲欢离合。但是，在"城—乡"关系书写中，一方面，城乡文化"界限"在整体上渐趋消失，另一方面，城乡文化的"混杂性"导致作家"价值观的混杂"，即"农裔作家"在城乡价值判断中的乡土情怀和乡村批判。

20 世纪 90 年代以来，随着城市化进程速度加快，城市物质的繁华与乡村精神的凋败以共时的形态并置，至新世纪，这一倾向更加明显。在新世纪文学中，"城—乡"关系书写再度成为文学表现中国社会城市化、市民化的重要题材。"从 20 世纪 90 年代开始，中国乡土小说创作所面临的最大困惑，就是急遽转型中的乡土中国逸出了乡土作家们既有的'乡土经验'模式，曾经熟悉的乡村逐渐变得陌生起来。"[①] 这一时期，城乡社会转型的步伐进一步放快，乡村文明与城市文明、农耕文化与工业文化之间的冲突与交往也进一步深化。作家，特别是现实主义作家对此投以热切的关注，但是，对于这一转型中陌生的乡土经验，他们表现出此前少有的无奈与焦虑，这种陌生的乡土经验，给当代作家的冲击是巨大的，即便是那些农裔作家也很难适应这种变化。因为即使在偏远落后的西北农村，这种变化也来得如此突然、如此巨大，似乎让人猝不及防。贾平凹曾感叹，"记忆中的那个故乡的形状在现实中没有了"，"按原来的写法已经没有办法描绘"。[②] 宁夏作家季栋梁也说："每次下乡，都有一种落寞，甚至是迷失的感觉，不要说听到此起彼伏的情歌民谣，就是鸡鸣狗盗牛歌羊唱的情景也越来越稀罕了……曾经被我们描述过的乡村正在消失，留给我们的是

① 丁帆等：《中国乡土小说的世纪转型研究》，人民文学出版社 2013 年版，第 1 页。

② 贾平凹等：《关于〈秦腔〉和乡土文学的对话》，《上海文学》2005 年第 7 期。

大片大片的空白，留守村落的老人和孩子落寞地坐在这巨大的空白里，无所适从。”① 在确立价值判断时，他们几乎不约而同地表达相似立场：中国的城市化不能以终结乡村文明为代价。很明显，这种价值判断来自于个人的经验世界，而不是一种知识理性判断，但不无一种现实焦虑和制度期待。事实上，中国的乡土仍是广大的，即使在久远的将来，中国真正实现了理想意义上的城乡一体化，乡土文学作为传统也仍然会潜隐而顽强地存在，乡土精神也仍会延续，况且我们现在还在“转型的路上”。近年来不少立志于开拓乡土叙事的小说作家正在努力探索，比如在城市化观念不断冲击和改变乡土观念的时代背景下，王跃文的《漫水》、郭文斌的《冬至》、李佩甫的《城的灯》，以及王新军的“大地上的村庄系列”等为数不少的乡村浪漫叙事，这种叙事手法和叙事对象仍然被读者看好，不是因为城市霓虹灯光闪烁，也不是城市人心扑朔迷离，以满足乡下人进城者的好奇与欲望，而恰恰是因为这些作品所展示的一种自在和安逸，甚至一个乡村精神的乌托邦，且由于作品所营造的地域文化气息浓厚，显现出一种独立而自足的存在，从而形成了一个整体性的“审美场”。这种“亲和乡土”的浪漫叙事承续了传统文化基因中的道德理想。应该说，这种写作并非作家的偶发思古之幽情，而是契合了“城—乡”关系中文化守成中的现代乡愁。

城市与乡村的分野并不能完全推导出城市文学与乡土文学的对立或强弱，甚至我们认为，城市与乡村的分野最终必然产生两种生存空间和文化形态的对话与交往。分野的力度越大，对话和交往的可能性越大，尽管这种状况并非我们想要看到的。换言之，正是因为这种分野，才导致了当下乡土文学发展的可能，也催生了乡土文学的新空间，比如乡村空间、城乡交互空间、城中村、村中城等新的叙事空间。当然它的主题会变化，场域会变化，人物的精神构成会变化，思维方式和生活方式也都会变化，但作为精神家园的乡土人文传统不会断裂、消亡。

所以，在梳理了新文学以来的上述书写成就和创作经验的同时，我们仍然注意到，当下中国从“乡土中国”转向“城乡中国”的过程中，有关城乡中国的叙事和城市中国的想象仍有诸多不足。“乡土中国”的叙述

① 季栋梁：《恍惚　焦虑　困惑》（创作谈），《小说选刊》2011年第6期。

主要是通过城市观照才得以映照，诚如严家炎所言：“乡土文学在乡下是写不出来的，它往往是作者来到城市后的产物。”①

总之，在真正的市民社会尚未形成，乡村社会仍是当下中国重要的生存空间的大语境下，乡土记忆仍将与现代中国社会结伴而行，或确切地说，它是对现代化生活的一种映照或者反驳。当下的中国，现代城市文化与乡村精神的对话该如何展开？告别乡村生活，人们纷纷涌入城市，但生存环境的改变并未能割断我们的文化记忆——处于急剧转型中的中国社会，该如何找到归属感？倘若城市文化碎片还没有整合出完整有序的城市文明，矗立于我们心中的乡村精神、乡土世界以及人类的童年记忆会不会消失？它们将以怎样的方式与我们结伴而行？

① 严家炎：《中国现代小说流派史》，人民文学出版社1989年版，第74页。

第二章　“城—乡”关系书写中的知识叙事

中国“城—乡”关系的历史在中国古代文人士大夫的表达中若隐若现，居于政治、经济、文化中心——城中的诗人，他们对村居、田园、水村、山郭等乡村空间，或抒发归田园居的怡然自得，或借山水草木表达对官场的失意，并将其作为退出官场后“归隐之地”。但以现代性的眼光来看，这些书写尽管具有鲜明的文人情怀，但对于乡村的书写缺乏与城市日常生活的对比，并不具备现代意识的自觉。

近代以来的“城—乡”关系及其文学叙事的生成与古代诗词的农人同情和田园归隐的文学表述有其本质的差异，这主要表现在作家通过城乡的认知表达现代知识分子的自我认同，也渗透着接受现代观念的作家（知识分子）的知识观的变化。从此，文学与乡土、知识与命运等有别于传统文学的主题开始凸显。

第一节　“读报”“读书”与城市想象

近代以来，知识，特别是与民主、科学、平等、自由相关的现代知识的获得主要是通过阅读完成的，而阅读与否，往往被作为判断个体是否走向现代的重要标志。直至 20 世纪 80 年代对于城市青年来说，读报、读书仍是其获得知识的主要途径，而对于乡村主体来说，获得外界信息和科学文化知识的途径主要是阅读报纸。报纸是现代印刷业发展的结果，[①] 所传达的信息，时效性强，知识信息更新快，成为近代以来中国思想革新的标

① 也有论者认为，中国最早的报纸是《邸报》，“犹今日传达消息之各省驻京代表办事处也”。参见戈公振《自序》，《中国报学史》，中国和平出版社 2014 年版，第 23 页。

志，“盖报纸者，人类思想交通之媒介也”①。这种判断同样适合于作家。学者陈平原曾说：“在文学创作中，报章等大众传媒不仅仅是工具，而且已经深深嵌入写作者的思维与表达。”② 在中国城市化进程尚未完全展开、城乡社会处于试探性的交往过程中，乡村对城市一直处于羡慕与想象当中，表现为一种单向度的城市想象。在乡下人的想象中，城市人的生活方式就是一张报纸，一杯清茶，或者工厂车间，或者歌厅影院。在这诸多种想象中，乡下人最羡慕的莫过于与自己较为接近的“学而优则仕”者——因读书而“跳出农门”，进入城市，最有可能被想象为生活的成功者。所以，在80年代以来的“城—乡”关系书写中，有关看报、读书与城市想象的叙事就显得格外有特点。

读报，作为想象城市的一种方式，既是一种群众仪式，又是有城乡差别的“消费想象”。在《想象的共同体：民族主义的起源与散布》一书中，本尼迪克特·安德森说：“报纸只不过是书籍的一种‘极端的形式’，一种大规模出售但只短暂流行的书。或者我们可说，报纸是‘单日的畅销书’吧。尽管报纸在其印行的次日即宣告作废——奇妙的是最早大量生产的商品之一竟如此地预见了现代耐用品容易作废的本质——然而也正是这个极易作为的特性，创造了一个超乎寻常的群众仪式”和对于“报纸几乎分秒不差”的“消费想象。③”如果说，从20世纪90年代以来，中国的报纸的阅读及其引导地位在下降的话，新世纪以来这种局面更显得突出。但是，它在新媒体并不发达的时代，无疑牵引了一个时代前进的思想列车，戈公振先生在20世纪30年代曾说：“有报纸，则各个分子之意见与消息，可以互换而融化，而后能共同动作……报纸与人生，其关系之密切如此。”④ 也就是说，读报，既是一个人与时俱进的体现，又是超越同一时代常识判断的行为方式。

首先，在新中国成立初期的文学作品中，青年进城书写别有意味，在情节设置和人物价值取向上，知识扮演着重要的角色。如果说，在物质充

① 戈公振：《自序》，《中国报学史》，中国和平出版社2014年版，第1页。

② 陈平原：《文学史家的报刊研究》，《中华读书报》2002年1月9日。

③ ［美］本尼迪克特·安德森：《想象的共同体：民族主义的起源与散布》，吴叡人译，上海人民出版社2005年版，第31页。

④ 戈公振：《自序》，《中国报学史》，中国和平出版社2014年版，第1页。

裕时代，常阅读报纸的作家在写青年进城时，往往留有鲜明的政策指令的痕迹，特别是1956年后，由于工业生产的“跃进”方式引发的“招工”潮，大量农村知识青年参加工厂招工，这给本来脆弱的城市造成了巨大压力，城市的容纳、消化进城务工人员的能力面临巨大考验，比如住房、粮食的紧缺。相应的问题也引起了作家的关注。扎根农村的作家对农村青年进城的合法性叙事也开始有意地借助知识书写进行叙事“调控”，特别是对主人公凭借知识进城的合法性进行了改写。留到农村则是新中国社会主义文学中的一个鲜明的指向，这和1956年之前的叙事模式和叙事内容选择有较大的区别。1955年，马峰出版的《韩梅梅》，曾引起当时很多青年读者的注意。该小说写乡村青年的进城愿望未成，但仍通过阅读报纸，获得文化知识，以实现其人生价值的故事。没有考上中学的韩梅梅，回乡从事劳动生产，但她不希望自己成为一个普通的乡村女孩，她改变自己命运的方式就是读报纸。在报纸上学习文化知识，通过读报学习养猪经验，改变了本村猪圈的卫生，也降低了猪仔和母猪的死亡率，韩梅梅最终成为留在农村的有为青年。可以说，读报——获得科学文化知识，直接改变了留乡女性的命运。

韩梅梅虽然选择了留村参加劳动生产，但她用读报、改变农村生产状况的方式消解“进城—留乡”矛盾。她虽没有进城，但是并没有后悔，因为她的科学、文化知识，为村民带来了实际利益，她也受到村民的喜爱和尊重，她的人生价值得到了实现。也就是说，韩梅梅完成了“在大地上写诗”的人生理想。需要注意的是，这篇作品对主人公进城的归因相对客观，并没有明显的政策规定、引导的倾向。

而在周立波颇具传记色彩的人物报道《王秉源和韩文恭》和康濯短篇小说的《春种秋收》中，作者对于因不安心于农业生产、抱怨农村缺少报纸的行为表现出了鲜明的道德的批判。1955年周立波撰写的《王秉源和韩文恭》，主要谈及贵州一名回乡知识青年王秉源在农村工作五年后，仍然未能扎根农村，而是“流露出对城市生活的向往，以及对农村工作的厌恶”。[①] 对农村的情感，他认为自己“长期被封禁在文化落后，毫无物质文明的深山村子里，很难看到一次报纸，无法向外界了解新鲜的

① 周立波：《王秉源和韩文恭》，《中国青年》1955年第20期。

事物”，外面的世界快速发展，而自己“却是聋子、瞎子”。[①] 作者主要是通过王秉源厌恶农村与韩文恭扎根农村的态度对比，批评了王秉源所流露出的“向往城市”“厌恶农村”的心理倾向，肯定了全国社会主义建设积极分子代表韩文恭，并告诉读者，韩文恭起先也有过摇摆，后因旁听了“县常代会”关于“总路线”的报告后，明白了“农业也很重要，社会主义工业化要靠农业来支持”[②]，他的思想转变较为顺利。而王秉源之所以“对农村工作”有“厌恶心理”，一是农村物质基础差，二是农村信息闭塞，“很难看到一次报纸”。实际上，后者——“很难看到一次报纸”，更令王秉源苦恼。也就是说，是否有报纸可读，则成为彼时回乡知识青年确证自我、了解新知、评价城乡之异的重要标准。总之，在农村青年进行城市和乡村的想象与对比中，他们将城市作为实现自己人生理想的舞台，而通过读报获得知识是他们最理想的途径。不无可惜的是，由于作者以先入为主的“不扎根农村而向往城市，就是不务正业”的观念，使得读报行为与农村青年现代追求的内在关系被宏大的叙述格调所遮蔽。

至 1957 年，作家对乡村知识青年进城的审美判断出现了微妙变化，比如康濯创作的《春种秋收》[③]。小说叙述逻辑是这样的：农村女青年刘玉翠渴望进城，但进城愿望未遂，回到农村参加农业生产。刘玉翠和周昌林是岭前庄和岭后庄的知识青年，言谈举止并不像纯粹的农村青年。他们还保留了城市的生活方式，比如谈恋爱时，男女双方都有主见，都是下地干活的能手，都追求进步，关心国家大事，喜欢看报，特别是《青年报》。他们谈论与父辈不同的人生理想，要把读报、读书得来的新知识“好好跟村里的老人们宣传宣传”。[④] 他们后来通过所学知识，积极影响了岭前、岭后农业合作社。对于进城，作者借“副书记”之口，站在国家政策的角度指出农村青年（特别是刘玉翠们）应当“在农村里负起建设责任，这才是国家的和自己的远大前途”，[⑤] 同时对于这对青年因为共同的爱好——读报始终是肯定的，即没有将读报与城市以及“不安分”心

① 周立波：《王秉源和韩文恭》，《中国青年》1955 年第 20 期。

② 周立波：《王秉源和韩文恭》，《中国青年》1955 年第 20 期。

③ 康濯：《春种秋收》，《收获》1957 年创刊号。

④ 康濯：《春种秋收》，《收获》1957 年创刊号。

⑤ 康濯：《春种秋收》，《收获》1957 年创刊号。

理相连。在这一时期，“报纸（知识）叙事”的合法性则以另一种方式被认可。由于报纸几乎成了那一代农村青年完成城市梦想的唯一媒介，所以，小说中呈现的报纸叙事中的城乡审美便是20世纪五六十年代农村青年完成城市想象最真实的精神载体。

将上述“知识叙事”的审美倾向综合起来看，我们仍然会从文本细节处看出“读报”主体复杂的城乡态度。倘若有机会进城，农村青年应该待在农村还是进入城市，这是他们面临的事关理想和命运的选择题；当城市的大门向农村青年敞开，他们会安心扎根农村，还是进城当工人，这是摆在农村知识青年面前的难题。如果不是道德意义的感召，或者建设乡村的政策引导，他们会选择逃离农村，进入城市。尽管在选择进城时，他们对乡村的情感是非常复杂的，“比起大字不识的农民，读过书的农村青年与城市的距离更近，对农村的拒斥感更强烈，进城的渴望也就更强”①，但是农村青年因为阅读和学习，获得新知识，书本中的新知识和新生活方式更适合不愿墨守成规的知识青年。可以说，在没有更新颖的传播媒介的时代，读报，读书则是“回乡青年”② 和“在乡青年”对城市（外界）的一种想象方式。虽然乡村有他们的父母、兄弟姐妹，有温暖而感人的亲情记忆，乡村也可以实现“远大前途”。但是，城市相对富裕的物质生活，仍然是他们美好梦想的一部分。在那里，他们既有可能逃离父辈靠天吃饭的命运，实现刘玉翠们“城市！学习！建设!”③ 的梦想，又能逃避“熟人社会”的道德压力。可见，他们对城市生活的想象和城乡差距的认知，一是来自于学生年代“在城”的生活经验，二是通过读报、读书所得来的城市想象。

其次，新时期初期的农村青年的城市想象更多通过读报和收听无线电广播来完成。新时期以来，“进城叙事”随着城乡政策壁垒逐渐被拆除逐

① 詹玲：《改革开放以来小说视域中的城乡问题研究（1978—2012）》，中国社会科学出版社2015年版，第9页。

② 这里说的“回乡青年”是指身份（或家庭）在乡村，但有城里生活经历，而后又回到农村的青年人。与之相区别的一个概念是“下乡青年”，后者是指身份、工作、家庭“在城”，而为支持、支援农村，暂时到农村的青年。

③ 这是《春种秋收》中刘玉翠曾经曾经的“城市梦”，参见康濯《春种秋收》，《收获》1957年创刊号。

渐兴盛，但这一时期的作家的进城体验远没有他们真正进城之后那么深刻。无论是高晓声、路遥、贾平凹的进城叙事，张炜、李佩甫的乡土记忆，还是莫言、韩少功、阎连科的乡土反思，其思想的根基仍然在乡土社会，作家对城市的最早认识仍然来自于读书和读报。路遥在写《平凡的世界》时，曾有大量的读报经历，即是一个典型的例证。[①] 可以说，如果没有大量的读报、剪报的经历，路遥的"城乡交叉地带"[②] 和乡土变革的写作会是另一种情状。读报不仅成为知识青年、作家认识世界的方式，也是他们获得知识、自我认同的有效途径。在路遥的《人生》中，高加林经常看报，以此完成了他人生停歇阶段（民办教师被顶替）的继续"充电"。而当刘巧珍来城里看望高加林，说及"你们家的老母猪下了十二个猪娃"时，刘巧珍不断地讲述自认为有趣、好玩的农村景象，以表达她对高加林的思念和亲近。未曾想，高加林对此非常反感："哎呀哎呀，你快别说了！"这里需要注意的细节是一连串的动作描写："加林烦躁地从桌子上拿起一张报纸，脸对着，但并不看。"[③] 这一张"报纸"挡住的不只是高加林的脸，更是挡住高加林和刘巧珍这一对身处城乡的恋爱通道。也就是说，作为知识载体的报纸在文本语境中暗示了乡村与城市的分野，成为区分传统与现代的标志性符号。所以，刘巧珍最自卑的是自己不识字，她喜欢识文断字、喜爱读报读书、有知识、有文化的高加林，而高加林却以报纸——这一时期最能体现知识分子身份和地位的"盾牌"阻挡了她向往知识的视线。刘巧珍曾经的温暖和热烈顿时被冷却。而小说进一步强化二者差异的细节是：高加林感到刘巧珍所言内容乏味，与父辈见识无异；与此相并置的情节是"他与黄亚萍那些海阔天空的讨论"，还有报道稿，以及在报纸上发表的诗歌，于是"他心里不免涌上了一股说不出的滋味"。[④] 在这里，报纸看似一个无意安排的细节，却蕴含着丰富的意

---

① 路遥曾在写作前找来了这十年的《人民日报》《光明日报》、一种省报、一种地区报和《参考消息》的全部合订本。参见路遥《早晨从中午开始》，北京十月文艺出版社 2013 年版，第 21 页。

② 路遥曾提出过"城乡交叉地带"这一词语，在《路遥自传》中，路遥说："我的作品的题材范围，大都是我称之为'城乡交叉地带'的生活。"参见路遥《早晨从中午开始》，北京十月文艺出版社 2013 年版，第 292 页。

③ 路遥：《人生》，北京十月文艺出版社 2013 年版，第 124 页。

④ 路遥：《人生》，北京十月文艺出版社 2013 年版，第 124 页。

义。在男与女之间、城与乡之间，作为一种符号的媒介——报纸，已成为推动故事发展、展开人物内心活动、展示“城乡交叉地带”的文化象征。如果说，高加林在刘巧珍到达县城之前的无奈和困惑，是理想和道德之间的二难选择，那么，刘巧珍见到高加林后搁在眼前的那一张报纸，就是因知识的差距所带来的现实的屏障，它真实地将刘巧珍阻挡在高加林的知识世界之外，从而以含蓄而不无冷漠的方式替高加林做出了选择。符号在这里具有了意味，或者说，形式本身具有了丰富的意义。

无独有偶，以知识符号（报纸）作为横亘在城市与乡村之间的屏障的情节，在新时期初期以“进城”为主题的《陈奂生上城》中同样有显现。当陈奂生有了余粮，就主动与县城人做买卖（卖油绳）。他因着凉得了重感冒，后被县委吴书记安排到县政府招待所。当他终于想通不应当占公家便宜而准备结账时，不知情的女服务员起初以为，被县委书记照顾的人必然“非官即富”。但是，当她看到陈奂生因交五元钱而表现出窘态时，态度变得不冷不热，并以一张报纸将自己与陈奂生隔开。也就是说，报纸，再一次成为“城—乡”关系书写的一个重要语码和象征符号——

> 他心里不安，赶忙要弄清楚。横竖他要走了，去付了钱吧。
>
> 他走到门口柜台处，朝里面正在看报的大姑娘说：“同志，算账。”
>
> “几号房间？”那大姑娘恋着报纸说，并未看他。
>
> “几号我不知道，我住在最东的那一间。”
>
> 那姑娘连忙放丢了报纸，朝他看看，甜甜地笑着说：“是吴书记汽车送来的？你身体好了吗？”①

这个细节可谓意味深长！陈奂生的县城印象就是由高级沙发、高楼大厦、高级轿车等一个个高大的“物”——“他者”构成的。这使得他对县城的一切既充满好奇，又不无畏惧。等他醒来后发现的第一个“人”——招待所柜台的大姑娘，一开始让他感到亲切，但那张“横”在他们面前的“报纸”已经足以让他感到陌生。当陈奂生接到发票，以火

① 高晓声：《陈奂生上城》，《人民文学》1980年第2期。

钳烫手似的窘况认出“五元”两个字而纳闷时，“大姑娘立刻看出他不是一个人物”——尽管他也拿出了零碎的钞票数够五元。“这时大姑娘已在看报，见递来的钞票太零碎，更皱了眉头。”① 至此，陈奂生在城市、知识和“现代”面前的自卑暴露无遗；同样，他对城市、知识、公家的认识开始变化。在自我确证的过程中，陈奂生意识到自己本就是一个“农业社员”，他不属于这个城市，也不可能被城里人接受。当然，陈奂生并不奢望自己成为城里人，而是希望不被城里人鄙视。陈奂生的疑惑是，大姑娘是读过报纸的“读书人”了，为什么仍然会“小看”乡下人呢？也就是说，陈奂生对知识化、现代化的城市想象造成了自我认识的迷惑，甚至焦虑，于是他试图缓解这种焦虑和不安。从县城返回村子后，他不断地讲述在城里的见闻。原来拙嘴笨舌的陈奂生，也能像说书人讲孙悟空大闹天宫、三打白骨精一样讲述自己的“进城经历”，但他无法讲出“作为农民”的尴尬经历。

阿兰·德波顿在谈及个体在具体社会关系中的身份焦虑问题时，特别对80年代以来中国社会整体性的身份焦虑提出了他的看法：“新的经济自由，使数亿中国人过上了富裕的生活。然而在繁荣的经济大潮中，一个已经困扰西方世界长达数世纪的问题同样东渡到了中国：那就是身份的焦虑。”② 我们认同阿兰的判断，身份的焦虑在新中国成立初期，由于工农联盟的基础地位写入《共同纲领》和《中华人民共和国宪法》，③ 农民和工人基本实现了政治意义上的翻身与解放，其个人获得感和国家认同感显著增强。但是新时期以来，由于市场经济快速发展，个人与集体、先富与共富、城市与乡村等矛盾越发突出，这主要表现为基本温饱解决后他者评价所带来的情绪体验，即“我是谁，他们怎样看我，我想要怎样的生活”。在陈奂生的进城语境中，中国人虽然并没有过上富裕的生活，而只是稍有余粮，但作为农民，陈奂生们深感城里人在乡下人面前的优越感，这使他们心理不断失衡。即使到此后中国经济稍有好转的《平凡的世界》

① 高晓声：《陈奂生上城》，《人民文学》1980年第2期。

② ［英］阿兰·德波顿：《中文版序》，《身份的焦虑》，陈广兴、南治国译，上海译文出版社2007年版，第1页。

③ 具有宪法性质的《共同纲领》和《中华人民共和国宪法》明确规定，新中国的国家性质是：以工人阶级领导的，以工农联盟为基础的，人民民主专政的社会主义国家。

语境里，这一状况仍然非常明显。比如，高加林进城拉粪，受到城里人张克南母亲的羞辱的细节，更具震撼力。于是，“人穷志不短”的古训很快成为他们的人生格言，他们下意识地接受了“知识改变命运的信条”，通过科学、理性知识的获得，以确保个人尊严能够保值。在尊重能看报、肯读书的个体行为这一价值观方面，城市与乡村是无差异的，甚至是平等的。比如在《平凡的世界》中，孙少平对广阔的现实社会的认知不是来自课本知识，而是城里姑娘田晓霞。他钦佩田晓霞敏锐的思维和不随大流的个人气质。那么，作为城里的“高干子女”——田晓霞，她对世界认知又来自什么呢？小说这样叙述：“晓霞告诉他（孙少平——引者注），她父亲说过，一个中学生就要开始养成看报的习惯，这样才能开阔眼界；一个有文化的人不知道国家和世界目前发生了什么事，这是很可悲的……”① 孙少平对田晓霞这个城里姑娘的眼界和视野赞叹不已，更对她的在办公室里读报的“她父亲”心存敬意。孙少平知道，田晓霞甚至可以对报纸上发表“重要文章”的“名人”予以判断，这主要来自于她父亲——县革委会副主任的田福军那里得来的《参考消息》。孙少平的社会观和人生观也因此得到极大改变。田晓霞竟然能像他父亲一样，将盛行一时的“报栏观点”——“全国形势一片大好”批评得头头是道：“这家伙（初澜——引者注）又胡说八道了”，“你难道看不见吗，现在的农民连饭都吃不上，你是农村来的，你又不是不知道”，“这些人就是胡说八道！咱们国家叫这些人弄得一团糟！”② 田晓霞对当时流行的“大好形势”进行了大胆的评判，也毫无掩饰地认为孙少平是一个有“气质”的青年。这种评判和表扬，让孙少平这一出身于农村的青年大受鼓舞。也就是说，阅读报纸，又能通过反观报纸，对孙少平的常识判断和境界提升起到至关重要的作用。在路遥的叙述中，读报这一方式以及所读报纸内容对田、孙两个人物形象的塑造作用甚大。在孙少平新的世界观形成中，报纸《参考消息》无论在情节的推动还是叙事的策略来说均起到非常重要的作用。

有关报纸作为创作资源和叙事动力的问题，路遥曾说，为了深入掌握

① 路遥：《平凡的世界》（第1部），北京十月文艺出版社2012年版，第179页。

② 路遥：《平凡的世界》（第1部），北京十月文艺出版社2012年版，第179页。

中国和世界近十年的发展，仅凭个人的经验和判断是不行的，必须通过读报这一种方式不断与外面的世界建立关系。在《早晨从中午开始——〈平凡的世界〉创作随笔》中，路遥曾说：“我找来了这十年的《人民日报》《光明日报》、一种省报、一种地区报和《参考消息》的全部合订本。”[①] 作者说：“我就把过去十年的报纸包括《人民日报》《陕西延安报》《榆林报》拿来一天天往过翻，一直翻得手指头毛细血管露出来，疼得不能在纸上搁，只得用手掌的一侧把报纸翻过去。”[②] 大量的重要文章，每一天的大事件，都要全部记下，这样再以此与世界建立一种关联，同时也以理性的方式看待外面的世界，这是路遥创作的前期准备，也是他热爱的女主人公田晓霞的做事风格。田晓霞最终以省报记者的身份践行了自己的人生理想，成为《平凡的世界》的读者最难以忘怀的人物之一。

在这个意义上，我们似乎能够理解路遥作品中的人物为什么能够一面啃着黑面馍馍，一面看着《参考消息》《人民日报》的理想主义情怀；他们虽然干的是繁重的体力活，但关注着社会变革；他们的物质是贫穷的，但精神又是那样富足。这就是路遥所写的新一代青年农民。虽然他们有非常“实利”的一面，但又不乏浪漫的成分。这就是路遥对新一代走出农村的青年农民真切的塑造，更是农村青年突破乡村封闭空间和落后思维最直接的动因。很显然，在路遥的创作中，读报是非常重要的一种叙事元素，它一方面成就了路遥开阔的视野，另一方面又通过读报这一行为丰富了小说人物的内心世界，成为新时期初期“城—乡”关系书写不可忽视的叙事元素。

当然，另一种情况也值得注意。尽管报纸成为农村与城市、落后与文明、传统与现代隔绝的分水岭，但对陈奂生、孙少安等“进过一回城”的农民来说，他们能够获得这种报章资源的可能性很小，即便是他们有了这相关的资源，也不一定有阅读和深刻理解的能力，对于外面的世界，对城里人的生活方式和价值观念也就无从了解。在这一点上，进城叙事作家的思考尚未能真正展开。有论者认为，老一代农民“由于祖祖辈辈生活

① 路遥：《早晨从中午开始——〈平凡的世界〉创作随笔》，《早晨从中午开始》，北京十月文艺出版社 2013 年版，第 21 页。

② 路遥：《文学 · 人生 · 精神——在西安矿业学院的演讲》，《早晨从中午开始》，北京十月文艺出版社 2013 年版，第 218 页。

在本地的村社，对能否迁到城市不太关心。但年轻的农民，特别是当他们从报纸和收音机以及现在日益增多的电视机中了解到更多的外部世界后，他们可能感到沮丧”①。年轻人的“沮丧”，其结果则是对乡村的鄙视和对城市的憎恨，城乡之间的交往因此面临又一重难题。而对人物知识缺陷的无选择认同，反过来让不少城乡书写作家缺乏一种现代意识，特别是中西方文化对比结构中超越性眼光：“中国作家的乡土书写普遍存在传统与现代、城市与乡村的‘道德互否’现象，被动地陷入‘两极作战’的道德窘境。当下中国作家的乡土写作，需要在认识论上突破现有误区，不能纠缠在传统与现代、城市与乡村的‘冲突’思维构架中，而要在更高的价值视点下审察乡土的现实命题，同时要正确处理经验事实与文学事实的差异性关系。”② 换言之，“城—乡”关于书写的作家极有可能简单地将是否读报作为是否现代的标志，而把不能读报判断为落后的，从而与自己的“乡土情结”出现矛盾。

总之，读报叙事，很容易简化为主人公学习科学文化知识的符号化行为，且相类似作品在新时期的“城—乡”关系书写中尚未引起足够的重视。这种情节的设置更多是叙述者推动故事的需要，即一种叙事策略。至于读报怎样深层次地影响进城与回乡青年的精神成长和人生历程，其书写尚不够丰富，这在“城—乡”关系书写中还有待深入展开。而从“读报”到“读书”的叙事主题在某种程度上丰富和拓展了一种更具当下性的“城—乡”关系书写。

再次，“读报”演化为“读书”。大地上写诗，是“城—乡”关系书写中对乡村生活一种诗意化的表述，而“在办公室读报”是乡村对城市生活的一种想象。能读报，成为一种单纯的身份象征，或者是能够占有某种知识资源的标识。在新时期的“城—乡”关系书写中，农民对城市读报想象则演化为农民子弟的读书考学的进城叙事。换言之，真正改变农家子弟命运的，则是通过系统的读书学习，参加国家选拔考试。

高考制度，从本质上来说虽然是一种“学而优则仕”的人才选拔方式，但也是撬动中国城乡观念最直接动力源。80 年代以来，中国城市与

① ［美］R. 麦克法夸尔、费正清编：《剑桥中华人民共和国史·下卷：中国革命内部的革命（1966—1982）》，俞金尧等译，中国社会科学出版社 1992 年版，第 674 页。

② 周保欣：《乡土叙述的“冲突”美学与道德难度》，《人文杂志》2008 年第 5 期。

乡村关系的调整和城乡价值的融合主要来自于城乡制度的调整和高考制度的恢复及变革。通过读书，成千上万的农村青年进入城市。作为个体奋斗的方式，每个学子的进城史都是一部漫长的、不可重复的励志史。他们并不像20世纪五六十年代那样，响应某种集体号召到农村去，而是尽可能留到城市，他们“向城而生”，而不是从哪里来，到哪里去，整个社会也对这一部分青年“以知识改变命运”的奋斗方式予以理解和宽容，并赋予更多的赞赏和尊重，因为“城市在高处，乡村在低处”已经成为城乡社会主导性的价值观，而“人往高处走”的流动原则支持了他们进城或回乡的道路选择。

由于长期以来的城乡壁垒的存在，以及城市文明对社会发展的引领作用，所以，对于农村学子而言，城市，已成为农村学生心目中先进、现代的代名词，而乡村则成为落后、传统的同义语，而他们改变人生轨迹、走向现代生活的方式就是通过公平竞争的方式参加高考。相较而言，在“上山下乡”的时代语境中，无论是农村青年回乡参加劳动生产，还是“下乡知青”向往曾经的城市生活，他们必须按照组织统一安排，即不能通过读书考学、公平竞争的方式回到城市，知识已经不是知识青年个人道路选择的砝码。所以，在“文革文学”“知青文学”中出现了大量“非正常城乡关系”叙事，折射了特殊时代城市与乡村非正常的“交往”关系。比如为了逃离农村，回到城市，他们付出了巨大甚至沉重的代价。这在文学作品多有揭示，比如在“知青”作家梁晓声、叶欣、王兆军，以及“先锋”作家笔下“知青”的回城叙事，将回城的心酸、尴尬、无助作为叙事焦点。为了尽快回城，以获得生产大队干部的准许（签字、盖章），男女青年被动或主动与村干部接近，甚至不惜个人尊严，以换得进入城市的“许可证”。莫言、余华等作家笔下的插队、下乡“知青”的回城，往往是通过“非正常”的手段完成的，比如在《许三观卖血记》中，许三观为让一乐、二乐讨好村干部，自己甘心卖血，为儿子换得讨好村干部的“资本”，即使如此，“几年以后的一天，一乐从乡下回到城里，他骨瘦如柴，脸色灰黄，手里提着一个破旧的篮子，篮子里放着青菜，这是他带给父亲的礼物。”① 余华在长期热衷于“暴力叙

① 余华：《许三观卖血记》，作家出版社2012年版，第181页。

事”之后，笔锋回转到城乡底层人生世相观照，颇具历史思辨的意味。当然，80年代以来有关“城—乡”关系书写的更多情况是，“文革”结束之后，有了生产劳动实践的下乡知识青年和农村青年，因为户籍制度的改革，他们重新回到课堂，回到书本，回归知识理性。这使得亿万学子回归、进入城市的切实愿望得以实现。而农村青年想要进入城市，获得与“知青”平等的机会，他们只能比城市青年更加努力，更善于自学，付出更大代价。

高考制度恢复后，尊重知识，尊重人才成为中国社会的共识，知识以其巨大的力量冲击了“左”的意识形态。换言之，在知识面前，城乡平等，农村青年走向城市的路开始由高考制度铺就。此时期，城市与乡村的关系，由此前的紧张、对立，逐渐走向缓和、交往。可以说，先前的“上山下乡”在“文革”前和“文革”期间可谓一场轰轰烈烈的“逆城市化”运动，“这一措施有助于实现缩小城乡差别的社会主义目的之途径”①，但又增加了“下乡知青”对乡村道德上的同情与现实中的憎恨之间的错位。因为到达农村后，他们失去了在城市读书升学、就业的机会。所以，“文革”结束后，高考制度紧锣密鼓地展开，那种为回城而绞尽脑汁的“下乡知青”，终于看到了一条“通往城市的路”。当“下乡知青”再一次重回知识理性、准备奔向城市时，农村有志青年也不甘于人后，以自己的勤奋努力自学教材内容，获得了进入城市学习和生活的入场券。② 中国“逆城市化”的城乡关系开始向城市化方向发展。但是，这种城市化的发展仍然是单向度的，乡村青年通过读书获得“到城里去”的资格后，选择了与回城知青相同的人生路径，即留在城市，扎根城市，逐渐完成乡村身份的城市化转变。此后，乡村在整个社会的城市化过程中又遭遇商业资本与市场经济的双重夹击，逐渐被底层化和边缘化，“改革开放以来的中国社会，出现了明显的阶层分化，同时，不同地区发展速度的不同也使东、西部之间的矛盾更显突出；急剧发展的社会产生出一系列复杂的政治经济问题，而这一切最终也都将

① ［美］R. 麦克法夸尔、费正清编：《剑桥中华人民共和国史 · 下卷：中国革命内部的革命（1966—1982）》，俞金尧等译，中国社会科学出版社1992年版，第565页。

② “知青”题材小说《年轮》《蹉跎岁月》，以及电影《高考1977》等文学艺术作品都不断表达、阐释着这样的主题。

投影于城乡问题之上”①。

80年代以来，城乡互动日趋频繁，但城市与乡村的差距并未因经济的发展而缩小，社会资源利用的不充分、不均衡现象越来越明显，这不仅体现在生活水平、价值观念上，更体现在教育观念和教育方式上。知识连着职业，职业连着命运，这是恢复“高考”后二十多年通过读书进入大学，最后拿着大学毕业证进入城市的进城学生仍然相信的、改变自己身份和命运的一条真理。由于城乡交往并未能完全展开，虽然城乡资源的调整和城乡结构变化，使乡村发生了翻天覆地的变化，但在近四十多年的农民进城历史中，也仅有考学和参军成为具有实质意义的“农转非”途径，即通常所谓“跳农门”。路遥、贾平凹、韩少功、张炜、陈应松等关注城市与乡村关系的作家，都在“文化大革命”后进入大学读书，以文学阅读的方式表达自我，观察生活。他们笔下的城市与乡村与自己的人生经历密切相关。虽然没有进入大学的陈忠实、莫言、铁凝、王安忆、刘醒龙等作家，② 也是在大量的文学阅读后，将自己的城乡履历以小说书写的方式建构了一个丰富而复杂的城乡交往世界。作为与共和国一起成长的“五〇后”，他们共同经历了革命话语背景下的乡村发展史，也共同见证了市场经济撬动下浮躁的乡村，更看到了城市化进程中农民及其子女与乡村精神的疏离，看到了城乡转型中整个中国社会（包括他们这一代作家）沉痛的精神转变。在上述进城形象主体中，大学生“考学—进城”则成为此后最主要的城乡交往方式，也深刻地改变了四十多年中国的“城—乡”关系。这种现象一直延续到20世纪90年代中期。到20世纪末，高校教育逐渐产业化，高考的得胜者也不再是普通民众想象中的天之骄子和未来社会的主人，他们甚至还将再次沦为社会的底层。知识改变命运、勤劳致富的朴素逻辑已经不能支撑和解释他们艰辛的励志人生。

如果说，20世纪70年代末到90年代中期，即新时期初二十年，高

---

① 邵宁宁：《城市化与社会文明秩序的重建——中国现当代文学中的农民“进城”问题》，《兰州大学学报》2008年第1期。

② 上述作家信息，参见於可训主编《小说家档案》（郑州大学出版社2005年版）、《对话名作家》（河南文艺出版社2009年版）相关访谈资料。

考录取比例相对较小，[①] 被录取，则意味着考生已获得进入城市的入场券，那么，至20世纪末，随着高考的扩招，进入高等学府的学子们，不但不能高枕无忧，而且必须面临大学毕业后再一次被挑选和被淘汰的命运。因此，农村青年学子也被迫思考“知识改变命运”这一人生信条的现实有效性。他们或许能经得住贫穷与落后生活的考验，但无法接受实现“大学梦”后再一次被挑选、被淘汰的命运逻辑。当城市生活成本日趋增高，精、高端人才市场门槛很难跨进，进城大学生要么因城市房价过高而沦为“房奴”，要么只能回到农村。他们只能放弃读书改变命运的人生理想。但是，他们是否做好了回去的准备？如果不回去，又将怎样，“归去来兮”？

面对如此严峻的时代课题，作家仍然以饱满的热情观察和记录着时代夹缝中成长的农村青年，关注他们的青春、爱情、事业，乃至命运，也为这个时代的城乡转型做了一个坚实的注脚。

第二节　知识与命运：进城学生的奋斗史

学而优则仕，是中国儒家价值观中读书人实现人生理想的最有效、最直接的方式，也是平民百姓成为城市“中产阶级”的便捷途径。高考制度的出台、中断、调整、改革，每一个阶段的变化都关涉考生的前途和命运，也反映了社会主义国家的公平正义、公民的基本权利保障等重大问题。

那么，在新的时代语境，尽可能获得公平和权利的农家子弟，他们是如何面对这个相对宽泛的公平和权利背后的人生差距呢？小说作家对此有及时的关注，他们并将叙事焦点对准新时代的知识生产和年轻一代知识者的生存状况。许春樵的《屋顶上空的爱情》《知识分子》，方方的《涂自强的个人悲伤》，毓新的《绿如蓝》，彭学明的《娘》[②]，邵丽的《明惠的

① 中国高考的扩招始于1999年，这也是新中国高等教育发展史上持续时间最长、扩招规模最大的一次。参见李均《中国高等教育政策史（1949—2009）》，广东高等教育出版社2014年版，第302页。

② 彭学明的长篇散文《娘》，有人物、有故事、有情节，既可以当作作者真实记录、个人传记，也可以当作小说来读。

圣诞》等大量作品不约而同地聚焦农村学子的“大学梦”，以及来自乡村的大学生与城市的关系。小说的叙事基本延续了一个相似的逻辑，即来自偏远山区的“涂自强们”，他们曾通过“奋斗”，终于进入城市（也有些人梦想半路中断）；原本“以考进城”这一条被认为最公平、最合理的进城道路却变得异常曲折；不少高中老师所说的“苦过高中，你就轻松了”“考上大学，一切都就好了”似乎成了被迫说出的谎言。令人深思的是，作家所聚焦的是进城后怎样的问题：他们的精神比高中时更苦闷，更压抑；虽然他们也相信天才在于勤奋，相信勤劳可以致富，老天不会亏待好人——代代相传的乡村伦理；他们也相信：城市就是一个竞争的社会空间，也是充满机会和胜任挑战的人才工厂，他们更清楚，大学不是养老院，城市不需要懒汉，但是现实的逼仄使他们不得不付出惨痛的甚至生命的代价，他们不得不以透支身心的方式维持尊严和生命。

第一，在进城叙事中，作家所关注的问题是与个体命运相连的“生存与发展”。《屋顶上空的爱情》《涂自强的个人悲伤》等作品就是对准了新一代农村贫困大学生的现实困境。作为廉租房租住者和长期“房奴”的进城大学生来说，他们的贫困出现了代际“遗传”。换言之，因为父辈在农村或城郊，没有更多的教育资源和教育投资，他们的大学梦主要是通过自觉苦读实现的。但是，当他们来到大城市之后，很快意识到自己的社会资源和经济基础根本无法跟大城市的年轻人，特别是无法与富二代、官二代相比，社会资源的差距代际传承，在“起跑线上”，他们已经输了。在《屋顶上空的爱情》中，主人公郑凡深感自己“就像大上海的一颗假牙”，言下之意就是：他与大上海没有血肉相连的生长关系，“这颗假牙”总有一天要在为生计奔波的磕磕碰碰中跌落。大都市盛行的消费经济、文化实用主义很快摧毁了像他这样的冷门专业硕士生的“摩登上海梦”，所以，“要是赖在上海再不走的话，要么是准备打一辈子光棍，要么就是准备进精神病院，就算硕士郑凡能留在上海的中学当老师，按老豹的话说，你这个外乡人要是能在上海买上房子，娶上老婆，那就相当于塔利班攻克了华盛顿并躺在白宫草坪上喝起了嘉士伯啤酒，简直就是睁着眼睛做梦”①。家庭的贫困出现了可怕的代际传承。大学生，包括硕士生、博士

① 许春樵：《屋顶上空的爱情》，《长篇小说选刊》2012年第1期。

生——准知识分子和未来的社会精英不期然间成了城市名副其实的“蚁族”[①]。这种结果在很大程度上影响了考入名校的进城大学生以及没有考到名校学生的社会判断：“学得好，不如出身好”，这似乎已成为他们“公开的秘密”。

在这种知识叙事中，文学与社会学关注的现实问题也得到空前的印证，甚至在一些重要问题上不断地重合。即一方面是城市化进程的加快，城市化率不断提高，城市人口超过农村人口；另一方面是城市“新底层”不断增加，社会公平正义受到挑战。[②] 在《屋顶上空的爱情》中，郑凡之所以觉得自己是上海这座大都市里的一颗假牙，其主要原因是面对自己曾经获得知识、放飞理想的大城市，他产生了知识的虚无感和拥有理想的荒诞感。假如将自我定位和自我认知与“知识生产”相连，结果只能让他绝望。所以，毕业前几个月，他不是去找工作，而是钻进了网吧，“他把一腔怒火全都发泄到了虚拟的网络上，他在网络游戏中杀人放火、偷盗抢劫、包养女明星，一种报复式的快感犹如死里逃生，可到后半夜的时候，郑凡突然又陷入了巨大的空虚和恐惧之中，他觉得这种颓废和没落的情绪只能让下一个夜晚更加黑暗，可天亮后还得吃早饭”[③]。青春梦想遭遇“坚硬如水”的现实，挽了一个无法解开的死结。郑凡们因为曾经单纯的梦想而感到羞愧，在摇曳的现实星空下，他们不得不面对“生活永远在别处”，不得不经历“刀尖上的青春”。

第二，在大学生进城叙事中，作者的叙事目的在“考上后怎样”或“毕业后怎样”的另一个时间节点上展开。在《涂自强的个人悲伤》中，

---

① “蚁族”这个概念是社会学家廉思提出的，所谓蚁族，主要是指在大城市的工薪青年，因为工资收入相对该城市的房价来说，他们根本无法在城市购买住房，而且父母的收入也无法为其完成购房需求，只能在城市租住地下出租屋或其他廉价房。

② 社会学家廉思主持的、有关大学生家庭背景与学校级别之间的对应关系资料显示：把蚁族包括父母在内的家庭年收入和蚁族所上的学校作定量与定性分析，首先，家庭经济条件越好越可能上研究生，其次是本科，家庭条件差有可能上大专。甚至父母的家庭年收入和学校的类型也有某种“密切联系”，发现家庭条件越好，越有可能上清华、北大，相反亦然。2011 年，中国内地的城市化率首次突破了 50%，2011 年达到 51. 3%，中国城市的人口的比例已超过农村，所以在这样的背景下，研究在城市里生活的这样的年轻人，应该说从一个侧面反映了中国的现代化进程。参见廉思《转型期“蚁族”社会不公平感研究》，《中国青年研究》2011 年第 6 期。

③ 许春樵：《屋顶上空的爱情》，《长篇小说选刊》2012 年第 1 期。

涂自强获得录取通知书后，他边打工，边挣学费，最终到达梦想的大学校园。这个过程是快乐的。他自强、乐观、诚恳，乐于助人。进城时，涂自强拿出了“长征精神”，一路颠簸，一路找活干，期间赢得了村人的羡慕和工友们的赞誉。[①] 如果将这个作品放置在方方80年代以来的作品序列中来看，其讲述方式和语言表达并不算很突出，但在“城—乡”关系的叙述中有特殊的意义。作家深情地关注乡村大学生进城后的精神状况。在偏远乡村，涂自强出类拔萃，品格刚强，学习自觉，上进心强，他能忍受贫困的熬煎，最后考上了武汉一所二本院校；学校层次虽不太理想，但对涂自强以及全村人来说，已经好得顶天了。当然，作者的叙事目的并不在此，而在“考上后怎样”。

在这种知识叙事中，方方的叙事策略也得以显现。作者花了较多的篇幅描写涂自强的进城历程，但所用的方法是“减法的叙事”。“减法的叙事”，是一种叙事策略，是让人物快速进入故事中心的叙事观念。在小说中，涂自强在这一段进城历程中虽然经历的空间很多，比如村庄、工地、餐馆、加油站等，但作者每一个书写空间都没有刻意展开，而是以速写的方式使叙事空间快速地转向大学校园。所以，《涂自强的个人悲伤》的叙事具有结构性的意义。方方的叙述似乎在告诉读者：欢快的时光总是稍纵即逝，“直面人生”才是生活的常态。进城前走马灯一样的过程是那么轻松，愉快，让涂自强感到时光不负有心人。在进城过程中，他获得了各个打工点上工友们的夸奖和羡慕。到了城市、进入大学校园后，涂自强才发现，生活向他展开的，不是录取通知书上面那片“希望的田野”，而是另一番景象。一切须从进校的那一天重新开始，等待他的就是“高考后第二天”逼仄的现实。

小说作家毓新的《绿如蓝》[②] 可谓《涂自强的个人悲伤》的续篇。顶着“国家级贫困县”帽子的沉木县的学子，他们勤奋好学，背水一战，孤注一掷，把走出贫困山村的希望寄托于高考。无论是校长的儿子刘流长，还是书店老板的女儿田园静；无论是民办教师的儿子章第中、周圆，还是被爷爷一手抚养的孤儿盆娃，对于他们来说，唯一的出路就是通过高

---

① 方方：《涂自强的个人悲伤》，《十月》2013年第2期。

② 毓新：《绿如蓝》，甘肃人民出版社2012年版。

考走出沉木县，走出封闭的山村；对于家庭和沉木一中来说，唯一所能做的就是把孩子从高中送到大学。至于送出去后怎样，那就是学生自己的事，是大学的事，是社会的事；对于家长来说，“能让孩子考上名牌学校，孩子就实现了光宗耀祖，即使家长贫穷一辈子，也心地坦然。但是从千军万马中拼出来进入全国名牌大学的沉木学子并没有能够像以前一样一路过关斩将”，[①] 他们遭遇了比寒窗苦读更难以面对的现实，尽管他们之间“真诚提醒”：“别太得意忘形了——革命刚刚成功，同志更需努力——最好让我能将对状元的仰慕进行到底吧！”[②] 同学之间的相互鼓励，但并没有让他们顺利地面对“坚硬如水”的现实。

小说作家捕捉的是一个个具体的人物，也试图揭示边远地区学子严峻的自我认同和社会认同问题。社会学家廉思的说法值得思考：“在婚姻方面，尽管大家都不说，但门当户对的观念（在）社会上还是比较普遍的。这是一个根本的问题。我们非常清楚，现在找工作的时候，对于城里的孩子来说他的社会资源和经济资源会助力他找工作的过程，尤其是在一些体制内的行业，考试的方式还相对公平，在一些体制外的行业中就更明显了。”[③] 当然，这是社会学研究者给出的解释。那么文学对于这种状况的描写怎样呢？

从小说的叙事逻辑、情节安排中，读者往往能够看出创作主体的审美价值取向。“城—乡”关系书写的作家对现实问题的反映和揭示中，有关大学生知识叙事文本警示性意义不容忽视。曾经接受过的“高考改变人生”信条不再有效，成功“跳农门”即可脱贫的思维遇到了挑战，农村学生必须面对的严峻现实是：新环境下价值观重建和人格重塑的问题。贫困地区经常受别人资助、被别人“照顾”的学生进入大学，作为被照顾者和“被施舍”者，他们能否经得起城市物质的逼迫和引诱，能否经得住城市生活的魅惑，能否扛住别人同情的眼光……原来接受的“苦口婆心”式的劝说和“饥饿故事”还能否作为进城学生的“精神食粮”？一系列迫切的现实问题引起了作家的关注。在《绿如蓝》中，西部贫困县状

① 张继红：《欠发达地区教育资源的寻找与反思——从毓新的西部教育小说〈绿如蓝〉说起》，《甘肃文艺》2012年第6期。

② 毓新：《绿如蓝》，甘肃人民出版社2012年版，第227页。

③ 廉思：《转型期“蚁族”社会不公平感研究》，《中国青年研究》2011年第6期。

元鲁一鸣考中清华大学，在当地终于一鸣惊人，但是，在大学三年级，家里收到了寄自清华大学的劝退信，原因是鲁一鸣自入清华大学后患上网络依赖症，无法继续学习。通过小说的补叙，我们得知，在上大学两年多时间，鲁一鸣经历了网恋、失恋、逃学、挂课、悔过，但最终仍于事无补，从此“前路无知己”，迷失于城市迷迷转转的十字街口。无论一鸣的父亲怎样教育、感化，让他重温昔日作为沉木县佼佼者的荣誉，以及怎样以贫穷、感恩和荣耀意识去劝说、安慰，甚至刺激，他还是未能从网络中解脱，甚至差一点割腕自杀，险些酿成悲剧。最后一鸣只能进入“北京网瘾戒毒中心”，通过药物干预强行治疗才得以缓解。通过文本解读可以看出，尽管作家毓新在处理这一人物形象时，不无理想化的方式，对于鲁一鸣的心理变化展开不够充分，但他对当下农村，特别是西部贫困地区的学子在进入商品化、物质化、都市化的大学校园后的担忧和思考是值得重视的。

实际上，关于农村贫困学生的人格重建等问题，路遥在三十多年前就有所关注，但彼时的叙述格调却令人振奋。1981 年路遥发表的《在困难的日子里》、1982 年完成的《人生》、1988 年完成的《平凡的世界》都特别强调这种意识。比如《在困难的日子里》，农村学生马建强在上高中时，全班同学几乎都是“城里娃”，而自己却因饥饿，本能地产生了一种自卑。尽管马建强深知自家贫穷，但他并没有对自己和未来失去希望，他自我鼓励道：

> 不！我的一瘸一拐的父亲已经好不容易让我读了小学和初中，又在如此艰难的年头挣扎着把我送到这里；我的乡亲们一片深情厚谊把自己的救命粮送给我，对我抱着莫大的希望支持我来到了这里；而我自己为了来到这里，又进行了怎样的艰苦的奋斗啊！难道我能因为这些困难，就卷起自己的铺盖卷灰溜溜地滚回马家圪崂。①

马建强一面承受着饥饿的折磨，一面又遭遇了不期而至的爱情，他喜

---

① 路遥：《在困难的日子里》，《一生中最高兴的一天》，北京十月文艺出版社 2012 年版，第 276 页。

欢上了城里女孩吴亚玲。马建强后来通过一种强大的道德感恩和改变贫困的向上动力，终于在物质贫困和精神的困境（恋爱）中走出来了，“我拉着伙伴们的手，唱着亲切的《游击队之歌》，走向县城，走向学校，走向未来；我浑身的血液在激烈地涌动，泪水快蒙住了眼睛，两边那耀眼的雪山逐渐模糊了，模糊了……”① 最终马建强得到了班主任李老师的理解和信任，也与同学吴亚玲之间建立了超越爱情的友谊。20 世纪 80 年代的路遥，将个人的努力与个体理想的实现放置于同一个方向，对许多农村青年起到了励志作用。如果说，马建强依靠“革命时代”② 的刚强意志获得了自尊与自信，改变了他与别人的关系，更改变了自己与世界的关系，这是激情的 80 年代的进城书写的一种叙事逻辑，那么，21 世纪以来，这样的叙事格调很明显已经发生了变化，马建强与鲁一鸣出现了颇具戏剧性的对比意义。

从马建强、孙少平们的自我历练到鲁一鸣、郑凡们对勤劳致富和知识改变命运等传统劳动观的变化，作家看到的是勤劳改变命运的观念根基的动摇。两个时期的作家都将主人公塑造为始终有所坚守的大学生。无论从他们所学的专业，还是对未来人生的设计，但在近十年来的大学生知识叙事中，作者对现实的批判和揭示明显增多。曾经的天之骄子，在毕业后，像“丢鱼鳞”一样被城市抛弃。进入社会之后，郑凡、鲁一鸣们几乎处处受人嘲讽，现实与梦想格格不入，似乎只有虚拟的网络世界没有歧视、没有压抑，才能安放苦闷的青春。

作者为什么要将爱情置于屋顶上空（《屋顶上空的爱情》），为什么要给主人公取名为“涂自强”（《涂自强的个人悲伤》），而不是在困境中求生存的马建强（《在困难的日子里》），为什么是“涂”自悲伤，而不是分享艰难（《分享艰难》），这里似乎带有文学史的演变规律，更有作者强烈的价值判断，即在一个价值理性逐渐确立的时代，道德感化和劝诫教育的局限已经异常明显，新的人格建构迫在眉睫。

---

① 路遥：《在困难的日子里》，《一生中最高兴的一天》，北京十月文艺出版社 2012 年版，第 332 页。

② 在游击队队歌里有以下歌词：“没有吃，没有穿，自有那敌人送上前；没有枪，没有炮，敌人给我们造。我们生长在这里，每一寸土地都是我们自己的，无论谁要强占去，我们就和他拼到底。”显现出革命时代的意志磨炼和阶级解放的想象。

第三，在进城叙事中，作者主要选择了“焦点透视”和拉长叙事，以显现特殊时间长度内人物心理空间的纵深景致。比如在《涂自强的个人悲伤》中，涂自强始终生活在城市与乡村的差距与对立中。该小说的故事有一个相对完整的长度，即从涂自强准备去大城市武汉报到一直到涂自强以“自强”的方式离开人世。进入大学后的涂自强，一开始就知道自己是个“异类”，但他一直告诫自己不能自卑，因为他非常清楚：“我的命运已是先天不足，我的后天除了努力加奋斗甚至加拼命，我还能怎样？这就是我一生的事呀。”[①] 清醒而理性的涂自强在城市生活下去的资本唯有“和自己拼命”，但拼的结果是，命运对他的薄情。他的父亲因为性格内向，又很耿直，被人欺负后含恨而死。[②] 这是要强的涂自强经受的第一次打击，也因为父亲的去世，成绩一直优异的他错过了研究生招生考试时间，其命运也因此而彻底改变。小说的叙事也开始了“加速度”地奔向令人不安的结尾。父亲去世，考研未果，廉价的工资被骗，母亲所住的危房被大雪压塌，母亲的腿被压伤，需要照顾……毕业后的涂自强非但没有因为高学历而改变自身命运，甚至没有在城市里寻得容身之地。作为公司的新员工，涂自强还没来得及施展才能，母亲的进城又增加了他的生活负担，入不敷出的工资根本无法让母亲安心。母亲想在大城市里找一份工作，结果，不是被辞退，就是被骗。已对城市产生恐惧心理的母亲最后在莲溪寺里获得了些许安慰，她觉得“只有菩萨能懂她的心情”。涂自强也终于给母亲在城市找到了一片安静的所在。叙述到此，作者的笔锋突转：要强的、拼命三郎般的涂自强终于觉得身体困倦，在中学里落下的咳嗽变得比以前严重了，咳出的痰中渐渐有了血丝。医院检查的结果是：肺癌晚期，将不久于人世。涂自强的世界天塌地陷了！

进城主题中“苦难叙事”一般都会停留于此，但方方将其向前推进了一步。涂自强被查出癌症晚期之后，他最担忧的，不是自己的事业的发展，而是母亲将要承受的养老困难和丧夫失子之痛。在几个夜晚的煎熬之后，涂自强终于想出了一个办法，那就是编造善意的谎言。他告诉母亲，自己要出国，可能很久才能回来，并争取让母亲在莲溪寺里伺候香案，与

---

① 方方：《涂自强的个人悲伤》，《十月》2013 年第 2 期。

② 因为村里修路，原本路是要经过卢家的地，但卢家在城里有人，最后路从涂家的祖坟经过，涂自强的父亲保护祖坟未果，自此染重病身亡。参见《十月》2013 年第 2 期。

菩萨为伴，并写了几封“若干年之后”才能寄出的信，委托在美国的舍友帮其邮寄。一切安排妥当后，涂自强悄无声息地消失在“回老家”的路上。

如果我们觉得小说的叙事不无“苦难叠加”现象的话，那就是小说情节（plot）所展示“情”在时间变化中的因果关系。其因是个人奋斗，其果为个体死亡，至此，作为“人伦之情”在现实生活中的终结，成为一种悲剧。不过，整部小说以“涂自强的个人悲伤”为题，但在小说令人唏嘘的结尾里，我们看到的是作者对奋斗在城市里的“涂自强群体”的悲剧性审美概括。“这只是我的个人悲伤”，是涂自强很要好的女友采诗赠予他的分手诗。涂自强不想与人分享，也不期望别人帮他承担，他以生命透支的方式维持了他短暂的一生。在悄无声息地离开前，他并无怨言，认为命运对他并没什么不公，只是觉得母亲可怜，母亲没有了一个温暖的家，就没有了人生的支柱。这是他唯一的遗憾。在这里，作家写出了乡村个体作为追梦者梦碎的过程。读到这里，我们很自然会想到路遥的《平凡的世界》中孙少平“个人奋斗”的细节。在铜城大牙湾煤矿里，家境贫寒的孙少平以个人的勤奋耐劳，一个月下来“挣了一摞硬铮铮的票子”（一百三十元），而与他同时下矿的高干子弟，四五个人的工资合起来不及他一个人的多。无以维持生计又不想出苦力的高干子弟（下放干部的农村身份子女），将自己高档皮箱、手表以及蓝涤卡衫折价卖给了孙少平。以此，少平证明了自己“绝不是没有出息的人”①。也就是说，在某种程度上，孙少平在“公平竞争”中实现了“勤劳致富”和“知识改变命运”的理想。同样，涂自强也试图通过相同的方式改变自己的命运，成为城市里自食其力的一员。但是，因身心透支，涂自强过早地离开人世，而被接到城市的母亲，虽然处处留心，谨小慎微，但在做零活时多次被辞退和被哄骗后皈依菩萨。淳朴的乡村生活方式和道德自律面临着一系列难题。

在整部小说里，我们看到，方方也更多地将情感倾注于母亲和乡村社会对涂自强的包容，以及村人对他走向城市的支持甚至羡慕。真正进入城市后，涂自强面临的难题是：除了出卖自己的体力和时间外，他一无所

---

① 参见路遥《平凡的世界》（第3部），北京十月文艺出版社2012年版，第48—49页。

有。在宿舍里，他主动帮舍友洗衣服，抄笔记，以弥补无偿赠予（电脑、手机等）的愧疚，以求得内心的安宁；在教室里，他是师生眼中的“好学生”，从不缺课，从没有落下一节课的笔记，但只因一次命运的安排（父亲的病死），便与将来继续深造的机会擦肩而过；在勤工俭学的食堂里，他是勤快的帮手，从不偷懒耍滑，但曾与他同病相怜又惺惺相惜的中文系姑娘，小腿一抬，没有遗憾地坐上了有钱人的高级轿车。所有这一切，他既不怨天，也不忧人，因为他知道这是“一个人的悲伤”。要在城市立足，他只能选择提前预支他的时间和精力，直到将生命完全透支为止。

应当说，这种悲伤叙事并不是以简单的城乡对立来表达对来自乡村的“涂自强们”的同情与怜悯，而是对城乡经济、文化差异背景下乡村生活方式和生存境遇劣势状态的思考。这种劣势，从竞争的起点就已经注定了失败。涂自强在进入城市之前，学习非常刻苦，但因为家乡经济贫困，教学基础条件落后，落下的咳嗽症状似乎在他身上扎了根，并与之形影相随。也就是说，在小说的叙事中，作者暗含着这样一种普遍的意义：一个具有先天不足之症的运动员与身体正常的对手竞赛，可能在起跑的那一刻，结局就已经注定。这种悲伤的结局不是涂自强一个人的结局，而是“徒劳自强”的“涂自强们”群体的命定归宿。

在文本展开过程中，作者的叙述语调始终是冷静的，克制的，没有主观评价，没有跳出文本代人宣言，更没有声嘶力竭的呐喊。作者对城乡关系中可能出现的融合与进步并非完全悲观。在小说结尾，涂自强舍友内心涌起波澜：“他从未松懈，却也从未得到。他想，果然就只是你的个人悲伤吗？”[①] 文本中，始终认为城乡差距“从来如此”的“赵同学”，终于理解了涂自强的悲伤不是一个人的悲伤，而是包括所有城市、乡村，乃至整个社会的悲伤。也就是说，只有真正具体的个体，抵达心灵，触及灵魂，城乡融合才有可能，超越由于历史和现实局限造成的城乡隔阂才有可能消除。这该是蕴藏于叙事方式、叙事基调之中的文本意涵。

第四，大学生进城叙事中的道德感化主题。如果仅仅从地理空间意义上看乡村和城市，二者并没有根本的区别，但从社会空间的角度来看，因

---

① 方方：《涂自强的个人悲伤》，《十月》2013 年第 2 期。

城市与乡村相关的社会地位、身份特征、资源占有等社会属性，城市和乡村就带有了鲜明的区别性特征。在表现乡村文化在城市生活面前的弱势时，更多作家选取的书写对象是进城的农民工，比如贾平凹、阎连科、残雪、陈应松、范小青、王十月等，也有一些作家，而许春樵、方方、毓新等，后者将叙事焦点对准进城的知识者——大学生。农村大学生身处乡村社会，一方面被道德捆绑，延续传统乡土社会的报恩伦理，另一方面又因贫困带来自尊和自卑，使得自我人格的建构在传统文化和现代文明的纠葛中变得异常艰难。由于“中国作为后发性现代化国家，文学的乡土叙述内涵着生存命脉与文化命脉的双重纠葛。在生存命脉视角中，作家产生的是对乡土与传统的怨恨，乡土叙述构建起的是现代性的‘发展’道德神话；在文化命脉层面，作家难舍传统文化‘家园’情意纠结，据此展开对现代和城市文明的怀恨式批判”①。即在传统向现代转变过程中，一方面是新主题、新思维的产生的“发展、进步神话”，另一方面是传统文化人格中的家园情结。比如毓新的《绿如蓝》中的鲁一鸣，从西北农村到大城市之后，作为被帮扶、被照顾者，他一直倍感压抑。他害怕阳光，害怕现实，于是选择了逃避，走向了“英雄不问出身”的虚拟世界。道德感化教育遭遇了前所未有的难题。

道德感化是获得精神动力的重要方式。中国传统民间故事中的孟母三迁、岳母刺字、王祥卧冰等等均属此类。但是道德感化的局限也是很明显的，因为它只是人格大树的一个单向的支架，当风逆着支架吹来时，它的支撑力量是惊人的；倘若风向改变，它的支撑力则弱不禁风，甚至（指道德意义上的鼓励和劝诫）会成为“树”的负累。在这个意义上，《屋顶上空的爱情》《绿如蓝》《涂自强的个人悲伤》对进城学生精神主体建构有重要意义，比如，如何反思传统意义上的光耀门楣、状元及第、回报父母养育之恩的“状元之路”，该如何帮助他们尽早适应现代城市竞争观念。可以说，关怀学生主体精神的合理建构，首先关注的是如何让学子从一种欠发展地区的致富想象和道德感化的教育误区中解脱出来，这既是一个心理建构问题，也是深层的文化承传观念，与“五四”时期鲁迅所言“肩住黑暗的闸门，让他们到光明中去”思想有某种共通之处。鲁迅从故

① 周保欣：《乡土叙述的“冲突”美学与道德难度》，《人文杂志》2008 年第 5 期。

乡小镇到了经济发达进入现代社会的日本之后，所接受的新思想与新观念与故乡小镇的观念习俗产生巨大差距。而对于自己早年守寡、顾家养家而全力付出的母亲来说，背叛她的意志，意味着自己良知要受到谴责，产生道德歉疚。[①] 所以，在鲁迅来看，“母爱是伟大的”，但“在旧时代母爱有时也是可怕的”[②]，从而处于“没有爱的悲哀”与“无所可爱的悲哀”当中。在某种意义上看，鲁迅之于母亲，不无道德上愧疚，从而关注悬于苦闷而终于无望的人，也是中国传统文化向现代文化转型过程中“深刻的悖论”。所以，在鲁迅的精神世界中，“我们怎样做父亲”，不是巴金《家》中高老太爷的“福荫后代，长宜子孙”，而是自己背负因袭的重负，扛住黑暗的闸门“放他们出去”，“放他们到宽阔光明的地方去；此后幸福的度日，合理的做人”[③]。

可见，如果没有一种新的思想和精神的介入，乡村文化传统自身很难与时俱进，开拓创新。乡村文化在现实巨变面前不能一味地固守传统，否则只能使得乡村文化更加封闭。从这种意义上看，经济欠发达地区大学生进城叙事才刚刚开始，但如何把这个“被特殊化”的群体从长期形成的道德感化教育中解放出来，建构自觉的知识个体，而不是被“他者化”的被同情者，这该是当务之需。“沉木不是上海，你也不是韩寒”，这是《绿如蓝》中“机头”（沉木一中校长，暗喻学校就是一架没有情感、不断高速运转的机器）教训“状元及第”的章第中的一句话。这句话曾使章第中反感，但是，反过来说，沉木从来不是上海，沉木只能是沉木；章第中也不是韩寒，他只能是自己。自然，这里可以“推而广之”，以符号学的思维方式予以“兑换”：西部不是南部，东方不是西方。这种时间、空间造成的差距，并非传统的道德感化和单纯的“状元之路”的片面想

① 鲁迅父亲早逝，母亲做主给他取了旧式女性朱安，但他与朱安完成“圆房”仪式翌日便住自己书房，婚后第四天便去日本。朱安自嫁到周家，与鲁迅的夫妻关系有名无实，只是“三十七年中尽心尽力承担了照顾婆婆的职责”。相关论述见乔丽华《朱安传》，九州出版社 2017 年版，第 3—4 页。

② 旧时代的母爱对“五四”新青年而言，有非常丰富的内涵，上述说法也可以说是鲁迅对于母爱最深刻的悖论。相关的论述可参见陈漱渝《寂寞的世界，寂寞的人》，乔丽华《朱安传》，九州出版社 2017 年版，第 5 页。

③ 鲁迅：《我们现在怎样做父亲》，《鲁迅全集》（第 1 卷），人民文学出版社 1981 年版，第 140 页。

象可以完成的。《绿如蓝》的潜在意义即在于此。

总之，从整个新文学的知识叙事传统来看，大学生进城叙事与“五四”以来的知识启蒙一脉相承，也昭示了中国传统文化中实用主义知识观所遭遇的现实困境。如果说鲁迅笔下的孔乙己是科举制度取消之后的“多余人”，那么，高考制度的幸运儿经过寒窗苦读后，为什么在“城—乡”关系书写中褪变为这个时代的“多余人”？在作家笔下，他们的“自强”和自尊并没有改变自身的处境。人生命运进城始。他们拥有知识，却成为房子和商业资本的奴隶；他们本应为时代的弄潮儿，却随时有可能成为新时代的“底层”，这是作者对于进城学生的深切关怀。所以，近四十多年的“城—乡”关系知识叙事，不是简单的道德批判或“苦难叙事”，而是对城市化进程中乡村青年进城命运的及时观照，是新文学传统中对知识分子生存状况观照的接力与承传。

第三章　“城—乡”关系书写中的女性身体叙事

在中国新文学以来进城叙事人物谱系中，男性一直是进城叙事的主体。[①] 从鲁迅《阿Q正传》中“上无片瓦，下无立锥之地”，因在“道德上犯了错”而被迫进城的阿Q，到茅盾《子夜》中因故乡双桥镇的战乱而到大上海逃难的吴荪甫的父亲吴老太爷，从老舍《骆驼祥子》中因土地破产而流入北京城的祥子，到马烽《一架弹花机》中的张老大、张宝宝进城买弹花机，以及新时期以来高晓声的《陈奂生上城》中的陈奂生，路遥的《人生》中的高加林、《平凡的世界》中的孙少平，贾平凹的《腊月·正月》里的王才、《高老庄》里的高子路等，无不显现男性主体的空间迁移与乡村社会变革之间的内在关联性。上述作品因其人物形象所蕴含的中国城乡社会的转型特征，从而在近百年中国文学的“城—乡”关系书写序列中实现了经典化过程。如果从人物情理逻辑与文本的叙事动力关系来看，上述作家有意（或无意）以男性作为进城主体，就文本叙事背景的交代来看，男性居于故事中心的原因大致有二：一为战争、自然灾害等原因造成的土地破产，男性主人公被迫进城，以安身立命；二为城乡分割制度造成的城乡劳动力需求差异，使得男性劳动力主动向（建设）城市迁移。

20世纪80年代以来，特别是新世纪以来的城乡叙述中，女性的进城人数和相关“乡下女性进城”主题的小说篇目日渐增多，不少作家将进城叙述对象拓展到女性，甚至由男性转向女性，以性别视角的转换改变了先前以男性为叙述主体的角色选择，其叙事动力也从社会批判转向对日常

---

① 即使在中国文学传统中，女性与文学的关系也不甚紧密，所以周作人有言：“中国古来的意见，大抵以为女子与文学是没有什么关系的。”参见周作人《女子与文学》，《晨报·副镌》1922年6月3日。

生活的关注，叙事的焦点也从关注“男性贫困”转向关注的“女性身体”以及女性主人公面临的伦理困境，这将成为新伦理、新道德产生的重要讯息。

第一节 女性进城与身体叙事

女性社会地位的变化，以及由此引起的女性城乡认同，直接影响了“城—乡”关系书写的审美价值判断。中国社会从计划经济向市场经济的转轨，经济结构调整后，第三产业发展突飞猛进，进城女性人数因行业需求快速增加。由于性别关系组织模式的改变，社会关系的结构模式也因此发生改变。且进城书写中的身体叙事旋即成为一个十分重要内容。一方面，由于作为性别意义上“身体关系的组织模式”，体现了“事物关系的组织模式和社会关系的组织模式”①；另一方面，源于身体——特别是女性的身体几乎天然地连接了道德和艺术的两极。专注于女性叙事和人体摹写的艺术家们无不将女性身体作为表述甚至痴迷的对象。在涉及社会转型、道德危机和伦理困境时，也无不将女性及其身体作为主要的关注对象。

那么，为什么小说作家，特别是社会转型时期的作家，一方面倾心于描摹女性身体的外在形态，深爱身体、崇拜身体，另一方面又不惜一切“脱掉女孩儿的衣服”，既窥视，意淫，又理解，同情，而“哲学家愿意把身体意识视为令人不安之物并专注于心灵”②？按照身体美学家的看法，是因为“身体最清晰地表达了人类的道德、不完整性和弱点（包括道德过失），因此，对于我们大多数人来说，身体意识主要意味着不完备的各种情感，意味着我们缺乏关于美、健康和成就的主导理想”③。在这里，我们看到，身体美学的理论家们所感兴趣的是身体的主体性，它源自于身体的美与情感，而不是弗洛伊德意义上的“身体是欲望的源泉”。前者通

① ［法］让·波德里亚：《消费社会》，刘富成译，南京大学出版社 2001 年版，第 140 页。

② ［美］理查德·舒斯特曼：《身体意识与身体美学》，程相占译，商务印书馆 2011 年版，第 3 页。

③ ［美］理查德·舒斯特曼：《身体意识与身体美学》，程相占译，商务印书馆 2011 年版，第 3—4 页。

过唤醒个体的身体意识而达到个体意识的自觉，后者则以本能欲望的永恒性否定身体的主体性。

可见，无论是将身体意识作为主体性生成的溯源探究，还是将身体作为欲望之源的罪感批判，身体，它天然地与道德共同结成一种复杂关系，成为判断社会文明的价值维度。这里需要进一步说明的是，道德是一个宽泛的概念，它具有历史性和时代性，同时具有阶级性和功利性，是特殊时代人的行为规范。具体而言，道德就是具体时代的社会人（个体）应当遵守的行为规范，所以，费孝通先生认为：“从社会观点说，道德是社会对个人行为的制裁力，使他们合于规定下的形式行事，用以维持该社会的生存和绵续。”① 身体的道德，即指在道德范畴里，身体何以获得价值、意义，何以获得自足与自觉。以此来看，身体道德面临的核心问题是身体与性（本能）的关系。倘若在“合道德”的范畴里显现身体的形态特征、表达身体感觉，则视为道德，否则为非道德。进一步看，合道德的性，它具备身体美感和生命庄严感，而非道德的身体（性）关系。但是，正是因为道德作为一种“制裁力”，一种规定性，它本是一个质性概念，而非一个量化标准，且其内涵丰富、外延广阔，它一方面包含约定俗成的行为规范，又有变动不居的时代特征。② 这也是身体叙事的丰富性、复杂性所在。

20 世纪 80 年代以来，城乡关系的冲突叙事模式既已表现出较为自觉的身体关注，而到新世纪，女性叙事中的身体意识变得深邃而复杂。如果说，中华人民共和国成立初期的社会主义文学（或革命现实主义文学），因文学与政治的单一关系，使得女性的身体意识被宏大的革命修辞所遮蔽的话，那么，“文革”结束后的女性书写则开始关注家庭生活中的女性，进而关注“身体意义的女性”，比如女性的性别与命运、身份与命运、身体与命运等关系。在路遥的《平凡的世界》中，作为知识女性的田润叶，她的进城并非积极主动，也没有感觉到县城比石圪节的双水村好多少，甚至在路遥的叙述中，田润叶身体上进城，心还在故乡。田润叶非常清楚，

---

① 费孝通：《论文字下乡》，《乡土中国 生育制度 乡土重建》，商务印书馆 2011 年版，第 33 页。

② 张继红、郭文元：《写作伦理：1990 年代以来中国当代文学的一个关键词》，《当代文坛》2011 年第 5 期。

城市生活条件的优越和农村观念的落后，直接造成了自己农民身份的恋人孙少安主动退场，而她与城市青年李向前结婚多年，却没有肌肤之亲。在《平凡的世界》中，基于田润叶的身体叙事，至少暗含着这两层含义：其一是，只有欲望宣泄或本能满足意义上的身体，只能是家庭伦理的工具，这样的婚姻是不道德的，其二是，在《平凡的世界》里，道德美感、亲情伦理往往是超越男女之爱。如果说，路遥的身体叙事尚处于一种无意识，那么，贾平凹的女性身体叙事逐渐自觉。在贾平凹的《鸡窝洼人家》中，女主人公桂兰进了一趟城后，便发现，虽然自己不缺胳膊不少腿，但与城里女人比，自己简直是白活了；桂兰寻思，如果走出去，可能失去很多，但也会获得更多。最终认定若能进城，方不枉此生。此后，作家柏原也开始有意识地聚焦女性进城与身体意识间的关系，比如在《滚牛洼》中，作者将视点从乡村移到城市，写大量的乡村女性和知识青年学子的进城对比，写以“嫁”进城与以“考”进城的目的、性质的异同。仅从作家的情感向度来看，二者进城目的并无二致，都是希望自己成为城里人，但性质却不同，且作者赋予女性进城以更多的理解与同情：以考进城，因其身份和职业的城市化转变，进城大学生可能逐渐实现其市民化，而“乡村女性以‘嫁’进城，则是一种以自由、平等、尊严为代价的身体买卖关系”①。所以，在《滚牛洼》中，作者所塑造的健康、丰满犹如“黄土地上精灵”一样的秋芳姑娘，她之所以能进城，不是因为她拥有知识或理性，而是因为被胡老板相中。秋芳做了餐馆老板娘后，她虽然红嘴唇、红指甲，珠光宝气，香气逼人，俨然一副摩登女郎的气派，但这一切在胡老板和餐馆顾客看来，仍是以色相招揽顾客的女招待，而她的身体只是以撩人心目的广告招牌。在这里，作者试图告诉我们，秋芳的身体被相中、被观看，显然都是被动的。她没有自我选择的权利，也缺乏身体意识和女性自我确证的主体意识。相反，柏原在《瘪沟》中，写出了身处偏远山乡的瘪沟女人的身体主体意识的觉醒。面对吃喝不愁、潮流时尚的城市生活，瘪沟女人不由得动心渴慕，但当她得知这一切（进城）要以“借腹生子”为代价时，便清醒地意识到，女人的身体不只是生育的机

① 张继红、雷达：《世纪转型：从“乡土中国”到“城乡中国”——雷达访谈录》，《文艺争鸣》2015年第12期。

器。如此，一种朴素的理性支持她做出了属于自己的选择——拒绝。也就是说，是源于身体意识的尊严感支持她最终拒绝了（成为城里人的）诱惑，尽管内心不无矛盾与怅惘，但她还是选择了坚守而不是妥协。在这里，以女性身体为基础的道德意识和尊严感让女性获得了某种自觉。

可以看出，无论是秋芳姑娘还是瘪沟女人，作为由乡入城的女性，她们能够进城的代价是巨大的，这是中国女性，特别是城乡转型时期乡村女性面临的普遍处境。秋芳姑娘进城的资本是因为她有姿色，可以做饭店的广告招牌，即她的身体是一种无形的资本；而瘪沟女人能进城则是因为她体态丰满、生育功能健康。无疑，二者能够由此进入城市，都是因为她们的身体条件满足了城市社会的特定需求。前者满足了城市社会的视觉需求，即被看的功能，后者完成了城市社会对健康后代的渴望，即生儿育女的伦理需求。可见，柏原正是在20世纪90年代末对女性进城的代价有了如此深入的洞察和书写，其意义才得以彰显。到新世纪初，有关女性身体进城的叙事意义才日趋繁复。

可以说，新世纪小说的女性进城叙事延续了新时期以来小说书写的身体意识，同时又强化了身体叙事和道德危机叙事的复杂关系。如贾平凹、阎连科、关仁山、尤凤伟、刘继明、孙惠芬、王十月、许春樵、李铁等在表现进城主题时，他们几乎都涉及了女性的身体与道德关系。他们一方面以道德同情的叙事立场对女性进城过程中的身体堕落予以展示，另一方面又以理性批判的眼光回应进城女性在回乡过程中所遭遇的男性话语权力的道德审判，揭示了当下社会转型中新旧杂陈的道德状况。以女性进城叙事为基点的小说，其叙事目的是借女性进城，聚焦身体的道德感，以此观照女性进城与身体叙事的关系。

如果简要梳理新世纪以来女性进城叙事中的进城目的，我们会发现，其叙事模式大致是这样的：从意愿上，她们主动进城，却不是为了能吃饱穿暖的低层次要求，而是对“城市机会”“象征资本”的追求，以实现一种有别于农村生活的人生价值。从主观目的上，她们或者为了给家里修造一套像样的房子，比如关仁山的《九月还乡》中的九月、阎连科的《柳乡长》中的槐花等，要么是为供兄弟姐妹上学，抑或补贴家用，是一种非常明确又实用的目的，如周大新的《湖光山色》中的楚暖暖、夏天敏的《接吻长安街》里的柳翠姑娘；要么是与邻居、家人（比如父母，婆婆）难以处理好关系——如果时机成熟，这一类决意要进城的女性，再也不想走回头路，她们往往通过进城，寻求一种像电视、网络等媒体“广告意识形态”所宣示的“城市生活”，比如刘庆邦的《到城里去》中的宋家银，丈夫是城里的工人，出于一种虚荣心作祟，在村子里，她“心里好像一直不平衡，她心里的恨也好像很多，一恨未平一恨又起似的”①。因为她和村里人都相信在城里做一条流浪狗，也比在农村当地主强，她们始终相信“城市是高处”。但是作为没有更多城市生活常识和现代知识理性的进城女性，她们的职业单一，社会关系简单，非但没有完成进城以改变自身命运目的，反而被迫沦为城市社会的底层；在消费社会，她们从事没有技术含量、只能靠身体赚得养家餬口费用的简单营生。也就是说，职业决定命运，是她们的生活和命运的写照。

在消费社会，身体成了鲍德里亚意义上的“最美的消费品”，即身体成了消费意识形态和本能欲望的对象。80年代以来的“城—乡”关系小说中出现了较多的这样的女性书写类型：包养或出台。邵丽《明惠的圣诞》中的明惠，在高考落榜后，为了逃避母亲的唠叨与失望，以及乡亲的含沙射影的“带着毒刺的语言”，逃避“衣锦还乡”的“同学”，以寻得一种没有失望、没有隔膜、没有“今夕何夕”落寞感笼罩的生活而选择进城；方方《奔跑的月光》中的女主人公英芝，因受公婆的歧视和虐待，以及丈夫的无赖德性，“恨不能死了算了”②。在接受了春慧（是英芝在城里上大学的同学）的“启蒙”之后，她决定“去南方”，并断定那儿是她的天堂。她们渴望进城，但城市并没有满足她们的愿望。明惠进城后只能作为有身份、有地位的城里人别墅中满足男主人身体快感的“娜拉”；而在贾平凹的《高兴》中，当美容美发店的老板知道孟夷纯的遭遇后，便鼓励她“出台”。孟夷纯开始用身体来交换她想要的那一部分“资本”。进一步看，她们并非一开始进城就被迫出卖身体。就叙事逻辑看，涉世不深的进城女性在“贫穷的道德”的胁迫与城市欲望的蛊惑下，心甘情愿地放弃了“城市可以改变过去”的梦想和“勤劳可以致富”的劳动价值观，接受了“身体改变命运”的逻辑，最后沦为逃离乡村的“城

① 北京文学杂志社主编：《中国文学2003年最新作品排行榜》，文化艺术出版社2003年版，第78页。

② 方方：《奔跑的月光》，《收获》2001年第5期。

市异乡人”（丁帆）。但从叙事的语言和细节来看，女主人公们价值观的转变并不十分痛苦，因为她们知道，在因贫穷而致的羞愧和陌生城市（人际关系）面前，一切道德的枷锁是无力的。那么，是贫穷，还是诱惑，是无奈，还是自觉，让她们爽性地选择抖落一身泥土，来到城市迷乱的十字路口，并使其相信这样一个事实：与其出卖汗水换取餬口的工资，不如挥霍青春换取大把的钞票，[①] 使她们朴实的装束变成妖冶的诱惑，眼光一转，便迷失在商业资本和肉体欲望的死海——她们相信，身体才是改变命运的唯一资本。

书写女性对身体“可消费”的自觉接受与男性对肉体欲望的满足感，昭示了新时代语境下年轻作家的女性身体观。许春樵的《不许抢劫》、项小米的《二的》、邵丽的《明惠的圣诞》等作家的女性进城书写与贾平凹、方方等的身体审美价值判断相近。比如在《不许抢劫》中，梅花和袁媛是两个较为典型的进城女性，梅花自小喜欢看琼瑶的言情小说，但文化程度不高；袁媛是中专毕业生，在商业资本与消费市场开始合谋的时代，她当上了私人公司的经理助理，她深知“知识改变命运”只是一个美丽的谎言；梅花不顾一切地与自己两小无猜的农村青年杨树根结婚，但婚后不久，捉襟见肘的物质生活与言情小说中的海市蜃楼之间天上地下，天悬地隔。单纯而富于想象的梅花发现，自己想要的婚姻根本不是眼前的景象，她开始厌倦单调而贫乏的生活。梅花非常喜欢刚刚时髦起来的摩托车，可杨树根根本没有相应的经济实力。终于有一天，从县城来的、骑摩托车的土特产贩子像魔咒般唤走了梅花的身体和心灵——她义无反顾地跟土特产贩子进了城。而进城找妻子（梅花）的杨树根从此被迫走上了打工路。他最大的愧疚在于没有让妻子过上袁媛——经理助理一样物质富裕的生活。尽管有工友嘲讽他也曾坐过一回袁小姐的轿车，“就等于和城里女人对上眼了，就像上了城里女人的床了一样”，[②] 但是杨树根还是觉得，坐上类似于女人身体的小轿车，仍然没有梅花在他身边踏实。杨树根曾坚信，只要自己拼命打工，挣了足够的钱，给梅花买足够时髦的衣服、化妆

---

① 在邵丽的《明惠的圣诞》（《十月》2004 年第 6 期）中，明惠的同学桃子在进入城市后接受了进城乡村女性身体的沉沦之路：“漂亮和年轻是赚钱最快的武器。”

② 这一叙事模式在女性进城书写中相对较多，比如项小米《二的》中的小白的失身，阿宁的《米粒儿的城市》等。

品，她肯定还会回来。但是《不许抢劫》的结尾颇具反讽意味：因为讨薪急切，杨树根私闯老板住宅，涉嫌非法拘禁。杨树根最后喊出：“我杨树根触犯法律，但没有触犯良心！”[①] 显然，这一呼喊带有鲜明的作家意愿，那就是乡村社会朴素的致富观乃至道德观在资本、市场、欲望的夹击下变得如此不堪一击，连同乡村女性的身体也被城市欲望之火烧成灰烬。许春樵的担忧不无警示意义。

可问题在于，朴实、憨厚的杨树根因讨薪而“被迫犯法”，结果是，妻子不归，女儿无人照看。那么，后面的叙事该如何完成呢？是否会滑向一种对城市生活的道德化批判，从而完成一种“大团圆”的乡村道德想象？再回到文本，我们会发现，作者对身体的审美判断是矛盾的，小说一方面隐含着对社会不公的批判，表达对女性的同情，另一方面对确立现代女性主体意识缺乏深入的剖析和揭示，这从作者相对模糊的身体意识中即可看出。文本展开初始，在叙述梅花与杨树根恋爱时，对梅花身体的描写是赞美的，并将这种赞美与童年记忆中的烤板栗香味相混合。而在正文的叙事中，对于袁媛的身体的描述则带有作家强烈的道德厌恶感。作为经理助理，袁媛“在城里吃了不少苦头，挣的钱远远不够买化妆品和肯德基，于是就被有钱的王奎诱骗到了他的床上”[②]，成为资本和欲望的猎物。因为有这一过程交代，作家对袁媛的身体描写就不再是那种熟板栗的“香味”了。也就是说，作家对袁媛的身体形态一直没有正面描写。从作者叙述中，我们可以看出，是王奎以手中的钞票和经理的地位将涉世不深的袁媛哄到自己的床上。这里，是袁媛，而不是其他——满足了王奎对她身体的占有。进一步看，袁媛和小白（项小米《二的》）的青春、爱情在物质欲望蛊惑之下被物化、商品化，从而完成了与王奎对工人的“合谋”。作者所寄寓的乡村对城市的投怀送抱的叙事目的也因此水到渠成。但是，原本以社会转型和女性命运关系为主的女性关注，不经意间滑入了城乡二元对立的城市批判。

可见，这一时段有关女性进城书写的叙事重心在由乡入城的身份转变和心理裂变之间游移，对于“身体叙事”本身思索还没有超越城乡二元

---

① 许春樵：《不许抢劫》，《十月》2005年第6期。

② 许春樵：《不许抢劫》，《十月》2005年第6期。

对立的审美价值判断，这样的书写很容易流于一种道德同情，或者成为一种对城市生活的道德审判，人物形象亦不免单薄。作家的确是以饱含热情的笔墨面对当下社会中的现实问题，但这种叙事本身的单一使得现代与传统、城市与乡村的对比走向一种“单向度”的非此即彼。不少进城女性似乎是同一个系列、同一人笔下的姐妹，[①] 虽然作家试图以身体道德为主体的堕落叙事取代“五四”时期女性叙事中走出家庭的暴力反抗叙事，但在走向结论的叙事推动过程中，显得动力不足，甚至给人一种“书斋里的想象”的嫌疑。新的道德在身体意识叙事中露出了苗头，但仍然未能显现出勃勃生机。

第二节　女性进城叙事与道德实用主义

在新世纪进城小说叙事中，作家在面对经济快速发展及其引发的女性进城命运时，也难免以惩恶扬善的因果叙事策略赋予女性主人公以道德实践，显现出一种依附于社会经济发展逻辑的道德实用主义。

所谓道德实用主义，是指建立在“合目的”基础上的、可以理解的行为准则和价值标准。换言之，只要合乎个体的发展或时代的进步的道德，都是可以同情和理解的。新世纪以来，面对女性进城过程引发的复杂的道德状况，不少作家以“一种道德绝对主义和实用主义的态度，似乎只要是符合生存和发展原则，符合生存和发展需要的，就是可以同情地理解和接受的道德”[②]。即作者在表达理解与同情时，将人物进城的不得已想象为性格、心理的必然，即以生存、发展为原则之下推动叙事。比如在李铁的《城市里的一棵庄稼》中，女主人公崔喜始终将进城作为改变命运的机会，一种价值实现方式。为了嫁到城里，她主动放弃自己农民身份的男友大春，将自己的身价“打折”，以追求城里人。按文本叙述，“崔喜能进入这座城市全靠自己的努力，是她自己将本不属于自己的机会变成

---

① 另如李晓兵的《生存之民工》中的王家慧，盛可以的《北妹》（又名《活下去》）中的钱小红和李思江，关仁山的《九月还乡》中的九月和孙艳，尤凤伟的《泥鳅》中的陶凤和寇兰、巴桥等人物的趋同性也非常明显，这里不再展开分析。

② 周保欣：《乡土叙述的“冲突”美学与道德难度》，《人文杂志》2008 年第 5 期。

了自己的机会”[①]。但是，这里所谓“机会”，就是嫁给腰板不直、头脑和身体比例失调的城里二婚男人——宝东，而她的“努力”之所以能够成功，也是因为崔喜的邻家二丫头没看上宝东，反而能让崔喜主动“争取”，投怀送抱。崔喜之所以心甘情愿这样选择，其动力源就是“为什么我就不能过城里人一样的生活”，这既是一种设问，也是一句反问，而“可以，应该”，就是答案。崔喜生孩子时，大夫建议其剖腹产，而她坚决顺产，她不为别的，就是在自己最有可能撒娇时释放一种对抗（城市）情绪；因为只有此时，此事，她完全可以通过身体的疼痛来证明自己作为城里人（被照顾）的感觉，这在崔喜看来，是一棵庄稼被移植到另一块土壤后对环境的自然适应过程，于自己则是一种身体本能，这种身体（生理）感知，只有自己选择了，决定了，而且实现了，才有可能成为“亲身经历”的城市体验，一种真切的城市记忆。也就是说，在作者暗含的叙事伦理中，倘不如此，崔喜们还能怎样证明自己的存在呢？同样，无数“山姑”“幺妹”“的嫂”们，她们虽然已经成为城里人，但仍然是难以与城市休戚与共的农民工。因被生活所累，为欲望所获，她们或放弃先前的乡村单纯与质朴，变得自私而粗糙，比如刘醒龙的《分享艰难》、阎连科的《炸裂志》、关仁山的《九月还乡》等作品中的女性，她们不惜出卖身体，牺牲爱情，甚至牺牲幸福以达到成为城里人的目的。

在道德理性上，作者对城市以及生于斯长于斯的“恶人”（男性施恶者）有道德上的厌恶，但是在面对经济发展这一责任伦理时，则以惩罚“恶人”的方式赋予“道德补空”实践，以弥补叙事过程中道德理性的亏空，显现出一种依附于社会经济发展逻辑的道德实用主义。也就是说，在作者看来，这一系列没有名字的山姑、幺妹们，像庄稼一样，一茬茬被割倒、打晒、挑选后运进城里，喂饱了城市的胃，而另一茬庄稼还将重复她们的过程，这是时代之必然。她们的一生就是这样，用身体换来钞票，然后以此给养家人。仅从交换的方式来看，这里不无城市的沦丧，更折射了乡村的战栗。不过，作家在描述、判断这一类女性的个体道路选择时，面临的矛盾是，如何协调以生存为原则的道德实用主义与生命伦理为准则的道德理性之间的悖论。因为无论是身体的出卖或人格尊严的自我矮化，都

① 李铁：《城市里的一棵庄稼》，《十月》2004年第2期。

是对独立个体精神的忽视。唯有面对活生生的存在，这种离乡入城才能引起读者情感的共鸣。我们也期望作家试图写出这一进城过程中女性要付出的更多的痛楚，借此寻求另一种自己独立选择的合理性，而不仅仅是堕入欲望的死海，以反思城乡二元结构中不合理性呢？在这样的意义上，韩邦庆的《海上花列传》、丁玲的《庆云里中的一间小房里》、老舍的《月牙儿》等小说在城乡视角下超越了某种简单的道德批判。比如在《月牙儿》中，“我”发出的“凭什么没有我们的吃食呢”的反抗才是小说中最令人动心之处，“我”重蹈母亲做暗娼的覆辙，但“我”坚信“妈妈是可佩服的”。言下之意，一个连最低物质需求都无法满足的社会，何以要求底层民众高尚的道德感呢？所以，“我”被认为的“恶”，实际上直刺向社会道德伦理的虚伪性，让小说的思想有了同类型叙述中完全不同的深度。老舍看到的不单是社会的不公，也不单是给予“我”同情，还有“我”在道德困境中对于自我职业选择的自主意识的理解。作为一种生存本能的显现，它超越了道德意义的羞耻感，从而确立了书写客体——现代女性的主体意识。

在当下“城—乡”关系书写中，不少作家在判别道德个体本然的厌恶和对底层民众的同情时，往往表现出一种道德感的悖论，这是值得深思的。正如周保欣在评价刘醒龙的《分享艰难》中的“恶人”洪塔山时说：“在道德理性上，他（指刘醒龙——引者注）对洪塔山身上所体现出的恶，有着道德个体本然的厌恶，但是在面对发展乡镇经济这个责任伦理和更大的历史化的道德理性时，他却不得不窝囊地接受洪塔山的恶，最后只能以拳脚相加狠狠教训洪塔山的道德感实践形式，弥补道德理性的亏空。”[①] 这种生存和发展至上的审美法则，导致了作家道德判断上的偏颇：“似乎只要是符合生存和发展原则……以致在他们那里，道德的普世性让位给道德的特殊性，道德的超越性让位给道德的历史性。”[②] 论者认为刘醒龙的《分享艰难》是道德实用主义的范本。我们认同这一说法，因为“当身体叙事遭遇道德，其复杂性再也难以用某种条规戒律来约束，当然也极易产生一种道德实用主义的功利企图”[③]。身体叙事和身体道德的复

① 周保欣：《乡土叙述的“冲突”美学与道德难度》，《人文杂志》2008 年第 5 期。
② 周保欣：《乡土叙述的“冲突”美学与道德难度》，《人文杂志》2008 年第 5 期。
③ 张继红：《进城女性叙事的道德难题》，《天水师范学院学报》2016 年第 6 期。

杂性也在于此。应该说这不是一个道德叙事的个案，后来有很多作家仍然跌入了实用道德主义的陷阱。

对于这种单向度的道德判断，作家并非不自觉，只是触及道德问题的力度和深度仍显不够。比如尤凤伟的《替妹妹柳枝报仇》就是一部探讨做二奶的女性主体自我价值确认的小说。由乡入城后暂住城市的柳条，千方百计要找到欺负、包养了他妹妹柳枝的那个人，但是在寻找的过程中，因为自己送水的职业，有便利的条件与“和同一个男人有过性爱关系的两个女人”接触，近距离地了解了她们。令柳条惊讶的是，这两个女性竟然对自己的身份全然知晓，且并无赧愧，柳条终于相信自己“寻找”妹妹并为之复仇的举动可能是徒劳的。倘若两位女性是竭力反抗，甚至不堪其辱，那么柳条不去解救就是不道德的；倘若她们并没有因委身他人而有愧意，就很难指责其道德感。换言之，虽然这样的叙述，并不能直接得出作家就认可这样的社会现实，且作者没有做直接的道德伦理的评价，而是将这一问题的复杂性径直呈现给读者，显现出作者对写作对象“自由选择”某种程度的认可。不过，另一种情况也需读者警惕，即在当下诸多关注城乡叙事的作家笔下，这些人性之恶却有被合理化、历史化之嫌。将女性在现实生存中难以抵御的物质诱惑和个体精神的缺失，不经意间合法化为一种主动的追求，即创作主体的主体性完全隐匿于写作对象背后，以不做道德的评判来规避道德问题本身的复杂性，正如有论者所言：“作家们似乎忘记，诸如此类的杀人、抢劫、放火、卖淫和做二奶等现象，在任何时代、任何民族的道德价值评判中，都是绝对的人性恶。尽管这些人性恶并不缺乏同现实生活的关联和被动的成分，但它们都是作家在创作中应该予以谨慎对待并且给予否定和批判的。”① 论者在否认作家主体性弱化的同时，也指出了进城女性叙事面临的道德难题。

在这个意义上，女作家盛可以的小说《活下去》（后结集出版时改为《北妹》）中有关身体叙事的理性批判意识就更值得注意。就小说的情节设置和故事发展的逻辑关系来看，小说中作为提升世俗女性价值的身体，是女主人公钱小红融入城市的唯一资本，其身体的特征极大地满足了欲望时代男性的视觉快感。按照文本的叙事逻辑，是城市的欲望激发了钱小红

① 周保欣：《乡土叙述的“冲突”美学与道德难度》，《人文杂志》2008 年第 5 期。

的身体本能，她从小县城到S城，城市越大，她与男人交往的机会越多，发生性关系的可能性就越大，且伦理道德的监控（熟人的眼睛）更少。钱小红的身体（特别是乳房的丰满）是她优于其他进城打工女性的资本，她不靠身体赚钱，仅靠与男性的“性关系”享受着身体放纵带来的快感。但盛可以没有沿着“下半身写作”一路向下，一路“视点下移”，而是待人物放纵身体的快感即将达到高潮时，突然笔锋一转，单写钱小红看似丰满的身体特征和她身体里潜藏的病变。文末，盛可以写到，钱小红的乳房越来越大，大到她“实在扛不动了”，最后她拖着“沉重的肉身”从“围观的人群”中爬向拥挤的街道。在这里，身体的自由追求，却成了沉重的精神负担。换言之，当女性将幸福和改变身份的筹码都压在身体上时，它的代价是巨大的；同样，当脆弱的身体成为一种“美丽的商品”，“活下去”与“怎样活下去”就成了转型社会中追求身体自由的“时代隐喻”，这种隐喻中暗含着作者沉重的叹息，来自身体的欲望将给心灵的自由带来巨大的压迫，最后必将走向身体和精神的分离，毕竟“身体的自由并不能承担从有限通向无限的重任”①，因此，有论者认为：“以盛可以《活下去》的出场为标志，中国女性写作身体批判的时代来临了。”② 无疑，这种判断具有女性文学史家之眼光和人文主义学者的审美立场。

所以，在“城—乡”关系书写中，将“存在即合理”“生存与发展”作为人物身体意识模糊的情理逻辑，对男性话语、消费意识形态予以批判，以及对性别劣势、身体意识的审视，已显现出作家的身体叙事自觉。但是，身体意识丰富性、复杂性不能简单地转化成相对主义的道德事件，作家叩问道德事件的叙事立场需要浸入人文的、人道的关怀。

第三节　返乡叙事与“被妖魔化的身体”

再回到我们在本章最初提出的问题，即以进城女性为叙事对象的小说文本，为什么有总是将叙事的焦点对准女性的身体，并以“性”作为进城叙事的动力源？作者在文本的展开过程中，既有明显的社会批判立场，

① 郑崇选：《镜中之舞——当代消费语境中的文学叙事》，华东师范大学出版社2006年版，第120页。

② 马策：《身体批判的时代》，盛可以：《北妹》，长江文艺出版社2004年版，第8页。

又有对城市化摧毁乡村生活而产生的无奈；既写出了身体与金钱的交换过程中，金钱的罪恶，也写出了商业资本运作中女性身体的妖魔化特征，从而暴露了女性身体叙事中的道德悖论。那么，在“城—乡”关系叙事中，对回乡女性身体与道德关系的探讨，是男性欲望的窥视与消费，还是昭示了新伦理与新道德？

在女性进城叙事中，女性的身体往往被恶魔化、污名化。相关作者选择的叙事视角多为村民和村干部。在村民眼中，进城女性的身体既是赚钱的工具，又是乡村伦理秩序溃败的渊薮。但从女性个体的进城目的来看，就是改变现实，增加他的认同。比如关仁山笔下的女性九月、阎连科作品中的女性槐花、朱颖等大量女性，她们的进城，不是为了温饱，而是为了“回家”后成为村里的体面人。在与城市的交往中，她们惊奇地发现，城里有一种奇怪的生活逻辑和道德法则，那就是笑贫不笑娼，且自己唯一可与之交换的只有身体和性，别无其他。于是，她们摇身一变，成为“以身赚钱”的代表。她们也发现，这种生存逻辑与自己曾经的熟人圈子——村民的道德观大相径庭。但她们只能一面咒骂城市的堕落，一面希望城市更加堕落，从而减少城市的道德监控。也就是说，作者所依循的叙事动力是被城市消费逻辑支撑的“身体经济学”，即交换与消费。这实际上是此类叙事的“开篇方式”，紧接着表现出来的是身体叙事中的妖魔化和荒诞性。

妖魔化具体表现为对“赚钱回家”后的女性的“荒诞叙事”，其视角仍然是村民和村干部，这一视角代表了乡村对城市、城市化的一种情感判断。因为女性在城里赚了钱，改变了自己的“地位”，村民们往往对此表现出一种复杂的心理：不屑与嫉妒，而村干部、乡干部也知道她们赚钱的过程和方式，竟然为这些女性树碑立传。在阎连科的《柳乡长》中，乡民与官员们一方面共享了槐花们从城市用身体换来的福利，一方面在不屑与鄙视中高唱着“学习槐花好榜样”。她们是乡长敲锣打鼓送出去的赚钱机器，也是乡长获得政绩的政治筹码。回到村里的女性，被簇拥着，成为致富的能手，成为进城回乡的代表。聪明的乡民们都知道，城市不是印钞机，钞票不是用笸箩簸箕随心所欲收揽入怀的，而是“女子娃们”用自己的身体换来致富的资本。同样，在关仁山的《九月还乡》中，在城里挣得钞票“富裕还乡”的九月，活得谨小慎微，不敢有一丝马虎，就怕在城里“不光彩的事”暴露在光天化日之下。她不但面临着熟人世界（包括未婚夫杨双根）的道德追问（从信任到怀疑，再到质问），而且还要听从村干部作为“致富领头人”，以女性的身体优势去“招商引资”。

阎连科、关仁山等作家试图要告诉我们的是，在村民冷漠、无知和村干部的“预算”、蛊惑下，女性“身体的经济”已转变为一种男性的“政治经济学”。在村干部看来，在贫瘠的乡村，靠天靠地都白搭，而女性身体隐藏着巨大的投资潜能，而在村民看来，自从有打工回乡者，村里就有了偷鸡摸狗的事，“从村里到城里，人们应该更文明”，但结果是，“弄了半天，却培养出来了一个个鸡和贼”①。她们在村民眼里是不干净、不道德的，让村里变得“更不文明”。回乡女性则被村民看作城市洪水猛兽进入村庄的“引路人”。但回乡女性却在“树碑立传”“学习效仿”的政治修辞中被推上了“致富榜样”的神坛。令人深思的是，被这种政治修辞和致富话语笼罩的女性却自觉地进入了他人设置的消费意识形态的话语陷阱。

随着城乡交往日趋频繁，可容纳女性的行业也越来越多，在大量的进城知识女性脱颖而出的同时，乡村普通女性进城叙事中的身体妖魔化、污名化的“道德偏至”则变本加厉。有不少作家选择被城市消费殆尽女性身体状况作为叙事的对象。在这一类作品中，女性一经出场，似乎就已经被安排了悲剧性的结局，而她们的敌人既是消费性的城市和男性化的城市，也是养育她们的亲人和故乡。刘继明的《送你一束红花草》中，女主人公樱桃屈辱地在城市靠身体挣钱，目的很单纯，就是为家里盖一幢小楼房，最终也事遂人愿。可当樱桃得病回乡之后，却被村人，甚至家人拒绝——正如陈忠实《白鹿原》中的田小娥一样，她愿以生命为代价反抗卑屈的命运，但不能被所谓公认的家族伦理接纳，最终惨死于家族制度的忠实维护者——鹿三手中。樱桃也只能在村边破败的小屋里了却“青春余生”。她得病后潦倒不堪，却不被村人理解，只有“外来者”——小宝能与之同病相怜，成为她唯一可与交流的朋友。令人不解的是，同村的男性汪秉国和刘大麻子得知樱桃病重，非但没有同情她，反而将她当作可榨取的对象，甚至不惜卖给樱桃假药以骗钱。故有论者认为：“樱桃最后的

① 关仁山：《九月还乡》，《十月》1996年第3期。

死与其说是死于疾病倒不如说死于亲人的冷漠和舆论的压迫。对于这些女性来说，故乡的温情和对亲人的眷恋是她们在城市屈辱生活的精神支柱。”① 然而不无悖谬的是：“故乡和亲人一方面接受着她们用身体挣来的钱，另一方面却对她们表现出厌恶和拒绝，她们的钱成了她们卖身的铁证、耻辱的标志。当她们回归故乡的希望破灭的时候，她们的精神支柱彻底垮塌。她们要么逃离乡村，从此过着行尸走肉般的生活；要么选择死亡，以肉体的毁灭呼号命运的不公。”② 亦有论者对樱桃们的遭遇抱有同情，认为：“她们内心世界的痛苦也并不仅仅就是伦理道德带来的压力，更多的还是她们不再被那块曾经养育过的乡土认同，她们成为随风飘荡的无根浮萍，肉体毁灭的悲剧只是表层的，她们最在意的是灵魂的家园被毁灭！”③ 上述论证是深刻的，指出了无论是道德压力，还是被遗弃感，都肯定了回乡女性的生存悲剧。实际上，恰恰是在这样彻底的无望之处（故乡和亲人的遗弃），在道德真空处看出那一声石破天惊的“天问”才有可能产生新的道德，这或许就是祥林嫂绝望中有关阴间有无鬼神的、让人惊心动魄的疑问，也是阿Q在走上刑场的刹那喊出的“救命”（终于发出的自觉）。无法解决问题的作家只有采用“死亡逃脱术”来放下了思考，我们认为，这恰是该继续深入书写下去的地方。

城乡叙事中回乡女性“无处藏身”的道德悲剧则成为推动叙事的动力之源。与嫁到城市的女性不同，在城市出卖色相的女性并不被城市所认同，她们仍然需要原有的乡村价值观的支持，比如对家庭的忠诚和对故土的热爱等。但是因为她们的社会关系的单一，经济地位低下，法律意识的淡薄等，即使进入城市，仍然是城市社会的“下层人”。回归，则是更多进城女性被迫的选择，因为她们更需要来自农村家庭的安全纽带。但是这一条记忆中的安全纽带是否能让她们身心安全呢？倘若只是“回归”“从良”的旧梦，其价值立场不过仍是传统男性对女性的一种臆想。因为她们不愿意留守乡土，才拼命奔出乡村，为何还要回去呢？而且一旦出来，走了“异路”，肯定是回不去了。只有带着自己新的对自己存在价值的确认，才有可能改变原来的生活。当然，这样的思考在不少关注进城叙事的

① 张连义：《新时期小说中农民意识的现代转型》，博士学位论文，山东大学，2012年。

② 张连义：《新时期小说中农民意识的现代转型》，博士学位论文，山东大学，2012年。

③ 丁帆：《“城市异乡者”的梦想与现实》，《文学评论》2005年第4期。

作家笔下都有涉及，但其探寻的深度仍然需要进一步开拓，比如在刘继明的《青铜》中，回到故乡的招儿，将自己用出卖身体赚来的四万元捐赠给了山村小学修建的末尾工程，但在竣工后刻碑时，村人的态度是犹疑的，憎恨的，也不无荒诞的色彩，他们甚至认为招儿让学校变得不洁了。村民在拿走了招儿用身体挣来的钱之后，又将其推进绝望的深渊。这是一部赤裸的道德悲剧，值得深思的是，“近乡情更怯”，恰恰是她们最想亲近的村民却成了道德之恶的化身。方格子的《上海一夜》中，打工妹杨青厌倦了在城市出卖肉体赚钱的生活，决心回乡，可小姐妹们回乡后“被迫又回去了”的短信暗示着这样一种怪异的认知：在乡村社会，道德监控远比城市严格。即使那些暂时逃过怀疑的女性，也往往生活在提心吊胆之中，她们的生活处处是道德陷阱，偶然间的不慎就会使她们身败名裂。在孙惠芬的《歇马山庄的两个女人》中，李平与成子结婚后开始了新的生活，可她在城市“不光彩”的经历却因为自己坦诚、交心的倾诉而暴露。熟人世界（村庄）很快成为李平无所不在的敌人，舆论的压力使她再也抬不起头来。那种曾在城市打工挣钱，梦想改变家乡环境的精神寄托也变得虚无缥缈。[①] 乡村世界对城市生活的态度，以及对进城女性的身体一道，进行了道德意义上的拒绝甚至厌恶。她们的回来，让自己无处安身，只能选择再一次漂泊，从此她们对故乡不再是一种思念与守望，而是一种莫名的绝望，以及绝望之后的重生。朱承荣的《于小满回乡》中，于小满在城市买股票发财之后，买了车买了二手房，但也正因为她有了钱，村民对她产生了怀疑和憎恨。在村民的眼里，女人出去除了靠“卖”——不会有别的机会挣到那么多的钱。于小满曾试图用自己的女儿之身向男朋友证明清白，却遭到怀疑。熟人世界的冷漠使回乡女性对故乡彻底失望。再次离乡成为她们的必然选择。倘若再度逃离，逃避道德审判是回乡女性最后的选择，尽管城市并不欢迎她们，但在一个陌生的世界，她们可以挣脱乡村道德的监控，才有可能变成具有自我主体意识的新人。

可以肯定的是，城乡意识形态直接影响了作家的价值判断，所以在不

---

① 早在《高老庄》中，贾平凹所塑造的苏红与此有相似之处，在城市挣钱之后回到高老庄办起了地板厂，带动了高老庄的经济发展，又捐资建设学校，可村人却恩将仇报。苏红在城市的不光彩经历成为村人看轻她甚至鄙视她的根源，在大闹地板厂的时候甚至扯掉了她的衣服，这无异于对其从肉体到精神的彻底摧毁。

少“城—乡”关系书写作家那里，城市对乡村女性的态度不是温和的，而是残暴的，不是接纳的，而是拒斥的。[①] 作家的确意识到将身体作为叙述主体的重要性，也有意将身体叙事作为城乡关系叙述中的重要元素。但是在触及身体这一道德难题时，作家的态度仍然是暧昧的。在进行审美的判断时，除了道义上的支持、理解，甚至呼唤，作家并没有想象和塑造出超越旧有道德的一种新道德观。所以，从情节的安排上，在叙事的走向上，主人公要么被处以“死刑”，以生命的结束达到叙事的完整，或以自我的悔罪、回归家庭来结束来自身体的蠢蠢欲动。晓苏的《花被窝》里的因偷情而心生恐惧的女性秀水，她忧惧的，不是担心一旦“出轨”将遭到道德的谴责，也不惧肉体被惩罚，而是担心失去一个完整的家；邵丽的《明惠的圣诞》里的明惠，虽身为发廊女，但她最后还是希望选择一个自认为“可靠”的“客人”，与之过上一种普通家庭的幸福生活。也就是说，在这种貌似功利化的身体游戏里，女性主人公“玩”出的，不是对充满生命活力和劳动力量的身体的欣赏，而是对凡俗、卑微的命运顺从。在她们观念中，家是一切，而身体次之；身体对她们来说是唯一可以花销的资本。很显然，作家也不能给她们开出一张“幸福的账单”。传统的“从良”叙事使得回来或留守的女主人公的自我身份的建构成为一个无法完成的死循环，因为“自我身份的建构……牵涉到与自己相反的‘他者’身份的建构，而且总是牵涉到与‘我们’不同的特质的不断阐释和再阐释。每一时代和社会都重新创造自己的‘他者’”[②]。如果说，此前论及的袁媛、桂兰、崔喜、楚暖暖们的进城是以各种机会的获得改变了自己的生活方式，或以自己掌握的常识判断悟得城市的生活逻辑，在很大程度上实现了自我价值建构，那么，因为受到道德谴责而“无家可归”“无处可藏”的另一部分女性，她们在绝望中出走，抑或在无望中的反抗，或许才是进城女性逃避憎恨、实现自我救赎的一种理想的选择。

可见，80 年代以来的“城—乡”关系书写中，有关于女性“自我”身份确认是作家一直用力挖掘的主题。就人物的命运结局而言，无论是最终面临死亡的怀疑，还是对乡村的逃离，都不是叙述的结束，而是新的叙

① 徐德明：《“乡下人进城”与“城乡意识形态”》，《文艺争鸣》2007 年第 6 期。

② ［美］爱德华·W. 萨义德：《东方学》，王宇根译，生活·读书·新知三联书店 1999 年版，第 427 页。

述的真正的开始。在不断裂变的乡村现实中，进城女性的自我意识和个体自觉的获得并没有完成，甚至尚未真正触及，从而在架构人物关系时，作家或选择一种“憎恨”视角，或者游移于一种道德真空当中。乡村社会一方面对城市充满了想象，另一方面又不断地凭借想象对城市进行“个人化”加工，甚至凭借主观臆想扭曲城市的形象。也就是说，在城市文明与乡村文明的交往中，乡村社会往往将城市憎恨加诸进城回乡者，而他们对城市的了解也仅局限于想象和道听途说，特别是在对城市文明的想象中，乡村价值观念中固有的道德优势成为乡村社会自我维护和自我修复的价值基础，并通过“憎恨”宣泄来获得暂时的满足和平衡。他们通过对“返乡者的怀疑甚至嘲笑弥补个人在物质甚或精神方面的不足以取得暂时的心理平衡”①。很显然，这种对回乡女性的情感——怀疑和嘲笑源自于一种功利主义色彩德性判断（属于功利主义的伦理学范畴）。② 那么，小说书写是否还有更宽广的视野和超越城乡对立、男女性别对立的视角，以此关注从“乡土中国”走向“城乡中国”的叙述方式，探寻更接近女性生存的叙事伦理，实现了于尔根·哈贝马斯在论及“现代的时代意识及其自我确证的要求”时所说：“生活世界的现代化，并不只是由目的理性结构所决定的。”③ 事实上，即使是自由主义的，或美德的伦理观念，乡村社会的价值判断往往是以原有的是非标准评价新产生道德行为，以功利主义伦理观解释自由主义的、美德的道德行为。这也是进城、回乡女性在熟人社会所面临的一个道德难题。自女性进城这一叙事主题产生起，有关身体与道德问题似乎已结成了一个“连体”。由于当下中国社会从“乡土中国”转向“城乡中国”的进程才刚刚展开，新时代女性面临的道德难题以及与之相关的历史的、社会的、政治的命题还没有恰当地渗透到文学书写当中；选择女性进城叙事的创作个体不可避免地陷入了“身体意识”和“道德批判”的悖论，建立在“身体美学”意义上的、以建构自主女

① 张连义：《新时期小说中农民意识的现代转型》，博士学位论文，山东大学，2012 年。

② 现代西方伦理学观念也在不断地演变中，目前伦理学分为三大派，其一为自由主义伦理学，其二为功利主义伦理学，其三为美德的伦理学。参见李泽厚：《什么是道德？——李泽厚伦理学讨论班实录》，华东师范大学出版社 2015 年版，第 6 页。

③ ［德］于尔根·哈贝马斯：《现代性的哲学话语》，曹卫东译，译林出版社 2011 年版，第 2 页。

性人格的书写还隐藏在时间的深处。

总之，女性身体叙事是现代中国小说中一个潜隐的表达方式，这主要是源于身体——特别是女性的身体天然地连接了道德和艺术的两极。20世纪90年代，“身体化的社会”成为文学表现的热题，但是，新世纪以来，在表达城市化进程中的“城—乡”关系时，选择进城女性叙事的作家却陷入了“身体意识的主体性”和“身体作为欲望的源泉”的价值悖论，他们一方面以道德同情为基点肯定女性身体意识的觉醒，一方面又以回乡女性的生存艰难来回应“熟人社会”（乡村）的道德审判，强化了女性身体的物质性存在，甚至陷入道德实用主义的陷阱，这是当下进城叙事作家正在经历的、新旧杂陈的道德状况和审美难题。

第四章 “城—乡”关系书写中的底层话语表述

“底层”话语及其表述是新世纪以来社会学家有关社会分层讨论的一个热点问题。在如何界定底层，如何表述底层的话语体系中，逐渐形成了如下共识：在政治地位、经济地位、心理认同等方面处于社会下层的边缘群体。[①] 他们是“沉默的大多数”，没有话语权力，是“属下”（葛兰西），是“贱民”（斯皮瓦克），他们深知自己的尴尬处境，却无力改变现状，“在生存伦理的意义上说，他们没有生存安全感”[②]。这种尴尬而缺乏安全感的群体生存状况同时引起了人文学者和作家的关注。我们今天所说的“底层”在构成上便具有某种混杂性。但可以肯定的是，农民工、下岗工人往往是“底层”的主体，这是“城—乡”关系发生新变的一种交往典型。但是，因为全球化及其乡村治理内卷化，整个乡土世界也与此前大为不同，处于乡村话语权力掌控下的农民，他们的底层感更为明显。那么，“底层文学”是在怎样的文学语境和话语背景下兴起的，在何种程度上显现了“城—乡”关系书写中的底层话语表述问题？

“底层文学”思潮勃兴于2004年，被誉为自1993年“人文精神大讨论”以来唯一进入公共领域的文学话题，且持续近十年的时间。[③] 事实上，自2008年以来，批评界对底层书写的关注已不及勃兴之初那么热切。

---

① 参见张继红《二十世纪中国文学资源与新世纪“底层文学”研究》，博士学位论文，兰州大学，2013年。

② 孟繁华：《叙事姿态与文学立场——“新人民性文学”中的都市边缘人》，《游牧的文学时代》，作家出版社2009年版，第202页。

③ “底层文学”思潮在各种“合力”的推动下，于2004年逐渐浮出水面，同时在《当代》《天涯》以及《文艺争鸣》《文艺理论与批评》《读书》等期刊的联合推动下，“底层文学”迅速地向自己欲以逼近的社会问题迈进。

不过，“底层文学”所关涉的社会问题并未在短期内消失，只是作为思潮意义上的“底层文学”的热度已经衰减。那么，有关底层群体生存的关注是否会就此消失？当然没有，因为关注小人物的命运在宏大历史潮流下的暗流涌动，以建构和想象一个理想的世界，一直是文学表现主题。也就是说，底层关注和底层话语表述将会以另一种方式显现。[①] 特别是“城—乡”关系中的底层表述，农民工进城小说中的身份认同叙事、乡村底层社会的城市想象，等等，在某种程度上仍然是表述底层的另一种形式，而且有关底层表述中“人”的主体性建构、权力批判等主题，是“底层文学”的延续与拓展。

第一节　城市化进程与底层新问题的发现

近十年的“底层文学”表述中沉淀了很多值得深思的问题。其中一个有意义的话题就是对“人”的追问与现代性问题的深入思考。到 2011 年，新世纪文学（特别是长篇小说）的发展已经基本形成了一个以“人学”为主体的主题脉络。[②] 这个问题既是对“五四”启蒙文学遥远的回应，也是对当下底层写作的有力开拓。

我们知道，在“底层文学”中，失地农民、城乡边缘人、城市站街女、建筑工人以及大量生活在城市“缝隙空间”的进城农民，纷纷成为近四十多年现实主义文学的表现对象，也显现出文学对现实问题的介入。其实，稍加对比分析，我们会发现，底层书写、书写底层均与城市化进程中的农民进城有甚为密切的关系。其一，“我”的父母在农村，“我”在北京、上海等大城市工作或学习，但“我”在商业大潮的巨浪冲击下，必须回到故乡，返回到原点。其二，“我”曾经是大城市淘金者，但是

① “底层文学”中的底层书写具有较为鲜明的现代意识，其现代思想资源可以追溯到 20 世纪中国文学资源中的五四时期“人的文学”，革命文学时期的左翼文学、延安文学或工农兵文学，以及新中国成立后十七年文学的“人民文学”，但“底层文学”所面对的社会现实，所要表述的文学离乡，以及对人的理想性建构的语境与 20 世纪文学语境有本质的区别，所以二者既有延续性又有本质的区别。

② 白烨从历史与个人、人性与女性、人生与个性等角度进行了论述，参见白烨《“人学”主题的文学演绎——2011 年长篇小说概观》，《小说评论》2012 年第 2 期。

城市的商业资本运行逻辑必然将“我”漂泊不安的灵魂推向城市危险的边缘。他们深知自己作为农民的儿子，只能在大城市与小乡村之间奔波，一刻也不能停留。作为同龄人中与众不同的有志青年，他们所面临的是一个让自己措手不及的时代，他们在物质和精神、现实与理想、自我期许与他者评价之间苦苦挣扎，在寻找作为一个独立而有尊严地生活的“人”的道路上艰难行走。应当说，底层表述的“真问题”及其新质素也因此得以显现。

一

在展开“城—乡”关系书写、表现底层书写立场时，新世纪“底层文学”延续了“五四”文学的人学主题，特别是对城市化、工业化背景下人与人关系的紧张，以及人对物化世界的惊慌和恐惧等问题的关注。王十月的《你在恐慌什么》、阿乙的《杨村的一则咒语》、范小青的《城乡简史》、韦昌国的《城市灯光》、白连春的《我爱北京》等小说通过一个个农民进城故事，展现了消费时代的底层生存世相。比如《你在恐慌什么》中，作者从“沙紧紧地抱着铁”这横空而来的开篇构成了小说叙事的基点，而整个故事可视为这句话的生发、展开与延伸。故事的叙述从沙和沙的女人到深圳接儿子的骨灰开始，写出了那些已进城者和即将进城者被底层化的悲剧。因工伤事故丢掉性命的铁，曾立志要比父亲沙有出息，但事与愿违，在建筑工地丢了性命。经沙和沙的女人与建筑方代表多次交涉，建筑方答应赔付五万元“抚恤金”，以表示对死者及其家属的同情和理解。[①] 赔付协议生效后，在建筑方的安排下，沙和他的女人被安排到深圳“世界之窗”观光，半路上，他们逃向回家的车站。在回家的路上，抱着骨灰的沙和他的女人心生恐惧，惶惶不安，不敢与人说话，怕人抢走五万元。他们舍不得花一分冤枉钱，因为每多花一分钱“就像从铁的身体里抽出了一根骨头”[②]。后来他们住进廉价的旅店，却被发现是抱着骨灰的不祥之人。他们被驱赶后，躲到一个荒山上的坟墓边，不巧遇见盗墓人，夫妻俩惊恐万分……故事的结尾是意味深长的，沙和沙的女人问：

① 因为经雇佣方指认，铁的伤亡属自己失误，本该赔两万元，这表达了作者对于底层生命价值的一种数字判断。

② 王十月：《你在恐慌什么》，《飞天》2006 年第 11 期。

“你是人还是鬼？”对方回答：“我是鬼！”此时，两个人终于舒了一口气：“哎呀，吓死我了，我以为是人呢！”[①] 人与人的兀然对立，使得冤魂厉鬼也不再令人恐怖。如此结尾，别有一番意味！作者将一个“农民进城的故事”设置在“世界之窗”的深圳，让我们在见证一个工业城市下面屈辱的眼泪和无处安身的灵魂，更让我们感受到了快速转型的现代化进程对“沉默的大多数”（底层）造成的身体和心灵创伤。在《你在恐慌什么》中，作者以阴阳两隔的父子——沙和铁为小说人物的命名，从而赋予物化的名词以人格的意义。在我们看来，此乃作者富有深意的“经营”。城市化进程中最为普通且最不可或缺的建筑材料——沙和铁的命名用意，表达的是小说作家对那些被搅拌在巨大的现代化机器里，又被任意地堆砌、凝固在城市高楼大厦里的沙子和钢铁命运的悲叹。诚如论者言：“物质形态的沙是一种贴伏于地面的裸露的无遮蔽的存在，它给人一种干枯荒芜、散乱乏力的惯常印象。而小说中的沙在精神境遇上与之有着某种对应关系。”[②] 我们认同这种看法，同时我们还认为，应该将“沙与铁”作为具体的物质形态的贴伏与“沙和铁”作为具有精神生命的人之命运联系起来。在现代化和城市化进程的复合语境下，将“沙和铁”的物质形态与“沙和铁”作为卑微生命被任意措置于“现代大厦”的存在方式之间建立一种深层联系，才能真正“揭示了现代文明对人的压迫，以及由此导致的人与人之间关系的断裂、生命的相互疏离与冷漠，进而袒露出当下中国生存的无根基状态”[③]。在这种理论和阐释中，我们看到了鲁迅笔下那些底层生命的卑微，无论他们生活在乡村还是城镇（市），也看到了老舍笔下底层生存者连最低物质生存需求都无法保障的无助与无奈，即使他们多么勤劳和善良；更看到的是在众声喧哗的进步声浪和“现代性幻觉”中被淹没的无助的生命，看到了“沙和铁”紧紧地拥抱与“人和人”冰冷地相互遗弃。

从新世纪以来底层意识的确立和底层话语表述立意来看，我们认为，“沙和铁”这个形象是鲜活的。作为城市化、现代化语境之下的“沙和铁”，其意象（是指广义的意义之象）是丰富且具有独立意义的。它们是

---

① 王十月：《你在恐慌什么》，《飞天》2006年第11期。

② 郭富平：《颓败的家园与荒芜的城市》，《名作欣赏》2010年第21期。

③ 郭富平：《颓败的家园与荒芜的城市》，《名作欣赏》2010年第21期。

城市得以建成的基石，也是城市最表象化的符号，从建筑结构的意义上，铁与沙，骨架与血肉，水乳交融，共同浇注了拔地而起的现代高楼大厦，这种立意和构思，丰富了现当代文学的“意象画廊”，是独特的“这一个”，作者不是倚借这一“意义之象”简单地对现代化进程作肯定或否定的判断，而是将人心的裂变、社会变迁与之紧密相连，以此表达对进程者真切而不无深刻的审美判断。作者试图回答的问题是：作为进程主体的底层生存者与这个时代的内在关系。沙和铁，原本一者进城，一者在乡，进城者到城市寻梦，而留乡者守乡，他们的共同梦想是通过勤劳和汗水改变原有的贫困处境，未曾想，一切都朝着梦的反方向展开。

在“底层文学”叙述中，另一种“城—乡”关系的讲述也值得关注。进城者进入由权力和利益组合的冰冷的城市，甚至付出了生命；守乡者梦想的却随着进城者的“消息”的“归来”逐渐破碎。守乡的沙等待结果却是一场彻底的、亲情终结的悲剧。在这里，那一个承载着沙和铁的梦想的“世界之窗”，最终让沙和沙的女人看到的只是儿子残存着体温的尸体。如此滔望的等待，过程何其艰难。同样，在青年作家阿乙的笔下，悲剧似乎还在重演。他的《杨村的一则咒语》，也是写等待进城务工的儿子的“归来”。作者用平实朴素的语言、简淡的风格、舒缓的叙述，通过普通人对伦常诅咒的破解，关注进城者与等待进城者归来的“母亲们”的焦虑，写出了底层生存者在城市化、现代化进程中上演的无声的悲剧，具有非同寻常的结构张力。在《杨村的一则咒语》中，作者采用双线交叉结构，写两个普通家庭，两个凡俗的邻居妇人钟永连和吴海英，她们在日常生活中出现了交集——都等待进城打工的儿子“归来”。儿行千里母担忧，由于漫长的等待，她们焦躁不安；起先，两个妇人因一只丢失的鸡而赌咒，“要是你偷了，今年你的儿子死；要是没偷，今年我的儿子死”，[①] 言语相加，继而厮打，终于邻居变成仇人。实际上，她们都在盼望着外出打工的儿子早日归来，却又在内心深处诅咒着对方。那么，她们等来的又是什么呢？一个等来的是当地警察无情、无理的百般刁难，儿子只好连夜逃走；另一个等来的则是儿子的死亡，结局比前者更悲惨。未曾想，她们的咒语居然都应验了，这是何等吊诡的结局！小说似乎在提醒城

① 阿乙：《杨村的一则咒语》，《天南》2011 年第 1 期（创刊号）。

市化想象对城市寻梦者无情的捉弄，更是反思在现代化和城市化进程中底层精神生态的紊乱。作者最后以温情的笔法写出了两个老妇人的和解——在希望落空、心灵备受打击后，互相抚慰，互相理解。在屋檐下互相倾诉，像暴风雨击打过的小鸟瑟瑟发抖，又像两只受伤的、不改舐犊之情的雌兽，在一次惨烈的竞争后无力恋战，在百般绝望中相互舔舐对方流血的伤口。这般描写看似轻淡，实则沉重；看似无心，实则隐藏深沉，寄寓深远。作者将善良与残忍混融，将盲目与挣扎并置。至此，与进城想象有关的底层状况书写，在这种质朴的叙述中显得丰富而饱满了。

“底层文学”的作者似乎知道，进城者沦为底层的故事，并非写得越惨越好，而是尽己所能，到达生命根柢，能够触及灵魂，并将底层故事放置于工业化、现代化的大背景，以展开对现代化进程冷静的思考，这样的书写理应受到重视！艾玛的《浮生记》中的新米、毕飞宇的《推拿》中的张一光，以及蒋一谈的《鲁迅的胡子》中的沈全等的人生道路轨迹，都是对从现代化进程中被迫撤退的生活方式的一种诗意隐喻。《浮生记》中，矿工的儿子新米，在父亲死于矿难（工业化及其生产方式的后果）之后，决定跟父亲的拜把兄弟毛屠夫学艺。但毛屠夫对屠工技术深藏不露。作为屠夫，他更多地以生命的尊严和意义来告知新米，以期徒弟能领悟生命的价值。这种构思用意何在？是否可以理解为：矿难中消失的生命是轻贱的，宛若浮生，但是矿工的儿子回头又以屠夫为师，而其师借庄子、李白等的“其生若浮，其死若休”“浮生若梦，为欢几何”等生命观来教导新米，认为即便是被屠的猪，也应该有个好死。作者将这种不无混杂的生命观措置于进城者从工业化生产方式中撤退之后的职业选择，饱含深情，寓意深刻，在盛满了人性之美和生命至大的日常生活书写中，表达如何看待万物众生与生死无常的问题，在并不阔大的小说格局中掩映天下苍生，思考生生死死，其悲悯之情可谓意味深长。

不少进城者，在父母和乡亲眼中是“掘金者”，他们被想象为有能力、有出息的人，而“底层文学”的作者看到的却是底层生存者的自我价值认同问题，将更多的情感倾注于进城者自我认同的底层感和虚无感。蒋一谈的《鲁迅的胡子》写的是小人物的命运，在荒诞和戏谑中渗透着作者对城市边缘人的思考。在该作中，作者将鲁迅和足底按摩、学术研究混搭，所展示的是另一种底层生存世相。“我”从四川偏远山区来到大城市北京，深知要在北京扎根，须先从底层干起，“我”（文中的足疗师沈全）与张一光（毕飞宇《推拿》中的主人公）一样，是个不知名的小人物，也开了一家足底按摩保健店，生意平平淡淡，前途一眼即可望到底，这令沈全顿感失望。尽管“我”是“正规大学中文系毕业生”，但只能在不知名的中学教几年语文方能混得一个北京户口，这样无望的生活只能让“我”厌倦。后来星探谢大海发现，“我”的造型酷似大作家、大思想家鲁迅。于是他邀“我”化装出镜，足足让“我”过了一把“名人瘾”。这一“策划”使他即将倒闭的小店起死回生，并一度生意兴隆。有意味的是，人们明知其假，却蜂拥而来找沈全捏脚。作者进一步写道，“我”像做了一场梦，自豪地想：“我沈全居然像鲁迅”，这让他体验了另一种“造梦”的人生快感，于是他“舍不得卸装，卸了装感觉就没了”[①]。这一构思，令人哭笑不得。小说的戏谑之处，还在于作者塑造了另一个人物，他是找“我”排话剧的导演的父亲——苏真，他研究了一辈子鲁迅，但还是个副教授，也没能在专业领域出人头地。在他临终之前，思维进入了幻觉，幻想见到鲁迅并得到肯定。作者对这一人物的塑造所用笔墨不多，但绝无粗枝大叶、可有可无之感。作者以荒诞的手法写进入幻觉的副教授终于得到足疗师扮演的鲁迅为之捏脚，满足了他的夙愿。文本外层是令人惊异的荒诞，文本内里却蕴含着作者对寄身城市者——大学毕业生、人文学者，特别是对没有真正理解鲁迅的“掊物质而张灵明，任个人而排众数”[②] 的独立精神而陷入精神苦闷的鲁迅研究者予以深切的同情！在这种嘲讽和戏仿中，我们仍然能看到作者寓庄于谐的审美追求，那就是对处于不同领域、不同职业的人的批判——底层也不例外。无论是为了生活向城而生，找不到自我的沈全，还是为了理想皓首穷经，终被现实逼迫的副教授苏真，都是作为“人”而存在的，但物质贫困和现实的逼仄，使他们迷失了自我，未能抵达鲁迅所言“去现实物质与自然之樊，以就其本有心灵之域”[③]。一方面是因外在力量的胁迫，“诸凡事物，无不质化，

① 蒋一谈：《鲁迅的胡子》，《新华文摘》2010 年第 24 期。

② 这是鲁迅一贯的主张，最早出现在《文化偏至论》中，《鲁迅全集》（第 1 卷），人民文学出版社 1981 年版，第 46 页。

③ 鲁迅：《文化偏至论》，《鲁迅全集》（第 1 卷），人民文学出版社 1981 年版，第 54 页。

灵明日以亏蚀”,[①] 另一方面则启示读者：没有强大精神支撑的物质化的生活是脆弱的，也是苍白的。关于《鲁迅的胡子》，雷达先生曾评价说："作品的成功主要并不在戏仿的情节之奇，而恰在于它的平凡，它的诚恳，它的真实，它表现了这个流行山寨版的时代里，‘想过实实在在的生活’而不可得，弄虚作假反成常态”[②] 的人生世相。对这种小人物的关注方式显然不是简单的同情或理解，而是对复杂的底层现状和现实人生的另一种意义的挖掘。可以看出，阿乙、蒋一谈、艾玛等年轻作家写出了关乎底层生存的新视角，也找到了新方法。同样是写底层故事，同样是写城乡关系，但他们的风格和技法却迥然有别，“阿乙是不动声色的冷峻，蒋一谈是笑中有泪的戏仿，艾玛是体贴入微的悲悯，它们显示了当今短篇艺术表现力的丰富多样”[③]，更显示出对进城者自我认同书写独特的底层观照和审美姿态。

二

对照新文学传统中具有底层书写倾向的知识分子启蒙叙事、具有社会主义因素的人民叙事传统的延续与变异的轨迹，可以发现，新世纪以来“底层文学”在“精神建构”方面的一些新质。

首先，与新文学视野中的底层书写传统相对照的，是20世纪80年代以来“城—乡”关系书写中底层的“发声”与自我表述，而非等待启蒙者唤醒，即底层话语能力的提高，这本身就是他们精神主体性提高的一种显现。他们曾经是工厂的职工，是流水线上的一个忠于职守的螺丝钉，在市场经济引发的商业资本流转过程中，他们是飞速旋转的时代机器上的零部件，是工业化城市的底层生存者。他们除了可以通过体力与城市交换能量，还可以通过语言表达自我的存在，从而完成了某一程度的自我启蒙。作为“城市民间”群体，他们在工作之余，仍然写下了他们的沉重的叹息。在这种底层的自我表述中，打工族的年轻化和相对的知识化，使得大批“打工作家”在自我的城乡经验中留下他（她）们进城的“精神胎

① 鲁迅：《文化偏至论》，《鲁迅全集》（第1卷），人民文学出版社1981年版，第53页。

② 雷达：《多姿多彩的短篇小说》，《文艺报》2012年11月28日。

③ 雷达：《多姿多彩的短篇小说》，《文艺报》2012年11月28日。

记”。王十月、柳冬妩、郑小琼、谢湘南、宋晓贤等，[①] 他们并没有“五四”知识分子深刻的思想启蒙和文化批判，而是表达进城者对城市文化、城市生活的认同与困惑，他们试图通过自己开口，传达自我的直接经验。他们甚至“跪在厂门口举着一块硬纸牌/上面写着‘给我血汗钱’”（郑小琼《女工记》）。这种声嘶力竭的呐喊，更真实地表达了作为现代化大厦建设者的一员，为社会进步和发展付出了自己的青春、爱情乃至生命的合理需求；他们没有成熟的写作技巧，但是有切身的底层经验；他们没有深刻的反思、批判意识，但是有催人泪下的真情抒发。这样的作品无论是从思想还是艺术手法上来看，并不算十分深刻和成熟。但是，即使没有达到专业作家的水平，在阅读和欣赏中，读者仍然会为一种朴素的抒情和疼痛的体验所感动。这是老实的祥子不能达到的，也是乐观的陈奂生意识不到的，更是单纯的梁生宝、萧长春不能理解的。

这种表述，从表述主体到客体，没有“中介”，也没有他者想象，其表达方式就是真实的生活场景呈现，真切的情感抒发。在“城—乡”关系书写中，进城者将自己作为关注对象，同时又是底层生活的实践主体，这恰恰是鲁迅所期待的“平民开口”[②]，因为他们已经获得了表达的能力和权利。无疑，作为一种自我表述的文学行为，这种“开口”方式是文学审美现代性的典型显现。所以，新世纪“底层文学”中的打工文学、留守日记以及草根自述等文学样式和文学形态，一方面从底层主体言说的层面开始“部分地践行”“五四”一代作家启蒙理想的终极关怀，另一方面又激活了启蒙的、革命的历史话语，这是城市化进程催生的、新的表现方式，更是一种新的审美姿态。在历经一个世纪后，“底层文学”使新文学初期未完成的启蒙得以继续，也使“人的文学”未竟的文学现代性得以远距离续接。这既是一种历史主体（人民）获得解放的标志，也是新文学中为人生的启蒙话语、为艺术的审美话语、为政治的革命话语在新世纪文学中的当下新变。

---

① 其中，郑小琼、谢湘南、宋晓贤等作家主要以诗歌见长，但也有一些纪实性的“打工日记”，属于“打工作家”的自我表述，是非常典型的小说素材，故列于此。

② 鲁迅曾谈到平民并不能自我表达时说：“现在的文学家都是读书人，如果工人农民不解放，工人农民的思想，必待工人农民得到真正的解放，然后才有真正的平民文学。”鲁迅：《鲁迅全集》（第3卷），人民文学出版社1981年版，第422页。

这种新变，还表现在对进城人物形象的塑造方面。在新文学初期的底层书写中，更多以“离去—回来—离去”的叙事结构来表达启蒙底层和进入底层的悖论，而新世纪底层书写则有意塑造新时代语境中的“新人”。这一类“新人”在面对现代社会的快速转型过程中底层群体未来发展道路时，并不是一味地盲目和困惑，而是在汲取新思想的同时，寻找应对现实窘境的出路。塑造“回到乡村”的“新人”典型，是“底层文学”中底层形象塑造的一种新尝试。在农村题材的底层形象塑造中，作家意识到，尽管乡村在城乡进程中的蜕变是空前的，但他们并不完全被动；尽管不少进城大军中的农民工，在工厂、建筑工地上是最低层、最基层的务工人员，但是他们却在身为农民工的经历中，逐渐接受了一些新的思想，比如平等意识，法律意识。在候鸟一般的城乡迁徙中，他们会回过头来反观乡村生活状况，以辩证的眼光观察、对比城乡文化。比如在周大新、孙惠芬等作家的笔下，进城者曾经是城乡交叉地带的“漂泊者”，但后来历经风雨，已成长为大有作为的回乡建设者，新一代农民工的致富带头人。他们既能对乡村文化所具有的淳朴民风、“和谐人伦”等乡村文化的自足性予以认同，又能对乡村地方干部和官员的权力政治保持一定的清醒，并与之进行一定程度的斗争。可以说，这种“城—乡”关系叙事突破了城乡二元冲突观念，尝试塑造从城市底层回到乡村基层、以知识和思想带动农民走“农村现代化道路”的“新人”。同时，在“城—乡”关系，面对新生的人与人之间的关系，作家有意识地发掘人物形象新的质素。比如孙惠芬在《吉宽的马车》中塑造的吉宽，其自我意识既不是与生俱来的，也不是通过自主的学习而得来，而是在与城市的交往中逐渐获得的。通过城市经历与乡村经验相比，吉宽意识到，一旦环境发生变化，他与亲人，特别是兄嫂之间的亲情关系也会随之变化，同时，他也意识到，亲情会因金钱而改变，甚至会成为交易的筹码；他时刻提醒自己不要做了“时代的垃圾伴生物”，而要做一个能被人认可、让自己心安的人。在作者叙述中，这种具有“自审”意识的底层人物形象塑造，在当下“城—乡”关系书写并不多见。更难得的是，吉宽一方面不忘“自审”，另一方面也敢于“审他”，从而使得新人具有了相对稳定的“魂魄”，诚如评论家白烨先生所言：“这种自审与自省的精神，相当的难能可贵，这也使得吉宽这个农民工人物形象，不仅卓有了个性，而且富有了灵魂……

这‘自审’，便是在城乡交叉地带构成的尴尬境地，自省自己得到了什么，又丢失了什么；自问自己置身何处，又去往何方？”[①] 在这里，论者积极地肯定作家有意突破城乡冲突观念，及时概括从城市回到乡村、带动农村走“现代化道路”的“新人”特征，也试图寻找进入城市的农民（工）在融入城市过程中自我意识的形成的艰辛历程，从而极大地丰富了城乡关系交往中的底层想象，也从正面角度回答了底层不是永远的“沉默的大多数”，他们总有一天会发出作为人之一员“自己的声音”，也就是鲁迅在“五四”时期所期望的、工人农民发出自己的声音，从而获得思想的解放。

其次，与社会主义文学中的人民叙事相比较，“底层文学”将进城者表述为社会边缘群体，但他们并未因此放弃作为“人民的权利”。他们深知城市在高处，但进城是他们的权利，当市场经济将巨大的经济和权力资源集中于城市这一广阔而诱人的社会空间，倘若不进城，他们仍然会丧失更多作为“人民”的权利。“向城而生”成为曾经“以农村包围城市，最后占领城市”的进城者没有回头路的人生方向。

对“向城而生”的进城主体的群体性描述，无论是沙与铁（王十月《你在恐慌什么》），还是刘高兴与“五富”（贾平凹《高兴》），无论是等待进城务工的儿子消息的妇人（阿乙《杨村的一则咒语》），还是在城市中争得一点“胃的尊严”的保姆（须一瓜《海鲜啊海鲜，怎么那么鲜啊》），抑或是在瓦斯爆炸后幸存下来，却失掉双眼后进入城市按摩坊的张一光（毕飞宇《推拿》），以及在工业流水线上一秒一秒地积攒血汗钱的进城“女工们”（郑小琼《女工记》）……当社会公平和个人权利资源在自己身上不断缩水时，作为进城者，仍然在以透支的方式维持着尊严和生命。他们也偶尔发出一种超越他们身份的“天问”。作为人民大众，与那些在城市工厂勤勤恳恳的工人们，不敢有一丝松懈，否则就有被市场竞争机制逐出城市。作为无产阶级，他们相信，这个社会本应该就是人民当家做主，人民是城市的主人，但城市充满了竞争，甚至不公，曾经熟知专业技术的“主人们”也有可能蜕变为时代的边缘人和多余人。这从另一方面也折射出了当下农民工因贫困而不断向工业资本相对集中的城市涌

① 白烨：《近期文坛热点两题》，《南方文坛》2008 年第 2 期。

入，以致被资本市场的运行规则俘获，他们“向城而生”，对城市态度也开始变化：从最初的被迫进入到城市化进程启动后的主动融入，从曾经的“城市生活的改造者”（比如萧也牧《我们夫妇之间》中的张同志），变成当今的建设者（比如《你在恐慌什么》中的铁），他们甚至被迫成为宏伟的现代化大厦下正在凝固的沙子。

现代性的繁复与悖论无时不在进城者身上刻下深深的烙印。如果说，骆驼祥子的进城，是社会悲剧和城市文明病的必然结果，那么，贾平凹、刘庆邦、王十月、李佩甫、徐一瓜等作家的底层书写，则体现出了社会转型过程中，大量进城农民作为“城市异乡人”真切的心灵体验，也表达了在快速转型时代的人民有可能蜕变为底层的深切担忧。可以说，“底层文学”作家及时地为“人的话语”“人民性话语”的审视敲响了警钟。

从上述意义上看，新世纪“城—乡”关系书写中的生活真相的揭示和灵魂世界的展示，是对鲁迅、老舍等作家的底层农民进城主题遥远的回应，显现出新时期以来作家开拓新的底层书写空间的努力。尽管，从总体来看，研究者认为“底层文学”更多停留于再现城市化背景下农村的颓败与农民生活的困苦，或者只在表现城乡差距的进一步加大等社会学层面的问题时，缺乏一种深层开掘的人学内涵，[①] 但在我们来看，“底层文学”体现出来的“新质”是不容忽视的，特别是作者在现代化、城市化背景下对进城者的情感、态度，乃至道德感、伦理意识、自审意识、自我表述等领域的探索，表现出不同于20世纪上半叶中国文学叙事特征的新质素。

第二节 城市化进程中的乡村底层权力叙事

传统的中国社会是一个相对稳定的、静态结构的乡土社会。在这种结构中，无论是分封建制，还是中央集权的权力分配方式，乡村的独立性和乡民的自足性程度比较高，这源自于一种自给自足的自然经济形态。但是随着封建经济的发展，乡村人口不断增加，对于乡村社会管理和有效控制成为社会是否稳定的重要参考标准。特别是分封建制解体后，皇权成为强

① 论者认为“底层文学热”以“文学的名义”歪曲了文学，“底层文学”“剿灭”了纯文学，是“美学的脱身术”和“苦难焦虑症”的展示。参见张继红《二十世纪中国文学资源与新世纪“底层文学”研究》，博士学位论文，兰州大学，2013年，第5页。

者竞相争逐的对象。换言之，封建制度解体后，任何人都有可能成为最高权力的执掌者，而权力的获得者必然以一定的手段维护权力的稳固。[①] 中央到地方、官与民、城市与乡村的关系很自然地表现为权力的分配和转移的问题。其中，官与民、城市与乡村的关系，在传统中国社会主要是通过士绅阶层、保甲制度来维护相对稳定的关系。[②]

在这种相对稳定的传统社会结构中，农民的底层地位并未有实质性的改变。费孝通在《乡土中国》中说：“以农为生的人，世代定居是常态，迁移是变态。”[③] 定居是常态，而他们的底层状态也几乎成为一种常态。这当然是指传统的农业社会，即那种处于前现代的社会文明形态。在 19 世纪 20 世纪之交，随着西方工业产品的大量倾销中国，曾与底层农民共享相对统一的乡村伦理价值的士绅阶层，逐渐培养了对“洋货”的兴趣，造成大量农产品滞销，农民的地租却未因此减少，官与民、城市与乡村的矛盾愈加剧烈。而保甲制度，这一制度不但没有缓和官民矛盾和城乡冲突，反而恶化了上述诸种关系。[④] 中国的乡村社会在现代性的挤压之下，开始了自身的现代转型，乡村人口的流动也逐渐频繁起来。总体来看，这种转型是缓慢的，渐进的，乡村社会的总体结构并没有发生大的变化。

一

然而，在“城—乡”关系叙事中，将乡村权力作为一个独立的、集中的书写对象，却出现在“五四”以后的新文学中，特别是 80 年代以来小说表现得最为突出。在现代作家的乡土小说中就可以看到，大多数农民是被权力绳索牢牢地束缚在土地上的，成为乡土社会结构中的底层，正如鲁迅小说《故乡》中的闰土那般，能像阿 Q 那样偶尔进城的，是个例，也是特例。不过，即使阿 Q 得以进城，其根本原因不是他自觉意识的结

① 参见费孝通《士绅与皇权》，《中国士绅——城乡关系论集》，赵旭东、秦志杰译，外语教学出版社 2011 年版，第 25 页。

② 参见费孝通《士绅与皇权》，《中国士绅——城乡关系论集》，赵旭东、秦志杰译，外语教学出版社 2011 年版，第 25 页。

③ 费孝通：《乡土中国》，北京出版社 2005 年版，第 3 页。

④ 在费孝通来看，保甲制度实质上是“把国家的警察制度这条轨道延长到各家门内”，参见费孝通《中国乡村的基本权力结构》，《中国士绅——城乡关系论集》，赵旭东、秦志杰译，外语教学出版社 2011 年版，第 101 页。

果，而是因为在“道德上的犯了错”，即对吴妈简单粗暴的求欢方式。即便是鲁迅笔下的航船七斤从城里带回“皇帝坐了龙庭了”（《风波》）的“新闻”，也只是引起一点小小的风波，旋即又风平浪静。以至于连张勋复辟失败这样的大事，在未庄所能引起的“改变”，也只是“将辫子盘在顶上的逐渐增加起来了”，[①] 此外并没有什么其他变化。也就是说，在相对固化的乡村权力结构中，底层百姓没有从乡村进入城市、获得自己独立发展空间的可能，而从城市引发的“革命”也很难渗透到密封严实的乡村权力结构当中。鲁迅深刻地揭示了乡村权力对底层农民人身自由的束缚，也昭示了乡村权力结构的固化对农村人口自然流动造成的潜在束缚。

传统中国乡村社会对权力的恐惧与对城市的向往形成了一种交织的网状结构，加之制度性的城乡壁垒的设置，底层百姓进入城市、与城市平等交往的权利往往受到极大限制，[②] 这也是当下中国乡村文化重建面临的一个难题。至 20 世纪末，随着中国改革开放的深入，城乡之间的壁垒逐渐被拆除，城乡之间的流动更加频繁，尤其是 20 世纪 80 年代以来，大量的青壮年农民进城，而返乡者将新的生活方式和生活观念带到农村，以至于原本稳定、封闭的农村变得动荡不安，而乡村权力成为作者极力批判的对象。

80 年代以来的“城—乡”关系书写，多集中于对乡土社会的封建意识的批判和对乡村权力的审视。应当说，这是“五四”新文学初期“乡土文学”一个延续性的主题。对于有农村经验的作家，他们在改革开放后，逐渐进入城市，成为“在城”的乡土文学作家。他们深知乡土社会的权力恐惧和权力崇拜对农民思想的控制，以此揭示出封建权力文化在新时代仍能借尸还魂，或死灰复燃的悲剧性事实。在批判过程中，作者要么借用从城市现代观念批判不同时期仍然存在的、旧的封建意识形态，要么引入城市生活方式（独立、反抗、开放、包容等）或与之相关的现代价值（民主与平等意识），在城乡对比、映照中介入对乡土社会的权力审视。无论从中国底层民众的畏官心理，还是民主、平等等现代意识的淡漠来看，新文学传统中的“立人”思想在很长一段时间被搁置。经历了启

① 鲁迅：《阿 Q 正传》，《鲁迅全集》（第 1 卷），人民文学出版社 1981 年版，第 517 页。

② 有关“五四”以来到“文化大革命”结束这一时期中国“城—乡”关系交往中出现的一系列问题，参见本书第一章第一节相关内容。

蒙和革命的底层民众，尚未在自我意识的获得和建构中实现人的真正觉醒。新时期文学中的有关“人的觉醒与反封建主题的推衍”（雷达）主题中，张炜、张弦、古华、王兆军等作家从不同层面切入当时底层农民的心理痼疾，并以一种城市的、现代的眼光反观乡村权力之恶，具有强烈的现实批判意义。在王兆军的《拂晓前的葬礼》中，那个曾经刚毅、果敢、稳健的人物田家祥，身处社会底层，后成为“为农民争得实利”的“杰出代表”。在村民的拥护下，与“极左”政治权力对立，维护了大苇塘村民的权益。但是，待夺得政治权柄，成为“大苇塘最厉害的人”之后，他的理想和目标就此“完结”了。从此，他别无他求，醉心于权力把玩。田家祥之所以前后反差如此巨大，是因为他的眼光从没有超出过大苇塘。获得权柄后，田家祥成了政治上的既得利益者，他将“统治”的目标对准曾经与自己站在同一战线的底层百姓，反过来打击同盟，压制底层百姓的合理言论，成为大苇塘人最厉害的“敌人”。苇塘还是原来的苇塘，村民还是原来的村民，农民的生活处境和精神状况并未因权力易主而改变。虽然权柄如击鼓传花般转移到不同游戏者的手中，但是底层百姓却为这种权力游戏的“把玩”付出了沉重的代价。我们从田家祥身上看到的是权力政治和人治流毒的顽固，雷达先生曾在评论此作时不无担忧地说：“这就向我们提出了一个十分尖锐的问题：在封建主义早已老态龙钟地进入坟墓以后，它还能不能派出自己在政治上的继承人？难道它仅仅只留下一大堆观念的残余吗？”[①] 这种担忧自然是《拂晓前的葬礼》表达的题中之意，也是王兆军对封闭的乡土社会在新时代到来后，城市的、现代的思想仍未能进入乡村社会状况的书写。虽然有权力易主，但这并未能改变农村底层民众的思想和精神面貌。

在乡土底层社会的权力书写与人的觉醒关系意义上，张炜和张弦的写作更值得关注。张炜的《秋天的愤怒》，此作可以看作《拂晓前的葬礼》的开拓。作家将写作的重心放置于乡土社会“人”的觉醒的探讨，试图揭示乡土社会中顽固存在着的权力崇拜及其变异，以及乡土社会少有的觉醒和抗争。在《拂晓前的葬礼》中，王三江是和田家祥一样被

① 雷达：《人的觉醒与反封建主题的推衍》，《重建文学的审美精神》（下），北京师范大学出版社 2009 年版，第 22 页。

赶下台的人物，但他既伪善又专横，其手段老辣，狠毒，他能凭借昔日权力余威，重新经营人情关系网络，很快成为土地“承包”的带头人，成为村里“有权有势的人物”，村民们因此也再一次默认了他的权威。当他给农民让渡了葡萄园的一点小利之后，农民甚至又开始对他感恩戴德，表现出一种含混的敬畏。《秋天的愤怒》中的一个人物“老得”——葡萄园的守园人，他被斥为“一个古怪的东西”。他有浪漫主义诗人的感伤气质，体格弱小，性格内向。当权力的拥有者王三江以强盗逻辑逼走善良的铁头叔，还辱骂了孤儿小来，他内心的正义感瞬间被激发。识文断字的“老得”，不再畏惧霸道逻辑，顺应内心需求，以寻求孤绝的反抗。他在葡萄园中写诗，以宣泄自己的愤怒，一种伸张正义和复仇的意念始终烧灼着他的内向和孱弱。但他的“怒目主义”并没有得到村民的理解；他只能寂寞地守着他的猎枪和猎狗，以及更弱小的小来。但是，这些最初的觉醒者，在强大的权力淫威面前，又面临着觉醒了仍无路可走的悲剧。逃出乡村，走向城市，还是固守精神家园（葡萄园），与权力殊死一搏，这是“老得”的困惑，也是他的觉醒。所以，在评价《拂晓前的葬礼》和《秋天的愤怒》等作品时，雷达先生曾将其与“五四”时期走出故乡的启蒙者确定的“人的觉醒”主题联系起来，认为：“它们表现了从十年动乱直到今天的历史时期里两股力量的撞击。一股力量是封建主义的幽灵，它在赵老太爷、鲁四老爷早已寿终正寝的新时代，如何离开昔日压迫者的肉体又凭附到今日某些劳动者们身上，在‘公共权力’中寻找缝隙来安顿和寄殖自己，继续压迫着农民的精神和阻遏社会的进步；另一股力量是姗姗来迟的人的觉醒的要求，它直到近年来才在农村青年‘思考者’身上萌发，它是中国农民从来不曾有过的觉醒……（他们）要求精神上从传统人向现代人的蜕变。”① 由此我们看到鲁迅意义上的对农民悲剧性命运的理解，以及此后作家对底层民众能获得现代新思想的由衷的期望。

但是，这一时期一系列针对“极左”权力书写的作品，由于题材的特定性，其视野的局限性显而易见，其思想矛头更多地对准到已经被定性

① 雷达：《人的觉醒与反封建主题的推衍》，《重建文学的审美精神》（下），北京师范大学出版社 2009 年版，第 20 页。

的旧的意识形态，还没有对其背后的封建主义的幽灵在当代底层社会的存在形态和历史根源作深入的揭示。很快，整个文学的写作路径、写作重心也发生了改变，关注乡村社会的小说作家，要么写“包产到户”给农民带来的实惠，要么关注生产方式与生活方式、经济与道德等方面的冲突（比如高晓声的“陈奂生系列”，以及路遥的《人生》《平凡的世界》等小说的“社会变革主题”），直接关注权力对农民命运的掌控的作品开始弱化和偏移。即使20世纪90年代出现的“现实主义冲击波”，尽管对改革中的经济为核心的社会矛盾进行了揭示，但是诚如曾经以“冲击波”来命名这一思潮的雷达先生在总结这一类文学创作的局限时所说：“他们基本停留在表象层，停留在形而下的展示，超越的部分薄弱，对人的境况和人的发展问题也缺乏形而上的深思。”[①] 与其相关的问题是，“现实主义冲击波”里的很多作品却站在权力的“上位”，期望底层“分享艰难”。应该说，这样的写作立场中并没有鲜明的老百姓立场，亦缺乏相应的底层意识。此后出现的“新写实主义”，尽管也有对小人物生存世相的近距离观照，但是由于其叙事视点不断的下移，这使得对底层人物的观照流于种市民心态和市民趣味，而对城乡社会底层民众精神的自足和自我意识的觉醒表现得并不深入。

回过头来看，新世纪“底层文学”，是对20世纪80年代初期中断了的乡村权力书写的延续，更是“五四”以来反封建主题的推衍，在某种程度上实现了对两个时期文学精神的远距离对接。

二

新世纪以来的“底层文学”作家在触及乡村社会的超稳定社会结构时，将关注的重心有意放置在乡村社会被权力掌控这一事实的揭示，以及因此引发的人物悲剧性表现，对城乡交往中乡村社会之于权力异变引发的“乡村的震颤”也进行了合理的想象。

新世纪以来，乡土作家一方面对乡村底层的权力崇拜心理进行深刻的挖掘，另一方面，对权力在乡村社会的“变异”存在进行了不遗余力的批判，预言了被异化的乡村权力在现代化、城市化面前崩溃的可能。周大新

① 雷达：《现实主义冲击波及其局限》，《文学报》1996年6月27日。

的《湖光山色》、毕飞宇的《玉米》、阎连科的《炸裂志》等小说，很大程度上就在于这些作品的权力主题书写，其立意的独特性在于，小说对千百年来中国底层民众被权力捉弄的悲剧性的揭示。在这种对乡村基层权力叙事中，我们既看到了农民对权力的恐惧，也能感受到底层群体在权力阴影下的可怜与可悲，更看到了权力在中国社会阴魂不散的病态显现，即“作者是沿着‘画出沉默国民的灵魂’的路子在走”[①]。阎连科的《黑猪毛，白猪毛》，写出了乡村底层民众对权力的恐惧，以及法律意识、权利意识的淡薄。作者以荒诞的手法首先展示乡村社会对权力恐惧所造成的乡村文化发展的“死循环”。在小说中，镇长在李屠户的房子偶尔住了一夜，当地人却将其作为“圣地”，以“到此一住”为荣；镇长开车撞死了人，镇长利用权力令李屠户找人顶罪。李屠户寻得的“替罪羊”是三十多岁的光棍根宝。不无讽刺意味的是，得知根宝要做镇长的“恩人”，便有人到根宝家为其拉纤做媒。根宝急忙赶至李屠户家，未曾想还有三个人愿意为镇长“替罪”，最后四人以抓阄的“游戏”方式决定“顶罪权”。而抓阄的过程和方法也相当滑稽：一根黑猪毛和三根白猪毛，分别被包进四个纸包，抓到黑猪毛者胜。结果村民柱子“幸运地”抓到了黑猪毛——想做奴隶而终做成奴隶的底层农民。此时，根宝跪地求情，希望柱子让给他这个机会，柱子最后同意。但是，故事的情节在此又一次突转。当根宝像英雄一样被送出村子为镇长“顶罪”时，村长传来消息：不用顶了！原来当事人家属根本不想告官，而且对肇事者——镇长提出“请求”：希望镇长将死者的弟弟认作干儿子。在这场滑稽的“争抢顶罪”的叙述中，生命尊严却最终以纸包“猪毛”的黑白来决定，其讽刺意义和荒诞意味不言而喻。在这类触及乡村权力的作品中，作者将扭曲的人与人之间的关系围绕权力而展开，将乡村权力对人的奴役和控制淋漓尽致地展现在读者面前。对于作为一镇之长的肇事者来说，他是底层百姓心目中的“父母官”，拥有“现管”的权力，甚至包括生杀予夺之权；而对于李屠户来说，尽管自己不是一镇之长，没有可以随时挥洒的权力，但是因为镇长给他这个“选拔”的机会，所以，他可以公然地以黑猪毛、白猪毛主持“公选”。而从没有见过“外面世界”的根宝、

① 雷达：《消费时代短篇小说的价值》，《当前文学症候分析》，作家出版社 2009 年版，第 52 页。

柱子他们，一是相信官与民，永远就是大腿与胳膊，胳膊拧不过大腿，唯一可以选择的，就是以生命换取镇长的安全，放弃自由乃至生命，这是他们唯一能够支配的权利。

城市文化在很大程度上包含自由精神和开放心态，能孕育消解权力的文化。周大新的《湖光山色》，通过男女主人公旷开田、楚暖暖对村镇基层权力不同的斗争意识，揭示了乡村权力对新一代年轻人（包括留守乡村者、进城回乡者）身心的浸透。但作者并不因此而悲观，他让我们看到了接受城市文化的新一代青年对乡村权力生态改变的可能性。周大新在表达乡村基层权力对老百姓利益的侵害和尊严的践踏时，一方面表现了回乡者（楚暖暖）对权力恶魔（詹石磴）的无情揭露过程，另一方面也写出了农民（旷开田）习以为常的、对权力的臣服。旷开田的臣服，其根本原因在于他缺乏一种来自新的思想力量支撑，而这种新的力量很难在相对稳定的乡村社会结构中自然产生。楚暖暖深知张牙舞爪的权力妖魔在楚王庄阴魂不散，但她却无力祛除，眼睁睁看着丈夫渐渐掉入了权力欲望的泥淖。她是楚王庄的第一个觉醒者。若以《湖光山色》与《拂晓前的葬礼》相比较，前者在小说的结尾处设置了这样一个颇有意味的情节：田家祥身上权力欲望被王晓云——这一个曾经非常崇拜王家祥的回城女知青看破，并揭露了事实真相。进城后的王晓云依然怀念过去，感恩大队书记田家祥，但后来她发现一切原本不是她所怀念的那一种前尘往事。当她从城里好友吕锋处得知，田家祥其实是一个自私、伪善、残忍的村干部，毅然决定结束过去被蒙蔽的情感游戏。葬礼，在小说中既是王晓云对自己和田家祥照片的埋葬，也是作者借进城知青对乡村的失望，表达了对权力恶魔送葬的愿望，让读者在感觉到封建主义幽灵及其权力崇拜的顽固与乖张时，也看到一线希望，那就是城市现代思想和知识女性对乡村社会权力欲望的拒绝和批判。而在《湖光山色》中，尽管楚暖暖并不能最终打败顽固的权力掌控者，但她终于看出，曾经与自己同舟共济对付权力控制的旷开田跌入权力泥潭，并非他道德上的缺陷，而是权力阴魂在乡村底层缠绕的事实，要真正打败它，只有更多的人的觉醒，更多人穿过“迷心区”的漫天迷雾。尽管在塑造楚暖暖时，作者赋予这一人物回乡之后鲜明的现代意识和传统文化保护自觉，并将其与权力的斗争叙述处理得相对理想化，但是结尾以悲剧性的构思处理旷开田最终以虚幻的想象进入了权力臆想，成为她（楚暖暖）无法面对的“他者”，但从结尾部分细针密线的叙事过程安排中，我们看到了城市经验和城市文化在丰富楚暖暖这一人物形象的意义。在迷魂区的《离别》演出中，她终于看清了权力魔障的本来面目，从而为专制权力崩裂提供了合理的叙事逻辑。

总是，“底层文学”的权力叙事主要指向权力对人的异化，使人成为权力刍狗，成为“非人”，这是人获得自由和解放的最大魔障。按照马克思和恩格斯的说法，“任何一种解放都是把人的世界和人的关系还给人自己”[①]。即让人成为自觉与自足的人。所谓“人的解放”，其根本的判断标准就是每个具体的人是否全面地占有了自己的社会关系，而不是将人陷入个体与社会形成的诸种关系的控制与奴役当中。

三

在诸种社会关系中，人与权力的关系往往体现为权力主体与权力客体的关系，这种主客体关系决定了个人权利的获得和个体自由发展的程度。“每个人的自由发展是一切人自由发展的条件”[②]。这是马克思意义上的“人的解放”的必要条件，也是人逐渐占有自己全面的本质的基础。新世纪“底层文学”对权力的反思的现代意义，其指向现代性背景下人的权利的实现和个体的解放程度，这也是马克思主义学乃至整个人文主义精神中“人的解放”的题中之意。

回到前文我们讨论“底层文学”中的人物个体意识自觉和个人权利问题，我们会进一步发现城乡关系视域中底层书写的现代审美意识。宝根、柱子们的争当“顶罪者”卑微的趋炎附势，与阿Q“姓过一回赵”自我认同如出一辙。那就是因为极端的物质和精神贫困而产生的对权力的畏惧。换言之，根宝、柱子们，在骨子里仍然具有“阿Q性”。阿Q最终走向断头台时，对于权力仍然是没有明确的认识，所以，即将走上断头台的阿Q是骄傲的，他看到了自己是这场戏的主角，他想唱“手执钢鞭将你打”，最后“无师自通”地说出了自己“二十年又是一个……”[③] 鲁迅对曾进过一回城便自以为是、毫无自知，亦毫无自觉，一直处于社会最底

---

① 《马克思恩格斯全集》（第1卷），人民出版社2008年版，第1页。

② 《马克思恩格斯全集》（第1卷），人民出版社2008年版，第1页。

③ 鲁迅：《鲁迅全集》（第1卷），人民文学出版社1981年版，第526页。

层的阿Q以深刻的理解与同情，并将对他的觉醒的可能隐含在阿Q走向断头台的最后的刹那中，“在刹那中，他的思想又仿佛旋风似的在脑海里一回旋了。四年之前，他曾在山脚下遇见一只饿狼，永远是不近不远的跟定他，要吃他的肉。他那时吓得几乎要死，幸而手里有一柄斫柴刀，才得仗这壮了胆，支持到未庄；可是永远记得那狼眼睛，又凶又怯，闪闪的像两颗鬼火，似乎远远的来穿透了他的皮肉”①。直到这时，阿Q才意识到自己的人头落地是可怕的，他终于感觉到自己被杀头的疼痛，因为他感觉到那些围观的眼睛，他看出了围观者没有一张干净的口，甚至没有一颗干净的牙齿，他们要吃他的肉，喝他的血，甚至“已经在那里咬他的灵魂”……终于，阿Q在喊出“救命”时，“觉得全身微尘似的迸散了”②。值得注意的是，鲁迅在阿Q的刹那间的“自觉”中寄托了不甚渺茫的希望，那就是阿Q可能的觉醒，哪怕瞬间产生又将迸散的希望。在这个意义上，新世纪乡村权力叙事的关注点主要在于对当代中国社会，特别展示了当前乡村基层社会权力对底层民众造成巨大的伤害，进而揭示了底层生存者要获得现代民主、平等观念之艰难。

由此可见，无论是“城—乡”关系书写视角下的权力话语，还是“底层文学”写作，只能放到具体的现实语境中去理解。可以说“五四”文学或“人的文学”具有底层关怀的情感指向，但绝不是简单地将两个阶段“合并同类项”。“五四”时期有阿Q进城，此后30年代有祥子进城，但我们不应将这一时期的进城叙事与80年代以来的“城—乡”关系简单地混同为同一个问题，否则会遮蔽80年代以来“城—乡”关系叙事面临的新问题、新语境。可以说，“五四”文学或“人的文学”尽管是启蒙意识的产物，毕竟体现了作家对人的终极关怀，与“底层文学”“城—乡”关系叙事的精神指向相通，较为集中地体现了作家对人，特别是底层农民、进城农民作为人的终极关怀，这种意识仍然是当下进行“城—乡”关系叙事的作家缺乏的。倘若在新的历史语境下将“城—乡”关系叙事，特别是权力叙事中“人”的关怀作为观照城市化进程中的核心问题，“城—乡”关系交往叙事对社会文明的价值建构将大有希望！

---

① 鲁迅：《鲁迅全集》（第1卷），人民文学出版社1981年版，第526页。

② 鲁迅：《鲁迅全集》（第1卷），人民文学出版社1981年版，第526页。

第五章　“城—乡”关系书写中的空间叙事

时间和空间是人类社会存在的最基本形态，也是人类文明得以维系和嬗变的两个基本维度。但是，现代哲学（包括历史唯物主义及其哲学话语）往往立足于“时间优先于空间”的论断。事实上，人类对于空间的思考由来已久，在漫长的历史演进过程中，人类从未停止对空间属性和空间关系的探索，且试图通过空间的认识来探索人自身的存在方式和存在状态，因为“人类从根本上说是空间性的存在者，总是忙于进行空间与场所、疆域与区域、环境与居所的生产”①，因此，“人们似乎只有通过空间化路径才能重申现代性话语的自我反思和批判”②。这也就是空间维度在构建当代日常生活中的地位及其能够被更多的文学研究者关注的深层原因。

第一节　“空间转向”与文学叙事

空间概念在古希腊亚里士多德那里是一个相对的、抽象的概念，仅提出空间存在的有效性，至牛顿那里，空间具有了具体性乃至绝对性，后来，马克思、恩格斯、列斐伏尔、戴维·哈维等思想家都对空间做出过具体的论述。从马克思和恩格斯的空间观来看，空间是自然界物质存在的广延性场所，也是人类得以生存和发展的先在性前提，且“空间以及世间万物的关系对每一种社会组织方面来说都是重要的”，③ 同样，在不同的

---

① 迪尔：《后现代都市状况》，李小科等译，上海教育出版社2004年版，第5页。

② 王志刚：《导论》，《社会主义空间正义论》，人民出版社2015年版，第3页。

③ 这是美国城市空间理论研究者马克·戈特迪纳在总结法国学者列斐伏尔的空间社会生产理论时提出的观点。参见［美］马克·戈特迪纳《城市空间的社会生产》，任晖译，江苏凤凰教育出版社2014年版，第206页。

历史阶段，文学叙述中空间意识也将显现出相异的叙事特征：“与传统注重时间的叙事理论不同……在内容上，当涵盖故事与叙述空间、空间与视角／聚焦、空间与人物、空间与情节、空间与时间、空间与读者感知、空间与文本形式等众多领域。”①

20世纪后半期，西方理论界，特别是哲学领域出现了“空间转向”，②法国思想家福柯甚至提出“当今时代已进入空间纪元”，认为“我们时代的焦虑与空间有着根本的关系，比之时间更甚”③。叙事学领域逐渐意识到空间概念和空间存在形态的重要意义，于是出现了“空间叙事转向”。可以说，19世纪是一个“时间”的世纪，人们热衷于对时间追问，而20世纪是一个“空间”的世纪，人们更注重对空间的感知。相应地，20世纪中期以前，文学也一直关注时间叙事而忽略空间叙事，到20世纪中期，文学叙事的空间由作为“容器”的物理观念转向由作者、读者、文本共同建构的想象性、艺术化的空间。自此，文学的空间叙事进一步探寻空间与人的生存之间的深度关系。

从传统叙事学角度来看，文学属于艺术大类，是时间范畴的艺术，它与绘画、雕塑等艺术类型不同，后者属于空间艺术。这种划分来自戏剧作家、理论家莱辛。在文学研究的“空间叙事转向”之前，莱辛著名的“叙事文学为时间艺术”、而“绘画、雕塑等为空间艺术”观念被广泛接受。“空间转向”出现后，叙事学学者所关注的更多是内容层面的具象化空间，这是文学创作者和理论界展开空间思维和空间感知的思想根基。在这一叙事观念的转变中，作家亨利·詹姆斯和理论家约瑟夫·弗兰克等的贡献值得注意，前者对叙事空间转向做出了开创性的贡献，他的小说借鉴了绘画与建筑艺术中的空间意象；后者——约瑟夫·弗兰克在其理论著作《现代小说中的空间形式》则分析了福楼拜、普鲁斯特和乔伊斯等现代作

① 王安：《论空间叙事学的发展》，《社会科学家》2008年第1期。

② 所谓“空间转向”，主要是指20世纪后半期以来，由于建立在时间维度上的存在意识局限，思想界逐渐认识到历史决定论对空间的遮蔽，西方理论界开始通过对“空间的强调对时间意识的批判性”反思以及对一种新的空间思维的呼唤，出现了哲学地理学、社会学、心理学等学科的整体性、空间转向（spatialturn）。

③ ［法］米歇尔·福柯：《不同空间的正文与上下文》，包亚明编《后现代性与地理学的政治》，上海教育出版社2001年版，第18页。

家在叙事行进中将空间与空间并置，从而打破了以时间顺序作为结构小说内容的写作方法，他首次提出“叙事空间形式”等重要的问题；此后，巴赫金提出了“时空体”这一概念，并通过对爱因斯坦的相对论的读解与阐释，将时间和空间看作不可分割、不可独立存在的整体，认为时间是空间的第四维度；另外，法国哲学家梅洛-庞蒂和加斯东·巴什拉提出了“生活空间”，并将空间概念扩大到了人类认知的层次，开始向空间的本体论问询。①

文学叙事中空间的感知和空间的位移标志着创作主体生命意识的变迁。在城市化进程中，中国当代作家，特别是小说作家已表现出一种鲜明的空间意识，文学创作和文学研究也出现了意识鲜明的“空间叙事转向”，这在“城—乡”关系书写中表现得尤为明显。

城与乡，无论是作为物理空间的存在，还是作为社会空间的价值生产，在中国社会转型中的意义都是非常重大的。近四十多年来，随着城乡经济制度的市场化改革，城市化进程进一步加快，从乡村到城市，从传统到现代的变革也空前提速，人们的思维也因时间流动和空间的重组，以及新空间的产生，其时空观也随之发生“震动”，这是史无前例的。这种变化也很自然地反映在人们的日常生活和行为习惯中，特别是城市化进程中普通人对于时间、空间的感知的变化。人和场所、区间的相互关联成为重组人际关系的纽带，“这些纽带常常既可能是和谐的也可能是对抗的，所以面对面的接触非常频繁”②。文学对这一变化也非常敏锐。相对于启蒙文学、革命文学和社会主义文学时期的文学的空间叙事来说，80 年代以来的小说书写中出现了新的书写空间和新的审美方式。

从文学与空间的关系来看，若是在自然空间意义上，乡村与城市并没有相互交融的意义，而在社会空间意义上，城乡空间的出现是在社会生产和人与人之间的社会关系调整之下产生的。列斐伏尔将自然空间的社会化与社会生产相结合，提出了“空间的生产”观念。在他来看，“一场革命，如果没有产生出新的空间，那么，它就没有释放其全部潜能；如果只

---

① 有关叙事学角度空间转变以及对莱辛、亨利·詹姆斯等人的空间论述的梳理可参见王安《论空间叙事学的发展》，《社会科学家》2008 年第 1 期。

② ［美］戴维·哈维：《叛逆的城市：从城市权力到城市革命》，叶齐茂、倪晓晖译，商务印书馆 2014 年版，第 148 页。

是改变意识形态结构和政治体制，而没有改变生活的话，它也是失败的。真正的社会变革，必定会在日常生活、语言和空间中体现出它具有创造力的影响”①。列斐伏尔还认为：“如果我们未曾产生一个合适的空间，那么‘改变生活方式’‘改变社会’都是空话。”② 而戴维·哈维则借鉴马克思唯物主义和政治经济学观点将空间和社会关系相结合，倾向于把空间理解为包含了更多社会关系的“人的存在方式”。这是列斐伏尔从空间事物的生产转向空间本身的生产这一理论的标志。

当然，在讨论“城—乡”关系作为空间叙事意义上的“空间”这一概念及其内涵的时候，我们对空间本体论的认知需要不断深化，因为直到今天为止，对空间本真的认知仍然是比较含混的，正如米克·巴尔所说，“几乎没有什么源于叙述本文概念的理论像空间（space）这一概念那样不言自明，却又十分含混不清”，③ 这的确是我们在进入文本研究之前需要注意的。

第二节　缝隙空间的生存与城乡关系的融合

城乡关系的交往方式多种多样，有物资的交换，有人口的流动，也有思想和情感的交往，更有空间形态的融合与渗透。这些空间的交往方式在新文学产生伊始即以不同的内容和方式不断地隐现着，但作家的时间意识非常明显，而空间意识相对薄弱。随着城乡交往方式更加多样，城乡流动成为一种常态，一些促进城乡交往的新型空间逐渐进入作家的视野。越来越多的作家开始注重空间的呈现形式和空间的个人感知。其中“缝隙空间”就是这个时期最能够显现城市与乡村交往的一个空间概念。

一

缝隙空间是指在城市的主体空间边缘被农民工用来寄身其中的、临时

---

① Henri Lefebvre, *The Production of Space*, Oxford: Blackwell Pub, 1991, p. 54.

② ［法］亨利·列斐伏尔：《空间：社会产物和使用价值》，薛毅主编《西方都市文化研究读本》（第3卷），广西师范大学出版社2008年版，第24页。

③ ［荷］米克·巴尔：《叙述学：叙事理论导论》，谭君强译，中国社会科学出版社1995年版，第156页。

性的生活场所，是进城农民在城市生产、生活状况的一种空间显现。换言之，缝隙空间是进城农民的“城市生活”方式所构筑的自然空间、社会空间和心理空间的总称。按照空间哲学研究学者童强的阐释，“由于文化资本、政治资本以及其他能够在城市获得确证的象征资本的匮乏，农民工进城后很难获得相对稳定的空间，因而只能挪用、占据城市某些‘缝隙空间’”[①]。童强在研究中国农民工进城状况时最早且直接使用“缝隙空间”一词，较为准确地呈现了进城农民与所居城市的空间关系。这种关系在20世纪80年代的路遥、贾平凹、高晓声等关注乡村的小说作品中已经有较为自觉的表现。他们已经意识到城市、乡村作为空间意义上的差别，并显现出作为“自在的自然”和“人化的自然”之间朦胧的区分。很可惜的是，由于当时严峻的城乡对立关系，这些被路遥自己明确命名的“城乡交叉地带”中的城乡关系仍然是对立的、冲突的，城市对乡村有诸多轻视，而乡村对城市也有难以改变的偏见和憎恨。在空间意义上，城市与乡村的关系仍然处于一种“城乡意识形态”的对立，空间的交往并没有得到很好的展开。

在城市化进程中，城乡交往的自然空间和社会空间主要以出租屋、临时工棚、闲置车库，以及低档次的发廊、饭馆、地摊等特殊的缝隙空间来显现。在城市边缘出现了无数个“夹角”“烂边”等“依附性”的空间存在，与20世纪80年代的城乡关系表述相比，这种缝隙空间，不是路遥的《人生》中高加林叫卖蒸馍时让他自卑的县城街道，也不是他《平凡的世界》中孙少平揽工的桥头，更不是高晓声《陈奂生上城》中陈奂生卖油绳的县城眼花缭乱的百货公司和感冒后借宿的车站候车室，即缝隙空间不是进城农民“眼中”的城市，而是自己“寄居”的生活空间。

可以说，尽管有了城市和乡村频繁的物资交换方式的出现，但在20世纪80年代以前的空间叙述里，城市和乡村的“交集”，特别是日常生活方式的交往空间并没有很好地展示出来，进城农民对城市仍然是一种好奇的游历者心理，城市也只是被看的“物”，城市与进城农民之间的交往依赖于作者对城市生活的单一想象。

---

① 此处“缝隙空间”一词借用社会学家童强《资本、权力与缝隙空间》一文的说法，对此概念的阐释及其在新世纪文学研究中的适用性论述，参见王兴文《缝隙空间与道德美学的错位——对新世纪底层叙事模式的一种探讨》，《文艺争鸣》2013年第2期。

二

20世纪90年代以来，特别是21世纪初的十多年，无论是坚守乡土写作，还是专注于“城—乡”关系书写的作家，他们几乎都有丰富的城市生活经验。从个人身份和社会地位来说，他们都是城里人。此时，“城—乡”关系叙事明显增强了进城主体对空间感知力和空间认同度。因为“社会关系总是空间性的……想象（思想、幻想和欲望）是全部可能的空间世界的肥沃的资源”①，所以，在空间意识和空间创造这个意义上看，新世纪空间书写比20世纪80年代表现得更自觉，更丰富，也较为准确地折射了近四十多年的时间长度及其“城—乡”关系。也就是说，进城主体与“在城者”的相互接触与深入交往，使得进城者逐渐确认了自我与空间的所属的关系，即“在城”的自我认知。

空间的感知和空间认同在新世纪以来的进城叙事中表现得空前鲜明，一个重要的叙述表征是：生活在“缝隙空间”中的进城者，并没有因空间的逼仄而放弃与空间的交往，而将人与人之间的交往作为自我空间化的重要标识。举例来看，在魏微短篇小说《大老郑的女人》里曾有这样的描述：“大老郑租的是我家临街的一间房子。后来他们三个兄弟也跟过来了，他就在我家院子里又回租了两间房。”② 在这个出租屋里，来自乡下的大老郑和三兄弟与“我”和“我母亲”由陌生到熟悉，甚至相互之间生出了喜欢：“院子里凭空多了一户人家，起先我们不习惯，后来就习惯了，甚至有点喜欢上他们了，因为这四兄弟为人正派乖巧，个性又各不一样，凑在一起实在是很热闹。”③ 魏微的这种拉家常式的“慢叙事”，是将城市与乡村的交往措置于一个具体的日常生活空间——小院子里。“我们一家”作为城里人，对于来自乡下的大老郑兄弟并非生来歧视，而只是从陌生到熟悉。因为他们有各自的生活方式和独立的生活空间，他们对“我们”来说不但不显得多余，而且让我们“心生了喜欢”。在表达“城—

① 这是美国著名地理学家、社会理论学家戴维·哈维的主要观点，参见胡大平《历史地理唯物主义与希望的空间》，张一兵主编《社会理论论丛》（第3辑），南京大学出版社2006年版，第76—77页。

② 魏微：《大老郑的女人》，《人民文学》2003年第4期。

③ 魏微：《大老郑的女人》，《人民文学》2003年第4期。

乡”关系时，魏微以线性的“时间流”中推演空间的交往，将空间的交往措置于“人与人”的相互接触过程。由于小院子里的两家人因为空间距离相近，他们的关系便成为乡村意义上的“熟人世界”，相对于院子外面的世界，“我们的院子”有可能成为暂时的“小院命运共同体”。在闲聊中，“母亲”表现出对大老郑的关心，她劝他把“女人”从乡下接过来住几天。但是老实憨厚的大老郑总是敷衍“我”的“母亲”。不久，大老郑带来了一个女人，大老郑对其不作任何介绍，即对“我们”和整个院子颇有戒备。但她显然不是他乡下的“那个女人”。按文本后来交代，“那个女人”是一个与大老郑“过露水夫妻生活”的陌生女人。小说《大老郑的女人》里的女人，自然指的就是“两个女人”了。作者用较多的笔墨写“我”和家人对“两个女人”的职业和生活的想象与猜测，表达“我”全家人对大老郑家庭和婚姻的担忧（也有些许好奇）。在这个叙述中，“时间流”几乎是静止的，读者需要在人物与场景的关联中寻得文本的整体意义。先前，“我”眼中的乡下人和城里人的交往，最终因为“共同话题”，变成了人与人的交往，空间的差异性得以暂时的消弭。进一步而言，这本是一部涉及道德评价的小说，但作者并没有站在城的高处对乡下人进行道德谴责，而是写城里人与乡下人由于情感和心理的接近，“我”最终认同了大老郑无言的尴尬，也暗示了“我们”对大老郑生存（而不是生活）艰难的同情……从而以“我”与大老郑的“视域融合”消弭了空间的隔阂。可以说，这一空间感知和空间叙事在“城—乡”关系交往中具有“城乡交往空间”的叙事意味。

“城乡交往空间”的叙事，概而言之，即作者对事件的展开没有遵循时间序列，而是专注于空间与人的关系。一方面，空间是一个城乡交往的具体场，城里人与乡下人的交往因空间而存在；另一方面，空间的地理位置和生产方式决定了人的交往方式和交流内容，使得空间叙事具有了独立的意义。如果说，魏微对于进城农民在城市缝隙空间里感知是借助于一个“模糊职业”这一特殊的指称来显现空间交往叙事的新特征，那么王安忆的《发廊情话》、刘醒龙的《生命是劳动与仁慈》、邵丽的《明惠的圣诞》、须一瓜的《海鲜啊，海鲜，怎么那么鲜啊》、曹文轩的《山羊不吃天堂草》、徐岩的《租房记》等作品的城乡空间叙事则更具日常生活审美的意味，甚至可以说，真正的城乡交往是在日常生活空间展开的，从而形成了一种别有意味的“新空间”书写，这种书写是对普通人城市生活的日常审美观照，而非精英思想的抽象阐释。比如在《发廊情话》中，王安忆看到了镶嵌于城市大街小巷拐角转弯处的发廊之于城乡交往的意义：“这一间窄小的发廊，开在临时搭建的披厦里，借人家的外墙，占了拐角的人行道，在过去就是一条嘈杂小街的路口。”[①] 小说中的发廊，是城市建筑旁临时搭建的披厦，临时挤占了人行道，这些有别于国营理发店和高级美容院的发廊，很显然与城市是一种或“依附”或“依存”的关系，是城市的伴生物。发廊与发廊里的主人，在这座城市能够停留的时间似乎是短暂的，他（她）们居住在城市的“缝隙空间”里，与这座城市没有稳固的关系；发廊之于它依赖的建筑物主体不无一种寄生关系，而从乡下来的小老板和两个小姑娘，与城市的关系如流水一般，是城市的匆匆过客。这是小说暗示的一种隐在的关系。王安忆的“用功”之处，即在有限的时间范围内讲述那种被固定的诸种城与乡“交互”的人际关系，且这种“交互”从文本表层来看是游离于叙述过程之外。但剖析文本的细节，我们会发现，作者并没有将“缝隙空间”的生存上升为具有道德优势的苦难叙事，而是将其与另一种叙事元素并置，那就是空间化的场景，而非时间化的过程。该场景的意味由各个相对独立的意义单位间的空间联系所赋予。与此前的很多作品不同，作家有意识地对空间的存在方式与人的生存状态之间的关系进行书写和建构。所以，王安忆的空间叙事没有落入俗套，她以近乎亲历者的眼光观察和书写了一种缺乏稳定的、狭小空间里的城市观念与乡村思维的交流与融合。整篇小说运笔自然，自在，并无叙事者强力推动叙事的痕迹。值得说明的是，在《发廊情话》中，那些生活相对比较安逸的“城市女人”们，她们虽然要比乡下来的发廊女物质生活富裕，也见过更大的世面，但她们乐意到发廊里来闲谈拉话。作者借叙述者的口吻说出这种现象的特别：“甚至你会觉得不相称，像她们这样见过世面，何以到小店来，与两个安徽女子轧道？难得她们如此随和。岂不知道，这城里的人原不像看上去那么傲慢，内心里并没有多少等级之分的。她们生活在人多的地方，挺爱热闹，最怕的是冷清。她们的内心，

① 王安忆：《发廊情话》，张学昕主编《二十一世纪中国文学大系 2000—2010 · 短篇小说卷》（第 1 卷），南京师范大学出版社 2014 年版，第 273 页。

甚至还不如这些外来的女子来得尖刻。这倒是出于优越感了，因为处境安全，不必随时提防。”① 在这里，王安忆对事件的展开专注于空间与人的关系，她将发廊这一狭小的空间当作一个城乡日常生活的具体场域，城乡之间的交往因场域的存在而存在，空间的地理位置和生产方式决定了城乡交往的具体方式。在这一空间里，城与乡的交流不再是蔑视与仇恨，不是矛盾与对立，而是互通有无。那些城里的女人并没有因为发廊女是从乡下来的，就有意远离她们，更没有以固有的职业偏见审视她们；她们（城里女人）主动到发廊来，似乎要来寻求一种让内心安定的东西，那到底是什么呢？王安忆这样写道：“在这闹市中心生活久了，便发现这里有几分像乡村，像乡村的质。”② 进一步看，城市女人们发现的“几分像乡村的质”到底是什么呢？从文本里可以看出，作者首先肯定城里女人不是世俗偏见中的市井之流，而是他们心中的确存在着一种“生性淳厚”的质，那么，他们到发廊来寻求的“像乡村的质”也就是她们之间共有的东西，即“生性淳厚”，它看不见，却能被感觉到。王安忆的空间书写在城乡书写的作品序列里是有其特色的。可见，这种“共同的质”显然已经超越了城乡空间的对立，而是将空间作为人的共性来观照人与空间的关系，在空间叙事的意义上消解了城与乡割裂、冲突的城乡意识形态。

当然，理想的“城—乡”关系书写正在建构过程中，也需要相关的制度变革，还需要城乡居民日常生活交往的深化。制度变革指出的是发展的可能性方向，而普通人的日常生活交往才有可能完成两种观念的融合，空间内的人的关系才能真正拉动不同空间的相互渗透。刘醒龙的长篇小说《生命是劳动与仁慈》③ 中有这样一个细节值得深思：有人在大城市武汉开了家乡村风格酒店，其风格颇具乡村田园气息，有斗笠，有蓑衣，有水车等东西。当时很多人认为这样做简直是闹笑话，理由是，人们还没有享够幸福，怎么会怀念那些苦日子？刘醒龙说：“我是毫不怀疑，在城市的现代化过程中，人心中那种与生俱来的怀旧心理，特别是对乡村怀念，肯

① 王安忆：《发廊情话》，张学昕主编：《二十一世纪中国文学大系 2000—2010 · 短篇小说卷》（第 1 卷），南京师范大学出版社 2014 年版，第 273 页。

② 王安忆：《发廊情话》，张学昕主编：《二十一世纪中国文学大系 2000—2010 · 短篇小说卷》（第 1 卷），南京师范大学出版社 2014 年版，第 273 页。

③ 这部作品发表于 1996 年，当时以城市中的乡村想象尚少。

定日甚一日。所以，写作时，我想象了这样一座酒店。现在，一切都印证了。小说不可能是预言，但小说家一定要有预见。”① 这是城市与乡村“共处”的预见。尽管相对于消费性、产业化、娱乐化的城市主体空间而言，那些被镶嵌在城市街道、工厂、工地，或者楼宇之间、涵洞之中的乡土生活、乡村印象和田园景象，将城市和乡村空间化为一种对比性存在，同时在相异的空间内，人与人的交往逐渐突破了空间的阻隔。这不是预言，也不是预见，而是作家的想象已经在现实中得到某种兑现，而城乡之间的空间融合和交往还将以更多的方式展开。

所以，“缝隙空间”一方面显现了城市化进程中农民身份微妙的变化和一定程度上城市社会的乡土认同，另一方面也显现出一种交往的、互动的、互融的空间叙事形态，其新质及价值或许将不断显现，其形态也将不断显现出多样化、立体性特征。

第三节　交往半径的扩大与城乡空间的互补

叙事学的空间转向是从“历时性”的线性叙事向“共时性”的空间叙事转向，继而将叙述从一种空间想象向空间介入的视角转化，其中涉及场景安排与叙述者视角关系，这需要从空间角度加以探讨。

21世纪以来，“城—乡”关系空间叙事呈现出多样化的形态。比如从坊间到房间，从缝隙空间到高楼大厦，从工地到工厂，等等。城市与乡村的交往不再是以前的冲突林立，油水不容，而是逐渐走向了相互的包容和理解，甚至将走向你中有我、我中有你、水乳交融的“城乡文化共同体”。当涵盖了空间与读者、空间与文本、空间与世界等众多元素“云集”于作品，且文本空间复合体由不同的场景连续体构成，其空间与人物、空间与情节、空间与时间，因为与城与乡的交往的半径扩大，城乡之间的物资交换和文化交往也更趋频繁。比如范小青的《城乡简史》、李佩甫的《城的门》、刘庆邦的《到城里去》、彭昕的《过客》等小说，其空间意识明显超出了以人物塑造、故事架构为叙事重心的创作。在这一创作

---

① 周新民、刘醒龙：《和谐：当代文学的精神再造》，於可训主编《对话著名作家》，河南文艺出版社2009年版，第32页。

观念中，空间具有了独立于时间之外的特殊意义。同样，贾平凹的《高兴》、徐则臣的《看不见的城市》、方方的《涂自强的个人悲伤》、王选的《南城根》、姚鄂梅的《你们》等大量小说，将“城市包围着的乡村”——“城中村”作为特殊的叙事空间，较为集中地显现了城与乡之间的近距离交往，客观上打破了新文学传统中“乡土文学”叙事中的二元对立，是“城—乡”关系获得改善的一种重要的文学表征。可以说，“城中村叙事”是城乡交往半径扩大与城乡交往空间互补的典型。

一

城乡空间扩展的一个典型就是“城中村”叙事现象，这一现象与新世纪以来的“乡土文学的衰败”认识相伴而生，甚至先有问题，后有“问题文学”。有论者认为，“乡土文学衰败”“城中村文学兴起”等重要的文学现象出现后，“理论界似乎还缺少准备，仍停留在陈旧的乡土文学/城市文学二元结构思维之中”①。2005 年贾平凹的长篇小说《秦腔》发表以后，陈晓明、张颐武、孟繁华等资深批评家不约而同地发出了“乡土的终结”的惊叹，认为乡土终结的结果是：我们都成了故乡的陌生人。可以看出，论者对乡土文学的根基被动摇后的担忧和焦虑是及时的，其中也显现了新世纪以来小说叙事的新变化，即叙事视点正从“乡村/乡土”向“城市/都市”转移。反过来看，这一变化，所揭示的是百年来作为新文学主流的乡土叙事必须面对的挑战。另一种观点是，“即便到了 21 世纪，乡土文学在文学整体结构中仍然处于主流地位”②。的确，深入观察小说叙事、城乡空间叙事的发展，我们会发现新的文学现象和新的城乡交往空间已浮出历史地表，比如新时代的“城市包围农村”的“城中村”叙事就是“城—乡”关系书写中特殊的叙事类型。

当下中国正在走向城乡一体化，但文学本身的“城市化”过程并不与城市化进程完全同步，甚至乡土文学的生命力仍然顽强，这也是乡土文学产生的历史、文化背景。在很大程度上，城市化进程越快，作家的乡土情感更“撕裂”，乡土情结更浓，表现的城乡交往的空间范围也更广大。

---

① 师力斌：《“城中村文学”的出现及批评的缺场》，《文艺报》2016 年 11 月 11 日。

② 师力斌：《“城中村文学”的出现及批评的缺场》，《文艺报》2016 年 11 月 11 日。

所以，“终结”乡土、乡土文化、乡土文学的说法显然是片面的。事实上，“终结”思潮在社会学家那里早已经存在。有学者曾指出，“中国的城市化不能以终结乡村文明为代价”，[①] 而要把新农村建设、美丽乡村建设上升到乡村生态文明的高度。这种预设不无合理性。所以，我们更倾向于如下判断：我国的乡土范围和乡土心理空间仍是广大的；即使我们将步入完全没有农业的工业化、商业化国家，中国的乡土文学作为一种久远而深厚的精神传统仍然将潜隐而顽强地存在，这恰如基因一样，将会代代承传；文学不但无法祛除它，而且会不断地寻找它，这就是荷尔德林意义上的“诗人的天职是还乡”[②]，使故乡成为人亲近的本源。换言之，只要有漂泊与流浪，就有回归故乡、亲近乡土的记忆，因此，乡土精神也就不会消亡。这种延续才产生了文学的丰富性，使文学与存在、文学与大地建立本质的联系。

当然，我们仍然不可忽视的问题是，除了国家政策层面的城乡一体化理论之外，文学的周边环境也在不断地挤压着乡土文学存在的空间，乡土文学面临着新的机遇和挑战。自中国现代意义上的城市已逐渐兴起，城市与乡村分野，城乡二元对立的社会结构形态逐渐定型，城乡之间的互动关系在近一个世纪的发展历程中，城市文化的优势渐趋明显，城市文学的勃兴和乡土文学的退让也已经完全呈现出来了。那么，是不是可以说，城市文学的壮大必然会危及乡土文学的生存与发展？当然不是。将城乡空间作为各自独立的存在，并相信乡土文明一旦衰败，乡土文学也将失去存在根基的判断不无以社会学的数字统计代替人的思想、情感、价值的选择和走向，片面性是不言而喻的。[③] 事实上，人们的乡愁并不会因为乡村的消失或暂时的式微而变淡，即使我们发展到现代工业国家，乡愁将作为一种记忆而存在，这恰恰是文学恒久的主题，正如作为城市工业国家的英国、美

---

① 张孝德：《中国的城市化不能以终结乡村文明为代价》，《中国社会科学报》2012 年 9 月 29 日。

② 海德格尔的诗句完整的表述是：“诗人的天职是还乡，还乡使故土成为亲近本源之处。”［德］海德格尔：《人，诗意地安居》，郜元宝译，上海远东出版社 2004 年版，第 87 页。

③ 这种观点也引起了不小的争议，相关商榷的文章有白烨《也谈乡土文学与“50 后”写作》，《光明日报》2012 年 9 月 20 日；李雪《“50 后”作家的创作依然蕴含着无限生机——兼与孟繁华先生商榷》，《光明日报》2012 年 7 月 24 日。

国等流行的乡土文学、乡村民谣的流行，成为城市人精神归乡一样。

在这个意义上，学界提出的“城中村文学”则更具有指涉意义。当然，城中村是当今中国城市化进程中巨大而尴尬的存在，城中村是一个必将消失而当前不容忽视的社会空间，同样，“城中村文学”将成为一种特殊的空间记忆。在表现近十年的城乡交往的复杂性特征时，“‘城中村文学’是一个更有解释力的概念，它能够有效地描述近10年来中国文学发生的巨大历史变迁”①。事实上，城中村的出现，与乡村人的城市想象，以及这一空间低廉的生活成本、较为便捷的就业机会、相对自由的人口流动机制等互相交织相关，更与城市空间与乡村空间的角逐密切关联。“城中村”可谓城乡观念拉锯的前沿阵地，也是乡村文化在城市化浪潮退守的堡垒。近几年国内文学期刊发表的小说中，城中村的书写呈勃兴之势。贾平凹、方方、徐则臣、许春樵等生于“50后”“60后”“70后”的三代作家不约而同地都将笔墨倾注于“城中村”叙事。比如方方的《涂自强的个人悲伤》，涂自强在大学附近的租房：“这里是城中村。街道狭窄，房屋杂乱。村民们将自己的房屋略加改造，便成租屋。……他们像鸟一样，每日早出晚归，夜间栖息在此。”② 在这里“城中村”的“村民”的交往半径较小，主要是建筑工地或工厂内部的村民，偶尔会延伸到“村子”周围的市场、超市、文化广场，所以其生活空间仍然是封闭性的。而贾平凹的《高兴》中的池头村就是西安城的城中村，作者借哈娃（高兴）和五富们的进城寻找已在城市落脚的韩大宝这一线索，自然过渡到对城中村的描写：“池头村原本也是农村，城市不断扩张后它成了城中村，村人虽然还是农村户籍，却家家把卖地钱修建了房子出租。这些房子被盖成三层四层，甚至还有六层，墙里都没有钢筋，一律的水泥板和砖头往上垒，巷道就狭窄幽深。……我往上望，半空的电线像蜘蛛网，天就成了筛子。”③ 这是刘高兴眼中的“城中村”，一种尴尬的存在，以蜘蛛网、筛子意象呈现的、即将塌陷的城中村社会空间的真实状况。另外，徐则臣的《看不见的城市》、陈彦的《装台》、王选的《南城根》等大量小说都描写了题材相同而空间有异的“城中村”。

① 师力斌：《“城中村文学”的出现及批评的缺场》，《文艺报》2016年11月11日。

② 方方：《涂自强的个人悲伤》，《十月》2013年第2期。

③ 贾平凹：《高兴》，人民文学出版社2008年版，第8页。

可以说，这种曾经是乡村，现在是城乡接合地带，又是被城市包围的地段，从表面上看，人丁兴旺，生机勃勃，而实质上又是那样脆弱的空间，这里的人们正在经历着艰难的空间认同与社会转型。他们的自我认同是矛盾的，转型是艰难的，这里不无对即将塌陷的城乡交往地带的空间隐喻。所有这些，都被优秀的作家所发现和捕捉，在他们的观察和想象中，一种新的空间生产方式正在形成。

二

基于城乡二元对立矛盾思维，从根本上忽视或规避了现代化背景下，城市与乡村“异构同质”的结构性特征，也忽略了城市与乡村交往中所有变故的承担者——人的存在问题。而对于“人”情感取向和价值选择，作家的描写似乎更加敏锐，他们在“城—乡”关系表述中所体现的“以人为中心”的写作立场和审美理想，将人作为具体而真实的个体，关注人的生活态度和价值取向，而不是一味地割裂城市与乡村，即不割裂城乡关系，也不对立城乡关系。他们试图真实地反映当下历史进程中生存于城市与乡村的个体生存境遇，即人与空间的关系，它最终仍然体现为某一具体的人与人的关系。无论是进城者还是“城中村人”，他们对空间的选择、认同主要依循经济利益的驱动。不过，在城中村，有一种更加特殊的现象，居于其中主体，他们的空间认同更为复杂，比如“他盖那个房子就是为了拆的”①，即他们在坚守乡村生活方式的同时，其价值取向又被现实利益所驱使。也就是说，在经济利益和市场效益的驱动下，城中村的“空间生产”和“空间认同”已经超出了自然、自在的空间意义。文学书写所汲取的恰恰是这一新型的空间资源。

城中村空间叙事是作家对城市化进程中农民与城市近距离交往这一史无前例的历史现象的敏锐捕捉。就空间表征来看，城中村的地理空间，是被城市包围，甚至是城市的“灯芯”，但从社会空间内部的生产方式来看，尽管在“村”里，但“村民”不再从事农业生产，甚至是本村最后一批“失地农民”；与曾经种田耕地的父母相比，他们观念相对开放；与

---

① 邓晓芒：《中国的知识分子没有尽到启蒙责任》，http：//www.21ccom.net/articles/sxwh/shsc/article_ 20140619108068_ 4.html，2014年6月19日。

开放的现代城市生活相比，他们的观念却比较落后；他们是被城市包围着的“夹心面包”，这是“城中村”的空间特征。“村民”的房子看似很高，但“墙里都没有钢筋”，“一律的水泥板和砖头往上垒”，像是没有骨架的人，预示空间存在的短暂性；街巷拥挤，交通不便，“巷道狭窄幽深”[①]，人心也因此变得狭窄；他们的房顶的高压线纵横交错，像是一张张蜘蛛网……立足于正在形成的“交往空间”，他们的存在与空间融为一体，空间存在决定了社会认知和空间感知。在《高兴》中，刘高兴、五富的生活空间既不是城市，不是乡村，也不是路遥所说的城乡交叉地带，而是镶嵌在城市中心的城中村。进一步看，“村”中房主与进城打工农民的生活仍然有较大的差异，前者以个体劳动为主，其工作时间由自己安排，并不遵循工薪阶层的作息时间，后者以集体做工为主，其时间由工厂、建筑工地的工作时间为主，即便是身处幽深巷道，“城中村”仍然要比单纯意义上的乡村更具复杂性。在贾平凹的《高兴》中，租住在“城中村”的韩大宝的派头：寸头、皮鞋、西装、手机，俨然很快成了“城里人”。相对而言，刚刚到西安城的五富，皮肤黝黑、肌肉僵硬、走路摇摆，这与走路不再“高抬脚”的大宝而言，显然是一个刚见世面的进城者。也就是说，即使住在“城中村”，大宝仍觉得自己是城里人，特别对于刚刚进城的五富和“我”来说更是如此。在城中村内部，仍然有明显的阶层划分和空间划分：“城中村与城中心之间的区隔，在此被简化抽象为三个等级森严的空间：上层社会的第一空间，中间阶层的第二空间，底层的第三空间。”[②] 当然，这只是一个相对的空间感知。相对于“我”和五富而言，大宝是第一空间的，属于上等社会；而相对池头村的“土著”而言，韩大宝不过就是收破烂的，自然应属于第三空间。但韩大宝仍然显现着他“城里人”的大度，将葡萄酒拿出来让“我们”喝，同时又不失时机地显摆他在“我们”面前的优越，他“从床下提出一捆葡萄酒，却怎么也打不开软木塞，就骂：真讨厌，送人酒不送个起子?!”[③] 他的显摆就在于以葡萄酒待人，而且是一捆。作者对韩大宝形象的塑造也跃然纸上：一个要显摆的进城农民，用葡萄酒待承老乡，而且特意强调酒是别人

---

① 贾平凹：《高兴》，人民文学出版社 2008 年版，第 8 页。

② 师力斌：《“城中村文学”的出现及批评的缺场》，《文艺报》2016 年 11 月 11 日。

③ 贾平凹：《高兴》，人民文学出版社 2008 年版，第 8 页。

送的；一个因显摆而让人忍俊不禁的“城里的农民”，附庸风雅，以葡萄酒待人，却拿出的是喝啤酒的架势。因为他需要城里人的优雅，希望得到他们的认同，又不想丢掉乡里人的豪气，以示不是忘恩负义。所以，韩大宝是生活在“城中村”的老板，也是一个不被接受的“乡里人”。但无论如何，他仍然热情地招待了“我们”，让“我们”及时地融入“城中村”，融入了西安城。也就是说，大宝的到来，使得池头村的封闭和保守空间打开一道通向西安城的通道。同时，“我”和五富的进城，也让农村、“城中村”、城市不再是一个个孤独的个体，而且让“城中村”成为一个纽带，让城市和乡村增进了解，建立互信。所以，“我”和五富的进城，无论是主动的进城，还是被动的进城，所谓进，自然就不是退，其中必然包含着一种进取的姿态，“还伴随着别样丰富的内蕴，拼搏的精神，学习的精神，创造的精神，共处的精神，融合的精神等等”①。进城务工者的介入，改变着农耕文明的乡村，也改变着工业化的城市，这个改变是双向的。

回顾新文学以来的城乡关系，我们可以肯定，鲁迅意欲“揭出病苦，以引起疗救之注意”的启蒙文学中的返乡叙事固然重要，但能与时代同步，选择和开掘农民进城的失根的焦虑与无所适从，并从新的个人体验经验中汲取真切的灵感，为社会文明的价值建构提供想象，就显得更为迫切。迅速勃兴的新型交往空间，实际上就是乡村进入城市日常生活方式过程中不断展开的空间，其空间属性改变进城者、城市人的价值判断的事实已经发生。那么，作家在极力描写新的空间的同时，是否也在重塑一种新的“城—乡”关系呢？

三

从“城中村”文学叙事中，我们可以看出不同的空间叙事具有的文化表征意义。空间的变化是其表，精神的变化是其里，它触及的则是城市化进程中不同文化间的碰撞、交流和融合。新空间的发现与书写，生动呈现了当代中国社会变迁的精神图景。在空间叙事意义上，恰恰也是那些有着亦城亦乡、城乡交往、城乡结合的视角，反倒切中了变革时代的精神脉

① 师力斌：《“城中村文学”的出现及批评的缺场》，《文艺报》2016年11月11日。

搏。贾平凹、方方、刘庆邦、王昕朋、阎海军等人的创作，都得益于这样的视野。

城中村丰富和补充了新文学传统中单纯的农村观照或城市书写，成为新的叙事空间。阎海军的《官墙里》[①] 的“官墙里”就是一个城中村，是一种心理化的空间存在。作者记述了一只脚还在乡村，一只脚踏进城市的城乡交叉心理。作为“一个人的城市与村庄”叙述，作者寄寓其中的不是苦涩，而是丰富和复杂，另如六六创作的《蜗居》里的年轻女性海藻的投怀送抱，情愿做别人的“小三”，是因为她看到了勤奋好学、正直善良的姐姐海萍“蜗居”城市狭小简陋的出租房之状况后的抉择；石一枫的小说《地球之眼》的主人公安小男落魄时的栖身之所，是北京大学附近的“挂甲屯”：“那儿的居民把平房加盖成摇摇欲坠的简易小楼，再按间甚至按床位租给住户。这么多年过去了，这个城中村仍然又脏又破，熙熙攘攘，土路的两侧摆满了卖鸡蛋灌饼、麻辣烫和羊肉串的摊子，不时有戴着厚厚的眼镜、满脸木然的年轻人夹着书本匆匆而过。”[②] 出租房里的房客大多数仍然是进城农民，但他们的生活半径要比城中村的村民的（生活半径）大得多，接触人也不再是“熟人”，他们要么是某公司的小职员，或者餐厅、商场等服务行业的服务员，或者蹩进城市一隅的拾荒者，甚至有可能是霓虹灯下招展腰身的洗头女郎，红灯区的按摩女、三陪女，他们并不像城中村“房主”一样在身份认同上处于夹缝状态，而是深知自己的生活方式主要是通过自己的付出换得生活物资，为城市居民提供便利或消费。他们一方面对城市的消费方式表现出羡慕，另一方面又表现出难以掩饰的嫉恨。他们感受到了人和人之间与生俱来的不平等，并试图以最快的方式弥补自身的缺陷，缩小与城里人的差距。为弥补这种缺陷，缩小差距，他们拼命劳动，拼命挣钱，甚至不择手段，铤而走险；他们既如宋家银（刘庆邦《到城里去》）一样，承认城市的生活方式能够给人以极大的便利，向往成为一个城里人，又如王六一（王十月《寻根团》）一般，在与城里人的交往中，深感作为农民的自卑。他们向往高楼大厦，向往宽阔舒适的席梦思床，向往高级轿车，但是当睁眼面对现实

① 严格来说，阎海军的《官墙里》是一个随笔集，但他所选择的却是小说叙述笔调，其中谈及的人物也带有作者塑造成分，情感的表达也带有鲜明的个人审美判断。

② 石一枫：《地球之眼》，《十月》2015 年第 3 期。

时，他们的心境是悲凉的。

在这类小说中，进城者眼中城市建筑景观的园林化、生态化与乡村自然环境的破败、荒芜形成鲜明的对照。选择这一叙事视角的作家，绝大多数都有乡村生活背景，从而将叙述者和进城主人公的视点调整到同一个高度。其眼中所见都是繁华而不无炫目的城市，从而形成了有别于乡村风景的城市景观，在对比叙事中写出了进城者的眼中的迷茫与期待。在这个意义上，雷达先生曾提出“亚乡土叙事”，来指认既区别于乡，又区别于城的一种新型空间。他认为，虽然“都市”正在取代“乡村”成为文学想象的中心。在这一“取代”过程中，“作品根子和灵魂虽在乡村，但主战场却移到了城市，描写了乡下人进城过程中的灵魂漂浮状态，反映了现代化进程中我国农民必然经历的精神变迁。……两种文化的冲撞，产生了强烈的错位感、异化感、无家可归感”①。“亚乡土叙事”的作者不刻意写乌托邦的诗意乡村，也没有毫无辨析地拥抱城市，而是选择批判地、反思性的姿态，将街道、商场、玻璃橱窗、高楼大厦等城市意象作为进城农民不得不面对的异己，这与“悠然见南山”“竹喧归浣女”的田园想象迥异。关于这个问题，师力斌曾引用西川的一段话颇具典型性：“历史的演进真让人喘不过气来。……迎面扑来的一面面巨幅楼盘广告着实给了我一个下马威：‘居中央，御四方’、‘云端上的总统套房’、‘法兰西宫殿群’、‘新加坡花园城’——这不仅仅是楼盘广告，这也是价值观——中西合璧的帝王思想走红在社会主义的市场经济大潮中——你不能假装看不见。……今天的江南早已不是李白说的那个‘看花上酒船’的江南了，而是一个被管理的江南，被发展的江南，被旅游化的江南，被公司化的江南……”② 西川的城市空间批判，指出了城市空间的市场化、资本化乃至反城市现代化的偏向，很好地弥补了“城—乡”关系书写中较为单一的、站在乡村看城市的批评视点。从缝隙空间，到“城中村”、城市景观等新型空间，再到日常生活空间的转换，“城—乡”关系书写的空间视域已得到极大扩展。在城市化、现代化背景下，人类社会的空间感知和空间变迁虽具有多面

---

① 雷达：《导言》，雷达主编《新世纪小说概观》，北岳文艺出版社 2014 年版，第 14 页。

② 西川语，参见师力斌《“城中村文学”的出现及批评的缺场》，《文艺报》2016 年 11 月 11 日。

性，其形成和转化的过程也极其复杂，但“其复杂性在城乡关系及郊区化等领域表现得最为充分。”①

随着信息化、全球化时代的到来，人类社会发展将必然面对社会空间的变迁与社群关系的重组。城市化已经成为人类社会生活的主要形态，而乡村的自足性也正在显现。在城市化进程中，城市已经不再是单纯意义上的地理空间，也不是一种“文化的容器”，而是与日常生活和意义世界直接相关的人的存在。同时，在不断走向城市的过程中，乡村与城市的关系必将不断改善，城乡交往空间也将不断重构。在乡村逐渐实现现代化的过程中，城市与乡村的交往也不再是被动交往，而走向一种自主、平等的全方位融合。作为人类较为长久的文明积淀的形式，乡村自身的蜕变及其与城市的交往、互补与融合将进一步展开。

① 田毅鹏、张金荣：《马克思社会空间理论及其当代价值》，《社会科学研究》2007 年第 2 期。

第六章 “城—乡”关系书写中的审美渐变

新时期以来，随着户籍制度的改革和城市化进程速度的加快，城与乡之间由“大墙内外”的相互想象、城乡之间的矛盾冲突开始向城乡互动、城乡交往、城乡融合转变，这种社会关系的变化，以及由此引起的城乡结构的调整直接促进了作家审视城乡关系的方式和姿态的改变。20 世纪 80 年代以来小说的“城—乡”关系书写在作家的审美方式和审美价值等方面也发生了明显变化，这主要体现在以下三个方面：其一，在审美价值上，从城乡冲突转向城乡交往，二元思维渐趋消解；其二，在讲城叙事的乡土书写中，乡村书写从浪漫想象向现实观照转变，乡村认同的道德优势不再占主导地位；其三，在小说结构和叙事方式这一维度，“城—乡”关系的互动方式从宏大叙事转向细节化的日常生活审美，从而将叙事视点对准凡俗生活中的城乡身份认同。

第一节 二元思维的形成与消解

由于长期形成的城市与乡村的分野和城乡关系的对立，特别是 20 世纪 50 年代对农民进城政策的多种限制，城市和农村的交往也由此前因战争、饥荒等外在因素导致的自然流动转变为带有鲜明的政策引导的、有限的城乡关系。城乡之间的文学想象也多局限于一种相互隔绝的艺术想象空间。

新中国成立，标志着“农村包围城市”的无产阶级革命路径及其政治意识形态取得最终的胜利，在对农业、工业、资本主义工商业的社会主义的无产阶级化和社会主义性质的改造过程中，以往城市、城市文化被赋予经济意义上的消费性与道德意义上的享乐性转变为生产性和政治性。换言之，倘若不经过无产阶级化和社会主义改造，城市的历史罪恶将无从清算。这种基于社会主义性质的价值判断也直接影响了“城—乡”关系书写和评价中的审美判断。20 世纪 50 年代，萧也牧发表的《我们夫妇之间》是一部反映城乡价值观念冲突的小说。作者通过“工农兵”妻子与“知识分子”丈夫之间的矛盾和冲突，将家庭矛盾聚焦于进城后的“工农兵”妻子与“知识分子”丈夫眼中的城市。在妻子张英眼中，城市是灯红酒绿、舞厅，是沙发床垫、高跟鞋、鸡窝头……小说中，张英以乡村社会的勤劳善良、为新中国社会主义建设乐于奉献的新一代农民的眼光观察城市，她看不惯城市的消费与享乐，但她对于城市内部的生产和消费，以及城市对整个国家工业建设并无了解。直到最后，当她真正进入了城市，与其他的女性开始了交往，发现城市并不像她想象的那样，城里人也有比自己优秀的潜质，比如她们没有嘲笑她的“无知”（知识的缺乏）。这是张英自己逐渐意识到的，于是她也开始穿上了皮鞋（虽然是并不扎眼的旧皮鞋），也不十分讨厌口红和“草鸡窝一样”的头发，她的丈夫也从妻子的“革命性”中认识到自己的不足。城市与乡村在革命和改造中得以理解。

如果说中国古代诗词中“遍身罗绮者，不是养蚕人”的喟叹，以及“四海无闲田，农夫犹饿死”的悲悯，写出了士大夫文人的悲悯与同情；如果说《红楼梦》中的“刘姥姥进大观园”写出了城里人眼中乡下人的可笑与可怜，那么，《我们夫妇之间》中“我们结婚三年，直到今天我仿佛才对她有了比较深刻的了解”① 的表达，一方面写出了城市与乡村的误解和冲突，另一方面也暗示出城市对乡村的接纳与城乡关系可能出现的和解。但不无可惜的是，这部作品后来被批判为“有资产阶级趣味的作品”②，认为“把知识分子与工农干部之间的两种思想斗争庸俗化了”③，“严重损害了劳动人民的形象”④。如此以“阶级的批判代替审美的批评”做法，使得新中国成立伊始可能展开的城乡和解的努力有始而无终。直到新时期到来才有批评家再次提及该作“城—乡”关系书写的意义，认为

---

① 萧也牧：《我们夫妇之间》，《人民文学》1950 年第 1 期。

② 李定中：《反对玩弄人民的态度，反对新的低级趣味》，《文艺报》1951 年第 4 期。

③ 陈涌：《萧也牧创作的一些倾向》，《人民日报》1951 年 6 月 10 日。

④ 记者整理：《记影片“我们夫妇之间”的座谈会》，《文艺报》1951 年第 8 期。

当时的批判是“把艺术上的典型当作社会学上的类型多数”，其实质是“从根本上歪曲了共产党进入城市的总方针，总政策，对于党、对于党的干部，对于接管工作作了庸俗化的表现，甚至像嘲讽，把共产党进入城市的伟大的政治斗争化为夫妻吵嘴”的“庸俗社会学”[①]，在这里，城市作为市民日常生活展开社会空间属性被压抑，城市往往被赋予农耕伦理和政治伦理的属性。此后十多年时间，大量的“知青”下乡，获得劳动锻炼，为农村增加了劳动力和科学意识。但是，由于当时“知青”数量庞大,[②] 加之城乡差距明显、部分“知青”熟知的城市生活、校园生活突然中断，在“接受贫下中农再教育”的过程中，他们不能及时适应农村生活。那些既无心扎根农村，又“回城”无望的“知青”，“逃离”乡村的愿望与日俱增。农民与市民（知青）、农村与城市之间的关系并未因知识青年的到来和劳动力的增加而改善，反而使两者的误解和矛盾不断加剧。

20世纪80年代以来，中国城乡关系进入了调整和改善时期。其起点是“文革”结束之后，中国经济重心从农村转向城市，城市逐渐成为中国的政治、经济、文化、教育的重心，在社会发展过程中具有主导作用。[③] 同时，农村也走出了计划经济和极“左”思维，逐渐推行“联产承包责任制”。经济体制也开始改革，及时地鼓励一部分人先富起来，然后带动后富，极大地触动了新中国成立初期计划经济思维和平均主义观念。当然，农村经济体制改革中的负面影响也因此暴露出来。公与私、新与旧，以及先进与落后、传统与现代的问题，最终都集中于城市的发展和农村出现的负面问题，城乡关系经历了短暂的“和谐”发展后，城乡发展不平衡的问题再一次凸显。

可以说，20世纪80年代是中国社会转型期，也是城乡矛盾冲突显现的时代。从社会转型的角度而言，对内经济体制的改革和对外政策的开

---

① 陈自仁：《批判萧也牧创作倾向时的庸俗社会学及其影响》，《西北师范大学学报》（社会科学版）1981年第3期。

② 1962—1968年下乡知青约120万人，1968—1978年约为1200万人。参见刘小萌《中国知青史：大潮（1966—1980）》，当代中国出版社2009年版，第536—537页。

③ 1984年10月，十二届三中全会通过了《中共中央关于经济体制改革的决定》，明确指出：“城市是我国经济、政治、科学技术、文化教育的重心，是现代工业和工人阶级集中的地方，在社会主义现代化建设中起着主导作用。”

放，极大地促进了城乡互通，农民进城务工的户籍限制开始松动，知青（或干部）下乡的“交往”目的也渐趋明确。城市与乡村曾经的“误解”因为交往的频繁而渐趋走向“和解”，这种变化也顺应了由计划经济向市场经济、由封闭走向开放的社会转型。那么，在这一转型过程中，作家想象了怎样的城乡关系，构建了怎样的城乡交往的前景呢？

如前文所述，文学具有对现实反映、揭示和对未来的想象、建构的功能。不过，作家书写的城市与乡村并非社会空间意义上的城与乡，而是抽象意义上城里人与乡里人的关系。比如新时期以来高晓声、路遥、贾平凹，以及20世纪90年代以来的雪漠、王新军等作家笔下的农村人形象，陈奂生、高加林、孙少平们孝敬父母，善良忍让，扶危济困，勇于奉献，有明显的道德优越感；城里的“大姑娘”（高晓声《陈奂生上城》）、张克南母亲（路遥《人生》）等，虽然有体面的身份，但往往被作者塑造成嫌贫爱富的典型，即虽然他（她）们身份优越，但在道德上有缺陷。在《人生》中，高加林的人生悲剧既来自他的性格悲剧，也来自他所生活的社会悲剧，而这两种悲剧聚焦于知识分子改变自我命运的努力与根深蒂固的城乡差别，诚如有论者所言：“从‘交叉’地带成长起来的高加林这样的知识青年，在目前的现实生活中，他们多半是既难如愿地进入城市，又难情愿地归乡务农。他要在这条城乡之间的道路上挣扎、奋斗、碰壁、翻腾。只要在生活道路上没有找到归宿，他无论是与农村姑娘恋爱，还是与城市姑娘恋爱，都难免不是悲剧。”① 也就是说，他们的城市身份和城市生活并不能被“乡村伦理”所认同。很显然，在二者对照中渗透的是“农裔作家”对城市的道德褒贬。他们一方面对城市人的势利、自私给予讽刺和批判，一方面又带上了先入为主的好恶判断，将城市与财富占有、消费堕落等行为进行主观的“链接”。可以说，作家典型的“农裔”身份和乡土经验决定了他们的城乡价值观念。比如，贾平凹成名后虽身居城市，但在潜意识中所认同的就是乡土观念，而不是城市现代意识。有关于城市和乡村，在他的意识中是两个对立的世界，他说：“我喜欢农村，喜欢农村的自然、单纯和淳朴，我讨厌城市的杂乱、拥挤和喧

① 王信：《〈人生〉中的爱情悲剧》，於可训等主编《文学风雨四十年——中国当代文学作品争鸣述评》，武汉大学出版社1989年版，第445页。

器。”[1] 这种价值判断在此后的《怀念狼》《高老庄》《秦腔》，以及《高兴》中都有较为直接的表现。即使是以都市（西京）为主体的《废都》，仍可以看作是农民出身的庄之蝶（知识分子）进城后的心灵的震荡。诚如贾平凹在写完《废都》后所说：“我在城市已经住罢了二十年，但还未写出过一部关于城的小说。”[2] 但是，一旦酝酿成熟，准备“要在这本书里写这个城了，这个城里却已经没有了供我写这本书的一张桌子”[3]。当然，对城市的抵触、厌恶，甚至恐惧，绝非始于贾平凹。即使是新世纪成长起来的新一代作家，仍然难免陷入城与乡、贫与富、善与恶的对立中。比如作为城市建筑工程专业的从业者，在城市居住数十年的作家熊育群，他在中篇小说《无巢》[4] 中，写出了城市对进城农民的冷漠和拒绝，从而展现了进城农民个体快速裂变的精神变迁史。小说中，进城农民工郭运，在城市赚得盖房钱之后，及时回到老家，准备盖新房，未曾想，造房工匠的价格比六年前高出一倍。在家人、女朋友、村人的期待与猜想中，他再一次踏上进城的路。在走下火车到抵达城市的三个多小时的“故事时间”里，他已然由一个质朴的乡村青年变成了杀人犯并自杀。这样的情节安排的确令人诧异，但他又符合中篇小说讲述“一个人完整的故事”的叙事逻辑，也符合从城市建筑撤退到新闻记者、诗人、作家身份，最终以诗意的方式丈量大地的“行吟者”的价值判断：城市的冷漠催生了悲剧结局的提前到来。整篇小说的讲述是在对比中展开的。比如六年前与六年后的对比，回家与离家的对比，城市与乡村的对比等。当然，对于六年来郭运对家乡房屋修造价格上涨的事一无所知的处理，显得缺乏叙事的现实基础，或者说，此处的交代尚显牵强。但作者以诗意化的方式，以快速的镜头叠加的叙事速度讲述了郭运“二进城”后巨大的心理反差，这才是叙述的重心。小说写道，郭运一到火车站，钱包被抢，还横遭暴打。面对穷凶极恶的城市社会，面对天桥上、高楼大厦下面冷漠的人群，他彻底绝望了，最终从绝望到愤怒、疯狂，一股强大的、他所不能控制的情绪瞬间击溃了理性判断。他开始以极端的方式仇恨城市，报复社会。这样的选材和

---

① 贾平凹：《变革声浪中的中国——〈腊月·正月〉后记》，《十月》1984 年第 6 期。

② 贾平凹：《后记》，《废都》，北京出版社 1993 年版，第 519 页。

③ 贾平凹：《后记》，《废都》，北京出版社 1993 年版，第 519—520 页。

④ 熊育群：《无巢》，《小说选刊》2007 年第 1 期。

叙事方式的确不算新颖，但小说中涉及的一个问题值得思考，那就是不断地以诗歌行为叩问大地、不断以文学想象超越空间限制，甚至被认为是“生命性灵中的湘楚浪漫”一派作家，[①] 何以在处理城乡题材时钟情于严峻的“二元对立”[②] 审美判断？“城乡和解”是否有解，“城乡和谐”是否有路，路在何方？

早在新文学之初，周作人、废名的作品具有的“诗化乡土”的特征。废名通过《桥》《桃园》等作品，试图构建的乡土田园世界是一个自足的世界。但延续了这一风格的沈从文则在审美意识中将城市与乡土对举，特别对市民社会的虚伪、冷漠、空虚的批判，有鲜明的乡土道德偏向，比如在《绅士的太太》《八骏图》，沈从文对市民和知识阶层中只关注物质层，只讲究排场的女人和男人们表达了明确审美批判，其态度明晰，更能显现城乡关系的深层内容。但是，这种慢工细活式的书写虽然没有《无巢》那样急切地表达对城市文明的批判，但二元对立的思维仍然明显。[③] 此后所展开的城市书写，要么是“工农兵”题材的土地革命叙事，要么是社会主义革命和建设时期中的城市改造立意。在这两类题材中，城市和乡村，往往是以革命、改造的客体，而不是生活和道德的主体出现，所以，很容易成为直接传递作家“意念”的载体。

可以看出，无论是新文学传统中的乡土田园作家的城市批判，还是新时期至新世纪以来的“城—乡”关系书写，矛盾和冲突是二者一贯的主题。这一主题，一方面表现了作家对农民、农村命运的始终的观照，另一方面也显现了作家对城市、城市文化的陌生。

同时，我们更需要注意的是，新时期以来，较早关注“城—乡”关系的高晓生、路遥、贾平凹、铁凝等作家，他们在突出矛盾、冲突主题时，并没有完全按照新文学传统中的冲突主题展开情节，而是在叙事情节的设置中注意到城乡文化“交叉”、交往的可能性。比如路遥的“城乡交叉地带”、铁凝的“开进台儿沟的火车”、高晓生的“县城招待所”，都是

① 陈剑晖：《生命性灵中的湘楚浪漫——读熊育群散文集〈春天的十二条河〉》，《文艺报》2008年10月30日。

② 相类似的构思还有吴君的《亲爱的深圳》、刘利的《奇迹》等小说中，城市规则，或者说资本家的规则，连农民工正当的夫妻关系和夫妻生活也剥夺了……都是同样的讲述。

③ 此部分内容请参见本书第一章第一节的论述。

城乡文化近距离接触、交往的复合空间。路遥在《人生》《平凡的世界》的艺术概括方面，引起广泛关注的是他对“城乡交叉地带”的空间选择，所以雷达先生认为：“小说（《平凡的世界》——引者注）在艺术概括方式上……采取两种‘交叉’——写城乡交叉地区和底层人物与上层人物的交叉。路遥和贾平凹不一样的是，他写的不是纯粹的，完全封闭的农村，他也重点写农村，但更注意写小县城、大省城，城乡交叉地带，在他看来这里既是封闭的又是开放的，是信息量最丰盛的地带，最能认识中国基层社会的真面目。”[①] 雷达先生论及的“另一个交叉”是“上下交叉”，即因为城乡身份的区别而造成的社会地位的差距，即城在上、乡在下的“交叉对比”。比如在《平凡的世界》里，田福堂与田福军兄弟俩，一个是地地道道的农民，一个身为省委副书记的官员。另如“农转非”的教师田润叶苦恋着庄稼汉孙少安，地委书记女儿、省报记者田晓霞却热恋着煤黑子孙少平，农家女孙兰香也与省委副书记之子吴仲平成功地恋爱，等等。在《人生》里也是如此，干部身份的黄亚萍与农民出身的高加林，二者虽地位悬殊，但因为有共同的“理想”而互通有无，“这样的人物关系构成和位置的交错，使得小说富于张力；当然，其中也不无作者美好的心愿和理想化的一面”[②]。

路遥“城—乡”关系表述还表现在“进城农民”人物形象的塑造，比如孙少平的决绝，田润叶的徘徊等，并着力关注他们获得了城里人的身份与是否真正获得了个体的自觉和现代性人格等问题，即能否在城市社会空间获得自我觉醒和自我实现。事实上，路遥在思考进城农民的现代性问题时，已经具有了超越物质文明而上升到精神文明的思考。从这个意义上看，孙少平就是高加林现代人格的延伸，他孝敬父母，尊重长兄，关爱妹妹，重视亲情伦理，但并不因此要固守乡村，也不为离开家乡、远离土地而愧疚，因为他的梦在远方，那是火车铁轨不断向前延伸的方向。也就是说，他进入城市，但绝不鄙视乡村，甚至非常尊重父辈们的付出及其朴素的人格，他相信父辈和兄长留到乡村自有其合情合理之处，只是要让他们接受新的思想尚不具备充足的条件，孙少平并不以城与乡、落后与先进、

① 雷达：《路遥作品的审美灵魂和当代意义》，《解放日报》2015年3月27日。

② 雷达：《路遥作品的审美灵魂和当代意义》，《解放日报》2015年3月27日。

文明与愚昧的二元思维来判断城市与乡村的关系，这正是路遥自觉的努力，将"所表现的内容放在一个长长的历史过程中去考虑"，并"追求作品要有巨大的回声，这回声应响彻过去、现在、未来，而这回声只有建立在对我国历史和现实生活广泛了解的基础上才能产生"①。而不是简单地以他者的眼光来观看自己，甚至否定自己，这不是现代思想。路遥在创作了大量城乡关系主题的小说作品后总结说："什么叫咱们的现代意识呢?我自己说一个观点，什么时候我们在自己的文化精神基础上产生一种新的东西……这个时候，我们才说我们具备了成熟的现代意识。"② 可以说，路遥一直没有放弃的思考是：在社会转型过程中人如何获得"现代意识"，不过，他的现代意识是通过城市与乡村、现代与传统的对比来实现的。而恰恰是这种对比，在某种程度上超越了执其一端的二元对立思维。

此后有更多的作家将城乡融合作为城乡关系叙事的动力。迟子建的《花牤子的春天》、范小青的《城乡简史》、贾平凹的《带灯》、乔叶的《叶小灵病史》等作品试图打通城市与乡村的"交往通道"。比如迟子建的《花牤子的春天》中，青岗村大旱，男性进城打工，但他们并不放心自己的女人能守身如玉，于是派生理"残疾"的花牤子来监视她们。后来安装有线电视的工人进入村庄，为女人们带来了光怪陆离的声、光、电的世界。自此青岗女人不思农活，而是整天围着电视，甚至有"不安分"的女人与安装有线电视的工程队人员关系暧昧，怀了孕。待其夫归，花牤子遭毒打。迟子建并未在此大谈道德底线和留守女性身心的熬煎，而是别有立意。小说写道，男人们进城后，他们的身体也并不安分，而是将不少用血汗换来的钞票塞进城市"卖身女子"的腰包。表面来看，迟子建写出了城市化进程中城市与乡村的集体的沉沦与溃败。但是，通读文本，我们会发现，整部小说的叙事格调是轻松、明朗的。也就是说，迟子建通过不无喜剧性的"花牤子"的监控和作为现代性符号的电视介入，以及进城打工男性"身体的出轨"告诉读者：作为一种最有效的大众传播媒介——电视，已不经意间将城市的生活方式和消费符号源源不断地输入农

① 路遥：《大中央广播电视大学问》，《散文、剧本、诗歌、书信集》，北京十月文艺出版社 2013 年版，第 192 页。

② 路遥：《大中央广播电视大学问》，《散文、剧本、诗歌、书信集》，北京十月文艺出版社 2013 年版，第 192 页。

村。而且作为一种价值观，一种意识形态，它已经无孔不入。农村对城市的向往和呼唤，其热烈程度空前。所以，作品的象征意义是：城市化是现代性必经之路，单纯地依靠没有生殖力和竞争力的“牤子”（公牛）来抗拒、阻挡现代性的进攻，自然是要失败的。因为镰刀、锄头、大刀长矛红缨枪与电视、新闻、迪斯科并不矛盾，城市与乡村并不是天然的敌人。单纯的抵制与抗拒必然走向历史的反面。

所以，无论从人物形象塑造，还是从城与乡的交往方式的变化来看，原有的城乡二元对立思维逐渐被一种更为复杂的审美判断所取代。这种变化一方面来自于城乡社会交往壁垒的拆除，另一方面来自于作家对人与空间关系重组的审美判断。可以说，在新的“城—乡”关系中，一种新的审美意识悄然兴起，一种新的城乡价值观正在形成。

第二节 从浪漫想象到日常生活观照

在20世纪初期的乡土叙事中，乡土之于“乡土文学”，是一个需要接受启蒙的书写客体，城市则是作家“逃异路”后重新选择的、别样的生活环境。“五四”新文学初期，由于“流寓”北京、上海等大城市的作家接受了启蒙主义的思想，他们笔下科学、民主、平等、自由等现代观念在乡土记忆表现中往往是寓言化、想象化的。而80年代以来的“城—乡”关系书写中的城市和乡村形象，以及作家赋予城乡空间的审美情感寓言化的抽象概括逐渐转向日常化的审美观照，也逐渐从静态的审美批判，转向动态的现实观照。这种变化可以从如下几个方面来观察。

首先，寓言化的抽象概括到日常化的审美观照。所谓寓言化，简言之，即在小说中则表现为情节的非现实性，即小说中人物的行动逻辑不遵循现实生活的发展规律，而有意强调作者表达某种寓意的需要，是一种超离世俗生活的抽象化情节创造。在20世纪20年代的“乡土小说”中，落后、愚昧、麻木、精神胜利，这一系列价值判断是现代知识分子批判传统文化的利器。比如闰土与土地的关系，阿Q与国民性改造的关系，祥林嫂与“四大绳索”的关系，华老栓与启蒙的悖论的问题……而这一系列关系及其人物形象中所蕴含的文化属性，最终被固化为一种文化寓言，其“综合形象”，则是现代性视野中的传统乡土社会的缩影，其寓意也相当明显，那就是在现代性烛照下，传统乡村社会是颓败的，灰暗的，封闭的，蒙昧的，乡村需要启蒙，需要拯救，需要关注。这成为“五四”时期乡土作家表现的现代民族国家诉求的价值取向。所以，新文学传统中的乡村人物系列，所折射的是作家以现代文化的眼光达到“改变乡土”的理想。

其次，从静态化的审视到动态化的发现。侨寓北京、上海等大城市的现代知识分子，他们之所以会以静态的眼光来审视记忆中的乡村，一方面，出于将大都市与乡土社会作以自觉或不自觉的对比；另一方面，有意识地将乡村想象为静态的社会——“超稳定结构”，是出于言说的方便，即将乡村确定为静态的靶心。事实上，静态不过是一种想象状态，一种相对的存在状况，乡土社会时刻都在发生着裂变，只是这种变化没有城市和现代社会的变化迅速而已，正如费孝通在《乡土中国·名实的分离》中所言：“我们把乡土社会看成一个静止的社会不过是为了方便，尤其是在和现代社会相比较时，静止是乡土社会的特点，但是事实上完全静止的社会是不存在的，乡土社会不过比现代社会变得慢而已。”① 费孝通紧接着强调：“说变得慢，主要的意思自是指变动的速率，但是不同的速率也引起变动方式的殊异。”② 这种因速率不同而引起的变化的差异，在20世纪20年代“乡土小说”叙事中没有得到很好的展示。尽管彼时有因剪辫子而引起的“风波”（鲁迅《风波》），也有因道德上的错误被赶出未庄的阿Q的“进城”（鲁迅《阿Q正传》），更有因死了丈夫而拒绝改嫁、以头撞香案的祥林嫂的“反抗”（鲁迅《祝福》），但是，在这些风波、进城、反抗的一系列叙述中，乡村的变与不变并没有通过对乡土社会日常生活方式的描写得以显现，其中新与旧、高与低，传统与现代、激进与保守等对立的主题，主要是通过两组对立的人物形象（或个体的心理反差）来体现，但这些人物结成的人际关系不以春生夏长、秋收冬藏的乡土生活为背景，而是以新旧道德、世事伦常的抽象意义的乡土文化结成人物之间的关系来显现，尽管“在新旧交替之际，不免有一个惶惑、无所

① 费孝通：《乡土中国　生育制度　乡土重建》，商务印书馆2011年版，第79页。

② 费孝通：《乡土中国　生育制度　乡土重建》，商务印书馆2011年版，第79页。

适从的时期，在这个时期，心理上充满着紧张，犹豫和不安”，① 而乡土社会“熟人世界”中邻里的、乡情的，以及日常的、民间的乡土社会几乎是缺席的。

上述两方面是我们进入 80 年代以来“城—乡”关系书写的审美背景。新中国成立之后，由于“五四”启蒙传统、左翼革命传统、延安文艺传统三大传统“三流合一”，且延安文艺最终成为 20 世纪 50 年代以来的“文艺正宗”。作为社会主义话语中的“人民文学”作家，他们赋予农村一种革命浪漫主义热情，而对城市表现出革命浪漫主义的“改造”激情。此后，因为市场经济的到来，“城—乡”关系故事的讲述又成为知识分子进行现实批判的有力依据。

新时期初期，特别是 1982 年，农村改革已有较为明显的成效，城市改革也势在必行。这一时期，城市发展逐渐走出了将城市作为有产者的享乐空间的阶级批判思维，而农村也走出了“浮夸”“跃进”的“超赶战略”，加之户籍制度刚刚松动，城市文明的自足性亦逐渐彰显，将城市作为“道德主体”的书写视角渐现端倪。这一时期的“城—乡”关系书写中的城市对农村是接纳的，城市对农村的引领作用也能够以“平视”的视角显现出来，乡村对琳琅满目的“城市橱窗”的好奇和欣赏中，也有欣赏者的自我审视。无论是高晓声的《陈奂生上城》中吴书记对陈奂生住进县委招待所的主动安排，还是铁凝的《哦，香雪》中“北京话”乃至整个火车车厢对香雪、凤娇们的友好交往，还是朱伟的《四秀》中爱打扮、爱说话的乡下姑娘四秀对城里人——“我”带来的生活乐趣，等等。其中虽然主要表现的是城市与乡村才是“试探性的交往”，甚至是一种不无原始的“物物交换”的经济关系，但作为生产方式和生活方式的“城乡交往”已经真正展开。比如在《哦，香雪》中，台儿沟姑娘拿出来与火车上顾客（城里人）交换的是鸡蛋、核桃、大枣等农业产品，火车上顾客拿出来的是自动铅笔盒、发卡、尼龙袜、手表等工业产品；他们的“交换”虽然是物物交换，但并没有孰优孰劣的暗示。在《陈奂生上城》中，陈奂生通过出售“自家”余粮亲自炸制的油绳（农副商品），换取县城里的一顶帽子（工业产品）。其中并无以货币作为一般等价物的“市场

① 费孝通：《乡土中国　生育制度　乡土重建》，商务印书馆 2011 年版，第 80 页。

经济”因素。在这种关系中，虽然城市在高处，乡村在低处，但无论是以乡下人的眼光看城市，还是以城市人的眼光看乡村，二者都是欣赏的，好奇的。各自也在欣赏和好奇中发现了对方的优点，比如在城市人视角下，乡村人则表现得的单纯、朴素、善良，向往美好生活；乡村视角下，城市人显得更优雅得体、自信上进，容易接受新的观念，等等。尽管二者视角截然不同，但相互发现的对方并不是诸如或单纯/狡诈，或朴素/奢华，或得体/失态等的善恶对比和优劣之别，而是以美的眼睛“相互发现对方”。

可见，新时期初期的“城—乡”关系书写中有一种浪漫想象的成分。这种浪漫想象表现为城市与乡村的因试探性交往而产生的给予对方的美好想象。城与乡没有利害计较，没有误解，城市不因自己在高处而高高在上，颐指气使，乡村也不因为自己在低处而低眉顺眼，唯唯诺诺，他们相互保持了应有的尊重与期待，既能像香雪、凤娇们与“北京话”你情我愿，平等对话，平等交换（物品），也如陈奂生与吴书记那样，相互感恩（不是报答和报恩），也能够像孙少平、孙兰香一样，相信只要品质善良，只要勤奋好学，必然能够进入自己想去的那个城市。在作者情理逻辑中，“勤劳是美德”，“勤劳能致富”这是古今不变的世理。

所以，在新时期初期的“城—乡”关系叙事中，作者的叙事格调是轻松的、浪漫的，且不乏幽默与喜剧色彩。铁凝的《哦，香雪》的城乡物物交换情节和主题被写成了一首晶莹剔透的抒情诗，老作家孙犁称其为“一首抒情诗”,[①] 评论家谢明清认为该作有“深沉而浓郁的诗意”[②]，作家本人对“乡村的城市想象”充满期待。同样，高晓声的《陈奂生上城》中，作者开篇即写道“‘漏斗户主’今日悠悠上城来”[③]。陈奂生不像阿Q一般在未庄“道德上犯了错”之后被迫进了一回城，也不像老舍笔下的祥子因为农村土地破产被迫进城，更不像茅盾笔下吴老太爷因为故乡双桥镇战乱而逃逸到大上海，投靠民族资本家身份的儿子吴荪甫。陈奂生是主动进城的，他手里有了余粮，是“悠悠的”、可以光明正大地与城里人做

① 孙犁、成一：《孙犁、成一谈铁凝新作〈哦，香雪〉》，《青年文学》1983年第3期。

② 谢明清：《新作短评——〈哦，香雪〉》，《文艺报》1983年第1期。

③ 高晓声：《陈奂生上城》，《人民文学》1980年第2期。

生意的新时期农民，是新中国成立初期在经济、政治地位获得“翻身”的农民缩影。也就是说，新时期初期，“极左”的旧意识形态被否定后，无论是农村还是城市，都“以经济建设为中心”的发展道路同时满足于城市与乡村的合理诉求。因此，新时期伊始的小说叙事，总体显得格调轻松、明朗，语言质朴、晓畅，故事情节连贯、明晰，具有鲜明的喜剧色彩。

然而这种城与乡“短暂而和谐”的“顺畅交往期”很快随着城市的迅猛发展和大量农民工的进城而发生改变。20 世纪 90 年代初期，城乡差距日益加大，市场经济席卷城市，城市工业生产迅猛发展，城市消费也由“耐用品”购买向“消耗品”（软商品）购买转变，而农村则基本解决了吃、穿、行、住的基本问题。这一现象在小说中得到了及时的表现，就城乡审美取向来看，作家的城市和乡村的关系书写也由原有“交往的浪漫蒂克”转向冷静的现实主义的审美批判。在城乡比照之下，农民工的进城与他们的“淘金梦”形成巨大反差，书写“城—乡”关系的作家也开始赋予进城农民以理解与同情，研究者也纷纷重新调整观察“城—乡”关系的价值尺度。有论者认为：“1990 年代以来在市场经济的冲刷下，生活渐渐露出本来的残酷，精神的自由并不能抵抗物质的软弱，人的生存困境逐渐显现，再一味强调精神的独立和世事的轻松就显得不合时宜和不可信了。”[①] 至新世纪初期，这一价值立场则更为鲜明，比如在进行乡土文学的世纪转型研究中，丁帆、李兴阳、黄轶等学者即意识到，随着农民进城成为一种潮流，描写农民的城市生活成为乡土文学的重要资源，也是乡土文学书写的世纪新变，这种“新乡土叙事”带来了中国文学书写资源和书写方式的内在转变，即“乡土小说的转型与陌生的新‘乡土经验’”的出现，[②] 使其与 20 世纪新文学传统中的乡土文学有了本质的区别。与之相关的另一种价值判断则是对新世纪乡土文学所反映的作家思想状态的研究，认为作家在城乡价值判断方面呈现出茫然和困惑，而这与作家对当下乡村社会的认知有关，比如李运抟认为，部分作家在表述“城—乡”关系时，倘若面对乡村，则显示出现代批判，而一旦面对城市，却表现出

① 梁波：《“城乡冲突”：新时期小说的一种叙事模式》，博士学位论文，兰州大学，2011 年。

② 丁帆等：《中国乡土小说的世纪转型研究 · 导论》，人民文学出版社 2013 年版，第 1—7 页。

对乡土的留恋、对传统的回归,[1] 这其中蕴含着值得深思价值认同和文化现象的途径和方式。

城乡转型的代价是巨大的，特别对于重土轻迁的进城寻梦者而言更是如此，这使得作家在叙事伦理层面将道德的天平倾向于进城者，对他们进城、回乡过程中遭受的误解、嘲讽、排斥等给予深切的同情。雪漠的《大漠祭》就是有乡土社会的生活方式有鲜明道德认同的作品。雪漠试图以文字为一个逝去的时空和人物定格，为那些凡俗却灵魂饱满的西部农民的生存“立此存照”。因为在雪漠笔下，那些凡俗但不乏诗意的男女使大漠、乡土变得富有生机和魅力，更让我们理解了那一片热土上的男男女女选择“活法”的艰辛与无奈。比如莹儿，她嫁到老顺家，但她丈夫憨头因救落水的丫头而致残，丧失了性功能，后又得肝病而死。按小说的叙述交代，憨头的妻子莹儿最心仪的男性是小叔子灵官。他人机灵，有活力，而且见过点世面。憨头患病期间，莹儿曾经与灵官有过让她肉体和精神复活的欢愉。憨头病死后，灵官背着伦理的重负，到城里“找干事”（务工)，以逃避的方式寻找城市之梦。莹儿则以守梦的方式守寡，希望通过一个梦作为精神支撑活下去——在自己和灵官曾经获得欢愉和自由的那间破土房中一直等待下去。但是周围的人都不让她守寡。小说写了这个连梦也无法去做的女性，最后甚至想到下嫁给她另一个小叔子——猛子——做不了灵官的媳妇，仍然可以是灵官的嫂子。她想借这种方式延续她的梦，但别人（特别是其娘家人）要她嫁给木匠赵三，她死活不愿。她的梦因此而被迫中断，她被逼上了绝路。雪漠的《大漠祭》，以饱含深情的笔墨祭奠了“温情、善良的浪漫乡土”。

此后，中国小说“进入城市”的步伐显得异常沉重，对城市化进程也显现出更多的理性的思辨。关仁山的《九月还乡》、阎连科的《炸裂志》《柳乡长》，以及王十月的《你在恐慌什么》、马步升的《被夜打湿的男人》等小说，可以说是对快速发展的城乡社会转型的激辩。关仁山笔下的女性九月以及阎连科笔下的女性朱颖等大量的乡村女性的进城，她们不是为了温饱，而是为了“回家”后成为村里的体面人。但是作为乡

[1] 李运抟:《从乡村到城市的迷惘——论新世纪两种乡土书写意识的矛盾》,《江汉论坛》2008年第10期。

村女性，她们可与城市交换的，唯有身体和性，别无其他。她们为改变自己“地位”而被驱赶（进城）和被迫选择，但村干部、乡干部“渔翁得利”。为赢得政绩，干部们竟将她们作为致富楷模，为其树碑立传……那么，我们该如何判断这样一种审美价值呢？

事实上，这种审美价值在某种程度上呼应了当下正在经历的“乡村中国”走向“城市中国”的怪异的精神现象。

首先，城市文明的工业化、科学性让位于官员政绩考核的量化、标准化之间的矛盾，即文明压倒了文化。城市文明与农耕文明相比，其发展特征就是快，它根源于工业文明的机械化、产业化。但现代文明与民族文化的发展并不同步。物质文明和工业文明使得各地区各民族的文化越来越趋同。德国埃利亚斯在《文明的进程》说，文明是一个社会中群体按照“同一”规则生活，就像按照一个节拍跳舞，不至于踩到脚一样；而文化使民族与民族之间各自相对独立，其“差异”是与生俱来的，不是规则，而是习惯。[①] 其实城市化是社会文明的重要标志，城市化快速发展，摩天大楼拔地而起，成为城市化的象征，这是现代文明必然的结果。但是，文明又不能压倒文化，“同一”不要消灭“差异”。在这种意义上，中国的城市化不能简单地求新、求快，不能以终结乡村文化为代价，乡村伦理建设理应上升到精神生态文明的高度。我国的乡村范围仍是广大的，作为精神家园的乡村文化绝非一无是处，即使中国真正实现城乡一体化了，中国的乡土文化传统仍将潜隐而顽强地存在，乡土精神也仍会延续，何况我们现在还在“转型的路上”。新近获得“鲁迅文学奖”的王跃文的小说《漫水》、郭文斌的《冬至》，以及张炜的“寓言化乡村守望”、王新军的“乡村浪漫叙事”仍然被读者看好，就是因为这些作品所展示的是一个恬静安详的世界，甚至是乡村精神的乌托邦，但它们绝不是简单地歌唱与赞美乡村，一味地抵抗城市化进程和物质文明。由于上述作品的地域文化气息浓厚，对不同地域的生活方式和心理状态进行了别样的展示，其“漫水”般的节奏，按照四季轮回的生活姿态，像高粱、玉米一样风生水起的生长方式，形成了一个整体性的“审美场域”。可以说，这种“亲和乡

---

① ［德］诺贝特·埃利亚斯：《文明的进程：文明的社会发生和心理发生的研究》，王佩莉、袁志英译，上海译文出版社 2013 年版，第 5 页。

土”的浪漫叙事承续了传统文化基因中的道德理想和审美经验，成为城市化进程中集体焦虑症的一丝清凉慰藉。应该说，这种写作并非作家偶发思古之幽情，而是个人的成长经历、生活体验，以及对农业文明的亲近，这是一曲工业文明时代的田园牧歌。

其次，在“城—乡”关系叙事中，近年来部分作家在“超越自我”的路途中过于追求剑走偏锋，追求思想的奇绝。他们在文体的实践上，令人尊敬，在“城—乡”关系书写中，延续了现实主义文学的批判功能，但也有理念先行、思想大于形象之嫌。比如关仁山的《九月还乡》、阎连科的《炸裂志》，以及陈应松的《太平狗》、邓一光的《一只狗离开了城市》等，无论在“城—乡”关系叙事还是“底层”叙事中，或无论是对城乡观念的对比，还是对城乡差距的展示，都是非常到位的，但其局限性也非常明显。他们往往以某种浓得化不开的意念、情绪来推动叙事，使得“思想”暴露在形象之外。比如农村女性进城出卖色相、赚得钞票后回到农村；因为带动了农村经济，得到了基层干部的“表彰”，这种直指乡村道德沦陷的立意的创新之处固然不少，但此类作品整体上仍有概念先行之印迹。因为在上述作品中，进城女性在城市中的生活几乎是空白的，她们与城市的“交往”过程、细节，没有通过日常生活叙事的方式呈现出来，诸多的“内容”都是通过叙述者代为讲述。比如才气横溢、对“现实有话说”的阎连科，有意追求一种“怪诞”的叙事风格，以审丑的方式写出了乡村快速走向城镇化、城市化、都市化的荒诞，以及参与者的疯狂，强化了作家主观化愿想和批判立场。《炸裂志》，属于阎连科“爬楼系列”之一，作品虽然以荒诞、夸张的风格呈现了一个百人村庄走向超级大都市的变迁，将经济发展中走向富裕的狂野欲望和家族的仇恨融合，不无乡村志的某种特质，也揭示了当下城市化进程中单纯求新、求快而导致的人心的“原子裂变”，但在那种强烈而外露的乡村历史审美中，掺和着自觉（或不自觉）的对历史“仇恨”和对现实的无奈，这是对变动不居的现实的一种观察，无可厚非。但我们更希望看到的是文学介入现实生活的心理裂变，看到“由乡而城”的过程中出现的新乡土体验与现代乡愁的关系。实际上，这一点在上述作家笔下表现得尚不充分，有待继续开拓。

所以，从文学审美的价值取向角度看，乡愁被重新唤起，并引起整个时代的心理共鸣，绝不是一种浪漫想象的复归，而是一种真切的现实观照。现代乡愁所折射出的恰恰是这个时代普遍性的社会焦虑：在城乡急剧转型的快车道上，该如何确立过去与现在的关系？如何认识人与自然（比如乡村、故土）的和谐关系？告别乡村，涌入城市，向城而生，城市与乡村之间空间距离越来越小，心理距离又怎样呢？文化哲学里的现代乡愁，是一种现代性话语，是人类即将告别古老的生活方式、进入现代文明过程中表现出来的怀旧及其反思，它是“我们每个人在今天都普遍体验，但却难以捕捉的情绪。在全球化时代，人类大的历史节奏是在由传统的农业文明向现代工业文明跃升。……这样，乡愁便与人类的现代化结伴而行，或确切地说——乡愁是人们对现代化生活的一种反拨。我们不能简单地把乡愁视为一种向后看的、消极的怀旧”①。在这个意义上，转型时期的“城—乡”关系书写“正在路上”！

总之，生产方式和生活方式的改变并没有隔断人们的文化记忆，而是因为乡愁，人们自觉地思考“我是从哪里来”“我要到哪里去”等有关存在的问题。这是一个民族的集体记忆，也是一种“集体无意识”，而不是一种过时的怀旧或恋旧。虽然这是一个有关社会转型期的人心问题，一个有关于人的精神存在的问题。也就是说，乡土文学在为我们提供一份当代中国人的精神履历的同时，一方面在反映城市化产生的复杂社会问题和各种价值断裂；另一方面，在表现城乡交往时，也在积极建构和谐社会中新的信仰、美学新秩序。

第三节　多元叙事方式的形成

在中国走向现代、融入世界的历史进程中，城市化是最显眼的标志。中国的城市化状况是，大、中城市在扩张，小城镇也在发展，城市的容积率不断增加，提供给务工人员的就业机会越来越多，农民也正以前所未有的规模涌向城市，寻找他们新的家园。这也很自然地形成了一种有别于20世纪20年代乡土叙事的模式和类型。

80年代以来的城乡社会发展的状况是，城市的诱惑力越来越大，根植于农耕文化的乡土文明面临着巨大的冲击。尽管“乡土仍然‘包围’

① 邹文广：《乡愁的文化表达》，《光明日报》2014年2月13日第2版。

着城市，只是城市成为乡土中国触手可及的一个现实诱惑，已经进城的在这里左冲右突，正在进城的在途中艰难跋涉，没有进城的同样感受到城市带来的巨大冲击。他们的生活方式、价值观念正在经历前所未有的裂变。……当下文学所关注的焦点和热点仍然在乡土中国，大多数小说家在面对乡土叙事与都市叙事的选择时，仍偏重在乡土叙事上；当然，这是与20世纪前半叶，同时也是与20世纪50—60年代的乡土叙事截然不同的另一种叙事”[①]。与新文学初期的“流寓”作家的“乡土文学”相比，80年代以来的“城—乡”关系书写的审美方式和审美空间已经出现了新的内涵，“八十年代中后期以后，我国乡土小说创作可说已经进入了一个新的哲学和美学境界”，也是“作家艺术的认识和把握世界时，在根本观念和方式上发生了变化，是作家在一种新的文学观和美学观的作用下，对小说文体所进行的一次更本体意义的变革”[②]。

首先，“亚乡土叙事”的提出。亚乡土之“亚”，是与新文学传统中的“乡土叙事”相区别的，也是处于乡土文学与城市文学的“中间状态”。“亚乡土叙事”最早是由中国当代文学批评家雷达先生提出，提出者关注的是城乡转型背景下的乡土、乡村书写与新文学初期的乡土叙事模式之间的差异，并聚焦于城乡接合部或者城市“缝隙空间”，比如“候鸟”叙事、城中村叙事、田野与旷野叙事，以及缝隙空间的形成与道德美学的错位等，虽然表面来看，是以一种新的命名取代原有的文学类型概括。与传统的乡土叙事相比，“亚乡土叙事”视阈中的进城者，他们“由被动地驱入城市变为主动地奔赴城市，由生计的压迫变为追逐城市的繁华梦，由焦虑地漂泊变为自觉地融入城市文化，整个体现的是一种与城乡两不搭界的‘在路上’的迷惘与期待”[③]。这里涉及的是空间迁移与流浪叙事、身体漂泊与精神流浪等主题。这一类作品描写了乡下人进城过程中无所依附的漂浮状态，触及了现代化进程背景下中国农民必然经历的精神变迁。

① 张明廉：《小说多元格局与陇原地域叙事——“陇军实力派·短篇小说特辑”笔谈》，《飞天》2005年第8期。

② 金汉：《中国乡土小说的艺术新变——新乡土小说论》，《当代文坛》1993年第6期。

③ 雷达：《新世纪文学的精神生态———雷达在上海市作家协会“城市文学讲坛”的演讲》，《解放日报》2007年1月21日第8版。

“亚乡土叙事”的提出远非一个概念的陌生化处理，而是对新的叙事空间和城乡价值判断的及时概括，它远非20世纪20年代的乡土文学中的地域和民俗内涵所能涵盖，也不是启蒙时代的传统文化批判指向。“五四”启蒙时期，由鲁迅、周作人倡导的乡土叙事更多关注传统文化批判，而新世纪以来的“亚乡土叙事”关注的是当下进城打工者具体而实在的生活状况和生存空间，关注进城者“在路上的迷茫和期待”、回乡者的无家可归，以及新时代语境中的乡村被“凿空化”（刘亮程《凿空》）、空巢化（王选《二月二　晴》），以及乡村空间的改造（贾平凹《秦腔》）、乡村道德的沦落（迟子建《世界上所有的夜晚》）、乡村精神的塌陷（迟子建《花牤子的春天》）等。所以，“亚乡土叙事”所关注的恰恰是当下转型中具体的个体生存，由此进一步关注城乡转型过程中已经显现出来的道德、伦理、人权，以及人生理想的精神建构。

其次，多样化的叙事美学形态。20世纪90年代以来，乡土文学的困境和未来乡土文学的书写空间如何开拓，是一个新时代的新课题。我们欣喜地看到，近年来“城—乡”关系书写中宏大叙事的解体与“细节化”叙述方式涌现的作品，包括叙事视角的变化（尤其是第一人称叙事视角的突出），以及审美形态的改变，也出现了“闲聊体”“方志体”“词典体”等非虚构“讲述”的叙事形态，在讲述中，叙事新元素如繁花缀锦，大量的方言俗语被重新启用，知识分子与民间话语既有交往，又有错位，乡村叙事也从乡村田园向城中村、村中城、城乡交融等空间变化，比如贾平凹的《带灯》、铁凝的《笨花》、李洱的《石榴树上结樱桃》的琐细化、细节化故事呈现，显现出“以民间生存对话宏大历史”的叙事追求；梁鸿的《中国在梁庄》、王选的《南城根》、阎海军的《崖边报告》等非虚构写作以对话体、记录体作品表现城乡价值时，对话者、记录者既非作者，亦非主人公，而是一个推动故事展开的“以知识分子眼光介入城乡叙事”的独立存在。这一系列新变不是通过某一种固定的思潮和流派显现，而是不同年龄、不同地域、不同叙事观念的作家表现出的多元审美自觉。

新的审美方式的形成需要更多的作家、批评家的参与，比如，当下中国转型的社会特征是“城”字当头，“乡恋”更浓，而作家在表现城乡交往时，出现了价值选择与审美趣味之间的张力。作家在面向乡村文化时显示出现代批判意识，而在面对城市文化时却流露出留恋乡土、回归传统的情感游移。也就是说，当书写对象发生改变后，作家对未来社会的文学想象、价值建构并没有最终完成，但从这一价值选择的迷惘和矛盾中，我们已经看到了一种新的审美心理和审美空间的生成，这必然催生出一种新的审美表现形态。词典体、方志体也好，闲聊体、非虚构也罢，更多显现出作家在复杂的城乡转型面前艺术地把握世界的一种方式。即使城市的步伐再快，乡村的蜕变将成为一种必然，但古老的乡村、淳朴的民风、善良的品质仍然会以一种文化符号（词典、方志）的形式存留，在口口相传的乡村、民间文化中，乡村将以另一种方式（访谈、闲聊）存在。在这个意义上看，乡土文学并不会在短期内终结，且新的历史语境下乡土审美的边界和空间已经出现了新内涵，其中涉及的问题比先前更深刻，更复杂，甚至“许多相关于乡土的问题还没有真正展开，只是批评界的话语焦点已经转向了‘乡土文学终结说’”[①]。所以，那种急切的审美“预判”并不符合当前“城—乡”关系发展的现实状况。

再次，新人形象的塑造。这里所谓新人，是指在城乡转型叙事中出现的具有新思想和新精神品格的人物，他们既具有自我审视意识，也具有他者审视眼光，在新文学的进城人物序列中有其独特的地位。前文所涉及的“转型”作家，事实上都在努力尝试塑造“新人”形象。具体而言，新人之新，在于他们不迷恋乡土，不被城市生活幻象所吞没；不畏惧权力，也不依仗权力，从而在“城—乡”关系书写中显现出自足的行动逻辑和新的精神品格。新人形象的塑造，彰显了作家在新时代语境中的审美自觉。

当下中国正在进行的城市化进程是一种城与乡的转换，一种新与旧的转变，一种传统向现代的转型。敏感的作家真切地感受到了这一变化蕴含的新质素，力图在人物形象、价值选择，以及在人物形象塑造和精神建构等方面显出新元素。比如，贾平凹、周大新、李铁等作家意识到，乡村在城乡进程中的蜕变是空前的，但并不是完全被动的。周大新的《湖光山色》中的楚暖暖作为回乡建设者，既是作家塑造的新一代农民和致富带

① 张继红、雷达：《世纪转型：从“乡土中国”到“城乡中国”——雷达访谈录》，《文艺争鸣》2015 年第 12 期。

头人，也是将城市新思想、新文化带到农村的“新人”。尽管作家在塑造楚暖暖这一人物形象时，将她与权力的斗争叙述得相对理想化，但是结尾以悲剧性的结局，预示楚暖暖终被顽固的权力潜意识崇拜所打败，且与之并肩努力的丈夫旷开田最终以虚幻的想象进入了权力臆想，成为“楚王庄的王”——她无法面对的“他者”。即使这样，我们仍能从作者细针密线的“新人”塑造过程中，看到“新人”新质素，以及由此展开专制权力崩裂的合理逻辑。所以，新人之新，不在于其行动是否成功，而在于这一人物形象在文学传统中具有的人物精神内涵的发掘。周大新的“新人”塑造之所以是成功的，是因为楚暖暖、旷开田对村镇基层权力斗争的思想基础和斗争方式，让我们看到了一种新的力量对专权思想和地方权力结构的挑战，这样的新人经得起咀嚼和品味。

同样，贾平凹《带灯》中女主人公带灯形象的塑造也耐人寻味。带灯是城乡接合的精神纽带，她有明确的岗位意识和自觉意识，并以自己的能力恰当地协调了上下关系、城乡关系。作为樱镇综合治理办公室的普通人员，带灯认为，樱镇百姓之事无小事。她能拽着牛尾巴上山，也能写出才气不凡的文字；她能调解百姓的“上访”，也能为他们设身处地着想，为樱镇百姓谋得了实利；她不是一个道德化的楷模，而是“一只在暗夜里燃烧的小虫”；樱镇百姓不觉得她高高在上，市里干部不觉得她土里土气；她上得了“城市厅堂”，下得了“百姓厨房”。作为女性乡镇干部，她有“螳臂当车的抗争”，但她也有孤独与无助，但从不向老百姓显露。带灯是贾平凹“突破了一点”“提高了一点”的一个新人①。另如孙惠芬在《吉宽的马车》中塑造的吉宽，他在城市中打拼，对城乡关系以及由此产生的人与人之间新的关系都有了属于自己重新的认识，更可贵的是，吉宽开始有了比较鲜明的“自审”和“审他”意识。吉宽有一种自觉——他意识到，一旦生活环境改变，自己与几个兄嫂之间的亲情关系也会随之变化，亲情关系也会因金钱的渗入而蜕变为生意与交易。所以，他时刻提醒自己不能成为“旧时代的遗产”和“新时代的垃圾”。与阿Q的进城后学到的盲目革命、祥子进城后的自暴自弃，以及张同志（萧也牧

① 这是贾平凹塑造带灯之前的理想和愿望，希望对此前人物有所突破和提升，参见贾平凹《带灯·后记》，人民文学出版社2013年版，第359页。

《我们夫妇之间》）进城后的意识形态斗争等“进城者”相比，吉宽的“自我”意识更鲜明。这种“自审”意识的建构，超越了进城行为和城乡空间的阻隔，即在时空变化中建构一种独立判断的进城者的精神品格，读来别有一番意味。另外还有刘庆邦、迟子建等很多作家突破了城乡冲突观念，塑造了从城市底层回到乡村基层，以知识和思想带动农村走“现代化道路”的“新人”。在塑造新人形象时，作家并不是借助苦难叠加、道德优势获得“城—乡”关系书写的资格，而是在历史反思、转型审视、现实介入、主题开掘以及“超越现实主义”等方面作了新的尝试，这是对近百年中国进城农民形象的丰富和补充，同时对建构中国新型城乡关系也具有独特的意义。

可以说，新时期以来的“城—乡”关系叙述中出现的这一系列新人是“从农民母体中出现的新生儿”。在20世纪中国文学，特别是新文学的乡土叙事中，知识分子在面对底层时多以“离去—回来—离去”的叙事结构来表达启蒙故乡民众和进入他们精神世界的两难悖论。在这种结构中，叙述者不得不选择“离去”，成为背对故乡、选择“逃异路”的知识分子。而新世纪“城—乡”关系书写中出现了一系列形象鲜明和精神自足的“新人”。这一类“新人”在面对现代社会的快速转型过程时，并不是一味地迷茫和困惑，而是主动汲取新的思想。所以，“回到乡村”的“新人”的典型是城乡交往叙事的一个新尝试。作家明确地意识到，尽管乡村在城乡进程中的蜕变是空前的，但并不是完全被动的。在进城大军中，农民工在城市务工的经历中，逐渐接受了一些新的思想，比如平等意识，法律意识，以及理性自审意识。于是，在候鸟一般的城乡迁徙中，他们回过头来反观乡村生活状况，也逐渐以辩证的眼光观察乡村文化。在他们笔下的人物形象，有城乡交叉地带的“漂泊者”，也有选择回乡建设家园的回乡者，更有新乡村建设的领路人。他们既能与故乡“保持一段距离”来观察乡村文化所具有的淳朴民风、“和谐人伦”等自足因素，获得更多的认同，又能对乡村文化中地方干部和官员的权力政治予以揭示和批判，并保持一定的清醒。在此意义上，新时代语境下关注城乡交往的作家有意识地突破城乡冲突的二元观念，塑造从城市回到乡村，将叙事的重心放置于以知识和思想带动农村走“现代化道路”的“新人”，其叙事自觉和建构意识值得肯定。

当然，在于发掘和确认“城—乡”关系中彰显的新质素时，也可能面临着诸种难题。比如创作主体的主观叙述真实性和事件选择的典型性、合逻辑性问题。在城市化进程成为中国社会发展主潮、城市想象成为文学创作的主调时，乡土作家的乡土经验是否充分，他们的乡土经验“无土化”特征是否能经得起读者检验，对传统中国文化中自然经济、宗族意识、邻里关系、熟人社会的书写，是否会成为书斋里的想象，出现“中国有那么多的乡村，为什么呈现在文学作品里会如此高度雷同”[①] 的现象，在现实中找不到生存根据，这也是介入“城—乡”关系书写时需要注意的。尽管作家试图站在老百姓的立场替他们表达合理诉求，但如何深入到主人公在“无土时代”面临价值重新选择时的困惑，却是一个难题，即乡土书写或城乡书写正面临着“超越”难题，倘要写出，必须塑造一个新的人格形象。这个问题，在20世纪80年代路遥城乡交叉地带书写中曾经出现过，比如，路遥对城市生活的陌生，无论是生产意义上的工厂，还是消费意义上的商场、街道，他的写作更多写进城者的“好奇”，即农民眼中的城市，而对城市人日常生活表现并不充分，小说中的城市仅仅是一种与乡村对立的符号，而市民的日常生活也没有呈现出朴素而平常的意义。也就是说，作为书写“城—乡”关系颇有特色的路遥，也由于时代的局限，他写出的城市更多是进城农民“看到”的外在的城市，而市民只是农民想象中的市民。那么，这样一种没有切实的生活经验的“流浪汉”单一视角问题能否在此后的城乡交往书写中延续呢？贾平凹的城市化转型的写作在很多人看来仍然是一种“为乡土立下的无字之碑”等。倘若城乡转型叙事在没有经典型作品和重量级作家持续关注的情况下，会不会又沦为一种即时性的类型文学？所以，无论是乡土记忆抑或城市想象，作家应拥有自己的“精神原乡”，才有可能塑造出一个真正意义上的“新人”。因为“成功的作家都有一个自己的文化记忆，他的原乡”。这个“原乡”，是“一个文学的地理，一个想象的空间。这就是作家的原乡情结，我们的很多作家没有原乡情结”[②]。如果作家只是深感于时代的变化，而没有一个自己的精神坐标，没有一个让创作主体提升和人物灵魂成长的

① 甫跃辉：《乡村里来了个年轻人》，《文学报》2010年1月2日第5版。

② 雷达、张继红：《近三十年甘肃文学的繁荣与缺失——雷达访谈录》，《文艺争鸣》2013年第2期。

精神空间，他们的创作就会被这个时代所淹没，也就是说，“精神原乡”的存在关涉作家把握和判断一个时代的精神能力的问题。所以，在“乡土中国”转向“城乡中国”的大语境下，城乡叙事也好，城市想象也罢，都面临着同样的难题，这不是一个题材的选择优劣问题，而是“精神原乡”有无的问题。

总而言之，20 世纪 80 年代以来作家笔下的城市化进程中城乡生活真相的揭示和灵魂世界的展示，是对鲁迅、老舍等作家“农民进城”叙事的一种遥远回应，表现出作家开拓新的“城—乡”关系书写精神的努力。尽管，从总体来看，20 世纪 80 年代以来“城—乡”关系书写仍有停留于再现城市化背景下农村颓败和农民生活困苦，或者只在表现城乡差距加大等社会学层面的问题，缺乏一种深层开掘的、深度的人学内涵，但这一时期中国小说“城—乡”关系书写在城乡价值观念、审美方式中体现出来的新变及其“新质”是不容忽视的。

第七章　“城—乡”关系书写中的乡村伦理

中国乡村理论学者梁漱溟曾指出，乡村是中国社会的基础，也是传统中国社会的主体，中国的文化、政治、礼俗、工商业等，无不“从乡村而来，又为乡村而设”。[①] 但是，乡村的现代化是人类文明化的一个重要标识，而城市化进程及其相应的“城—乡”关系，也是中国社会转型和现代化程度一个重要的价值参照。中国社会正在面临着从乡土社会向现代工商业社会转型，在这一转型中，传统中国相对稳定的家庭关系、家族观念以及乡村道德、民间伦理等将面临全方位的调整，社会结构也将发生纵横交错的裂变。就乡村自身的变化来看，主要表现在两方面，其一是外来的，那就是自晚清以来西方工业国家的现代思想对传统中国思想文化的冲击；其二是内部的，与西方现代社会共时性的、中国传统社会的人情物理、价值原则以及原有乡村秩序自身的现代化过程。这种内与外的冲突、内与内的磨合，不断促使中国“城—乡”关系的调整以及传统乡土社会的现代转型。

那么，现阶段所开展的城市化进程，是如何处理和应对已有的城乡关系，又将如何调整和重建乡土中国的社会结构？如果说，城乡一体化并不意味着乡村就是完全被改造为城市，那么，乡土中国的出路到底在哪儿，我们应该怎样评估现代化进程中的城市现代文明对乡村传统价值的冲击，或者说，随着乡土社会的转型，乡村精神对城市文明可能的增补意义是否完全丧失？作家，特别是构建城乡社会关系的小说作家是如何观照这一重大问题的？

① 梁漱溟：《乡村建设理论》，上海人民出版社2006年版，第10页。

第一节　新文学的乡土背景及其当代变迁

乡土文化的相对稳定性决定了乡村社会相对的自足性，而这种稳定与自足又导致了乡村文化本身的排他性。可以说，如果城市文化与乡村文化间的“交往”还未真正展开，城市文化对乡村文化的歧视和冷漠，就很难消除；同样如果没有城乡文化真正意义上的“互惠与共赢”，乡土文化因其封闭性、稳定性，对城市文化的拒斥也在所难免，乡村文化对城市文明的拒斥乃至吞噬，甚至会成为传统走向现代、现代激活传统的无形障碍。

一

中国传统儒家文化始终维持一个相对稳定的政治文化核心，同时也决定了其追求某种恒定的价值观，比如“修齐治平”的人生价值，君臣父子的等级关系，孝悌忠信伦常的家国伦理，等等。也就是说，这种在“轴心时代”[①] 既已形成的儒家文化在向前推进的过程中，因其世代沿袭，层层累积，以及历代统治者的“推恩”和教化，在通过科举的方式等多元途径转化，最终，原本作为士大夫乃至皇族贵胄的价值理想和道德准则，在农业社会以较为完整的价值输送方式到达民间社会，从而完成了以儒家思想为主流的中国文化价值体系。进一步而言，在传统农业社会，中国封建时代基本完成了自上而下的、家国一体的、体系完善的儒家思想价值的建构。这在整个农业社会几乎成为一种道德通则。但是，这种统一与

① 轴心时代的提出与轴心文明假说相关，这一概念是由德国哲学家雅思贝斯在20世纪40年代提出的，其核心观点是：公元前800年至公元前200年，是创立人类精神与世界观的大转折时代，即：“轴心时代”。马克斯·韦伯借此发展了有关西方现代社会起源的研究，认为二者存在着内在联系。自20世纪60年代后，它便引起了西方社会学家的广泛注意，主要集中在轴心时代的起源即“发生学”。70—80年代，以史华兹和艾森施塔特为首的一批社会人文学者对这一专题进行过数次大讨论，形成了“文明动力学”的历史社会学新分支。此后，余英时将古希腊、罗马时期的西方文明起源与中国的春秋战国时期共称为“轴心时代”，意指中西方文明在几乎以共时的方式达到了各自高度的文明。分别见［德］卡尔·雅思贝斯《历史的起源与目标》，李夏菲译，漓江出版社2019年版，第8页；余英时《中国轴心突破及其历史进程》，《论天人之际》，中华书局2014年版，第1—4页。

完善的价值体系随着后世儒家思想家“为我所用”的增删，特别是宋明理学大行其道的北宋时期，儒家思想逐渐显现出保守、封建、偏狭，甚至冷漠、残酷、非人道的一面。儒家的价值原则和道德规范在封建政权摇摇欲坠时，其统治功能和教化色彩愈加浓厚，乡村内部自在的民间伦理和自上而下的价值准则也受到主流文化的浸染，民间社会和主流意识形态间的价值冲突在这个时期也表现得最为激烈，这在《大宋宣和遗事》以及此后成型的英雄传奇小说《水浒传》及其不同版本的“前文本”中都有所显现，同时也出现了理学和道学均被封建社会主流意识形态收编的情形，“道学与文学的互动与冲突”，“朝廷收编道学”，力图“将之整合于主流精英文化”[①]。也就是说，北宋以降，无论是知识分子的民间表达，还是封建朝廷忧惧的“官民对立”，均显出整体性的统治阶层对民间社会及其道德规范的不信任。从另一个方面来看，乡土社会的民间伦理自此发生内在的剧变。所以，到晚清至“五四”时期，随着列强入侵、国势衰微，近现代知识分子将“六月禾未秀，官家已修仓”“四海无闲田，农夫犹饿死”的民间同情，转化为对封建政权统治下整个乡土社会的经济落后、政治腐败、文化衰微的忧患和批判。[②]

事实上，这种批判在晚清以来一直没有停止，也逐渐影响和形成了文学创作的价值判断。延续20世纪20年代的“侨寓者”居于北京、上海等大城市的“乡土文学”启蒙作家对传统乡土社会反思与批判传统，以及30年代萧军、萧红、端木蕻良等的“乡土小说”，仍然是“侨寓者”以“故乡”的愚弱而看到的家族的盛衰史和民族的屈辱史。[③] 在城乡文化比对中，作家看到的更多的是乡村的沉沦与压抑。也就是说，作家曾经沐浴的城市精神之光并没有照亮乡村的沉沉暗夜。此后，从1942年延安解放区文学至新中国成立初期文学中的乡村想象，主要是借新政权对乡村的

① 孙康宜、宇文所安编：《剑桥中国文学史》（上卷），刘倩等译，生活·读书·新知三联书店2013年版，第534页。

② 前文中我们论述“历史与叙事的生成”中的近现代中国文学中的乡土批判就是从这个角度来展开的。

③ 虽然20世纪30年代有晏阳初、陶行知等学者坚持中国的出路在具有久远传统的农民和农村，并提出相关的“乡村建设”方案。但同时期文学对乡村精神建构和乡村文化建设的成绩并不高。

动员和改造中完成的。解放区作家有意选择群众对新政权认同为主题，则成为当时文学及时的、也是直接的目的，所以，“团结”“教育”人民的文学很自然地成为20世纪40年代延安文学的主流，如《白毛女》中，杨白劳、喜儿固然是“被压迫阶级”的代表，但剧作主题是翻身解放，这一主题的完成必须借助外来“革命”力量才得以完成，正如有论者所言：“这出戏成功地把阶级斗争、翻身解放的政治主题与善恶报应、爱情大团圆、性格脸谱化的民间艺术趣味和传奇色彩等熔铸在一起……它极大地迎合了解放区农民的欣赏习惯，使政治宣传功能和审美功能达到了统一，在解放战争和建国初的民主改革中发挥了巨大的政治宣传作用。”① 其“新社会把鬼变成人”的“大团圆”结局，折射了乡村政权管理下“被压迫阶级”的农民获得人身自由后的“感恩”心态。而在《小二黑结婚》中男女青年因为他们曾经既不能得到封建家长的准许，获得恋爱和婚姻的自由，也不能对基层干部以权谋私的行为采取行之有效的抵抗。所以，他们的阻力既来自上一辈人的观念的保守，又不乏新政权内部混入的“坏分子”的有意掌控。而这一切最终是由解放区政权的“代表”——区长完成的。也就是说，是新政权的代表——区长保障了他们恋爱婚姻的“自由”。同样，如果不是对“落后分子”的动员与改造主题的设置，赵树理在“十七年”时期创作的《锻炼锻炼》中所塑造的“小腿疼”“吃不饱”等人物就很难被“人民”这一集合概念所接纳。

这一时期文学表达观念主要延续的仍然是延安文艺时期的“文学为政治服务”的传统，将文学宣传与教育功能置于审美价值建构之上，对于源自农村内部家族的、邻里的、血缘的、地缘的人与人之间的关系及其伦理价值建构的书写明显不足，② 同时，由于“革命胜利后”，“工作重心从农村转向城市”，有关城市与乡村的交往和乡村价值的现代转化问题没有得到及时的展开。

---

① 朱栋霖等编：《中国现代文学史（1917—2012）》（上），北京大学出版社2014年版，第293页。

② 比如有关乡绅、保长等媒介人物在调整政府与老百姓之间关系，或者协调城市与乡村关系的流变，在无产阶级政权建立后是如何取代的，新政权前后的城乡关系区别何在等，在20世纪40年代至70年代的小说书写中表现并不丰富。有关传统的“城乡关系”论述，参见费孝通《中国士绅——城乡关系论集》，赵旭东等译，外语教学出版社2011年版，第23—67页。

二

在谈及乡村伦理的变迁及其建构时，不能忽视另一系列重要的作家，他们就是周作人、冯文炳、沈从文以及此后的汪曾祺、刘绍棠等，其“乡村田园”书写构建了远离军阀政治和现代革命的“寂静的乡村”。虽然在20世纪30年代的中国曾盛行“乡村溃败论”，且乡村社会的落后、愚昧被不断放大，但冯文炳、沈从文等“非主流”作家恰恰是沉潜于乡村的人情之美，人性之善，即试图在乡土书写中找到那些真的、美的、善的质素，以一种独特的姿态表达对乡村溃败和文化危机的审美判断。

自称为“乡下人”的沈从文，以乡下人的眼光和身份深刻地体会了传统乡土社会自然经济的解体，而乡下人的人生体验和文化立场使得沈从文既没有和左翼作家一样，从政治经济的角度写乡村的凋敝，也没有像“海派”文人一样从商业角度写城市物质生活的丰富和精神生活陷入的困顿。他是从民族的、地域的、民俗的文化态度，从城乡对峙的角度，将城市写成“琐碎，慵懒，敷衍，虚伪的衣冠社会”①，进而批判现代文明进入中国后显现出来的“城市文明病”，从而突显乡土社会重利轻义、守信自约的乡村美德。在左翼思想居于文化主流、军阀混战频仍的20世纪30年代，沈从文仍然坚持以自己独立的审美判断，供奉着他的“希腊小庙”，表现“农村寂静的美”②。沈从文塑造了翠翠、萧萧、三三、柏子等朴素善良的女性形象，以及贫穷的老渡公和富有的船总之间重情重义的人生故事（翠翠爷爷去世后，边城人纷纷为其捐钱，船总顺顺主动要将翠翠接到家里去），从而在纷繁驳杂的文化纷争中反衬出乡土社会的人情美和人性美，也通过城市男女的虚伪、自私反衬乡村社会的淳朴善良。也有一些写都市男女而成名的作家，比如张爱玲、张资平等，他们并不是将都

---

① 沈从文：《沈从文全集》（第12卷），北岳文艺出版社2012年版，第16页。

② 这是沈从文赞赏冯文炳（废名）的《竹林的故事》《桃园》两部小说的评语，足见其对“寂静乡村”的赞赏。参见沈从文《论冯文炳》，《沫沫集》，大东书局1934年版，转引自吴福辉编《二十世纪中国小说理论资料第3卷（1928—1937）》，北京大学出版社1997年版，第241页。

市与乡村对举，而是通过“能深合情理”，“能表现个性”[①] 的男女故事将现代文明与封建余孽，以及外在的热烈与内心的荒凉绝美糅合，直通传统社会的人情世故，不彰显态度，不表明立场，但都市人情世故，尽在其中。夏济安评价张爱玲时，认为她“深通中国的世故人情，她的灵魂的根是插在中国的泥土深处里，她是真正的中国小说家”[②]。这话不无夸张，但也符合张爱玲小说的读者接受的事实，特别对张爱玲之于“中国的世故人情”的判断，契合了中国普通市民的审美趣味。但是，沈从文并没有像张爱玲、张资平那样拥有大量“粉丝”[③]。因为在革命话语取代启蒙话语之前，写农村的作品，更多是表现乡村社会内部的关系，而在革命话语取代启蒙话语后，农村题材的作品中的叙事主调是土地改革、合作化、公社化，即以集体化的革命思维改造、取代乡村内部的既有话语。甚至在一定时期，农村的人际关系几乎只剩下抽象的阶级关系。农村叙事关注的不是人与人之间的乡村内部关系，而是阶级关系，那些家族的、邻里的、乡里的、血缘的、亲情的乡村民间话语要么被取代，要么被改造，甚至被摧毁，而维系乡村社会的纽带——族规、乡规、乡约等规范的有效性受到质疑和否定，因为它被指认为宗法制度的产物。作为血缘共同体用来约束本家族成员的法规和公约，其合法性也受到质疑。取而代之的是现代政权的村长、村社主任，或者农业合作社的社主任，他们代替新政权对老百姓实行新的管理，从而形成了建立在土地共有经济基础上的人际关系。

因此，有必要进一步分析的是，乡村社会因何而变，当时的现状如何，文学是以怎样的方式显现的。比如 20 世纪 20—50 年代的文学叙述中，凡是涉及乡村社会人际关系，其中真正起作用的，几乎是具有约定俗成的、士绅阶层代为执行的乡规、乡约。无论是鲁迅的故乡鲁镇、未庄的叙事，还是鲁迅影响下台静农、许杰、王鲁彦、彭家煌等“乡土小说”作家的创作，包括 20 世纪 30 年代“乡土文学”序列中柔石的《早春二月》，李劼人的“大河三部曲” （《死水微澜》《暴风雨前》和《大

① 严独鹤：《〈啼笑因缘〉序言》，吴福辉编《二十世纪中国小说理论资料第 3 卷（1928—1937）》，北京大学出版社 1997 年版，第 112 页。

② 夏济安语，转引自刘川鄂《张爱玲传》，北京十月文艺出版社 2000 年版，第 234 页。

③ “张爱玲热”与“沈从文热”是有区别的，前者源于通俗小说的都市接受，后者源于京派文人的“非主流化”立场。

波》），特别是《暴风雨前》和《大波》，作品所表现的社会大变动、大革命到来之前乡土社会的种种变革征兆，[①] 其中所侧重的仍然是乡土社会人际关系的变化，而且这种关系没有脱离家族、血缘的关系。虽然这并非该小说的故事主体，但仍然很典型，特别是前两部，比较具体地触及了乡村观念下小乡镇改革中人际关系的调整。

上述书写方式和审美趣味的改变发生在 20 世纪 40 年代延安文艺时期。由于解放区新政权建设中普及与提高工农兵文化水平的需要，同时为引导工农兵群众的革命意识，延安文艺不再将反映相对静态化、理想化的家庭伦理和民风民俗作为乡村书写的主体，而着重表现普通老百姓的翻身与解放诉求。比如小二黑与小芹、王贵与李香香、大春与喜儿等青年男女的恋爱、婚姻关系的确立，都是通过“女性反抗—男性解救（男性化的革命）”叙事模式完成的。需要注意的是，尽管 20 世纪中国文学乡土社会发展的阶段性特征比较明显，但是，贯穿于其中的，仍然还有一种整体的、相对稳定的因素，那就是经济上的自给自足性，人际交往中相对封闭性，从而在此基础上逐渐产生了具有乡土特征的乡村伦理和道德生活。

所以，在现代革命进入乡村之后，维护乡土社会人际关系的族规、乡规等，在很长时间并没有完全消除，也没有被超越，乡土社会基本的人际格局没有变化，即人与人之间是靠一种约定俗成的“乡村伦理”关系结合在一起，并以此形成了一种相对稳定的人际关系和社会结构。也就是说，在革命风暴到来之前，乡村社会共同应对大自然的威胁和外来力量冲击时所结成的人与人之间的关系，是靠乡规、乡约来维系，即乡村伦理是决定着人与人之间的熟人关系，这一约定的规则同时也维系一个团体内部的关系。

第二节 “城—乡”关系书写与乡村伦理秩序

随着乡村社会的现代变革和城镇化进程快速启动，农村社会生产方式也不再是自给自足的常态化生活，而是多样化的生产方式引发的财富的积

① “大河三部曲”里所写的内容在作品里虽是四川小乡镇，但所叙述的内容更多涉及的是乡土社会里的人与人的关系，所以被郭沫若称为“小说的近代史”。

累和身份地位的改变。同时，农村城镇化以及城乡一体化进程，使乡村社会从马克斯·韦伯意义上的、有血缘和地缘关系结成的“熟人社会”，转变为传统与现代相互影响的“半熟人社会”①，其中既有的伦理秩序受到巨大冲击，又有新伦理秩序的产生与确立，所以，新与旧、常与变的矛盾，以及生存原则、行为事实的判断依据，使得乡村伦理秩序无序化、复杂化。这是“城—乡”关系书写必须面临的现实问题。乡村伦理秩序重建的难题正源于此。

所谓伦理重建，就是重新调整处理人际关系的各种道德准则，以适应政治、经济、文化发展。重建绝不是回到过去，回到一种旧的生活方式和思维习惯，而是要在时代的变迁中考虑乡村如何应对外在的变化，即应该考虑立足乡村，对外来文化能够“为乡所用”，完成乡村自身的现代化发展。不无可惜的是，由于诸种原因，这种“城—乡”交往背景下的乡村建构意识在20世纪80年代以前的文学作品中表现得并不突出，比如赵树理塑造的进城人物形象，一到走出乡村就不写了，柳青笔下的进城思想从总体上是作为否定性思想来写，萧也牧笔下的人物，更突出乡村女性进城后仍然保留的乡下人眼光，即使以毕生精力关注农村青年命运、乡村社会变迁的乡土作家路遥，其作品在写到城市生活时笔力并不十分稳健。

在社会转型过程中，城乡之间的矛盾显现更为突出，文学创作中的“抑城扬乡”的审美取向也更加明显。新时期以来，作家对城乡关系的思考也比此前更深入，对乡村伦理的优势和不足的辨析也渐趋深入。比如陆文夫的小说《井》就是一部客观评价乡村文化与城市文明博弈的作品。其中的“井”则是乡村社会与城市文化冲突的一种隐喻。在文本中，“井”的寓意，是双重的，它既可以让封闭的乡村逐渐繁荣，人们也因此得以交往，促进了乡村观念的开放与现代，同时，它又扼杀了新的城市文明。作品中，工程师徐丽莎是新文化的代表，她性格开朗，言谈举止落落大方，但“她带给这个小巷的却是嫉妒与排挤，在她的周围形成了一张在乡村社会里紧密压抑的舆论之网”②。徐丽莎最终陷入了是非和舆论之

① “半熟人社会”的提法参考了南京大学“中国特色社会主义道德文化协同创新中心”首席专家王露璐的提法，参见王露璐《中国乡村伦理研究论纲》，《湖南师范大学学报》2017年第3期。

② 高秀芹：《文学的中国城乡》，陕西人民出版社2002年版，第124—125页。

网，她越想澄清事实，跌入道德陷阱的危险性则越大，这是徐丽莎投井自杀的直接的动因，也是根本的原因。在这里，井不仅吞噬了外来知识者的生命，也斩断了开放、现代的城市意识在古老的乡村社会生根开花的可能。所以有论者言：“《井》似乎具有某种文化象征意味和寓言品格。”[①] “井”曾经让流亡的祖先逐水而居，过上了相对稳定的生活；“井”也以水的包容让更多的村民环水而坐，尽享天伦。这个意义上，井是新文化的隐喻符号。从另一层意义上看，“井”让更多的人不再放眼井（村子）外的世界，它让村人变得封闭而世故，也吞没了村人求新的意志，消磨了祖先曾经开疆扩土的进取精神。所以，“井”成了外来（城市）新文化、新思想代言人徐丽莎的葬身之所。

从“逐水而居”到“环井而坐”，是农耕文明发展的形象概括，也是乡村文化的生成背景。由于城与乡不同的经济形态和生存环境，乡村文化显现了与城市文化迥异的特征。首先，“环井而坐”乡村社会是一个封闭的“熟人社会”，乡村文化是在“熟人社会”中形成的、以血缘为基础的、高度同质性的封闭文化。由于居住稳定、邻里稳定、成员稳定，人们的交往也甚为密切，因而是人际关系亲密的人情纽带。在乡村社会，人们裹挟在紧密的人情网络中，看似关系错综复杂，实际上又脉络清晰可见。从文化符号的角度看，“井”的稳定性和流动性与“血缘”关系形成对照，一方面是血浓于水，另一方面是，远亲不如近邻。人与人之间的关系总以亲疏、远近来判定，正如费孝通在《血缘与地缘》中所说：“血缘是稳定性的力量，地缘不过是血缘的投影，不分离的。”[②]这种关系也是小说作家，特别是现实主义作家常写常新的主题。韩怡星的小说《上梁》、和军校的《二尺柜子红》等小说正是通过人与人之间关系的亲疏远近，特别是对“人情债”的审视来思考乡村文化的弊病的作品。在农村，修房子是大事，能修造一栋新房、能让全家人免除墙倒坯坍、雨注屋漏之苦，那才是农家主人觉得体面的事。老廉家修房上梁请客，一家人忙乱不堪，结果对部分来客照应不周，还是得罪了一些人，还人情成了比上梁更难应付的事。老廉最大的苦恼是不知什么时候才能把这份“人情”补上。这

① 高秀芹：《文学的中国城乡》，陕西人民出版社 2002 年版，第 124—125 页。

② 费孝通：《乡土中国 生育制度 乡土重建》，商务印书馆 2011 年版，第 72 页。

里所谓“人情”，有两层含义，一是指人的感情，人之常情；二是指情面。小说中所指即第二个层面，这是传统中国社会维持人际关系和谐稳定的重要因素。但在具体的人与人相处过程中，人情往往就变成了债，人情债的“欠”与“还”就牵涉自我在公众心目中的形象。无论是请客的东家老廉，还是被请的帮忙客人，都很注重这种请与被请的关系，特别是被请者以此判断自己与东家主人的关系，继而无意间形成一种以关系的亲疏远近为准则的不明文规约——由“人情”维系的、亲密社群的团结性，这一“亲密社群的团结性就倚赖于各分子间都相互拖欠着未了的人情。……朋友之间抢着回帐，意思是要对方欠自己一笔人情，像是投了一笔资。欠了别人的人情就得找个机会加重一些回个礼。在乡村伦理中，若能加重一些偿还‘回礼’，就使对方反欠了自己的一笔人情。来来往往，维持着人和人之间的互相合作”①。中国是一个人情社会，而“人情”似乎在乡村社会中体现得淋漓尽致，“人情”二字有它有利的方面，也有其弊端。在乡村社会中，表面看来是一种有礼有节的礼尚往来，实际上是一种传统社会人际关系组建的一种常态化显现，它在中国乡土社会，特别是在“熟人圈子”里，其重要性甚至超过了家庭内部的重要决定。也就是说，与城市文化的开放、逐新以及商业化、消费性等特点相比，乡村文化总体显得保守、持重，等级化、人情化特点也非常明显。以人情世故为纽带的中国乡村伦理问题最终归结为人与天、人与人关系，② 且后者逐渐取代了前者，即在调整人际关系中，人情扮演着重要的角色。

乡村伦理的变迁，最基本的表现就是人际关系的改变。21 世纪以来，“城—乡”关系书写的小说作家开始有意识地表现那种在工业化、城市化背景下的乡村与城市、人与人之间的紧张关系，以及个体对物化世界（城市）的惊慌和恐惧，而这种恐惧仍然根源于个体面对他者（人）的无奈。迟子建的《世界上所有的夜晚》、王十月的《你在恐慌什么》、夏天敏的《接吻长安街》、毕飞宇的《推拿》、白连春的《我爱北京》，以及大量的女性进城叙事，通过一个个进城故事，展现了一副副消费时代务工者的生存世相。在迟子建的《世界上所有的夜晚》中，蒋百嫂的丈夫在

① 张懿红：《新时期甘肃乡土小说论稿》，《中国新时期文学 30 年国际学术研讨会暨中国当代文学研究会第 15 届学术年会论文摘要集》，2008 年，第 71 页。

② 该论述参见蔡元培《中国伦理学史》，中国和平出版社 2014 年版，第 9—14 页。

矿难中丧生，但他死后不能入土为安，尸体被“安置”在冰柜中。之所以如此，是因为矿上有规定，死伤人数在十人以下，可不向上级主管部门汇报，矿领导及其上级官员将平安无事。蒋百遇难后，被金钱和权力“收买”的蒋百嫂，顺从了将丈夫置于冰柜而不向外宣扬的要求。在接触到众多为钱而“嫁死”的女性的过程中，叙事者“我”却因一次偶然的机会，听到、感受到了蒋百嫂“压在心底”的轰鸣声。同样作为失去丈夫的“我”，在个人痛苦中才真正理解和感受到了他人的痛苦。迟子建的叙述是将“我”与讲述对象完全放置于同一个视角，与主人公一同经历工业技术和商业资本运作下平凡人对“朴素人伦”的持守。而在《你在恐慌什么》中，作者以“沙紧紧地抱着铁”开篇，并以进城者“铁”的命运被处置构成叙事的情感基点，将一个农民进城的故事措置于“世界之窗”的深圳，一方面是为走向全球化的高楼大厦下面埋葬的无名白骨立此存照，另一方面是为让读者看到了快速转型的现代化进程中“沉默的大多数”流下的屈辱的眼泪，也昭示了全球化背景下“沉默的乡村”已经卷入时代发展的洪涛巨浪。只有对“人”的存在观照才有超越城乡、超越现实的意义。小说将“沙和铁”的物质形态及其卑微生命之间建立一种深层联系，这使得小说的“恐慌”有了象征意义，以终结亲情的悲剧有效地揭示了城市化、现代化过程中人与人之间关系的疏离与断裂。同样在夏天敏的《接吻长安街》里，主人公“我”对自己的评价是：“我”想自己“就是一粒无根无基随风飘来的沙子”，[①]《接吻长安街》的表达方式是直抒胸臆的，“我”借沙子来表示一种自我认同，这是主人公卑微体验的外化。而《你在恐慌什么》中的“沙”和“铁”则是作者赋予人物的物化状态。沙和铁的经历则让我们听到了众声喧哗的发展声浪中感到了“进步的幻觉”（乔治·索雷尔）。在城市化进程叙事中，“沙和铁”的组合具有丰富而独立意义，是独特的“这一个”。作者试图回答的问题则是作为进城者与城市乃至整个时代的疏离关系，以及一只脚踏入城市，一只脚仍在乡村的中间状态之于乡村伦理的关系。

当然，乡村伦理本身又不是铁板一块，而是随着时代语境和人物处境

① 商昌宝编：《接吻长安街——小说世界中的农民工》，北岳文艺出版社 2014 年版，第 263 页。

的变化而改变。同样是进城打工题材，同样有关等待进城打工儿子回家的题材，《你在恐慌什么》写出了城市对乡村的冷漠，而阿乙的《杨村的一则咒语》则写出了普通人在城市化面前的无可奈何。王十月的表达激情而不无愤慨，阿乙则用平实的语言，素淡的风格写出了进城者的母亲“意恐迟迟归”的焦虑等待。《杨村的一则咒语》在舒缓的叙述中表现出了伦理主题的内在张力。原本和睦的两家，在焦虑和等待中却因一只丢失的鸡而互相厮打，终于邻居变成仇人，邻里关系不经意之间悄然改变。这种变化，表面看是一只鸡的利益算计，其内里则是两个女人对进城儿子“回家”的“期待焦虑”：两个女人各自盼望着“自己的”儿子平安回家，却又暗自诅咒对方。很显然，这是作者对“乡村伦理淳朴化”的有意讽刺，更是对“超稳定”乡村伦理想象的批判。邻里关系的结成，并非“千百年来便如此”，亦非“道德和谐，伦理有序，尽善尽美”。尽管作者最后以温情的笔法写出了两个女人的和解——焦虑不安的心在希望落空、心灵备受打击后回归于宁静，作品的悲剧感暂得缓释，但是，这般描写看似轻淡，实则沉重。作者将温情与残忍混溶，使得乡村社会的精神生态因此露出冰山一角。阿乙似乎知道，“城—乡”关系并非写得越灰暗越好，甚至这种关系并不是他刻意要挖掘的，但在我们看来，作者的确触及了普通而又普遍的乡村社会的道德困境。这样的书写理应受到重视！在《杨村的一则咒语》里，作品还提到了另一个人物——国峰。他是一个一睡不起、身体溃烂的下层人物，“器官，皮肤，骨头都烂了”，究其因，是严重的铅中毒，以及身体的超负荷运转。小说借国峰身体的溃烂，反思了工业化和城市化进程中乡村青年正在面临的“身体的溃烂”和精神生态的紊乱。可以说，这是作品中两位“施念魔咒”的母亲及其儿子命运的一种暗示及补充，也是对小说主题的强化。作者对这一类人物形象的塑造中显现的担忧和批判，实际上表现的就是城市化过程中乡土社会不断被市场化、工业化、金钱化带来的乡村“熟人社会”的相互隔膜和道德危机，以及快速城市化过程中传统道义和宽容仁爱的精神缺失，以揭示乡土社会在快速转型过程中物质化、实利化带来的伦理问题。

总之，在不断追求现代、进步、发展的现代性话语中，曾经的乡土记忆在褪色，建立在血缘、人情、道义基础上的朴素乡村伦理逐渐向团体、利益、效率、法律为前提的城市伦理倾斜。因此，构建既传承中国传统乡村伦理，又契合城市化进程的现代乡村伦理，重塑能够促进乡村文化现代发展、应答新时代农民的合理诉求的乡村伦理秩序，是“城—乡”关系书写中潜在的审美价值追求。

第三节　贾平凹小说的乡村伦理书写及其价值困惑

在乡村伦理秩序的建构及其价值选择书写的作家群中，贾平凹的意义更为突出。可以说，贾平凹的写作始终没有离开乡村与城市关系，甚至有论者认为：“在贾平凹的小说中，城与乡既是其永恒的话题，也是构成其小说结构的两极。”① 从“商州”到“清风街”，从《废都》到《秦腔》，从《高兴》到《带灯》，贾平凹的乡土书写的对象不断变化。由城而乡，再由乡而城，不同的人和事，同一种讲述方式，以相似的审美趣味重复着大致相似的精神品格和审美色调，其品格是乡土的，其色调是“无可奈何花落去，似曾相识燕归来”的怀旧和眷恋，是无处不在的现代性乡愁和无往不遇的土地沧桑。可以说，贾平凹始终以一种士大夫的审美趣味关注着与土地命运相连的农民和农村。

一

土地是农民的根。但是，在城市化进程不断加速的社会转型期，中国传统的土地观念、农耕文化以及与此相关小农意识、熟人关系、平均主义观念等面临着急剧的转型。在农耕文明时期，古人“日出而作，日入而息”，他们与自然保持着同一节奏，所以，中国传统文化中，时间是循环的，轮回的，即所谓“三十年河东，三十年河西”，“天下大势，分久必合”，“人生代代无穷已，花月年年只相似”，“今日复明日，明日何其多”，六十年一个“甲子”（轮回）……相较西方文化（特别是基督教文化，在文艺复兴之后）单向度的线性时间观念来说，中国古人没有因世代变迁而带来的、被时间遗忘的焦虑，只有因朝代更替而先王不在、今不如昔的喟叹。但近代以来，列强入侵，民族危机加剧，现代性问题也随之

---

① 徐勇：《现世的沉沦与飞升——评贾平凹的长篇新作〈带灯〉》，《文艺争鸣》2013 年第 4 期。

而入。在晚清以前，中国人并没有明确的现代性的困惑，当然也就没有被时间遗忘、被现代性淹没的痛苦。中国传统的哲学和逻辑思维中对时间的主导感知是循环和轮回，而不是以矢量的方向奔向时间的终点——死亡的结局或生命的归宿。长篇小说《秦腔》表达的正是在城市化、现代化背景下这一种时间观和传统文化观的改变。作者以秦腔的兴衰来书写现代性冲击下乡土/乡村伦理秩序几近“崩溃”的现实，同时为这种转型中消逝的身影“树碑立传”。

贾平凹以一种强烈的主体意识参与了《秦腔》的叙事建构，以强化故事的真实性。清风街的原型是贾平凹的故乡棣花街，他说：“棣花街是月，清风街是水中月，棣花街是花，清风街是镜里花。”[①] 清风街的村情，与中国北方乡村的面貌相似，乃人多地少，自然资源分布不均衡，但老百姓安土重迁的土地意识却代代相传。当然，贾平凹在此处所叙述的依恋于土地的人们，主要是指生于斯、长于斯的清风街老一代农民。在清风街，他们直觉到了生存的危机。最具代表性的当是夏氏排行第二的夏天义。[②] 他是典型农耕文化的守护人，也是贾平凹塑造的具有浓厚土地情结的农民代言人。夏天义当了大半辈子清风街书记，在县志上留有大名，所以他也是“政治”权威的代言人。他当清风街的支部书记时，本着苦干大干、一切从群众利益出发的干部原则，赢得了群众的拥护和爱戴。在《秦腔》中，夏天义被塑造成传统儒家文化的实践者，他乐观向上、精进奋勇，先人后己，从而树立了他在清风街的权威。另外，他不谋私，不蛮横，符合传统文化中的“仁德”的人格标准。他发表演说时慷慨激昂，从而有效地实现了政治官话与日常生活语言的自然转换。换言之，夏天义具有将官方话语转化为民间话语的能力，从而在清风街逐渐树立了他能独管一方的权威。然后叙事者“引生”借老牛的护主行为表达对此事的基本判断：俊奇家的老牛似乎对此表现出愤慨，它“替天行道”，“抵断了夏天义的一根肋骨”。[③] 言外之意，人怕权威，在强大的传统农耕文化的

---

① 贾平凹：《后记》，《秦腔》，作家出版社 2008 年版，第 565 页。

② 贾平凹的《秦腔》中，夏氏老一代弟兄四人，分别以仁、义、礼、智为名，明显带有作者对传统儒家文化中耕读传家观念的认同色彩。

③ 夏天义这一人物的出场多是由“我”（叙事者引生）讲出来的。此处“牛”主持公道的行为也是“我”交代出来的，但这个“我”又是一个全知的叙事者。

惯性思维主导下，人人服膺于权威，只是引生、哑巴，以及牛和其他动物们并不懂所谓权威和王道。

需要注意的是，夏天义能够成为清风街人心中的崇敬者，其权威性一方面来自作者的主观想象，另一方面来自于他对土地的珍视。世代耕作于田亩的农人视土地为神灵，而爱惜土地的干部自然被尊为爱惜人民的精神领袖。清风街人称夏天义为“清风街的毛主席”。那么，在城市化进程快速启动“城—乡”关系新时代，夏天义这种土地的观念以及人们对自己心目中的土地维护者的态度，在清风街又是怎样变化和衍生的呢？这或许才是贾平凹在20世纪90年代写完长篇散文《秦腔》后又在新世纪写长篇小说《秦腔》的直接原因。

二

按照《秦腔》的叙述，城镇化和城市化进程并没有给清风街带来新的思维方式，反而动摇了农村青年的土地观念，甚至让他们成了无根无土的一代。新一代青年夏君亭、夏风、秦安等并不愿从贫瘠的土地里讨生活，他们向往喧闹的城市生活，积极开拓农贸市场，接纳商业文明和城市文化，而老一辈农民对土地的感恩和敬畏，得到叙事者（某种程度上是作者）的肯定。其原因是，在长期的传统农业社会形态下，土地是农民的“根”，持这种观念的，主要是经历了“土地改革”后获得土地的农民，对土地有着特殊的感恩与记忆。夏天义曾带领农民在分得的土地上辛勤耕种，饱尝过丰收的满足；他深知土地之于农民的意义，坚信农民一旦离开土地就会丧失本性，就不成其为农民了。但是新一代农民仍然追逐时代浪潮，卷上铺盖，唱着通俗歌手陈星的《流浪歌》奔向城市。夏天义租种进城打工人家的抛荒地，遭家人强烈反对，但他毅然决然，不改初衷。另一个值得注意的情节是：夏天义坚决反对君亭在已有耕地上建农贸市场，反对以鱼塘兑换七里沟的计划；对于孙子辈翠翠、光利等进城打工，夏天义深感羞耻，他不明白年轻人为什么不乐意踏踏实实地在土地上干活，“天底下最不亏人的就是土地啊，土地却留不住他们！”很显然，这里仍不乏作者的主观判断，认为青年人离开清风街，是因为他们已经不热爱土地；背叛乡土，就是背叛祖先，是不忠不孝。夏天义认为：“他们（指进城者——引者注）又不是国家干部，农不农，工不工，乡不乡，城不城，一生就没根没底地像池塘里的浮萍吗?”① 同时，他还以那些外出打工者的失败教训别人：“你以为省城里是天堂呀，钱就在地上拾呢？是农民就好好地在地里种庄稼，都往城里跑，这下看还跑不跑了?”如果说，这种判断在农村“包产到户”初期，在农民获得土地并获得安身立命资本的20世纪80年代尚可成立，因为“对于土地的依赖，在养成中国农民对土地崇敬的同时，自然也会增长其对土地的依恋”②。那么，到新世纪十年，随着城市建筑业、服务业迅猛发展，大量的农民工进城，并获得了远高于农业种植的经济收入。在这种收入对比之下，要劝解农民回归土地，亲近土地，似乎是不合时宜的，甚至是作者的一厢情愿。在贾平凹笔下，夏天义如此强烈地依恋土地，把土地看成安身立命之本，生存发展之基，这与作者以土地为根、以农为本的思想在进城叙事中的情感判断有直接关系。但问题在于，作者并没能以现代思想观念来认识和处理好热爱土地与农村人口的城市转变复杂心理相互关系。从生存的层面来说，农民进城打工，城镇对农村剩余劳动力的消化，不仅成为现代化的趋势，而且也是农业、农村发展的重要途径。从这个意义上看，贾平凹对传统与现代、商业文明与农耕文明的态度仍然是矛盾的。如果说，贾平凹《废都》中塑造的庄之蝶没有逃出“士”的声色追逐，而唐宛儿亦未能逃出封建时代“妾”的自我想象，庄、唐之间的关系带有被压抑的中世纪的腐败气息，那么贾平凹敏锐地意识到了传统农业社会在与商业文明交往过程中个体的迷失与纠缠，断裂与无奈；如果说，《废都》是存留于20世纪末的一座文化古城，它延续了本民族独特的美学风格，写出了农业文明与现代文化的消长，以及中国知识分子在新旧文化时空交错中必然出现的精神危机，那么《秦腔》则是树立于城市与乡村、过去与现在之间的一座界碑，他让读者在回望过去时温情而忧伤，瞻望前路时遥远而迷惘，这是城市化进程中“城—乡”关系书写中重建乡村伦理的复杂性所在。

回头再看，作为传统农业生产方式的维护者，夏天义对农民“弃地进城”的事实只能从生活的表层来理解。他所坚守的价值原则是建立在农民与土地关系之上的道德感恩，即“土地不亏人”，当然人（农民）也

---

① 贾平凹：《秦腔》，作家出版社2008年版，第496页。

② 周晓虹：《传统与变迁——江浙农民的社会心理及其近代以来的嬗变》，生活·读书·新知三联书店1998年版，第43页。

不能亏了土地。他反对在耕地上建农贸市场，反对用鱼塘换七里沟，因为这必将减少耕地面积，农民的生活就会更加艰难。他的所谓计算，也只是朴素的“算钱”的算术，但仅就这么简单的“家庭经济学”，夏天义则真切地意识到要把农民捆绑在土地上已并不现实：“二千元得管电费，生活必需品，子女上学费用，红白事人情来往花销，还不敢谁有个病病灾灾！这样算仍还是逢着风调雨顺的年景，今年以来，一切收入都在下滑，而上边提留摊派，如村干部的补贴，民办教师的工资都提升了，化肥、农药、地膜和种子又涨了价，农民的日子就难过了。”① 这里就涉及一个重要的经济学问题，也就是说，进城根源于生产力的发展和生产关系的调整，绝不仅仅是道德问题，而是关涉生存之根本，而生产方式的变革必将引发新的人际关系和人地关系。即便没有道德的感恩，农民也是明白土地能养活人，但在新的时代，靠种地养家餬口，对黄土地上的农民来说的确是一件入不敷出的营生。夏天义在新的生活面前不得不从“家庭经济学”的角度，细算进城还是守乡这笔账，但是这一算让他“忧愁上来，额颅上涌了一个包”②。他深知青年一代农民进城务工、开辟农贸市场乃时势所趋；作为“清风街的毛主席”，自己却无能为力。另一位村干部竹青叶的话更加强了他的无奈：“农民种一亩地收不了多少粮，一斤粮食卖不了多少钱……如果再这样下去，明年我看荒地和闲置的土地更多了。”③ 农民对土地的感情日渐疏远，他们不惜抛弃故乡热土、背井离乡，渴望到城市寻找新的生活。

可见，生产方式的变化必然促进生产力的发展，也会引发剧烈的人心裂变。事实上，这个问题贾平凹早有关注。比如在20世纪80年代创作的《腊月·正月》和90年代创作的《土门》等小说中即有表现。在《腊月·正月》里，韩玄子最大的苦恼不是经济收入问题，而是学生王才“发达”后对他的“威胁”。自王才进了一回城后，成为取代韩玄子乡村长者威望的“第一人”。韩玄子是乡村退休老师，有一定的文化修养，他既非旧体制的得利者，也非王才发家致富的受害者。但是韩玄子最大心结不是王才发了财，而是王才发财后逐渐取代老师——成为村里有第一威望

① 贾平凹：《秦腔》，作家出版社2008年版，第65页。

② 贾平凹：《秦腔》，作家出版社2008年版，第65页。

③ 贾平凹：《秦腔》，作家出版社2008年版，第427页。

的人。这使得韩玄子如鲠在喉，寝食难安。那么，王才这样一个家境既贫寒，且脑瓜子不很灵敏的后生，为什么能很快取代韩玄子、威胁到韩家的声望呢？一个很重要的原因就是时代在变，人的思想观念也因此得跟进。土地承包之后，王才在油坊干过粗活，后贩卖商芝而折了本，因此被城里街道办的食品加工厂收留为临时工。此后，王才之所以能成为被乡长“拜望”的人，就是因为王才在市场经济中占尽先机，自己开办了小型加工厂，成为“新时代的能人”。

可以说，贾平凹是最持久地关注改革开放以来受到市场经济冲击的农民命运剧变的作家。作为传统知识和道德观念的守护者，韩玄子在经济大潮汹涌而起时，首先关心的是自己的声望与得失，而在《秦腔》中，夏天义担心的是经济大潮对乡土观念的冲击。后者更显出作者对市场经济冲击下人际关系的调整和农民命运的关注。贾平凹试图回答的问题是，在市场经济和城市化进程快速展开的过程中，大批农村青壮年纷纷进城打工，剩下整村整庄的老弱病残。农村主体抽离，那么农业由谁来务作？农村该怎么办？农民怎么办？有没有一种生活方式和生产方式，可以通过放弃农业和土地，让老百姓幸福、自在地生活？对于这种思考，不同的作家给出了不同答案，青年作家王选的《二月二晴》里的贵禄老汉一家七口人，五口进城，留下他和瘫痪在床的老伴。老伴瘫痪后一年多就去世了。贵禄老汉在老伴去世后，才真正感觉到人世的孤独，于是将自己收拾打扮一番，最后很有准备地选择了上吊。[①] 无疑，作家通过留守老人的孤独写出了新时代家庭伦理悲剧。不过这一书写中不无对进城农民道德劝善的成分。而在贾平凹的《秦腔》中，夏天义自己也出现了诸多自我无法调节的矛盾，但他的困惑来自于对土地的坚守与放弃之间的心理落差，而不是留守老人的孤独感。在小说中，夏天义本已到了在家休养的年龄，但他对七里沟淤地达到了痴迷的程度，即便家人极力劝阻，他仍然背着家人去淤地，以致让儿子庆金、庆玉等兄弟五人在村里颇失脸面。夏天义一辈子与土地为伴，他一旦离开土地就身心烦躁。“包谷风波”（夏天义的儿子为赡养父母而发起家庭矛盾，只因他们不愿多交粮食）“红木桌事件”（夏天义为了淤地，以祖传红木桌交换拖拉机，被儿子庆玉阻拦后，一怒斧劈

① 王选：《二月二晴》，《青年作家》2016 年第 7 期。

红木桌）后，经过君亭和乡政府领导的调解，他最终还是继续去七里沟淤地。夏天义对土地的固执不无英雄主义的气概；他深感村人疏远土地，试图阻止这场“悲剧”的发生，便用“叙说家史”的方式进行感化教育，他“把夏家所有的孙子、孙女们都叫到了七里沟……讲夏家的祖先怎样从湖北沿汉江逃荒而上，翻过了秦岭，在这个四面环绕的小盆地里开垦出第一块地”,[①] 讲述了他开垦土地的英雄事迹，是想极力劝诫后代珍惜土地，不可忘记祖先洪荒而褴褛的创业历程。这一安排有何用意呢？

在我们看来，叙述者在坚信土地不亏人的信念的同时，也看到了土地的吸引力的减退。所以，作者对夏天义后半生生活和命运的安排，是一种带有鲜明主观判断的、结构性的隐喻。小说中有这样一个情节，夏天义在七里沟淤地时“又”一次遇到了狼（“土改”时他就遇到过狼），但他现在不能像“土改”时一样叱咤风云，不能拿拳头直戳到狼嘴里；在狼面前，他“脸色苍白、五官僵硬得像是木刻的”，直到哑巴的到来，他才脱离了危险。曾经的“土改”英雄，再一次遇到狼时，他竟然被吓得“裤裆是湿的”。很显然，此处所写的狼，就是土地坚守者被迫面对的强大“敌人”——它让农民脱离土地，让儿子背叛父母（意志），让青年人弃义趋利。但是正如秦腔的衰落，流行歌曲的兴起成为时代必然一样，随着夏天义身体的衰老，抽大叶卷烟、吃长线辣子、吼悲苦秦腔的一代人感知生命的方式将不得不以另一种形式展开。

三

作为中国农村和民间社会缩影的清风街在走向城镇化的过程中，源远流长的乡村传统文明在历史大潮冲击下显现出必然的颓势，且传统观念和乡村文化内部所发生的裂变和重组从未止息。以夏君亭为主的乡村改革力量，为顺应市场化的趋势，决心要在清风街十八亩良田上建造农特产品贸易市场。与此相对的是以夏天义、夏天智为首的守旧派，他们主张填沟淤地，创造良田。两种力量的斗争看似新与旧、改革与保守的较量，实则现代商业经济和传统农业的角逐，以及由此引起的经济改革与伦理重建的重大问题。

---

① 贾平凹：《秦腔》，作家出版社2008年版，第351页。

作为新一代农民，夏君亭的致富观与夏天义相去甚远。由于他接受过现代商业观念，所以在乡村改革中，他能摆脱传统观念的制约。他力主在清风街开辟农贸市场，是因为他意识到只有市场才能集散方圆六乡的农特产品，让农村走上商品经济道路，这无疑是一种进步。同时，夏君亭也清醒地认识到，如果清风街农民仅仅靠土地，那么农村很难从根本上改变贫穷落后的面貌。在商品经济迅速发展的新时代，光有粮，只能解决最基本的温饱问题，且粮价下跌，化肥、农药、种子等农业生产资料价格上涨，传统农业生产能给农民的实惠少之又少。应该说，夏君亭的市场实践很符合当前农村的现实，即在一定程度上他已经摆脱了传统农业生产的单一模式，具有了现代生产意识与商品意识，是新一代“在乡”农民寻找乡村现代化道路的尝试。在小说《秦腔》中，夏君亭们所建的农贸市场，促进了农产品流通，推动了清风街的经济发展。他的成功，让清风街人看到了新一代乡村改革家的谋略和胆量。依此，夏天义与夏君亭的对比，是作为清风街寻求翻身解放的带头人与新一代治穷致富带头人之间的较量。不过，在此番较量叙事中，作者的态度似乎是矛盾的，尽管夏天义“没亏过人，也没服过人”，他曾经给清风街的地主、富农划成分，带头分田分地，为村上筑河堤、修滩地、办砖厂、修果园……赢得了全村人的尊敬。应当说，夏天义具有某种政治主体意识和个体担当气质 。同时，“传统的思想观念使他固执地守卫在土地上，坚决反对以牺牲土地为代价的商业化行为，为清风街人寻找立身之本，他在处理乡村问题时，能够做到正直公平，大公无私，表现出乡村干部的公而忘私”①。但是他一意孤行地淤地扩田，义无反顾，这种螳臂当车般的不退让，使人感到某种违背历史潮流的孤独、无奈与苍凉。实际上，夏天义看似违背历史发展的行为，却蕴含着作者针砭现实的审美意义：“现在人越来越多，土地面积越来越少，你只顾眼前，不讲长远，糟蹋了十八亩地又要扔掉一百亩地，到你死了，埋都没个地方！”② 这既是夏天义个人情绪的表达，又是蕴含着社会内涵的寓言。至此，他与君亭的矛盾冲突达到了高潮，他不回避以“死”来抵抗君亭，这是他为保护土地而做出的决然反击。其中不无作家主体意识的

① 张继红、薛世昌：《转型期农民、土地的深层隐喻——以贾平凹的小说〈秦腔〉中夏天义为例》，《长江师范学院学报》2009 年第 1 期。

② 贾平凹：《秦腔》，作家出版社 2008 年版，第 201 页。

对话，但仍能显现出人物个性和性格，可谓坚实地、固执地维护土地者形象的最后证词。

令人深思的是，小说的结尾和人物的命运安排仍具有鲜明的暗示性和倾向性。在小说结尾，夏天义“吃起土来了”，竟然觉得干土疙瘩吃起来是那样香。[①] 这一现象非常奇怪，在情节处理上也不无浪漫主义的结局，在小说的情理指向上，暗示着夏天义这代农民与土地割舍不断的情感与悲剧性命运。不无反讽意味的是，在小说中，夏天义最坚定的支持者竟只有哑巴、疯子引生和三踅等弱势群体。若从叙事视角的选择看，他们要么是乡土社会丧失了发言能力者（哑巴），要么是没有本能欲望的自我阉割者（引生），要么只有言语表达而没有实际行动能力者（三踅），甚至，他们会在最需要利用夏天义时才会成为他的支持者。当然，更应该注意到，夏天义作为老一代农民代表，他生命终结时的情状：在一场大雨过后，天崩地裂，七里沟崖坡塌方，夏天义被掩埋！至此，小说在临近收束时，进一步指向清风街的衰老和荒芜：由于青壮年劳力进城务工，夏天义才未能获得及时营救；更可惜的是，爱好秦腔、并以秦腔中的忠孝节义作为人生准则的夏天智死后，清风街竟然找不到抬棺的壮汉，这是夏氏兄弟的悲哀，是清风街的悲哀，是秦腔和传统文化的悲哀，更是清风街人在农村走向城镇化过程中所付出的沉重代价。贾平凹是否也像鲁迅在《药》中写到的“夏家”的悲剧而暗示着华夏民族的悲哀呢？作者以夏天义的灵魂和自己挚爱的土地合为一体，预示了乡村传统生产方式和农耕文化凝聚力的溃散，但又蕴含了作者无限的对土地的依恋之情。夏天义、夏天智、夏天礼他们是否要永远退出历史舞台，对这一复杂的个体形象，叙述者自我也是非常矛盾的。夏天义死后，“我”也只能在他的墓前竖起一块无字的白碑子，“从那以后，我就一直在盼着夏风回来”[②]。而进城的夏风会回来吗，回来后又会怎样？在《秦腔》“后记”的结尾处，作者以强烈的感情基调呼喊“故乡啊，从此失去记忆”[③]，以引起读者去思考当代中国农民的土地情感，及其乡村伦理在城镇化、现代化背景下严峻的出路问题。

那么，在城市化浪潮下，清风街人能否丢弃秦腔，下一代秦人（中

① 贾平凹：《秦腔》，作家出版社 2008 年版，第 506—507 页。

② 贾平凹：《秦腔》，作家出版社 2008 年版，第 511 页。

③ 贾平凹：《秦腔》，作家出版社 2008 年版，第 518 页。

国农民的象征）将如何对待秦腔（农耕文明及其文化生产方式）？谁又能阻止时间利刃的裁剪？那些被时间的华丽替身——时尚挤出城市的秦腔命运将怎样？在城市化浪潮下，秦腔与流行歌曲、城市与农村、传统与现代将和谐相处，与时俱进，还是被时代的洪涛巨浪卷走，作家的思考是否还能深入？

四

在“城—乡”关系书写中，贾平凹仍然表达了对乡村溃败一以贯之的担忧和城乡冲突后果的茫然。在《秦腔》之后，对于进城后的农民，或者寄生于城市的拾荒者，以及拾荒男与发廊女等都赋予一种情感的赞助和道义的同情。这种进城描写不无理想化的成分，其本质仍然是一部21世纪的进城童话，也是一部底层致富的童话，越到后期，这一倾向越明显。在2008年创作的长篇小说《高兴》中，贾平凹仍然像《秦腔》的表述一样，表现了农民土地撂荒以及放弃土地进城的担忧，寄寓其中的仍然是以一种乡土天然淳朴，乡村智者深知“仁施天下”的仁义之道。但作者的体验是矛盾的，这也正是当前“城—乡”交往关系的一种典型显现，作为叙事，作者的体验和书写本仍有“立此存照”的意义。

从城乡交往的进程和伦理关照的角度看，贾平凹选择了一个新的书写领域，他将书写空间从乡村拓宽到城市，在城乡价值选择和情感判断方面也显现出城乡关系由紧张走向缓和，其中不无作者与时俱进的努力。《高兴》中的城乡冲突开始走向城乡互动与互融。从清风街来到西安城的刘高兴、五富、黄八，以及此前既已在西安城扎根的韩大宝，即使到了城市，即使生活在简陋破烂的垃圾仓库，或典型的现代城市的“贫民区”，但他们仍然不改对朋友、老乡的厚道与良善，将自己的住所（仓库）变成了又一个“乡村俱乐部”。他们并未因职业的低下而放弃自我，将浓郁的乡情延续到城市，没有在城市的灯红酒绿中放弃自己的理想，没有因此毁弃爱情。唯其如此，他们活得坦荡，活得快乐。所有这一切，自然是农民进城并融入城市最大的筹码。在这个意义上，贾平凹的城乡书写姿态和表达方式则是他关照农民“进城后怎样”的一个尝试。①

① 更准确地说，这一变化是从《高兴》开始，到2013年出版的《带灯》时达到一种自觉。

那么，从乡村到城市后，进城者之间的关系怎样呢？在《高兴》中的五富与高兴，高兴与孟夷纯，高兴与石热闹，他们之间的互相帮助，得到作者的认同。其中也不乏刘高兴与石热闹之间的互相轻贱，这是作者始终予以批判的。刘高兴在西安城捡破烂，乐得其所，目的就是为了“心里不慌”，而让他获得最大安慰的，就是将挣来的钱心甘情愿地交到孟夷纯的手里。孟夷纯是怎样一个人物形象呢？作品写到她的职业是按摩女郎。高兴并没有因此而与之有隔阂，且认为孟夷纯是他与这座城市建立关系的一个关键，孟夷纯也因此而接受了与捡破烂者之间强大的信任感。刘高兴不以传统道德的眼光取人，而是想追求一种“心理不慌”的踏实感——“自己的主意自己拿”，与他人无关。这种书写仍不无作家的理想主义成分。按照道德评价的眼光看，按摩女郎很容易被想当然地写成委身于他人的形象，也容易给读者留下一种职业低下的“刻板印象”。但是在贾平凹笔下，孟夷纯有明确的目的，即为了挣更多的钱，寄回乡下老家，作为交付警察缉拿杀死她哥哥凶手的办案费。她委身于老板韦达的这一行为，作者并没有作道德批判，甚至赋予更多的理解与同情。在作者看来，这至少比那些伪善的君子行为和道德奖章更值得理解和尊重。贾平凹通过这一情节的设置，试图要表达的是一种“城—乡”关系中进城者之间的理解与互助。

在某种程度上，理想的文学写作是对具体时代的关怀和发言，同时必然也是对未来美好生活的一种伦理想象与价值建构。以打工、农民进城、下岗、城乡边缘地带等为观照对象的现实主义题材的作品大量涌现，即是对这一社会现象的及时回应。在进城题材的小说中，作家深刻地意识到了乡村生活的尴尬和进城过程的艰难。作家对社会问题的揭露，以及对公平、正义的呼唤的同时，试图建构了进城者自身获得在城市立足的诸种可能，以召唤其历史能动性和精神主体性。长篇小说《高兴》表现的，无疑是一个进城者的悲剧。无论是刘高兴的一厢情愿，还是孟夷纯的投怀送抱，作者更多地将期望赋予进城者的努力和他们的精神世界的改变。刘高兴自觉通过无私的付出帮助孟夷纯，以此建立与城市亲密的关系，同时他将自己献给城市的一个肾脏作为城市理应接受他的道德砝码。事实上，无论是从表层话语还是深层文化结构看，虽然刘高兴仍然逃不出“城市中国”的他者命运，但高兴对城市的认同是自觉的，他深信“现在的刘高兴却再也不是刚进城的刘高兴了”，因为“我们是在积累了丰富的城市生活经验后重新启动的”。尽管整个作品不无伤感色彩和悲剧意味，但是，作者对被迫进城者“得不到高兴，仍然高兴”的刘高兴们给予更多理解。作为城市的“先适者”，他自觉地“带领”“五富们”进入城市的大街小巷。他们选择的不是祥子式的单打独斗，而是团结起来争取、维护自己应有的权利；尽管他们处处碰壁，但他们已经明白，是权利就有其正当性。在城里谋生的高兴、五富们，并没有因为职业的低下而自我放弃，也没因自己的理想渺小而自我菲薄。在城市的灯红酒绿下，他们没有改变善良本性，没有放弃追求梦想，也没有毁弃平凡的爱情。当孟夷纯在美容美发店被警察抓走后，刘高兴、五富表现出一种急切和焦虑，不惜一切代价去搭救。这样的努力、挣扎带有个体解放的悲剧性和群体解放的新可能，所以有论者在解读《高兴》时说：“刘高兴追求的不是个体解放，而是一个群体的解放问题。拒绝个体超脱、追求群体解放的刘高兴形象使当代底层文学达到了一个新的思想高度，揭示贾平凹对当代乡土中国农民整体命运的思考。”① 从根本上说，贾平凹的努力至此已有反思城乡意识形态及其权力结构，来呼唤进城者的历史主体性和精神能动性的意味，这种立意是对进城者群体意识的发掘，昭示了城乡交往的另一种可能。诺贝尔文学奖获得者纳丁·戈迪默在谈及文学对世界的正面影响时曾说：“我们的文学创作可以以另一种方式发挥作用，而且，其作用更持久，更潜移默化。”② 在书写“城—乡”关系的冲突与融合的过程中，贾平凹始终以一个积极见证者和参与者的姿态，寻求城市化过程中乡土文化融入新时代的可能，其作品总体上经历了从乡土伦理的赞唱——城乡冲突的书写——城乡艰难交往的持续过程。他是文学乡土积极的歌唱者和建构者。这种价值追求在近几年的写作中更加明显。这一变化是从《高兴》开始的，到2013年出版的《带灯》则达到一种自觉。

如果说，贾平凹的“城—乡”关系叙事分为两个时期的话，《带灯》则是前后各阶段的分水岭。与周大新、王梓夫以及贾平凹自己擅长

---

① 吴义勤：《他者的沉浮：评贾平凹新作〈高兴〉》，《西安建筑科技大学学报》（哲学社会科学版）2008年第3期。

② ［南非］纳丁·戈迪默等《诺贝尔文学奖得主四人谈》，傅正明译，《天涯》2002年第3期。

的冲突叙事不同，《带灯》仍是一部关涉“城—乡”关系的力作，其用意不是其前期作品显现乡村之善与城市之恶，而是“有意”关注当代知识分子进城者的沉重步伐和精神成长历程。《带灯》主要通过带灯写出了挣扎于精神苑囿和物质生活之间的乡镇信访办干部形象，并从不同层面触及城乡关系。但作者的重点不是写带灯眼中所见，而是其心里所想。带灯不是本地人，而是到樱镇（乡村）的知识分子，是“隔开一段距离”看乡村的“外来者”。作为乡镇知识分子，她对百姓的上访和维权意识有明晰的认识：以前不法治的时候，老百姓过日子，村子里就有庙，有祠堂，有仁义礼智信，老百姓是当不了家也做不了主，可倒也社会安宁。按照带灯的理解，现在讲究起法治了，过去的那些东西全不要了，而真正的法治观念和法治体系又没有完全建立，人人都知道了要维护自己利益，该维护的维护，不该维护的也就胡搅蛮缠着。这里涉及过去与现在的区别，以及传统乡村伦理调解与现代法律制裁之间的关系。在带灯看来，过去老百姓之间的关系主要通过庙堂和祠堂来解决，其后有马列主义毛泽东思想及其相关的思想解放运动，所以老百姓在获得土地后，能够安心生产，生活相对安宁。如今的情况是，现代法律相对健全，但老农民的矛盾争执并未因之减少，甚至不无“胡搅蛮缠”者。就叙事表层看，这里的叙事姿态确有今不如昔的价值判断，但小说《带灯》的立意却并不在此。贾平凹以自己擅长的“故事碎片化”叙事让我们看到朦胧的法律意识虽在百姓心中萌发却无法正常生长的事实。樱镇的百姓知道上访的重要性，但他们将上访当成告官，希望“青天大老爷”为自己做主，甚至有人将“告官”作为满足私利的一种手段。对于未来，他们似乎没有设计、没有目标，对于新事物他们既好奇又排斥。所有这一切，带灯看在眼，记在心，却没有改变现状的能力。带灯爱干净，讲卫生，樱镇百姓身上长虱子，各自的苦恼完全不同，各自的道德价值也判然有别。在作者笔下，带灯是城市和知识分子的代表，樱镇则是中国乡村社会的象征。二者处于同一个社会空间，其关系甚为紧密，尽管带灯与百姓物质和生活显得格格不入，但她已经介入了他们的生活；尽管作者对藏污纳垢的民间书写中不无悲情的表达，特别是在伦理选择方面新的思考更具有现实批判的意味，但带灯毕竟是典型的、连接乡村与城市的知识青年，是促进知识分子与百姓关系协调和改善的行动者。所以，带灯在作品中则成为一种整体性象征。“灯”的光是微弱的，但这一束微光在照亮自己的同时也被别人照见。带灯的微光是不会熄灭的，因为它的光源来自遥远的知识与城市精神之火。文中的元天亮就是带灯的精神光源，他让带灯的精神之火在暗夜发亮。在这种书写中，贾平凹更多地以强烈的主体判断思考诸如城市与乡村、知识分子与普通大众的关系。具有明确的“城—乡”关系书写意识和当下性思考。应当说，这在80年代以来的“城—乡”关系书写中自有其重要意义。

虽然贾平凹的故事太过于碎片化，算不上“将自己燃烧其中”的大作，甚至受到不少非议，[①] 但作为小说文本，其含义的丰富性和贾平凹对时代问题的敏锐把握是值得肯定的。如果说，《土门》《高老庄》《秦腔》等作品中不无贾平凹的士人趣味，甚至骨子里缺乏直面城市文化的现代精神，对城市化进程，他只唱了一曲挽歌的话，那么，《高兴》《带灯》的叙事不仅仅是为乡村伦理唱一曲挽歌，而是试图从整体的意义上想象和建构出城乡转型中的新人形象。这些人物在新文学“城—乡”关系人物的精神谱系中有其自足性和不可替代性。

总之，乡村仍是当前中国社会发展的根基，而中国社会正在面临着从“乡土中国”向“城市中国”转型，“城乡中国”仍是当前社会一种具体的典型形态。在这种典型的社会形态中，传统中国相对稳定的乡土意识和民间伦理正在发生空前的裂变。在城市化、市场化的大背景下，通过对城乡书写中乡村社会农耕传统、守乡矛盾中“新人”形象的梳理和评价，探寻中国小说城乡交往中的情感交流、价值认同、文化选择等，以关注城市化进程中的农民命运和乡土文化，是认识城乡交往叙事、感知中国城乡转型的一个重要途径。

---

① 李建军、唐小林等中青年学者对贾平凹提出了尖锐的批评，从小说语言的语法、审美趣味角度进行阐释，认为贾平凹的小说语言语病较多，不符合语法规范，且审美趣味低俗，并认为陈思和、陈晓明、孟繁华等学者对贾平凹有“溢美”，亟须纠偏。

第八章　城乡交往叙事与乡土社会变迁

作为农业文明载体的乡土，其乡土性和传统性是在以工业文明为代表的城市文化的比照之下显现出来的。相应地，当下的城市化进程中的城乡交往也是两种文明之间的融合与碰撞。就文学题材而言，一旦乡土社会与城市社会发生交往，文学表现的主题和方式也因此发生变化，这一变化也符合刘勰所谓“时运交移，质文代变”“文变染乎情，兴废系于时序”① 的文学发展规律。倘若要观察城市化进程中“城—乡”关系与社会文明建构之间的关系，我们需要面对的是：今天的乡土是什么样子，过去的乡土是什么样子，明乎时序，知其兴废，才能比较清晰地看出城市化进程中乡土社会变迁的事实，对社会文明价值建构的内容才有可能更清晰的认识。

与现代城市、大都市相比，乡土社会的人际关系仍然显现出“聚族而居”的特点，这与城市社会的人与人的组合方式完全不同，其思想、情感以及人伦关系、社会观、人生观都会有所差异。如果说，时代变迁引发了人的思想、情感的变化，那么，造成这种状况的深层原因是什么，在文学作品中是如何表现出来的？虽然有论者认为，“‘乡土文学’作为农业社会的文化标记，或许可以追溯到初民文化时期”，且“农业时代的古典文学也因此都带有‘乡土文学’的胎记”,② 但古典文学中的乡土生活形态中的“日出而作，日落而息”，呈现出总体的静态特征，并没有因“单向度的时间观”而走向未知的焦虑，即没有现代参照。也就是说，只有城市文明及其城市现代文化与乡土社会生活方式、价值观念的深入“交往”，才有诸如下乡、离乡、回乡、望乡等典型而深入的城乡关系。

---

① （梁）刘勰：《文心雕龙·时序》，参见郭绍虞编《中国历代文论选》，上海古籍出版社1979年版，第82页。

② 丁帆等：《中国乡土小说史》，北京大学出版社2007年版，第1页。

文学的表达方式和价值立场也因此出现不同类型的“交往”叙事。

第一节 城乡交往叙事类型

近代以来，中国乡土社会在政治、经济、文化等诸多领域显现出不可避免的劣势，特别是在面对西方现代工业文明时，传统的农业生产和手工作坊难以匹敌汹涌而入的“世界工厂”。这在近现代知识分子来看，是因为晚清以来中国的积贫积弱所致，倘不接受新的文明，乡土社会将难以为继。[①] 李大钊在《青年与农村》中说：“我们中国是一个农国，大多数劳工阶级就是那些农民。他们若是不解放，就是我们国民全体不解放；他们的苦痛，就是我们国民全体的苦痛；他们的愚黯，就是我们国民全体的愚黯；他们生活的利病，就是我们国民全体的利病。”[②] 所以，中国需要变革，乡村更要变革，具体而言要有新思想的介入（启蒙），否则无路可走。[③] 但是，社会学家费孝通先生则认为，将农民诊断为患有“愚、贫、弱、私”的四大病症，视农民为需要启蒙、改造的对象，是一种单向度的“现代”思维方式，不仅抹杀了农民的主体性，而且忽略了乡村社会结构以及由此衍生的历史传统、民间文化。同时他认为，晏阳初、陶行知等民间教育家的“文化下乡”及其实践不仅不能够拯救农民，反倒有可能贻害农民，因为他们并没有注意到以西方现代化逻辑为支撑的现代化（比如文字下乡、司法下乡）与中国乡村社会结构和文明体系不相适应的种种问题。所以，在费孝通看来，这种忽视农民主体性而试图引导乡村变

---

① 相类似的观点体现了近现代思想家的核心思想，比如在西方列强的坚船利炮的侵凌下，近代知识分子提出改良与变革思想，康有为在君主立宪前提下强调“公民自治”；梁启超强调“变”旧法：“法者，天下之公器，变者，天下之公理”；鲁迅在《祝福》中用乡土社会女性代表祥林嫂的悲剧来批判的政权、族权、神权、夫权“四大绳索”等，都指向封建传统文化对公民（人）的思想束缚，并积极呼吁“新思想”的“进入”。

② 守常（李大钊）：《青年与农村》，《晨报》1919 年 2 月 23 日。

③ 事实上，传统中国的政府衙门仍然是非常乡村化的，“许多地区级的城市、县首府，只不过是一些带有围墙和衙门的大乡村。”参见［美］明恩溥《中国乡村生活》，陈午晴译，中华书局 2006 年版，第 1 页。

革的努力终将难以为继。[①] 不过，对于梁漱溟的邹平实验，费孝通在彼时未予置评。事实上，梁漱溟和费孝通二人对于中国问题，特别是中国乡土社会的诊断存在极大分歧。梁漱溟将中国问题的症结归于文化失调，而费孝通则认为中国问题的症结在于人地矛盾；恢复农村企业是缓解这一矛盾的根本措施。二者的焦点是：解决中国乡土、乡村问题到底是自身现代化的问题还是外来文化下乡的问题？

一　下乡：乡村里的“来客”

在文学表述中，并没有出现上述激烈的论争，而是应和、暗合了这一潜在的社会价值取向，即知识分子应该“到农村去”。因为他们——农民是“痛苦的”“愚黯的”，知识分子若能与民众结合，大有裨益，“农村是一个广阔的天地”。[②] 在这种社会思潮推动下，下乡，成为近代以来，特别是新中国成立以来一个非常普遍的行为，甚至引起了城市知识青年到农村和边疆垦荒的热潮。有关于下乡主题的文学叙述也因此增多。下乡在“知青文学”中主要表现为“知青”下乡初期的激动与兴奋，以及真正接触到农村后产生的落差。较多的情节则是被“下放”者的孤独体验、城市知青与乡村女性的恋爱悲剧、下乡后回城的艰难等主题。[③] 下乡知青的土地意识、农村观念，与在乡的农村青年迥然有别。由于“知青”作为“奉献者”与“受难者”的特殊身份，以及他们作为城市人的自我优越感，他们对土地、农民的观念，总体上认识并不深刻，甚至是隔膜的。他们对农村和农民的

---

① 费孝通：《杨宝龄的〈美国城市中俄籍摩洛根宗派之客民〉》，《费孝通全集》（第1卷），群言出版社1999年版，第96页。

② 前者这些观点分别是李大钊、毛泽东等代表工农阶层利益的无产阶级革命家所持的观点，分别参见守常（李大钊）《青年与农村》（《晨报》，1919年2月23日）；1955年，毛主席发出“农村是一个广阔的天地，在那里是可以大有作为的”（定宜庄：《中国知青史——初澜（1953—1968年）》，中国社会科学出版社1998年版，第10页。），1968年发出“知识青年到农村去，接受贫下中农的再教育，很有必要”（刘小萌：《中国知青史·大潮：1966—1980年》，当代中国出版社2008年版，第59页）的指示，中国政府组织大量城市“知识青年”离开城市，在农村定居和劳动。

③ 这一主题的表现更多是在“文革”结束后的“知青小说”（而不在“十七年”时期）中，如梁晓声的《今夜有暴风雪》《年轮》，史铁生的《我的遥远的清平湾》等作家都集中于这一主题。参见许子东《重读“文革”》（人民文学出版社2011年版）一书的具体阐释。

认识，总体上不是熟悉的，而是陌生的，不是感恩的，而是怨恨的。[①] 关于这一问题，刘醒龙在谈及他在新世纪初创作的《大树还小》时说，在这个作品中，他要解释一个精神层面问题：“我想在还原那个时期乡村真实的同时，借助‘下乡知识青年’这样的群体来表达一种想法：有一类人总在控诉曾经受到了磨难，但斯时斯地那些同样受着磨难，至今仍看不到出路的另一类人，他们的出路，他们生命的价值又何在呢？”[②] 刘醒龙在这里所说的“另一类人”，确指那些世世代代生活在曾经下放过“知青”的土地上的农民。当刘醒龙站在农民的立场来反问那些返城后叫苦不迭的“知青”时，有人对此提出了质疑，认为这种观点丑化了“下乡知青”。他们的批评主要针对该作品中的四爹的一番话：“你们知青来这里受过几年苦，人都回去了，还要骂一二十年，我们已经在这里受了几百年几千年的苦，将来也许还要在这里受苦，过这种日子，可谁来替我们叫苦呢？只要稍有良知的人都不会挑出这块地方来进行批判。”[③] 小说其实是在提醒我们，应当历史性地看待这样一个所谓真理：“从幸福之地来到困难所在者有着天然重返幸福之地的资格。”[④] 在刘醒龙看来，很多“知青作家”的所谓苦，相对于世代躬耕于田亩的农人来说，根本算不了什么。言下之意，从道义上讲，如果他们还对得起那一片曾经生活过的土地，就不应该再去诉苦、叫骂了，至少他们将批判的矛头指错了对象。那应该怎样呢？认命、承受，还是享受呢？这种表述的错位事实上触及了“下乡”叙事中文学表述的“写作伦理”问题。

就文学与社会发展的关系而言，文学的叙述与现实变化可能是同步的，也可能是错位的，而错位并不是决定作品优劣的法则。“知青文学”的根本问题是，“知青”为什么要回城？直接原因自然是“农村太苦”；但最根本的原因当是城乡二元体制导致的城市优于乡村的物质现实。下乡“知青”

① 当然史铁生的《我的遥远的清平湾》中表现出更多的感激。

② 周新民、刘醒龙：《和谐：当代文学的精神再造》，於可训主编《对话著名作家》，河南文艺出版社2009年版，第32页。

③ 周新民、刘醒龙：《和谐：当代文学的精神再造》，於可训主编《对话著名作家》，河南文艺出版社2009年版，第32页。

④ 周新民、刘醒龙：《和谐：当代文学的精神再造》，於可训主编《对话著名作家》，河南文艺出版社2009年版，第32页。

作为城里人的优越感，促使他们无论是心理还是情感，都不能完全接受“由城而乡”的巨大落差。但是，在具体的表述中，刘醒龙把“知青”下乡中个人伤痕的展示和历史问题的追问，无意间置换成了农民与工人、城市与乡村、下乡与回城之间的截然对立关系。这种置换，是令人担忧的，因为它一方面弱化了“知青小说”的历史反思，另一方面又加大了城乡之间的对立和冲突，使得这一特殊群体反思历史的激情受挫。但是，如果换一个角度来看，我们对刘醒龙的这样一种明知故犯的、自认为是对“精神层面”问题的关注再做深入分析的话，就会发现，作家在接受了长期的精英知识分子教育后，他有意地放弃精英立场，反而寻求一种为社会底层、边缘群体来代言的写作冲动。也就是说，如果从物质层面的现实诉求来看，“知青”在回到城市之后诉说自己有多苦、多愁，就是自己被下放到了一个让他们精神遭受折磨的地方。而这里的“折磨”更多属于物质的贫乏和精神的困顿。但是这样的“受折磨”，农民兄弟们已经世代如此了。作家，包括那些返城的“知青”，是否应该用自己的笔墨来关注那些“至今仍看不到出路的乡村社会”的精神世界？这种关注是否已成为城市化浪潮中庄严的时代命题呢？刘醒龙的“提醒”意义大概在这里。

与20世纪中后期的“知青”下乡题材相对应的是“后革命”[①]语境中的知识分子、干部的下乡叙事。相对“乡下人进城”来说，这是一种“城里人下乡”。而此处的“城里人”，已不是刘姥姥眼中的城里人，也不是陈奂生眼中的县城人，而是因工作需要主动到乡下的城里人、知识分子。在迟子建的小说《花牤子的春天》[②]中，男人们进城之后，从县城里来到青岗村安装有线电视的青年，一面嘲笑留守乡村的男性花牤子，另一面又和陈六嫂打情骂俏。因为他们的到来，青岗村的留守女人们不再勤于下地，原因是她们对新鲜事物——有线电视的好奇。新鲜事物转移了她们的注意力，她们不再担心花牤子的监视，甚至因此荒废了庄稼。而花牤子

① “后革命时代”说法借用了南帆“后革命的转移”的阐释。由于社会主义市场经济的建立、消费时代意识形态的引导等原因，20世纪90年代以来知识分子与大众、文学与社会关系的论述已经由“新启蒙”“革命”话语转移到“后革命”话语，这种话语的转变既有“资本”的问题，也有“权力”的问题。参见南帆《后革命的转移》，北京大学出版社2005年版，第22—29页。

② 迟子建：《花牤子的春天》，《佛山文艺》2007年第3期。

的工作就是监视这些架电线的男人和村里的留守女人是否有不正当关系。作者在这里试图回答的问题是：当土生土长的农村男性劳力进城后，农村是否还有生机勃勃的“春天”？那些知识和技术的拥有者和代言人能否为日益衰落的农村带来发展的希望。如果说迟子建对这个问题的思考尚处于忧虑阶段，那么，范小青对这个问题的回答显得更为肯定。

范小青的中篇小说《屌丝的春天》的主人公是因卷入一场不明情理的失恋后到乡下做“农民调查”的女青年——“我”。小说以第一人称的手法写“我”在遭受了闺蜜的“夺夫之仇”和“夺夫之辱”之后，心事重重，若有旁骛。因此她被上司——“部长”下放到边远的西地村去做“民调”（民意调查）。在小说中，“我”是一个知性女子，又是一个“微博控”。在别人来看，“我”思维敏捷，视野开阔。因为这个优势，“我”也敢对民调组“头儿”不卑不亢，因此赢得了不少同事的支持，至于工作效率怎样，没人刻意指责“我”。因为是从单位被抽调到农村去做民意调查，所以“我”到乡村去，不过是个任务；“我”对乡村的印象，要么是贫穷落后，要么朴素木讷，要么就是“部长”所说的“一个世外桃源”。但在不经意的叙述中，我们会发现，在那么遥远的西地村，竟然并不像城里人想象的那样封闭落后，也不是城里人获得身份优越感的理想之地。西地村完全是城里人想象之外的另一个世界——种植各种花木的现代农村。更重要的是，西地村支书老蒋对民调人员，特别是“老大”的态度，既不像《故乡》中闰土对“我们”的敬畏，也不像《陈奂生上城》里陈奂生对驻村干部的感恩，也不像贾平凹《高老庄》中高子路带来一个叫西夏的时髦女人而令村人惊羡，而是村民将“我们”当作“可用”之人，即能为西地村带来先进技术和经济效益的人。而“我们”作为城市生活的“失意者”，仅仅将下一回乡，做一次调研，作为调节乏味生活的一种“花样”。也就是说，双方的想象在现实“交往”中出现了错位。这种城乡叙事中的“错位叙事”，在范小青这里，以及新文学以来的城乡叙事中都显得非常独特。

上述以“春天”（《花牤子的春天》《屌丝的春天》等）为叙事主线的下乡想象显现了较为鲜明的“反启蒙”的叙事特征。《屌丝的春天》中作者对居高临下的知识分子的姿态的描写，在某种程度上与鲁迅小说表达的“启蒙的悖论”的立意有某种“互照”。在鲁迅那里，乡村普通百姓，要么如阿Q过于自欺，闰土过于麻木，华老栓过于无知，要么如祥林嫂对知识分子那样过于信任，但知识分子无法对其实现真正的启蒙，而要等到民众“真正的觉醒”。[①] 范小青的《屌丝的春天》里的下乡青年在未下乡前对乡村贫困的想象，以及在真正进入乡村后所领受到的教育，是对无可奈何、无所事事的“知识分子下乡”模式的丰富与拓展，与鲁迅的“回乡”叙事形成某种对照。该小说的叙事结构和叙事时间可分为城乡各一半。共分为八季，前四季写“民调”队人员的选择，主要写叙述者“我”的牢骚与愤怒，以及“民调”队员去往乡村路上相互的调侃，后四季写我们到达西地村之后的所见所感。整个小说具有一种叙事的张力：本是送知识分子下乡，但因为城市知识分子的一厢情愿的想象，并没有意识到乡村自身的真切的变化，而是将其想象为一种静态的、被动的生活休闲娱乐场所。所以，对于城乡“交往”复杂性以及因交往才有可能产生的问题想象得过于简单。事实上，因为城乡关系的互动，农民不但有了“落叶归根”的愿望，而且“城里针织厂女工到农村来打工”[②] 也不再是天方夜谭。结果，“我们”高高在上的“下乡”行为，似乎就是一出没有剧本、没有排练的即兴闹剧，其叙事方式的反讽效果令人深思。

尽管在上述作品中，作者对于城乡交往的复杂性成因探究尚不深入，但对叙事视角的选择却别有意味。《屌丝的春天》在叙事方式上的特点就是选择“我”作为审视对象，通过“我”（而不是“他人”）对乡村的刻板印象，改变“我们”对乡村的“无知”和“短视”，从而让“我”感受到乡村发展的朝气和不以城里人为标准的生活方式和价值观念。范小青、迟子建等作家的“下乡”叙事的意义在于：相对于不少整天苦恼于卿卿我我，整天沉湎于网络空间游戏和香车宝马想象的城市青年来说，农村有志青年的精神姿态更健康，情感更丰富，同样他们对网络和科技产品的利用更高效，更理性。

尽管，这里不无作家个人理想化的乡村成分，但作者从叙事视角、叙事姿态等不同方式有意识地回答了将乡村作为抚慰“城市病”的理想居

① 在鲁迅看来，真正的“平民文学”要等到平民得到真正的解放，因为“现在的文学家都是读书人……工人农民的思想，必待工人农民得到真正的解放，然后才有真正的平民文学”。鲁迅：《鲁迅全集》（第3卷），人民文学出版社1981年版，第422页。

② 这是关仁山《九月还乡》中描写的场景，见《十月》1996年第3期。

所的情感和认知缺陷。更重要的是，作家对城乡“交往”事实的强调，使得先前作为知识分子形而上的、理论意义上的“符号化乡村”，开始主动表现现实人生、日常生活意义上的“生活化乡村”。

二 回乡：城里来的“新人”

与外来知识分子的下乡书写相比，走出乡村，再回到乡村，感受到今非昔比的“新人”塑造在80年代以来小说的“城—乡”关系书写中日渐增多。在中国新文学的讲述中，“回乡叙事”仍然有一个较为清晰的脉络。即从20年代鲁迅在《阿Q正传》中叙述的阿Q“进过一回城”后回到未庄，到梁晓声《陈奂生上城》中陈奂生“上城”后回到妻儿身边，再到路遥《人生》中高加林“被人告发”后被迫回到故土等的类型叙事中，作者所关注的主要是进城者回乡之后如何看待城乡差异中的精神落差问题，而不是贫富差距引起的“回乡—离乡”问题。一代一代农民以不同的方式进城，又以相似的方式回乡，这是大半个世纪以来中国农民进城、回乡的精神史和命运史。可以说，20世纪现实主义小说叙事以其丰富的内容呈现了心理学、文化史意义上的历史真实。

新世纪以来的“回乡”叙事比20世纪的叙述更复杂，这种复杂，一方面是因为城乡的交往比此前更广泛，更深入；另一方面，小说艺术的表现也更为繁复，塑造人物形象的手段和艺术审美的价值判断更加多元。从新世纪小说的“回乡”主题和叙述对象来看，回乡的主体多数是因为在城里开阔了眼界，回乡后成为文化创新者或致富带头人；也有部分作品讲述了青年农民工在城市学得了技术，获得了自我发展的“资本”，成为新一代农民；另有一类作品则是写进城者面临的尴尬，以及他们感到厌倦或无所适从，回家之路虽然坎坷，但他们还是选择“回去”。周大新、关仁山、阎连科、刘庆邦等大量作家介入“回乡”叙事当中，一时间以“回乡”“还乡”“回家”“回家的路”为主题的作品如雨后春笋般破土而出。

在“回乡”叙事中，周大新的《湖光山色》深得专家和读者认可，并获得了茅盾文学奖。小说中的楚暖暖即是一个典型的“回乡者”。在北京城打工的楚暖暖，突然接到家里的电话：母亲得乳腺癌病重。没有做好回家准备的她，匆忙回到农村。回到故乡后面临的一系列现实问题，包括如何处理权力与利益、发展与传承等，她在打工时从未遭遇过。如果说，在北京城打工的楚暖暖按时按点，任劳任怨，不缺勤，不旷工，那么她就是一个合格的打工者；回到家后，她要独立面对母亲的病情、个人的亲事，同时要处理与权力拥有者——村支书詹石磴的各种复杂关系，要面对权力和利益诱惑中不断挣扎和抉择中的丈夫旷开田，等等。该小说的叙事聚焦于楚暖暖面临的现实困境，即在城市见了世面、获得了平等意识与法律意识后回到乡村，又该如何面对巨大的权力魔障。在该小说中，周大新将楚暖暖塑造成一个有新眼光的"回乡"青年。看到父母的贫困、家乡的落后，楚暖暖想通过自己的发家致富带动乡亲父老。但因致富心切，发生了"倒卖除草剂事件"①，楚暖暖和旷开田因缺乏经验而被骗，他们非但没有赚到钱，反而无意中"坑害"了农民；因为要给农户赔偿损失，楚暖暖几乎让娘家和婆家倾家荡产，她非常苦恼。陷入困境的楚暖暖，偶尔得知考古学家谭文博对楚长城的发现，便萌生了借历史文化赚钱的想法。从楚长城旅游到楚王庄秋收观光，从灵岩寺开发到湖心三角迷魂区探秘，楚暖暖的视野逐渐开阔，其影响力也不断增加。根据作品叙述，楚暖暖这种眼光的获得及其改变乡村的动力，也与一个更具商业头脑的文化商人的"外来者"的提醒有关，这个人物就是五洲公司的薛传薪。他认为，中国地广人多，再怎么城市化也不可能没有农村；倘若有一天真的没有了农村，大批农地被荒弃，田园风光被破坏，那就是中华民族的悲哀。需要注意的是，薛传薪说此话的目的不是出于保护农村，而是将其看作可资开发的资源，将楚王赀的传说以表演的方式搬上舞台。可是，说者无心，听者有意，薛传薪的这一番表述，无意间点醒了正处于经济困境中的楚暖暖。

小说有意将楚暖暖这一理想的人物形象与乡村文化的保护统一到文本叙述中，体现了作家结构文本的自觉意识。就文本的叙事逻辑看，作者延续的知识分子"回乡"结构模式，但他选择的是"二次回乡"，而不是"离去—归来—离去"的结构模式。回乡后的楚暖暖眼界开阔，她自然要比楚王庄的父老乡亲更容易接受新思想，所以，她发现楚汉战事相关的历史文化和传统乡村文化中蕴含无限商机的叙事逻辑也就水到渠成。楚暖暖

---

① "除草剂事件"是指楚暖暖和旷开田发家致富心切，想通过倒卖除草剂赚钱，但因假除草剂杀死了稗草，也杀死了农民的绿豆苗，二人陷入了经济危机。参见周大新《湖光山色》，作家出版社 2012 年版，第 58—63 页。

在宅基地上新建的三间房子，取名楚地居，主要接纳来自城里的参观考察人员和观光旅游的大学生。楚地居的管理方式完全是传统的，具体而言，就是以熟人为管理和服务主体的家族式管理。出于对家族管理模式的认识，楚暖暖选择与薛传薪合作，从而也有机会进城专门学习现代酒店管理和服务方式。“二次回乡”的楚暖暖生意进展顺利，她将现代化管理技术也适时地融入传统文化资源的开发。但是，就在楚暖暖的经营管理成熟、生意景况蒸蒸日上之际，薛传薪为了牟取暴利，打着保护乡村历史文化的幌子，大兴土木，扩建赏心苑，在楚王庄做起卖淫、嫖娼等快速捞钱的生意，打破了庄里原有的乡村伦理秩序，从而与楚暖暖的致富理想背道而驰。因此，小说的“金钱—伦理”冲突叙事与“二次回乡”结构设置相互映照，文本意义也相对丰富而自足。

从叙事目的这一角度看，对缺乏乡村文化传承意识的批判，是作家周大新的叙事目的之一。在谈及《湖光山色》的创作动机时，周大新说：“每次返乡看到乡村的变化，我都在思考，中国的农村该向哪里去？……今天的城市化过程中，土地存在的意义到底是什么？”① 正是出于这样一种写作立场，周大新不惜笔墨，也不无理想主义色彩地塑造了楚暖暖与权力欲望、商业资本逻辑斗争的大量情节，而楚暖暖之所以能自始至终坚持与之斗争，其精神动力则来源于历史文化学者谭老伯的鼓励和帮扶。在文本中，谭老伯是作者塑造的另一个带有理想色彩的人物，他既是历史文化学者，更是作者所期望的乡村智者。与路遥在《人生》中塑造的德顺爷爷这一乡村智者相比，谭老伯更具现代文化知识和现代发展眼光。唯其如此，楚暖暖的坚持在叙事逻辑上才不显得突兀。但即便如此，该小说的叙事目的并未能通过合理而充分的叙事动力所推动。楚暖暖一直斗争下去的动力略显不足。因为她一开始发展接纳游客的动力是赚一点钱，而后则是对村支书詹石磴权力控制的反抗，甚至报复，② 继而是对掉入权力旋涡、走向她的对立面的丈夫旷开田和唯利是图的薛传薪的上诉与声讨。由于在叙事铺垫和故事展开过程中，楚暖暖形象内涵中文化保护因素并不充分，

① 傅小平、周大新：《诗意温情守望乡土——访作家周大新》，《文学报》2006年5月11日。

② 小说交代，詹石磴的弟弟相中了楚暖暖，而楚暖暖早已心许旷开田，詹石蹬因此以手中的乡村权力公报私怨。

故而对于以楚暖暖为中心的诸种矛盾的解决也带有理想主义的主观愿望。小说的结尾不免有些仓促，在最后一章中，正义终于战胜了邪恶；在展示楚王庄历史文化的旅游项目“告别演出”中，丈夫旷开田侥幸逃脱，但最终他与薛传薪均未能逃出法律的制裁；他们最终锒铛入狱，如此，正义得以伸张，坏人得到惩罚。

很明显，这样的叙事处理，不过是好人好报的“大团圆”模式，没有突破旧式小说的叙事套路。楚暖暖能够矢志不渝、斗争到底的叙述动力并不充足，且到文末，作者写道，在楚暖暖意念中，湖心三角迷魂区戏剧中扮演楚王赀的旷开田就是楚王赀。这种感觉顿时让楚暖暖胆寒，她真正感觉到权力恶魔附身于离自己最近的人——丈夫身上的可怕。这一叙事，虽有问询权力欲望根源的愿望，但在借人物形象予以性格化、命运化的独特性处理时，作者的笔法并不从容。而只能以“楚王赀，你好吗？是你就请走远点，走得越远越好”① 的急切呼唤完成对乡村权力的批判。在“回乡”叙事中，作者一方面认为乡土社会的变革必须依靠具有现代眼光的“回乡者”，另一方面又对因此造成的乡村伦理秩序被打破后无序的乡村表示担忧。

与周大新关注乡村伦理秩序变化与重建的“回乡”叙事相比，关仁山所关注的则是乡土社会的变迁与资本运作逻辑的另一种复杂关系。关仁山的《麦河》中的主人公曹双羊也是一个作为“回来者”的新农民的形象。他曾发誓要离开土地，改变“依土地而生”的生活方式。与路遥作品中的高加林、孙少平不同的是，曹双羊试图通过离开土地，改变贫穷的面貌；路遥作品中的人物更带有一种理想主义的出走意味，出走几乎成了他们的终极目的。《麦河》的背景是市场经济贯穿整个城乡经济的社会转型时期。曹双羊离开土地后与赵蒙合作开矿，为了赚钱，他不择手段；为了行贿赵蒙，他将自己的恋人桃儿拱手相让，最终沦为金钱的奴隶；同样，为扳倒赵蒙，他又借刀杀人，致使杀人者锒铛入狱，惨死狱中。此后，曹双羊进城，在方便面厂打工，后创办“麦河道场”方便面。赚得“第一桶金”后，曹双羊回到农村，以市场经济的运作方式（生产的目的由市场说了算）经营土地，做土地流转生意，获得一定的资金积累。可见，曹双羊的创业路

① 周大新：《湖光山色》，作家出版社 2006 年版，第 412 页。

径与楚暖暖相似，即从农村出走，进城开阔了眼界，学得了现代技术；回到农村后，成为改变乡村人际关系和价值观念的“新人”典型。但在《麦河》中，作者对于此类“回来者”，一方面发出了真切的呼唤，对于“回来者”带动农村经济、改变乡村寄予厚望，如《麦河》中的县长陈元庆所说：“一谈到解决农村劳动力就业问题，一些人往往只想到单靠开发工业去实现，到城里去找出路，我个人认为这些看法是片面的，也是发展观念上的误区。应该大力发展农村现代经济，就是打造现代农业。这一点坚决不能动摇！”① 另一方面，作者对从农村出走，再次回到农村的“新人”也给予理性的辨析。在作者看来，作为现代农业的经营者和带头人，曹双羊的资金（资本），并非完全靠勤劳所得，而是通过一种非正当手段，比如出卖真情、借刀杀人，甚至以集体闹事的方式以多讹少，最后实现“资金圈地”和暴力致富。而所谓的新型农业，所谓的麦河文化，也不过是通过不择手段而打造的一种“出击者存，退守者亡”的竞争观念和混杂品牌，这与宽容、持重、守约的乡村伦理并不相符。换言之，没有文化根基和守正创新的“乡土重建”，或许会走向“城乡一体”的反面。

可见，无论是《湖光山色》中的楚暖暖，还是《麦河》中的曹双羊、桃儿，作者竭力赋予“回来者”以传统农民不曾有的“新质”，为城乡文化的交流提供了诸多可能性。但是，问题也非常明显。在塑造新人的过程中，作者对上述“新人”身上的“新质”确认和塑造并不十分明晰。比如楚暖暖，她能够坚守乡村文化的纯洁与干净，也能够将历史文化与传统乡村文化结合，并与基层政权、权力欲望作至死不渝的斗争。但问题是，究竟是什么力量在推动她继续向前走呢？是城市的打工经历，还是谭老伯的知识启蒙，抑或是女性意识（尊严）的觉醒？所有这些，在小说中仍缺乏以“结构性”——内在秩序的展开过程，这使得人物的行动逻辑并未按文本逻辑推衍，而是被一个隐形的叙事者牵着走。比如《麦河》中的曹双羊在通过土地流转经营现代农业和现代工业的合作品牌时，何以出现一种“精神分裂的痛苦”？而桃儿何以委身赵蒙，纵身火坑，解救风尘女子，然后毅然回到农村，承受必然到来的道德批判。这样一个走入城市，又皈依土地的人物，其行动逻辑在情节安排过程中尚未充分展开。尽

① 关仁山：《麦河》，作家出版社 2010 年版，第 167 页。

管每个时期有较为典型的、判断带有较强的前瞻性审美概括，但对小说人物情理逻辑得开掘用力不足。在这个意义上，回应社会文明建构的“城—乡”关系书写仍有更广阔的空间。

另一种“回乡叙事”也值得注意，即“在城者”的“回乡”（回家）主题。这一类回乡者并非要扎根乡村，而是从情感上回馈乡村，并通过“回故乡”获得缓解城市焦虑的“清凉散”。由于商品经济的侵入和现代观念的引进，基于乡土社会的乡村伦理和道德状况已经发生了巨大改变，进城者记忆中淳朴的乡风民俗正在解体。那些准备长期扎根于乡村的“回乡者”和逢年过节才回家的“探亲者”，他们对乡村的情感与态度变得非常复杂。比如，“非虚构”风格的《回乡记》《中国在梁庄》《打工女孩——从乡村到城市的变动中国》以及大量的“回乡体”文本里谈及的普遍现象：年味不浓，人情淡漠，且乡村边缘化已成事实。过年时的热闹与年后的空寂形成了鲜明的对比，恍如“两个世界”——年俗活动变了味，春节休闲异变为打麻将、摇骰子，亲友之间的走动也成为一种功利化的交往。还有一种情况，农村代际隔膜愈加严重，手机和电脑网络交流代替了围炉夜话，促膝交谈；父母看电视，年轻人玩手机；关掉手机无法与家人交流的年轻人早早回城；年味简化为速成饺子，只是一种美好的记忆，一种乡愁，等等。这种非虚构的结构方式，往往是通过过去/现在的对比展开讲述。比如作者记忆中过春节，是农村人气最旺、人们交往最频繁的时候，各种酒席、宴会都集中在正月，建房，婚嫁，做寿，满月，这些酒席活动成了另一种“年味儿”。“非虚构”“回乡叙事”通过短期回乡者今昔对比的视角，其基本价值判断是：相对于年味，今不如昔；过年已然不再是20世纪80年代物质相对短缺时期的过年场景，比如一大家人嗑瓜子、吃饺子、看“春晚”等形式的家庭聚会，而是一种被功利化的名利场。在讲述者看来，原有的人伦和谐的温馨氛围，被物质化的交往目的所冲淡。作为中华民族最大的一个传统节日——春节，“乡村”接纳“城市”的人数、规模等方面超出任何一个节日，从而形成了每年一次最大规模的城乡交往。但是，近几年城乡交往过程中的“回乡者”——无论是已经成为城里人的“在城者”，还是作为随用工季节迁徙的“候鸟”们，他们感受到的乡村，不是繁荣的，而是凋敝的，不是整饬的，而是破败的，不是山清水秀的，而是被垃圾包围的。乡村不但承受着“空心化”

带来的荒芜，甚至正经历着世道人心的裂变。回乡过年和拜年的仪式也“逐渐沦为功利游戏”，“农民能够接受物质上的缺乏”，却不堪忍受精神上的虚无，乡村主体（农民）的“本体性价值”① 面临着巨大的溃败现实。在巨大的贫富差距和城乡对比下，曾与土地亲近、顺应四时、起居有常的农民，无法再将有限生命转换为无限意义。乡村的焦虑并不比城市少，特别是面对大量的回乡者的“带动”和影响之后，对于未走出乡村的农民来说，他们曾经坚信“宗祠所带来的心安和荣耀远比他们修建一条水泥路更加重要”②，而对于已经进城务工者或者完成了农民身份的市民化转变的“在城者”来说，如何提升生活质量，如何应对个体与世界的对话，显得更为重要。他们面临的问题已不是传统乡土社会宗族的祭祀、子嗣的延续等家族伦理和家庭伦理。也就是说，在现代观念的冲击之下，村庄的物质基础和精神结构正在发生着“千年未有之大变局”，“传统乡村社会中的诸多基础性结构，如宗族、门子等超家庭的地缘血缘共同体解体，依托于超家庭稳定结构的村庄内生秩序机制及地方性规范随之解体”③。很显然，这一类回乡者的思考更具理性思辨的意味和文明社会价值建构的伦理期待。

对比虚构与非虚构文本中的“回乡”主题和“城—乡”关系书写，我们可以作出基本的判断：在虚构性的小说文本中，“回乡者”的想象更具理想化，他们对乡村的繁荣表现出某种欣喜，对乡村人际关系的调整表现出积极的审美判断，以揭示城乡交往走向常态化的情理逻辑。而在非虚构文本中，讲述者/记录者选择了“回乡人”的观察视角，他们首先发现的是“问题乡村”，比如进城带来的乡村空心化、家庭成员残缺化，以及“新道德”的无序化、乡村政治的权力化，等等，所有这一切都昭示着乡村现代转型过程中必须面对的现实问题，其迫切性超出了虚构文本的想象

---

① 农民本体性价值是贺雪峰在《新乡土中国》中的提法，是指农民“对生命意义的思考，是关于如何面对死亡，如何将有限生命转换为无限意义的人生根本问题的应对，是超越性价值或终极的价值关怀”。参见贺雪峰《新城乡中国》（修订版），北京大学出版社 2013 年版，第 71 页。

② 有关春节年味变淡、功利性等纪实性描述引自王勇《矿区日渐变淡的年味》《时代变了，年味变了》《当拜年沦为功利游戏》等，参见贺雪峰主编《回乡记——我们所看到的乡土中国》，东方出版社 2014 年版，第 11、17、21 页。

③ 贺雪峰主编：《回乡记——我们所看到的乡土中国》，东方出版社 2014 年版，“序”第 1、2 页。

范围。以此来看，同类主题的小说对“回乡”问题的探讨，无论是在乡村经验的提炼，还是对社会转型过程中出现的社会结构的调整，都不无简单化、理想化倾向，甚至在小说中将在若干年之后方有可能出现的“问题”提前“解决”了，从而多了一些理想，少了“直面现实”的理性准备。不无欣喜的是，上述“城—乡”关系中已经出现和可能出现的“回乡”叙事的缺失，在“望乡者”形象塑造中有某种程度的“补救”。

三　望乡：回不去的“异乡者”

由于知识分子“在城”而“不在乡”的生活状态，故乡的意义远远超出了自然空间、地理空间意义上的农村。望乡成为“城—乡”关系表述的重要主题，所表达的是对知识分子的乡村守望与精神还乡，以及对漂泊于城市与乡村之间的农民精神状况的深切关照。

20世纪90年代以来，无论是乡土作家还是城市文学作家几乎都获得了城市户籍。这就使得乡土作家在表述城市经验时仍然表现出对乡村精神家园的回望。这看似只是现实主义文学表达的惯常思路。事实上，即使推崇现代主义手法和观念的中国作家也仍然表现出鲜明的“望乡情结”，比如久居城市、推崇具有现代主义色彩的马尔克斯、福克纳等作家的莫言，也不忘反复阐述自己的故乡观：“我想故乡对一个作家来说是至关重要的，即便是一个城市出生的作家也有自己的故乡。”[①] 这里的故乡，更准确地来说就是作家的“精神原乡”，[②] 是很多小说作家的精神根据地。另如，用文学来守护自己的精神家园的张炜，通过对城市和乡村的对比，通过逃离城市、回归乡村叙事，显现主人公的乡土、故乡、家园的归属感。在张炜的长篇巨著《你在高原》系列之一《我的田园》中，主人公宁伽在自己居住的城市虽然也娶妻生子，且还有一份较为满意的工作，但他仍然缺乏归属感，自感只是这座城市的匆匆过客：“我不属于这座城市，这

---

① 莫言：《猫腔大戏——与〈南方周末〉记者夏榆对谈》，《莫言文集·碎语文学》，作家出版社2012年版，第6页。

② 作家应该有一个自己的“精神原乡”，比如陈忠实的关中，莫言的高密东北乡，贾平凹的陕南，王安忆的上海……他们都有自己的原乡。“精神原乡”，是“一个文学的地理，一个想象的空间”。相关阐述参见雷达、张继红《文体、传统与当下创新——当代长篇小说求问录》，《文艺争鸣》2012年第7期。

座焦干的城市早晚会榨干和耗尽我最后的一滴水。”① 这种判然有别的价值选择，不无作家张炜个人的影子，寄寓了作者一以贯之的城乡观念。正如有论者所言：“张炜用文学的方式有效地回顾了启蒙现代性的童话中，城市的迅速崛起和噩梦般的膨胀的过程。”② 这是从生存哲学的高度肯定作家寻找乡村之于个体灵魂安顿的意义。同样，在墨白创作的城市题材小说《裸奔年代》③ 中，作者写出了城市化进程中乡村对于城市的救赎意义。横向对比来看，才华出众、勤奋肯干的谭渔，他的进城要比涂自强（方方《涂自强的个人悲伤》）和郑凡（许春樵《屋顶上空的爱情》）们更幸运；他能在城市立足，并在城市获得适合自己个性发展的一席之地，但是谭渔最后发现，自己的生活之根不在城市，要寻得生活的幸福、生命的自足，必须将汲取精神营养的根须根扎在遥远的乡下，这虽然只是他在城市生活中遭遇难题之后被迫的退守，缺少扬弃城市先进文化的自觉，但谭渔的精神选择，包括墨白本人的思考是令人深思的。这让我们想到余华在《兄弟》（下部）中的一个情节的设置：李光头在城市的人世纷争中想到退守，最终选择将母亲送回乡下。这个情节颇有意味——母亲在这里与故乡具有相同的文化意义，是主人公的精神家园，这个家园就相对自足、能安顿人类灵魂的精神家园。在上述“城—乡”关系的交往中，作者通过乡村/城市的双重体验完成了故事的最后讲述，从而表现出作家以理想的乡村田园和精神家园对抗城市化浪潮和消费社会的审美走向。

与张炜的“抵抗”，墨白、余华的田园寻根不同，贾平凹所关注的是城市、市场经济等“外来者”对乡村经济的冲击，以及乡土社会、乡村文化因此发生的被迫改变。作者关注的不是改变的结果，而是人心发生裂变的过程。贾平凹较早地意识到乡村文化的保守、落后在新的城市文明面前的窘相，从而写出了乡村的蜕变和乡村守望主体的痛苦裂变。1984 年

① 张炜：《我的田园》，作家出版社 2010 年版，第 63 页。

② 张守海、任南南：《城市痛 · 田园梦 · 荒野情——生态批评视野中的〈我的田园〉》，《文艺评论》2013 年第 1 期。

③ 《裸奔年代》是墨白“欲望”系列小说之一，属于城市（都市）题材小说，但主人公仍然是带有浓厚的乡土记忆和乡土经验的男性，也显现出当下都市经验小说的“中间性”状态。可参见《欲望 · 裸奔年代》，湖南文艺出版社 2013 年版。

是中国经济改革重心转移的关键年，[①] 城市和城市文化已经悄悄地渗入农村，熟人社会的既有秩序和人际关系受到挑战。贾平凹的《腊月·正月》中里的韩玄子就是作者努力塑造的传统乡村文化的代言人，他能写会算，有知识，有文化，在村里是出了名的长者，智者。就是这样一位满腹经纶、德高望重的长者，一旦自己的学生王才的名望要超出自己，甚至要盖过韩家家族的声誉时，他那种长者的自信，以及尊者的宽容和大度“就端不住了”，甚至表现出对学生的嫉妒和憎恨。小说的侧重点是韩玄子在“熟人社会”的地位受到威胁后的寒碜、不安，甚至伪善。在韩玄子的经验世界里，自古以来，龙在天上，虫在地上，这是规矩，不可更改。言下之意，王才资质不高，即“王才不才”，这是他多年“从教”的经验。而韩玄子自己知书达理，德高位显，在他看来，“学而优则仕”的铁律怎会因一个“差生”而改变呢？但是，王才从城里“回来”后办起了属于自己的加工厂，并主动寻找适合秦岭山地、商州小镇产品销售的经营之道。他在“经济”上富裕了，也吸收了村里剩余劳动力。这种思维在改革开放初期的乡村确属非凡之举。

如前所述，贾平凹在《腊月·正月》中关注的并不是王才之才，而是原有的乡土社会人际关系因“经济”发展引起的人心裂变。韩玄子则是作者着力塑造的人物，按理说，韩玄子饱读诗书，熟络俗世，他既不是旧意识形态的得益者，也不是王才发展“经济”的受害者，为什么他如此憎恨王才——自己的学生呢？个中原因，可以通过小说中的一个情节解释：韩玄子在“四皓墓”[②] 前哭诉自己的隐衷，对前来寻他的老伴哭诉：“他娘，我不服啊，我到死不服啊，等着瞧吧，他王才不会有好落脚的！”[③] 韩玄子是传统乡村伦理浸染了大半辈子的旧式文人，他“不服”的是“从来如此”的乡村文化怎会因钱——“经济”关系的调整而发生改变；他不能接受“进过一回城”的王才因“经济”的富有而对自己

---

① 1984 年 10 月，《中共中央关于经济体制改革的决定》在十二届三中全会上正式通过，该决定明确提出今后经济改革的重心是从农村转移到城市。

② 四皓墓在今商州城西商洛市汽车运输公司院内，为四皓衣冠冢，其真墓在今丹凤县商镇西端。文中这一情节的设置是通过韩玄子向“先人”的讲述，表明他判断的“世风日下”，是韩玄子这一人物形象丰富性的体现。

③ 贾平凹：《腊月·正月》，《十月》1984 年第 4 期。

“先生”地位的冲击。也就是说，韩玄子越是要维护自己尊者、长者的荣耀，就越将王才想象为自我确证的“镜像”，从而显示出以经济发展为方向的城市（外来）文化与静态的乡村（自足）文化融合的复杂性。贾平凹敏锐地抓住了改革开放初期具有城市开拓意识的“经济代言人”对乡村传统“文化代言人”的冲击，昭示了传统文化在外来城市文化冲击面前固执的坚守和艰难的转型，以及在强大而封闭的乡村文化面前，城市现代文明与乡村文化能够“握手言和”的艰难。

如果说，20 世纪 80 年代贾平凹的商州系列小说写出了“进城回乡者”对乡村经济、乡村文化的冲击，表现了作者对“回乡建设者”给予的理解和支持，那么，经历了 20 世纪 90 年代市场经济的冲击，以及经济发展的“副产品”的大量产出，新世纪作家对进城接受新知识后带动、回馈家乡发展的美好理想出现了理性审视的新状况。新世纪以来，刘庆邦、孙惠芬等作家所关注的则是“回乡”之路的艰难和“回乡者”“绕树三匝，无枝可依”的无奈。刘庆邦的小说《回家》、魏微的《回家》、关仁山的《九月还乡》，诸多作品，名为“回家”“还乡”，所讲述的却是主人公“回而无家”的精神困境。在刘庆邦的《回家》中，梁建民找工作被骗后，半夜蹩进老家梁洼，虽得到母亲细心呵护，并帮他掩饰在城里被骗之事，但他自感无颜以见江东父老。对于乡村，他“近乡情更怯”，越是熟悉，越是害怕，他感到“回来的可怕”，但“怕什么呢？梁建明说不出自己怕什么。是呀，自家的屋，自家的院，他从小在这屋里生，在这屋里长，有什么可怕的呢！”[①] 家人并没有对其扫地出门，但他痛彻地感到娘的话一句句戳在他心里：“挨家挨户数数，村里凡是一个鸡带俩爪、能抓挠几下的青壮男人都出去了，谁还在家里待着呢！”梁建明听出来，娘说东指西，还是想让他出去，“没办法，现在的潮流就是这样，好像只要出去，就是目的，就是成功，不出去就是窝囊，就是失败”[②]。走出去，就应该眼光朝前；上完大学，就应该在外边升官发财，否则，回来就还不如一个被污名化的“泥腿子”和“乡巴佬”。在这样一种“乡村发展逻辑”中，刘建民“再一次”选择离去，甚至发出了“再也不回来，死也

① 刘庆邦：《回家》，《人民文学》2005 年第 12 期。

② 刘庆邦：《回家》，《人民文学》2005 年第 12 期。

不再回来”的悲壮誓言。这样的誓言读来令人悲戚而寒冷——不是因为梁建民，而是那个赋予进城者过多期望的乡村世界。那个世界不冷漠，但也不热情，它不能接受“走出”后再回来；那个世界不轻视能力，但也不无势利，相信升了官，发了财，就是光耀门楣，就是有出息。对于进城者而言，进城的脚步一旦迈出去，就很难再收回来。在这个意义上，乡村记忆、乡村文化却成为阻止、拒绝“城—乡”关系发展的保守力量。

如果说刘庆邦的《回家》写出了主人公在城市遭遇欺骗“被迫”回乡，最终又不得不选择离去的窘迫，那么，孙惠芬的《回乡》讲述的则是“被请”的乡贤“回来后”的尴尬。孙惠芬以第一人称叙事讲述了“我叔叔”的尴尬经历。当“右派”时，“叔叔”不得已与妻子离婚，“平反”后一直在北京某画报社工作，迨及退休，受家乡某私人企业林总经理之邀，拟回乡“发挥余热”。“叔叔”觉得自己有负乡村的养育，“回来”为家乡“做点事”，这是最好的时机，一番考虑后，便欣然答应。但是，不无“衣锦还乡”的“叔叔”发现，家乡林总的企业和所谓文化产业孵化，不过是“酒桌上泡出来的成果”，充斥其中的是权力、美食、美色。他因此感到失望，也终于明白“家乡改革开放是怎么一回事儿”①。于是“叔叔”奉劝林总当学城里人，眼光放远，走现代企业管理之道，不应在酒桌、饭桌上经营企业。“叔叔”的一番苦心，终于招致邀请者的反感。他终于明白，自己回乡“做点事”原来并非易事，自己“忠实”的建议，成了指手画脚，让对方反感，而“请乡贤回乡”不过是林总企业华美表面的点缀，自己也即将沦落为林总壮丽事业的光亮油彩。小说的结尾是，“叔叔”终于明白，凭知识吃饭、不做别人饭桌上的陪衬、不做金钱的奴隶等自认为习以为常的知识与经验，在乡村和小乡镇往往被另一种司空见惯、根深蒂固的观念所消解，甚至吞噬。

进一步来看，“回乡者”叙事主要通过城市现代观念与乡村传统观念进行对比，有意抛掷出知识分子回乡建设乡村、改变乡村面临的难题，以此昭示乡村真正要拥抱现代文明、走向现代的艰难。在叙事逻辑中，作者塑造的“回乡者”深知在现代化大潮下“当一个农民子女”的艰难，他们“一副扁担两头跷，身在城，心在村”；他们的精神离土不离乡，思乡

① 孙惠芬：《回乡》，《城乡之间》，昆仑出版社2004年版，第328—329页。

又恋城，他们是逃离农村的流浪者，又是奔向城市的“异乡者”（丁帆语）。在这个意义上看，回乡者“在者”与“他者”的双重身份强化了“城市的异乡人”体验，“作为乡村的‘在者’，他们对故乡有着强烈的感情，作为乡村的‘他者’，他们又理智地感受到故乡的丑陋，因而对乡村产生了拒绝和排斥”[①]。即在自我认同和他者评价中，“回乡者”始终是矛盾的，比如在胡学文的小说《淋湿的翅膀》中，马新本来喜欢艾叶，但是艾母（赵美红）瞧不上他，且马新遭赵美红的诬陷而被关进了派出所。但是，从城市回乡之后，马新励精图治，带领村民和造纸厂打官司。赵美红眼见马新的“变化”，尤其是有可能给自己和女儿带来发财的良机，便对他态度有了明显的改变，赵美红不仅将马新视为座上宾，还自愿充当与造纸厂“交火”的“急先锋”。艾叶也在马新从城里回来之后，也改变了态度，开始对马新有了自觉的依赖，甚至在对故乡失望之后，要求马新将自己带走。[②] 也就是说，马新因为进城的经历，才改变了自己作为“回乡者”在村民心中的地位。鲁迅“出走—回来—离去”的叙事传统在近百年的乡土文学作品中迂回了一段时间后又得以延续。针对这种情况，青年学者张连义指出：“故乡的愚昧、贫穷和落后使返乡者与乡村拉开了心理上的距离，感情上的依恋与理智上的排斥成为他们的内在矛盾。当他们因为各种原因不再进城的时候，改变乡村成为他们的选择。也正是在这个意义上，农民工的返乡促进了乡村现代化的进程。受现代文明熏染，他们的思想价值观念具有了现代文明的特质，尤其是城市打工的经历开阔了他们的视野……客观上为他们改变乡村提供了条件。”[③] 可以说，是城市文化和现代文明铸就了进城者的精神品格，也体现了当前城市化进程中城乡文化交往中传统文化转型的迫切意义，正如孟德拉斯在《农民的终结》里说：“对于我们整个文明来说，农民依然是人的原型。”[④] 这是一句引用频次很高的一句话。我们要表达的意思是，“农民—乡土”题材不是中国文

① 张连义：《新时期小说中农民意识的现代转型》，博士学位论文，山东大学，2012 年。

② 相关具体的阐述，参见张连义《新时期小说中农民意识的现代转型》，博士学位论文，山东大学，2012 年。

③ 张连义：《新时期小说中农民意识的现代转型》，博士学位论文，山东大学，2012 年。

④ ［法］孟德拉斯：《农民的终结》，李培林译，社会科学文献出版社 2010 年版，第 172 页。

学阶段性创作的热点，而是世界文学的母题之一。正如蔡智海在《农民进城——处于传统与现代之间的中国农民工》中所说：“尽管大多数的城市农民工无论是在地理上还是在心理上处在城市的边缘，但是谁也无法否认城市对农民工产生的影响。这种在新的时空中的新的体验，在与农民的传统意识发生碰撞、交融的过程中，也在不断地‘型塑’他们的人格和行为，赋予他们以现代特质。”[①] 也就是说，正是因为他们接受了新思想，他们一方面看到了乡村的质朴与农民的单纯，另一方面他们更看清了长期封闭保守造成乡村伦理的陈旧，使得他们很难与故乡融为一体。

回乡者求变，而乡村社会惧变；城市文明求新，而乡村伦理守常，这是回乡者“城市异乡人”的双重悖论。在吴君的《亲爱的深圳》中，长期在深圳当保安的李水库，就是一个将梦安放在故乡的“城市异乡人”。他看不惯城市复杂的人际关系，于是将农村当作精神的栖居地，可张曼丽的话瞬间击碎了他的回乡梦：“现在农村还有新鲜的空气吗？到处都在挖山挖石头，大片大片的土地荒掉了，你在哪儿见到了美丽的庄稼？你真是一个臆想狂。”[②] 换言之，在返乡者的精神世界里，自从转身踏进城市，“故乡永远就在故乡的反方向”（马步升语）。环境被污染，家园被毁弃，而这一切，只有“归来者”看得更清楚：一方面乡村伦理不能与日俱兴，与时俱进的，另一方面乡村城市化步步紧逼，势如破竹，但故乡已不再是“归来者”梦想的家园。所以，在“返乡者”眼中，故乡，不是他们的精神家园，而是他们长久的梦魇，再次“出走”成为终结回乡之梦的被迫选择。

但是，出走后的“返乡者”仍然饱受者“梦醒了，无路可走”的现实。作家在表达这种“回来—离去”的尴尬时，抱有一种主观化的“理解与同情”，试图为主人公寻找一条出路，但这种审美期待却未能完成，因为他们一方面对曾经居住过的城市充满了好奇与想象，另一方面又不断地接受来自故乡的、一厢情愿的个人判断。因为城市文明在向农村渗透过程中已被“离乡者”不断想象和加工，甚至使其扭曲和变形，农民对城市的了解往往仅仅局限于功利的想象和道听途说。城市往往以“另类”

---

① 蔡志海：《农民进城——处于传统与现代之间的中国农民工》，华中师范大学出版社2008年版，第160—161页。

② 吴君：《亲爱的深圳》，《小说选刊》2008年第7期。

色彩进入农民的视野。比如在朱承荣的《于小满回乡》、关仁山的《九月还乡》、阎连科的《柳乡长》等小说作品中，作者不约而同地写到了女性在城里挣了钱之后，村里人对她们“非正常”的道德评价。无论挣钱的手段和方式怎样，只要挣来了钱，她们都逃不脱作为熟人世界的道德化猜想。在《于小满回乡》中，于小满本在城市买股票发了意外之财，成为股票投机的“幸运儿”，于是她开始“理性投资”，买了车，买了二手房。但也正因为她有了钱，村民才对她产生了怀疑。小说中有一个不无荒诞的细节：于小满想名正言顺、理直气壮地回家，但别人的怀疑并未因她的急切而改变，而后她甚至用自己的女儿之身向男友凯证明清白，却招致更大的怀疑。乡亲们的冷漠和猜疑使于小满无处藏身，她对家乡乃至亲人彻底失望，再次离乡成为她的必然选择，“暮色里，她忽然觉得，自己曾热切奔向的那片土地，近似一片荒芜”①。毫无疑问，这种荒芜和荒诞，正是封闭而排外的乡村伦理抵抗城市文明的结果，更是返乡者与故土之间精神隔阂的时代表征，“在对城市文明的想象和怀疑中，乡村价值观念固有的道德优势成为农民显示乡村生活价值的基础”②。返乡者回到故乡后总会面临“被拒绝”的尴尬，梦回故乡，以获得精神慰藉的幻想最终化为泡影。正如墨菲在《农民工改变中国农村》中所说：“一些返乡者由于疾病或家庭债务被迫返乡，但打工经历在他们心中烙上了新的价值观和另一种生活方式，使他们形成了一些与农村生活不相适应的目标。同时，被迫返乡往往是因为无力在城市实现生活目标，他们因此感到沮丧。但这并非全无裨益，城市生活经历激励了一些返乡者挑战那些令他们感到压抑的价值观念和伦理秩序。”③ 这种挑战需要面对的是千百年因袭的传统。所以，正如鲁迅在《祝福》中表达的“多年后回故乡”复杂叙事一样，侨寓城市多年，偶然回到故乡后，“我”发现了“归来”的艰难，那是因为乡村社会因袭的伦理道德传统。而另一个原因是城市文明在进城者心理结构中的自然内化，“城市价值体系内化到了农民工的心里，他们开始用这些标

① 朱承荣：《于小满回乡》，《辽河》2011 年第 8 期。

② 张连义：《新时期小说中农民意识的现代转型》，博士学位论文，山东大学，2012 年。

③ ［爱尔兰］瑞雪·墨菲：《农民工改变中国农村》，黄涛、王静译，浙江人民出版社 2009 年版，第 187 页。

准评价与他们同样身处社会边缘的同乡”①。一旦观念发生变化，城乡关系必然会跟着改变。

总之，文学具有区别于历史学、社会学等学科的独特的功能，这一功能的主要特点就是通过文本世界的想象与建构，从而对人、人性进行一种情感的而非教条的、审美的而非分析的、体验的而非先验的观照。在这个意义上，小说在表现“城—乡”关系中的人情世故、日常生活，以及心理体验时，应该比社会历史更具有触及人情和人性的可能，也更能表现日常生活中人的情感和价值观念的嬗变，这是文学本有的人性内涵和想象性特征所决定的。

四　审乡：乡村批判与城乡调和

在下乡、回乡、望乡题材中，城市和乡村往往被赋予这样一种价值判断：乡村是传统的、封闭的，甚至是愚昧的，但它仍然吸引着无数异乡漂泊者；与之相对，城市则是现代的、开放的、先进的，但城市仍然是罪恶的渊薮，也就是说，矛盾和冲突仍是城乡交往书写的主要表现形式。但是经过漫长的城乡交往，“城—乡”关系也逐渐走出了先前简单的二元对立思维模式。事实上，在80年代以来“城—乡”关系书写中，有不少作家通过文本内部的结构秩序和文本世界的合理想象超越了城乡冲突主题，在批判和想象中不断建构了城乡调和的可能，这种努力难能可贵。

第一，反思与批判。在谈及城乡差异和乡村劣势时，路遥的《人生》中高加林的人生道路的选择和最终归宿往往被论者拿来作城市批判的有力武器，即农村基层权力对有志青年命运的掌控，从而忽略了农村青年自我奋斗的现代性意义。在《人生》中，高加林的民办教师的岗位被村支书高明楼的儿子顶替之后，高加林首先表现出一种愤怒，继而灰心丧气，最后他希望自己能够逃出贫穷而封闭的高家村。他想极力地改变自己的处境，但在传统与惯性、权力与秩序、伦理与规范形成的熟人世界里，他只有对自己的处境愤愤不平，认为自己之所以有如此尴尬的处境，是因为自

① ［爱尔兰］瑞雪·墨菲：《农民工改变中国农村》，黄涛、王静译，浙江人民出版社2009年版，第200页。

己只有面朝黄土背朝天的农民父母，而没有像高明楼、马占胜一样有权势的“人物”庇护。也就是说，对高中毕业生高加林的人生道路的理解与同情，实际上是确认如下事实：在封闭落后的农村，权势大于能力，而在开放的城市，只要有能耐，年轻人就有机会。高中毕业后回乡的高加林第一次在农村受到打击，他开始反思生身父母，反思农民的保守，反思农村的封闭，于是，他开始向往城市。应当说，这一情节的设置是新时期以来农村青年“向城而生”的叙事起点。

不过这种审视也容易掉入城乡二元模式的思维陷阱和城乡道德互否的两难处境。在高加林未进入城市之前，便以想象中的城市来比对现实中的农村，仍不无先入为主的意念化倾向，诚如有论者所言：“中国作为后发性现代化国家，文学的乡土叙述内涵着生存命脉与文化命脉的双重纠葛。在生存命脉视角中，作家产生的是对乡土与传统的怨恨，乡土叙述构建起的是现代性的‘发展’道德神话；在文化命脉层面，作家难舍传统文化‘家园’情意纠结，据此展开对现代和城市文明的怀恨式批判。”① 换言之，由于不少作家的“乡土书写普遍存在传统与现代、城市与乡村的‘道德互否’现象，被动地陷入‘两极作战’的道德窘境”②。即在书写和考量“城—乡”关系时，往往走不出传统与现代、城市与乡村的“冲突”思维模式。所以，要在更高的价值视点下审视乡土中国的现实命题，处理好经验事实与文学事实之间的差异性关系仍是当务之需。

作家在塑造反思和批判乡土社会的人物形象时，多将目光停留于一种单一的批判思维，即在批判乡土文化的封闭与落后时，或借城市和现代文化作为批判武器，以城市为背景观照乡村书写，以乡村为背景对照城市书写；或以现代性眼光否定乡土，显示其批判意识，以传统道德立场批判城市，显示出对乡土的留恋。同时，也当注意，不单单是作家，评论者也往往以“城—乡”关系的简单对立、冲突关系来判断城市化进程中的城与乡的深层关系，而对二者走向交往、对话的事实和趋势观照不足。

---

① 周保欣：《乡土叙述的“冲突”美学与道德难度》，《人文杂志》2008年第5期。

② 周保欣：《乡土叙述的“冲突”美学与道德难度》，《人文杂志》2008年第5期。

第二，超越城乡对立。“城—乡”关系书写多以冲突、对立为价值主导，而持有这种观念的主要是农裔作家。路遥被认为是创作城乡对立主题的作家典范，但是，如果进入路遥的文学世界，我们会发现，路遥所描写的“城乡交叉”和“进城青年”恰恰有作家冲破城乡对立的强烈诉求。比如高加林、孙少平等男性的进城，田润叶、孙兰香等女性的进城，一方面让农村青年了解了城市生活，了解了城市对农村的态度；另一方面，从眼界和学识上让他们真正获得了城市有别于农村的新质文化——城市的现代性因素。也就是说，在路遥的城乡交往世界中，城市和乡村之间的相互理解在潜文本中始终在进行，甚至“城市被想象成为一块能够提供自由、逃离家庭专权、摆脱土地压抑的理想地”，① 而乡村则有正直、善良、自尊、宽容、奉献的“山之子”和“地之子”，正是这样一种城乡关系认同，进城青年与城市之间的关系不再是此前那种贫穷与富裕、落后与先进，以及羡慕与嫌恶、压迫与被压迫的不平等关系，而是城市与乡村之间开始相互理解，一种不对等的优劣结构关系开始向平等关系转变。

这种审美意识及其文学史意义也值得进一步关注。新文学以来的农民启蒙，从很大程度上都是自上而下的，采用一种俯视的视角，启蒙与被启蒙者形成某种无法弥合的悖论。鲁迅笔下的祥林嫂、阿 Q，以及王鲁彦、许钦文、许杰、彭家煌等 20 世纪 20 年代的青年乡土小说作家笔下的农民无不如此。在新文学初期的乡土作家的审美意识中，乡土中国是静态的，乡土中国的农民由于历史、文化、政治等复合因素，他们被形塑为“愚昧”与“落后”乡土中国的代言人。所以，其叙事视角是启蒙的，但他们“对农民的启蒙往往来自于外部”，表达出对造成愚昧的封建制度的批判，甚至“把农民作为落后、愚昧的被改造对象”，在文本逻辑中，这些农民形象“缺乏主体性和独立性”。② 在启蒙作家那里，那些未能获得启蒙的农民，倘若没有外来新思想的烛照，他们断难获得自我觉醒的现代意识。而所谓的“新思想的烛照”，必须通过外来思想的输入而获得，并不是通过来自农民自身的、民间社会的、底层百姓的自觉。从叙事学的角度

① 詹玲：《改革开放以来小说视域中的城乡问题研究（1978—2012）》，中国社会科学出版社 2014 年版，第 50 页。

② 詹玲：《改革开放以来小说视域中的城乡问题研究（1978—2012）》，中国社会科学出版社 2014 年版，第 50 页。

看，叙述者与被叙述者之间并未能达成一种交往、对话的“主体间性”,[①] 即叙事者和被叙述者之间仍隐含着不平等的主客、主从关系，从而显现出一种单向度的、居高临下的叙事伦理问题。

新时期以来，乡村叙事和城乡书写中这种单纯的“你蒙我启”叙事立场开始转变。路遥笔下的高加林、孙少平、孙兰香、田润生、金波等人的转变虽然仍未走出启蒙话语的叙事套路，比如到城里去接受新知识，即实现一种知识启蒙；但是他们获得知识并非来自于他者的输入，而是通过自己的认识、自己的历练逐渐习得，其获得知识、走出乡村的动力来自于内部，是一种自我启蒙。孙少平、高加林、孙兰香等人在走出农村之后，他们并没有完全借助书本得来的知识与外面的城市交往，恰恰是生活在贫穷而落后的土地上的、善良而坚韧的父母给予他（她）们的自尊与自觉。所以，他们自卑，但从未自轻自贱，并将曾经的贫穷与苦难转化为自我成全、自我拯救的精神力量和道德资本，同样，因为他们的善良与自尊，获得了城市异性青年的好感与爱情。虽然这里不无路遥的理想成分，但他所表现的新一代农村青年的自我启蒙，在彼时确属典型，即使在今天仍具有切实的现实意义。

城乡关系的深入，其根本在于人与人之间的交往的深入。当进城青年对城市抱有一种理解与向往，相应地，来自城市的青年观察农村也会消解因时代而造成的诸种偏见。城市与乡村，在超越空间差异的背景下，相互理解，互相欣赏；城市与农村，也在相互理解和尊重差异性的背景下，既保持了对方无法取代的优势，也以相互和谐的“城乡想象”达成不同空间的融合。在这个意义上，作为人的独立价值才有可能超越空间对人的限制。可以说，新时期以来的“城—乡”关系叙事，为此后城乡关系的改变，城乡空间的融合建构了一个“想象的共同体”，为超越城乡二元思维模式，以及文明社会的价值建构提供了无限的叙事动力。

---

① 意指存在或解释活动中的人与世界的同一性，它不是主客对立的关系，而是主体与主体之间的交往、理解关系。主体间性文学理论突破了认识论的局限，不是把文学活动看作主体对客体的认识和征服，而是看作主体间的共在，是自我主体与世界主体间的对话、交往，是对自我与他人的认同 。参见杨春时《文学理论：从主体性到主体间性》，《厦门大学学报》（哲学社会科学版）2002 年第 1 期。

第二节　交往叙事与社会变迁

从现代小说史的角度看，新文学发端于城市，但其主潮仍然是乡土文学。即使到城市化进程不断加快的今天，乡土文学仍然以较强大的生命力存在于中国文学版图。值得注意的是，乡土文学到80年代以来的确出现了新的课题，那就是城市化。城市化对乡土文学的影响是巨大的。整个社会生活开始了城市化的进程，文学也很自然地反映了这一具体的变化。其中一个很重要的现象就是主题的变化，特别是如何面对“启蒙话语”的缺失和“革命话语”对“启蒙话语”的取代问题。这里的启蒙话语主要是指鲁迅开创的“国民性”批判的主题。而鲁迅的“国民性”批判，主要是以阿Q这样的破产农民入手，并通过他的短视、盲目，自欺欺人、转嫁心理危机等特征来表现国民的“劣根”。“国民性”批判的主题中有一个非常明显的“策略化空间叙事”特征，那就是以城乡对比的方式来写乡村，以城市来批判乡村，其目的主要是鲁迅意义上的“揭出病苦，引起疗救的注意”。

所以沿着这个思路下来，我们去考察城市化进程中的“城—乡”关系书写，或许会切入这一叙事范式的内里。可以肯定的是，乡土社会与城市社会发生频繁交往之后，文学表现的主题和方式也因此发生了变化。当前城市化背景下，乡土是什么样子，相较于过去的乡土，又呈现出怎样的新形态，如此，才能比较清晰地看出城市化进程中的乡土社会变迁的事实，并对其作出较为准确的定位，我们所预期的社会文明价值建构的内容才有可能有清晰的对比，比如，什么变了，什么延续了，什么因素在变，等等。

在观察乡土社会的变迁和城乡交往叙事时，我们需要对乡土社会的特征及其新文学以来乡土文学中的乡土有更为清晰的认识，这是我们进入“城—乡”关系书写的一把钥匙。总体而言，乡土社会的人际关系仍然显现出“聚族而居”的特点，这与城市社会人与人的组合方式完全不同。作为城乡社会主体——人的思想、情感，以及人际关系观、社会观、人生观都会有所差异。如果他们的生活和思想、情感发生了变化，那么，造成这种状况的深层原因是什么，在文学作品中是如何表现出来的，换言之，当旧的生活方式随着制度的变迁和经济关系的调整，人与人之间的关系又面临着怎样的问题。敏感的作家必然会直面这一现实问题，这也就是高晓声、路遥、贾平凹、铁凝等关注城乡关系的作家在新时期很快脱颖而出的重要原因。

需要注意的是，人际关系的调整主要是其赖以存在的物质和经济基础发生的变化。比如“50后”“60后”“70后”“80后”，乃至“新生代”对于人际关系的认知，几乎每隔一代就是一种观念，不同代际的作家也显现出相异的城乡价值观。譬如说，自20世纪80年代初从农村走出去的那一代农民工，至今已经都是四五十岁，甚至接近六十岁，他们对乡土的态度就是离乡、回乡、望乡，而在更年轻一代人的精神世界里，更多的是审乡。可以肯定的是，贾平凹、路遥、张炜等“50后”作家的城乡观念仍然是靠过去那种乡土伦理建立一种人际关系，而在孙惠芬、范小青、许春樵等“60后”“70后”，甚至在更年轻一代作家那里，他们对乡村的蜕变和城市的认同，以及附着于他们“回乡”的急切往往被“在城”的焦虑所取代。所以，有关“城—乡”关系书写的小说，论者最早看到的仍然是作品的社会学意义。比如，在《人生》发表伊始，梁永安就将路遥作品中的高加林作为“可喜的农村新人形象”来评介。他认为，高加林之所以新，就在于这个人物的塑造，已经触及了农村变革的迫切与艰难，因为“小说描绘了主人公面临的重重阻力。这使我们从偏僻乡村的一角，看到现代化车轮在乡间的小道上启动的艰难性，看到了落后的农村错综复杂的生活矛盾，更激发出我们变革的强烈愿望”①。在这个意义上看城与乡的关系，就不再是上层与底层的关系，而是另外一种关系，即两种不同的生活方式所引发的人际关系，这可能是一种交往，也有可能是一种冲突与和解。城市社会中人与人的“交集”是以另一种方式显现的。门对门的邻居之间，不是以血缘建立邻里关系，而是以组织、单位、集团或者通过经济关系而结成邻里。所以，他们的交往少有日常生活的交集。而在乡土（熟人社会）中，人与人的关系却不是这样的，鲁迅在《故乡》《社戏》等作品里回忆故乡时，他写到的人物，“我们年纪都相仿，但论起行

① 梁永安：《可喜的农村新人形象——也谈高加林》，《文汇报》1982年10月7日。

辈来，却至少是叔子，有几个还是太公，因为他们合村都同姓，是本家"[①]。他们都是依赖于血缘和家庭伦理来维系的亲属关系都是按一定的家庭内部的"差序格局"[②] 来确定的。而在新的人际关系中，你就是你，我就是我，我们可能出于某种巧合或机缘，相互有交流，但各自走开后，相互遗忘；或是共同遵守一种公共秩序、共同维护一个集团的利益，即个体与个体的关系由"团体格局"来确定。

城市社会空间的区隔和"团体格局"的存在，一方面使个体获得相对的自主与独立，另一方面也使得人与人之间的隔膜成为一种常态，因此，个体孤独往往成为城市伴生物。也就是说，当城市的生活方式发生了变化，其精神状况也会因此发生新的调整。这也就是范小青的《城乡简史》、吴君的《亲爱的深圳》、墨白的《裸奔年代》等一系列小说的立意和主旨。倘若将落后山区的农民与在深圳生活了半辈子的人放在一起，那是很难"和谐"的，就是余华所说的"我们生活在巨大的差距里"[③]。当然这里仍然需要介入交往的观念，而不是先入为主的价值判断。在深圳、广州等工业化城市，人与人之间的关系主要是通过交往与消费完成，而农村自给自足的生产方式在本质上拒绝城市的消费行为，比如足不出户的网购、外卖、送货上门，抑或香薰精油、蛋白面膜（范小青《城乡简史》）等高档、奢侈的生活消费，尽管年轻人可以接受，但对老一代农民而言，仍然是一个神话。也就是说，生活方式一旦发生变化，与之相关的一切又可能发生剧变，同样，这种方式和自己原有的生活经验一旦发生冲突，人与人之间的关系也会因此而改变，相应地，文学的表现内容和表现方式也会发生变化。

事实上，今天的城市文学在某种意义上，尚未达到20世纪30年代穆时英、刘呐鸥、施蛰存等"新感觉派"所写出的那种城市文学的都市化书写高度。吸引"新感觉派"作家的"不是宁静的乡村和自然的风貌，也不是

① 鲁迅：《社戏》，《鲁迅全集》（第1卷），人民文学出版社2005年版，第590页。

② 这里的"差序格局"和"团体格局"是费孝通用来概括"以家族为本位的乡土中国的人际关系"与"以宗教为本位的现代西方社会的人际关系"的两个概念。费孝通：《乡土中国 生育制度 乡土重建》，商务印书馆2011年版，第25、33页。

③ 这是余华的一篇散文的标题，也是他的同名随笔集，余华《我们生活在巨大的差距里》，北京十月文艺出版社2015年版，较为畅销，2018年曾第6次印刷。

喧闹的纱厂和肮脏的棚户区，而是由舞厅、影院、夜总会、咖啡厅、股票交易所、西式公寓和繁华商业街所汇聚成的都市奇观”①。他们的城市文学是以都市景观和都市生活为主要关注对象。在书写方式上，他们的城市书写，已经达到了都市景观的视觉化效果，即读者可以看到、感受到完全区别于乡村社会的另一种生活方式。新世纪文学中，表现城市与乡村空间差异、聚焦家庭生活空间的作品尚不够丰富。大多数城市文学仍然是“乡里人的城市想象”的作品，② 比如刘醒龙的《挑担茶叶上北京》、刘庆邦的《到城里去》、夏天敏的《接吻长安街》等作品，在很大程度上仍然是城乡交往的文学，尽管他们的叙述的空间在北京大城市，但是仍然没有摆脱 20 世纪 20 年代“乡土文学”对乡土的描述方式和情感体验，也没有摆脱乡土社会中人与人之间以乡为归宿的伦理关系，所以表现为半城半乡的“恋乡”情结，即对行将逝去的农村、乡土的眷恋引发的伤感和喟叹，与“海派”作家的“感观”完全不同。读“海派”作家穆时英的作品，让人惊奇，诧异。人和人之间什么关系也没有，或是完全的陌生人，或是一种商业往来关系，比如《夜总会里的五个人》，他展示给读者的空间、场域、人与人之间的关系等，都是这样，即都市是“冒险家的乐园”。在张爱玲的《封锁》里，一男一女两个人在电车里相遇，你不认识我，我不认识你，然后以没有任何准备、没有任何背景地相遇了，相识了，相爱了……尽管电车解除封锁后各奔东西，但这似乎就是城市，因为陌生，交流才显得顺畅。城市，以另一种方式展开人与人之间的交往关系。

对比而言，乡土社会的变迁，一方面需要先知先觉的乡村智者，另一方面需要有外来思想的介入。而乡村智者往往又是乡村伦理和传统文化的维护者，乡村的现代化却往往表现为与新的生产方式和思维方式相对应的“典型人物”的出现。老舍的《骆驼祥子》就是写这种城与乡的交往：土地破产，祥子所代表的农民生活方式掺和到城市之中去。比如虎妞与父亲刘四之间的关系，虽说是具有血缘关系的父女，但在小说中他们这一层关系很明显是被另外一种关系所取代，那就是资本与人的关系。老舍当时在

① 孙绍谊：《想象的城市——文学电影和视觉上海（1927—1937）》，复旦大学出版社 2009 年版，第 71 页。

② 也有一些作家的城市书写意识非常超前，属于跑在城市文学前列的，比如王安忆、金宇澄的上海叙事，弋舟的兰州叙事等，其城市化特征鲜明。

英国东方学院留学时接触到狄更斯、康拉德、奥斯丁等人的作品，[①] 所以他也很自然地写了以城市为中心的作品，比如《离婚》中的老李，他已经在北京上班了，妻子还在乡下，让他矛盾的问题是，要不要把她从乡下接过来。这里写出了主人公老李在意愿上想主动融入城市生活，但在观念上还停留在另一个世界，那就是乡村的世界。而祥子的悲剧就是他的主观意愿中抗拒城市的生活方式，自认为有身体作为资本，可以万事不求人，可以在城市立足，他相信以身体为前提的“勤劳可以致富”。这与刘四、虎妞的观念完全不同。虎妞认为，倘若我有钱，就不天天去干重活；她认为，父亲盘剥了她，她就有理由出卖他，等等。但祥子的观念就是农业社会自给自足的小生产者的那种一贯的追求，凡事求诸于己，宁可自己吃亏，也当万事不求人。

无论是老舍作品中的城市，还是老舍留学英国时所接受的在资本主义社会发展初期状况影响下的《德伯家的苔丝》《远大前程》等作品，在今天看来，依然存在乡土社会与城市社会之间截然不同的对比。比如写乡下人到城里去做工，然后回到乡下后，带来了截然不同且全格格不入的生活方式和思维观念。相反，新世纪农村题材的小说则有意识地表达乡村社会与变动不居的政治、经济、文化之间的“切身”关系。城乡文化的互动，来自城市主体与农村主体生活习惯和价值观念的交流、碰撞仍居于次要地位；居于主要地位的是：城市（文化）的主动“输送”和乡村的被动接受，而对回乡者改变中国农村的事实并未能引起足够的重视。首先是城市对乡村输送文化，比如农家书屋，文化下乡活动，广播电视村村通；其次是对于现代文化信息资源的城乡共享，比如公共电子信息阅览，网络资源共享等。就文化事业的投资来看，国家也从宏观的政策层面对文化的共享与传播投入大量的资金。[②] 而文学中的“农民工改变中国农村”的叙事也

① 彼时英国的富强、文明，令老舍感叹，但是英国人总体上保守、安稳，不喜革命，这与传统中国农民性格极为相似，也促成了老舍对英国小说中国的现实主义描写的兴趣。参见王军《老舍与中国》，《杭州大学学报》（哲学社会科学版）1990 年第 3 期。

② 据统计，新中国成立以来，从“一五”到 2001 年，国家对文化事业的投入共计 610.42 亿元。而 2007 年至 2011 年，5 年间国家投入的文化事业费达 1454.99 亿元，年均增长 20%，5 年相当于前 50 年两倍有余。本数字来自引自《十六大以来民生领域发展成就述评之七：文化惠民照亮百姓生活》，《人民日报》2012 年 8 月 30 日第 1 版。

相对比较丰富。比如贾平凹的长篇小说《高老庄》中，大批村民到苏红的地板厂做工，获得了稳定的经济来源；地板厂形成了具有一定规模的消费市场，为高老庄人的生活提供了便利；稳定的经济来源和消费市场反过来促进了原本封闭的高老庄的经济发展和村民价值观念的改变，所以，“如果在城市受雇佣，绝大多数农民工的存款和技术并不会改变他们的社会边缘地位；但是只要回到家乡，这些资源会以切实的方式令农民工返乡企业家的社会经济地位得到提高”①。事实上，作为像“候鸟”一样、在城与乡之间迁徙的农民，进城只是他们人生的中转站，他们的终点仍然是乡下，因为城市高额的消费并不能使他们完成精神的市民化。虽然城市给他们提供了赚钱的机会，却没有给他们留下继续生活的现实基础，他们的心灵注定是出去后再回来，但是，这个“回乡”的过程异常艰难。返乡后他们才切身地感受到：故乡不再是自己记忆中的乐土，而是矗立在他们面前的“他者”。贫困与落后仍是横亘在他们面前的两堵墙，即使富裕起来的村民，他们的精神生活已经空洞不堪。如此，记忆中的城市与被城市“文明化”的生活观念出现了难以调和的矛盾。这种矛盾又在很大程度上促进了“城—乡”关系的混合形态的形成。回乡者对记忆中乡土的依恋，以及乡村世界对城市生活方式的想象与批判，在不经意间使各自被对方所改变。受乡村文明的召唤，回乡者寻找的乡村记忆，使乡民不得不看到自身本有的优势，在城市这面“镜子”的反照下，农民对自己的自在与自足有了较为理性的认知，而回乡农民工在此起了巨大的推动作用，“受城市文明的熏陶，农民工在城乡之间的流动使城市文明不断向乡村渗透，促进了乡村城市化进程，农民工成为城乡一体化的信使”②。

总之，城与乡的问题，究其本质是现代与传统的问题，并具体化为城市与乡村观念、城市生活与乡村生活方式的对比。在城乡二元思维对立模式下，城市被认定为先进的、富足的社会，而乡村却是落后的、贫穷的空间存在。进城者的谨慎和自卑很大程度上都是来自于他们对城市的隔膜。不过，这一观念在20世纪80年代，特别是新世纪以来正在发生变化，即城市不是天然地等同于富裕，同样，乡村并不天然地等同于

① ［爱尔兰］瑞雪·墨菲：《农民工改变中国农村》，黄涛、王静译，浙江人民出版社2009年版，第161页。

② 张连义：《新时期小说中农民意识的现代转型》，博士学位论文，山东大学，2012年。

贫穷。因为城市出现了大量思想并不先进或生活并不富裕者，也就是说，尽管城市相对农村而言，它的确有较为丰富的社会资源，但仍然有很大一部分人，并未能得以分享。目前流行的一种城乡差异的观念是，城市相对于农村而言，它象征着年轻、开放、消费性的社会空间，适于有劳动竞争能力的青壮年，而农村是持重、闭塞、生产性的社会空间，适于老年的群体生活。这是小说中回乡、望乡、审乡等叙事主题产生的背景。但不难看出，在这一系列观念中，作家仍然有意地将城市的消费性放大，强调城市作为竞争性的现代生活空间。从城乡社会的本质来看，无论是城还是乡，它首先是一个生产、生活意义上的现实空间，其次才是审美意识形态的空间存在。

第九章 城市化进程书写与社会文明价值建构

中国至今仍然是一个农业国家，人与人的交往方式和思维模式很大程度上仍然依赖于农业社会的生活经验。在城市化进程步伐空前加快的21世纪，传统乡土社会与现代城市文明并非彼此分明，而是经历着交融与互动的复杂过程，这也是中国社会实现现代性转换的必经之路。文学作为一种特殊的审美意识形态，它所记录的正是这一巨大的转型过程中的思想与情感、道德与欲望，所建构的也正是城乡社会交往中的时间与空间、人与人，以及人与社会之间良好关系的可能性，从而以其特殊的方式参与城市化进程中的城乡社会文明的价值建构，而作为具有“一定叙事长度”的小说，更以其独特的书写优势显现出对现实社会的审美判断和对未来生活的艺术想象。

从小说对现实生活的描写和对未知世界的想象来看，由于文学，特别是作为虚构艺术的小说，它出现于农业文明时期（或者是工业革命之前），所以，无论是文艺复兴以来的西方现代小说，还是20世纪80年代以前的中国当下文学，城市在很长时间被描绘、想象为乡村的“异己”，[①] 即使以诗意的方式表达城与乡，二者仍然几乎被描绘成没有交集的两个空间。随着工业革命时代的到来，现代城市文明的优越性进一步显

---

① 前者指文艺复兴以来的小说研究，如雷蒙·威廉斯的《乡村与城市》（其英文原著的标题为《现代小说中的乡村与城市》），作者对英国现代文学的城乡变迁进行了细致的分析，认为“巨大的拥挤城市”（Great Wen）、“庞然大物”（monster）、不健全的“拥挤城市”（wen）等意象被反复地运用于文学，而“庞然大物”作为城市的核心意象意味着相对于乡村的闲适，城市是拥挤的，相对于乡村的宁静，城市是扩张性的，相对于乡村的纯真，城市是贪婪的。后者指20世纪80年代以来的小说城乡关系研究，如高秀芹的《文学中的城乡》等著作，都较为集中地论述了此观点，特别是对小说叙事中的城乡冲突和乡土认同进行过深入的分析，而在罗伯特·阿尔特的《想象的城市——都市体验与小说语言》中这种城乡对立的观点逐渐趋于缓和。

现，城市的吸纳能力和包容性日趋增强。80 年代以来，虽然改革文学、知青文学和寻根文学都还历史地残留着部分“文革”话语及其思维惯性，但“就整个时代的文学形态和价值取向来看，却在自觉远离政治意识形态的中心话语基础上，开始寻求从文学的主体性出发去构建其全新的文学观念、创作主题和叙事方式”①。这一文学审美体系的构建往往是通过回顾、反思与城市化对立的乡土文化，以此获得观察转型时期的美学价值和文化内涵的审美体验，具体表现在城乡二元中的时空感知，城乡一体中的“人与社会”以及现代化全面发展的“人”等几方面。

第一节　城乡二元中的时空感知

空间作为与时间相对的一种物质/人在世界的存在方式，在“原初”的意义上并不存在等级差别和社会学意义上的区别性特征。② 但是，随着自然空间的社会化，即社会空间的出现，它才被赋予等级差别、社会功能、文化符号等区别性特征。城乡二元对立的空间存在形态就是在这个意义上逐渐形成的。那么，与时间相对应的空间，或者说地理意义上的无差别的、平等的空间存在最终走向分裂是空间发展的必然，还是空间形态异化的结果？

一

城市与乡村的空间形态最终由一体（无差别）走向二元是否会是一种社会发展的历史必然，这也是人文学者非常关心的话题，其表述多是基于城乡经验的对比表述。周国平说：“在乡村中，时间保持着上帝创造时的形态，它是岁月和光阴；在城市里，时间却被抽象成了日历和数字。……光阴是停滞的。城市没有季节，它的春天没有融雪和归来的候鸟，秋天没有落叶和收割的庄稼。只有敏感到时光流逝的人才有往事，可是，城里人整年被各种建筑物包围着，他对季节变化和岁月交替会有什么

① 陈超：《“城市化”的祛魅之途与认知重构——新时期城市化进程中“反城市”文化的思想检视与审美反思》，《学术论坛》2012 年第 4 期。

② 有关文学研究的空间转向等问题，已在第五章中作过论述。此处重点概括文学想象空间与人的存在之间的内在关系。

敏锐的感觉呢?”[①] 英国诗人库柏的名句:“上帝创造了乡村,人类创造了城市。”很显然,这是在时间感知中的城乡经验。理想意义上的城市,用绘画的语言来表达,应该是工笔画,而乡村是水墨画,是写意画。城市人追求的是细致与精巧,衣食住行,以完美为标准,重形而忽略神。曾经的乡村,古朴、自然,原始而神秘,虽没有华丽的形,却给人一种以形写神的美,犹如层层山峦后总有几家古朴但自在的乡村人家。所以,从精神家园的层面,将乡村置于城市之上,是有一定的道理的。可见,这里的乡村与城市,是作为相对比意义上空间存在,也是人类在具体阶段对城市和乡村所作的情感认知和价值判断。

从上述意义看,城市与乡村是按照各自的文化运行轨道和发展逻辑自行向前,且能够各美其美。但是,我们在前几章大量的文献梳理和文本解读中逐渐得出如下结论:有关城乡想象的书写和城乡关系的研究中,文学、社会学领域趋近的一个观点,即人类社会发展的必然结果是走向城市化,城市取代乡村的观点也大行其道。不难发现,这是一种典型的单向度现代性思维,即以单一的现代文明观念否定多样化的文化形态,甚至以工业技术文明否定传统乡土文化。就文学书写而言,论者往往对没有丰富的城市生活而写城市题材,或没有完整的乡村经验而热衷于乡村题材的作家持有不同程度的批判立场。持此论者认为,只有具有城市经验的人可以写城市,才能写好城市,同样认为,只有具备乡村经历和乡土经验的人才能写好乡村。也就是说,作家的城乡书写必须建立在城乡经验的基础上,即经验先于想象,甚至经验是现象的先在条件,否则缺少现实生活经验的写作不合法,甚至被认为是不道德的。这样的判断在我们看来是不确切的,甚至不无偏颇,诚如莫言在《城乡经验和写作者的位置》中说:

> 我自信我可以写城市,而且我也写过城市。我的自信是建立在小说是写人、写人的情感、写人的命运这样一个基本常识的基础上的。姑且不论现在中国的很多城市还是繁华的乡村,姑且不说中国的大部

① 周国平:《时光村落里的往事》,《愿生命从容》,北京十月文艺出版社2015年版,第220页。

分城市人上溯五十年多数是乡村人，姑且不论现在生活在城市里的大部分人并没有彻底挣断那条与农村联系着的脐带，即便确实有一批古老的城市人，难道他们就不是人吗？他们的思维方式真的复杂到让我们这种出身乡土的作家不能理解吗？我在城市生活了二十年，天天与许多比较地道的城市人打交道，他们的心思我很清楚，他们的优点我能认识到，他们的毛病我更能认识到。当然，城市的环境和乡村的环境有区别，比如城市有高楼大厦，城市有彻夜不灭的灯光，城市有灯红酒绿的夜生活，但这种外在的物质化的东西，更是比较容易了解的，一个农村来的小保姆，在城市生活了一年，在外形上你就很难把她与时髦的城市青年区别开来。也就是说，无论是从反映城市的现实层面上还是从反映城市的精神层面上，一个在某个城市生活了二十年的人，是完全可以完全能够写这个城市的。其实就是生活了两天也可以写，写的就是两天的感受；其实就是从来也没有进过城的人也可以写城市，就像从来就没有进过天堂、下过地狱的但丁可以写他的《神曲》一样。[①]

引用如此长度的一段，我们试图说明：并非一生居于乡村，才能写出乡村文化精神，同样，并非久居城市才能汲取城市文明之精髓。也就是说，在莫言看来，是否有具体的城市生活经历，并非是否具有城乡书写的权利的必要条件，更不应当上升到作者是否具有道德感的一种写作伦理批判。因为在莫言看来，作为一种文体，小说是“写人、人的情感、人的命运”的语言艺术，这是有关小说文体的基本常识，即使写城市或乡村以及城乡之间的交往，其主体是具体空间里的人的日常生活、思想情感与精神状况等等。进一步看，中国的城市，特别是“城—乡”关系书写文本中出现频率较高的、消费意义上的城市和现代意义上的城市——上海、北京、广州、深圳等一线大城市，仍有多种形态的乡村生活方式，即使是作为中国政治、经济、文化中心的北京街道，仍然可以看到轿车与骡马共存，古代与现代“结合”的奇妙景象。也就是说，当下中国的城乡交往、互融，以前所未有的丰富和广阔的方式显现着。对于作家，比如进城作

① 莫言：《城乡经验和写作者的位置》，《用耳朵阅读》，作家出版社 2012 年版，第 51 页。

家，他到城市一天，就有一天的城市生活经历，以及与之相关的城市经验，即莫言所说的“就是生活了两天也可以写，写的就是两天的感受；其实就是从来也没有进过城的人也可以写城市”[①]。事实上，有关“乡下人进城”小说中的“城—乡”关系书写，特别是像阿Q进城、骆驼祥子的进城等，与“漏斗户主”陈奂生上城、《乡下姑娘李美凤》[②]中的李美凤进城、《挑担茶叶上北京》[③]中的大方进城等大量的进城叙事，既有时代背景的不同，又有书写方式、书写姿态的区别，但他们始终关注特殊时空背景下有血有肉的“人”。从这个意义上看，城乡经验的书写，特别是“城—乡”关系的书写中有关经验的问题，其根本的问题不在于居于城市或乡村时间的长短，而在于对居于城市看乡村、居于乡村看城市，或者身处城乡交往、互动过程，对人的情感、命运以及人心世相的审美观察。

当城乡二元对立的关系发生改变，城乡之间人与人之间的交往方式也将发生深刻的调整。反过来，这一切变化又将深刻地影响当下中国的城市化和现代化进程。在这一进程中，文学以其独特的观察视角和书写方式关注这一特殊时空中人的精神走向。它一方面关注乡村的蜕变与城乡转型之间的细微关系，另一方面又适时地建构一种新的情感、道德，以想象的方式建构新农村、新市民社会。这种书写的价值趋向和审美方式为转型时代留下了弥足珍贵的精神履历，显现出一种人道主义情怀。

二

与“城—乡”关系的时空感知有关的另一个问题是，无论城与乡的关系，还是时间与空间的对比，首先是一个历时性的价值判断，然后才有共时性的情感认知。所以，我们在20世纪80年代以来的“城—乡”关系书写研究中，始终将“城—乡”关系放置在城乡社会发展的空间背景上，即从古代到近代，从农耕文明到机械文明，从西方工业化背景到中国农业社会的现代转型中，观察“城—乡”关系书写中以矛盾、冲突为特

① 莫言：《城乡经验和写作者的位置》，《用耳朵阅读》，作家出版社2012年版，第51页。

② 王手：《乡下姑娘李美凤》，《山花》2005年第8期。

③ 刘醒龙：《挑担茶叶上北京》，《茅盾文学奖作家的短经典·大树还小》，人民文学出版社2013年版。

征的二元对立叙事模式表现出的城乡对比景观，展示复杂多变的矛盾冲突，书写和建构多维立体的心理空间和价值空间，并在时空的并置中寻求人的主体性价值。

首先，人是空间的存在，且有寻求共享、平等空间的强烈意愿。“人是空间的存在”，这是美国空间理论研究学者爱德华·W. 苏贾的观点。[①] 其主要内涵是，在自然空间意义上，人与人并不被划分为不同的身份和等级，即空间具有正义性的内涵，但是，由于社会空间差异性地理的存在，空间的不平等性则是长期性的，甚至是永久性的。[②] 在社会发展的特殊阶段，由于制度的壁垒，使得城乡附带了身份和政治等区别特征，造成城乡交往阻断，空间的不平等和非正义性越发明显。80 年代以来的“城—乡”关系书写中，大量作家都注意到与此相关的问题。比如进城主题、交往叙事，以及女性进城与回乡、新乡土与城市想象等，较为集中地呈现了进城农民对城市的好奇、羡慕，其中既有终得进城后的欣喜与快慰，也有被迫还乡的落魄与无奈。大量小说所展示的是，无论是进城还是还乡，抑或无论是男性还是女性，当主人公与城市相遇时，他们感受的则是视觉和听觉的冲击，来自城市物质的富裕、文化的时尚、生活的享乐对进城主体的新鲜体验。这就是“城—乡”关系书写中矛盾、对立、冲突主题。而持对立、冲突立场的，往往是农裔作家，对城市产生羡慕、嫉妒、厌恶的则是进城农民。从阿 Q 的偏见到骆驼祥子的自尊，从吴老太爷的晕眩到巧珠奶奶的想象，从陈奂生的进城时的悠悠自得，到高加林进城时的进退两难等，[③] 作家无不将农民对城市的无限向往置于故事中心。

在这各类不同题材类型的“城—乡”关系书写中，我们不难发现，进城者对城市的态度主要来自于个体对城市空间的感知和想象。比如在

① 苏贾致力于空间研究和空间批判，并从“人是空间的存在”继续扩展，致力于空间正义理论与实践，以公正的权利为基调，奏响了拒绝空间隔离、反对空间资源不公平分配的空间研究新思路。参见［美］爱德华·W. 苏贾《寻求空间正义》，高春花等译，社会科学文献出版社 2016 年版，第 64 页。

② ［美］爱德华·W. 苏贾：《寻求空间正义》，高春花等译，社会科学文献出版社 2016 年版，第 44—45 页。

③ 上述人物分别出自鲁迅的《阿 Q 正传》、老舍的《骆驼祥子》、茅盾的《子夜》、周而复的《上海的早晨》、高晓声的《陈奂生上城》、路遥的《人生》等小说。

《陈奂生上城》中，陈奂生可谓开启了新时期以来城乡对立视角下的新一代农民进城叙事的序幕。在这一类“城—乡”关系书写中，城市往往以异端形象出现。在进城者心目中，城市与乡村的差距，主要来自于城市对“外来者”的拒绝。一旦进城过程遭遇难题，“外来者”会将城市感知转化为一种空间态度。陈奂生的典型意义，就在于进城农民被城市接纳、拒绝的复杂反应。当自己与“城里人”交往而利益受损时，他突然变得粗俗而不无暴戾，他将对县城和女招待的不满转化为对招待所房间的“折腾”，此前不敢触碰的干净的床单、洁白的墙壁、弹性十足的沙发等，这一切都成了他眼中的“敌人”。陈奂生将“进城农民”对城市的愤怒变为对招待所（城市空间）的憎恶，继而对其百般折腾，以达到消费（五元钱）的目的，获得心理平衡。新时期初期，虽然作家的空间意识并不明显，但他们对“乡下人”看待城市的视觉选择却非常自觉，比如路遥笔下的招待所、火车站，揽工的桥头、大牙湾煤矿、黄原师专校园，以及由田福军连接起来的县、地区、省城等色彩斑斓的城市空间场景。这是城市空间的场景化显现。很显然，如果将陈奂生、高加林、孙少安、九月、郑凡眼中的城市，与田福军、孙少平、田晓霞、高子路眼中的城市予以比对，可以看出，前者之于城市是匆匆过客，他们对城市认识就是招待所、商场、澡堂、街道；后者之于城市，他们不再是揽工汉、农民工，而是这个城市未来的主人，他们对城市的感知就是公平竞争的人才市场、为民谋福的办公场所、实现人生理想的“希望的田野”。所以，在城乡冲突叙事模式中，上述第一组人物，往往将城市空间想象为“异己”，而在第二组人物序列中，城市空间已被引为“知己”。

所以，进城者都有与他人共享空间资源的诉求，将空间想象为“异己”者，往往以破坏的方式报复城市（空间），而将城市引为“知己”者，因为他们适应（迎合）了城市规则，城市满足了自己的愿望，成就了自己的梦想，所以，他们相信城市才代表人类社会的前进和发展方向。空间对他们的包容，也强化了他们的空间认同。

其次，人是空间的存在，个体对空间的认同来自于空间对个体的接纳程度。在进城叙事中，人与空间的关系具体化为人与城关系。无论是城市的过客，还是城市未来的主人（市民），他们对于城市的感知更多来自于不同时期进城个体的空间感知。在城乡二元对立的思维模式中，城市空间往往只是作家想象城市的外在符号。从当代中国的城市历史发展来看，新中国成立初期，由于社会主义和资本主义之间的意识形态斗争，来自解放区的“人民文学”作家和农裔作家，其笔下的城市往往是消费的、享乐的场所，而不是工业生产化、日常生活化的社会空间。与之相对应，生活于其中的人——市民也成了“过客”眼中脱离劳动生产的肉食者、享乐者，不劳而获的剥削者，从而受到来自“过客”的道德批判。事实上，上述第一序列进城者（将城市想象为“异己”者），虽然他们知道总有一天自己要离开城市，回到故乡，但他们仍然会对那个曾经令自己炫目的城市再投以眷恋的目光。当他们回到故乡，回到农村，像蔡水清（须一瓜《雨把烟打湿了》）一样不再为纷扰的城市所蛊惑，决然地回到故乡，但他对城市女性钱红的爱讲卫生、安静脱俗等品质认同，会成为他进城愿望“昨日重现”。同样，当孙少平回到故乡听见孙少安因身心劳累而发出的一声叹息，仍然会被田晓霞那种无所畏惧的“理性与激情”所折服……事实上，无论是作为城市匆匆过客的进城务工者，还是因具有知识和技能成为城市主人的知识分子，他们对城市的不同感知来自于城市对他们的接纳程度。换言之，他们融入城市社会空间的机会的多少和自己能力的大小，决定了他们对所住城市的认同度。在这个意义上，他们对于有更多竞争机会、有更多成功机遇、有更多共享资源的城市是拥抱的，宽容的，赞美的。城市不养懒汉，它是冒险家的乐园，是奋斗者的天堂，这几乎成为孙少平、金水、郑凡、郭运等“城市淘金梦”者共同的生命主题。但是，城市又是投机者的市场，也是消费者的乐园，它遵循着优胜劣汰的丛林法则，奉行着由价值和价格互相撬动的市场规律。在这种规律和游戏法则中，总有些人被抛出按城市规则运转的巨大的摩天轮，他们只能遍体鳞伤地回到生活的起点，但他们对城市的想象没有休止，对城市的批判也从未停歇。他们用自己失败的命运不断证明着资源分配不均衡的城市对他们的伤害，也回味着曾经“潇洒走一回”地迈过城市中心广场时的光荣与梦想，甚至他们关心着自己曾经留下脚印的城市地标建筑位置的高低、场域的大小，以及电视屏幕上的城市 Logo。但是一旦回到现实，回到个体，回到内心，原本是人与人之间的正常交往，异变为个体与空间的敌对关系。他们必须面对的，是无处不在的不平等空间，以及逼仄的居住空间下尴尬的现实。他们以逃亡的方式表达对现实的反抗，甚至以极端的方式

(自杀、杀人、透支生命) 表达对“异己空间”的逃避。[①] 与此相对的另一个群体则是进城的幸运儿。作为高考制度、返城制度的受益者，或者竞争机会的得利者，技术革新的出类拔萃者，虽然他们从乡村进入城市的过程自然不比“城市过客”轻松，甚或更加艰辛，但他们进入城市后，由于能够与原有市民共享城市物质、精神资源，又有“农转非”户籍制度的保证，从而对城市空间有更多的认同。难能可贵的是，他们既没有背叛相对健全的乡村情感和伦理道德规范，又能接受新时代精神，遵循竞争规则，于是成为一个城市的新一代市民，城市新的主人。因为他们的存在，一座城市获得了新鲜的活力。

总体而言，“城市过客”的反抗叙事数量较多，书写比较成功，而城市新主人的时空感知和价值建构略有不足。应当说，这是“城—乡”关系书写值得开拓的、重要的叙事空间。

总之，四十多年来，有关进城主题的小说书写数量空前增加，且在空间书写观念方面有明显的变化。对于空间的感知也逐渐从二元对立思维向城乡交往的书写方式转换。具体而言，空间在“城—乡”关系书写中，逐渐被赋予一种主体性，它不再是一个自在自然的容器，而是人的一种存在方式。所以在小说书写中，作家极力面对的，就是城乡交往中因制度壁垒、资源分配不均等引起的观念碰撞、人心的裂变和因此而致时空感知，从而在客观上促进了城乡一体化理想空间的建构。

第二节　城乡一体中的“人与社会”

对于城乡差距、城乡之间的流动要素，以及乡村文化优势资源的发掘，也是20世纪80年代以来作家和社会学家所极力关注的。可以说，在城乡之间调节利益关系、协调社会关系、解决社会问题，以构建和谐社会，是中国社会现代化的基本问题，它不仅仅是解决城与乡的地理空间差异的需要，更关涉具体时空背景下人与文化、历史、政治等关系的现代性构造。

---

① 比如许春樵的《屋顶上空的爱情》中的郑凡、须一瓜的《雨把烟打湿了》中的蔡水清、方方的《涂自强的个人悲伤》中涂自强、熊育群的《无巢》中的郭运等均是如此。

第一，确认乡土文化的自足性在中国现代化历程中，如何确认现代文明与传统文化的关系，这是自“五四”新文化以来人文学者和社会学家关注的焦点问题之一。有关乡村与城市是否能够走向一体，各自是否具有不可替代的独立品质，在不同阶段有不同的答案。如果说，“五四”一代作家和人文知识分子，更多是将乡土文化作为一种静态的、封闭的旧传统，并予以情感的、道德的批判，那么，到20世纪30年代，当激进的文学、文化变革思潮回落后，有关于乡土文化的本质、乡土文化与现代文明的争论逐渐兴起，两种文化立场在一段时期此消彼长，形成了文化对峙。这种对峙已经不是简单的矛盾与冲突，而是指向乡土文化与现代文明（包括城市文明）的一种纵深交往。乡村文化本身的复杂性得以呈现，它一方面被认为是落后的，同时其淳朴的品格不断被发掘，另一方面，城市被认为是先进的，却带有先天的“非人性道德”。可以说，城市与乡村的关系一直处于现实交往与未来想象当中。在全球化语境下，乡村与城市，传统与现代，东方与西方，不是简单的先进与落后，而是从单一的对立走向多元对话的关系，其主客体之间相互平等，多元主体相互并存的“主体间性”① 正在形成。城乡之间互为客体，即肯定乡土文明存在的必要性，城乡文化共存的可能性。比如在20世纪30年代，费孝通写《论文字下乡》② 时，所针对的就是以文字下乡、文字输入的文化启蒙。对当时盛行以识字之多寡来区别城里人与乡下人的知识主义观点，费孝通却不以为然，他认为单纯的知识启蒙从根本上是有问题的。但是，在费孝通看来，语言（文字）本身不具备事物或动作所具有性质，而是靠“联想”作用将“意义”加诸语言，而语言“本是用声音来表达的象征体系”，③ 只有在交流体系中产生意义。乡村社会的交往主要是在熟人社会——（面对面社群）中进行，且文字在乡村社会里并不是唯一的，也并非必须，而

---

① “主体间性”是借鉴哈贝马斯的交往理论对康德主体性理论的进一步开拓，该理论强调主客体之间互为主体，二者相互平等，甚至认为多元主体相互并存，从而打破了主客二元论思维。参见刘再复、杨春时《关于主体间性的对话》，《南方文坛》2002年第6期。

② 费孝通：《论文字下乡》，《乡土中国　生育制度　乡土重建》，商务印书馆2011年版，第12页。

③ 费孝通：《论文字下乡》，《乡土中国　生育制度　乡土重建》，商务印书馆2011年版，第16页。

文字作为交流的工具主要是在有空间和时间阻隔的时候，即不能面对面交流的时候，出于表达和交流需求，才使得文字的出现意义真正显现。对于文字下乡运动的质疑，费孝通的出发点，实际上是针对“带着文字下乡”的知识分子（包括作家）而言的。比如，虽然要推行文字下乡，但应该消除一种错误的观念，即切不可将不识字的人（或称文盲）当作“愚昧”看，亦切不可拿文字（知识）启蒙、教化乡村民众，需要在观念中消除知识优越感和城市优越感。他说：

> 我决不是说我们不必推行文字下乡，在现代化的进程中，我们已经开始抛离乡土社会，文字是现代化的工具。我们要辨明的是乡土社会中的文盲，并非出于乡下人的“愚”，而是由于乡土社会的本质。而且我还愿意进一步说，单从文字和语言的角度去批判一个社会中人和人的理解程度是不够的，因为文字和语言，只是传情达意的工具，并非唯一工具；而且这工具本身是有缺陷的，能传的情、能达的意是有限的。①

对于语言的传情达意功能的表述，本应是文学家向来最坚持的观点，但是“城—乡”关系书写作家发现了与社会学家“相似的秘密”。这就是乡土小说（或乡村题材小说）在塑造乡土人物形象时，更多地描写其品质中“我本善良的先天性”，而不有意强调这种优秀的品质的后天由来。比如路遥《人生》《平凡的世界》中刘巧珍、孙玉厚、孙少安等人物身上所具有的、知识和文字不能替代的美好的品质，特别是刘巧珍。刘巧珍虽为乡村女性，她向往知识，爱慕知识青年高加林，但是她确定高加林在城里有了令他满意的工作，对自己土里土气的言行举止不再感兴趣时，她表现得自卑而后自尊，毅然离开了那个并不属于她的“公家人”，从此不再去县城找他。路遥塑造的刘巧珍，她虽不知书，却很达礼，她土而不俗，美而不妖，在强大的知识话语面前，她虽然也有自卑，但从不自轻自贱，她就像扎根于黄土高原上的山丹丹花，历经风雨，欣然坚守。它是黄土高

① 费孝通：《论文字下乡》，《乡土中国　生育制度　乡土重建》，商务印书馆2011年版，第17—18页。

原上的精灵！如果说，路遥在“城乡交叉地带”的矛盾中有所坚守的话，那么，这种没有保留的审美判断就是他典型的审美立场。

新时期初期，路遥、铁凝，以及高晓声、贾平凹等较早关注“城—乡”关系的作家通过鲜明的城乡对比的视角，写出了源于自然的、健康的、乡土的乡村精神。这种精神往往是通过有别于城市消费社会紧张的人际交往，显现以亲情伦理和道德美感为基础的乡村社会的人际关系，即乡村社会得以稳定发展、代代相传的民间伦理。所谓民间伦理，事实上就是与官方相对应的、处于自在状态的普通民众待人接物的道德准则。换言之，“民间伦理”，即一种“自生自发的秩序”：“它是民众主体之间（*people-to-people*）以好坏、善恶为基础的交往原则，其对立面恰恰是知识分子以自我反思、民众启蒙、制度变革为基础的理性诉求。”① 民间伦理之于普通百姓的一个鲜明特征是对以血缘为纽带的家庭伦理不约而同地遵守。在《平凡的世界》中，孙玉厚（孙少安、孙少平的父亲）老人，为了他的弟弟孙玉亭费尽心血，先供其读书，后为其娶妻，而后为其让出新窑。他深知长兄如父的家庭责任，宁可让自己的住处破烂不堪，甚至家徒四壁。兄弟的亲事已经让自己费尽周折，接踵而至的是大儿子孙少安的婚事、住处，以及二儿子孙少平和女儿孙兰香的学费。苦焦的生活并没有将其压垮，他相信勤劳、善良、本分的人，老天总会眷顾。在孙玉厚来看，自己的父母早逝，弟弟的长大成人后箍窑娶亲之事必须由自己（长兄）承担，这是天经地义的，是自己义不容辞的责任，处处以“责人之心责己”，唯其如此，才能告慰泉下老父，才无愧为一个地道的男人。很显然，孙玉厚所遵循的就是一种长兄如父的家庭伦理和家长绝对责任意识。路遥将这种仁厚、道义，以及责任感、承受力赋予一个大字不识几个的、憨厚老实的农村男性——“道德完善者”，而没有赋予其弟弟孙玉亭——尽管他曾读过书，进过城，见过世面，并一度成为城里人，甚至也还是令很多人羡慕的“公家人”。但真正理解孙玉厚道德义务和家庭责任的，却不是其弟弟孙玉亭，而是他的子女和妻子。

---

① 张继红、郭富平：《张贤亮小说中的知识分子与民间》，《中国现代文学研究丛刊》2017 年第 12 期。

与乡村“道德完善者”相关的是“乡下人进城叙事”中的“精神自强者”。与城市文学中表现的消费性和商业性特征相比，“乡土文学”中的农民形象往往以被物质贫困所逼迫，被迫选择进入城市以改变现状的道路，其奋斗过程也是其自强精神显现的过程。早在20世纪30年代，老舍塑造的祥子就是这种自强人格的典型。作者借祥子“三起三落”的故事结构，批判了“城市文明病”毁灭乡村青年的健康肉体和自强精神的事实。在此后“海派”和“新感觉派”小说中，城市既是冒险家的乐园，也是罪恶的渊薮，进入城市者必须有足够的抵抗城市腐蚀和诱惑的“强力意志”，成为“精神自强者”。路遥的《在困难的日子里》塑造的自强人格恰恰是路遥写作的精神动力。这篇小说的影响与路遥的很多作品一样，不是因为艺术手法的新颖和艺术观念的创新，而在于人物与社会关系的真切讲述中自强者马建强精神人格的塑造。马建强在生活最困难的时候考上了大学，他即将进城，成为“公家人”，但贫困的家庭让他悲从中来。在这悲喜交加的时候，村人们拿出救命粮倾心相助，那种乡间的温情和道义让他百感交集。当施舍和怜悯、屈辱和鄙视以及“百家姓粮”一起到来，他所经受的则是物质与精神、饥饿与人格、胃囊与尊严、灵与肉的煎熬，最后在自我道德提升的精神鼓舞和无私友情的帮助下，驱散了心中的魔鬼。[①] 这类不无励志的类型化写作深刻地影响和建构了一代代中国青年人生道路的选择和人格精神的提升，诚如雷达先生在谈及路遥的《在困难的日子里》和木杉、曾德厚的《有意无意之间》的现实感与历史的沟通问题时说，这两个作品“都表现了一种与物质利益相颉颃的美好的、强大的、积极向上的精神力量，一种能够将人提高和升华的力量，一种来自民族传统美德基础上的尊严感、自豪感和人格力量”[②]，即“道德的完善者”在乡土叙事或“乡下人进城”叙事中往往会形成一种与土地意识相连的道德感召和精神鼓舞，诚如赵学勇先生谈及路遥的道德意识和伦理观念时所言：“他笔下的人物形象，无论是父辈一代，还是奋斗着的

---

① 相关情节见路遥《在困难的日子里》，《一生中最高兴的一天》，北京十月文艺出版社2012年版，第276页。

② 其中《有意无意之间》是知识分子题材的作品，而《在困难的日子里》是写农村青年马建强在饥饿年代上大学时受村人物质和精神赞助后的道德感恩的作品；雷达的论述见《文学的青春》，湖南人民出版社1985年版，第41页。

年轻一代；无论是走向城市的农村‘知识者’，还是扎根乡土甘当农民的农村新人，都无不闪烁着道德的光辉”①。从而有了孙少平这一类进城者，吃的是窝窝头，看的是《参考消息》，胃里的饥饿在翻江倒海，心中所想的是干出一番惊天动地的大事。虽然路遥写这部作品时，距离自己经历的“60年代”“饥饿记忆”已有二十余年，但它对于读者，特别是农村读者的精神成长意义非凡。

可以说，农裔作家对进城青年进取精神的建构，往往赋予一种道义的支持和情感的认同。在他们的认知结构中，农村青年在面对农村与城市、传统与现代这些人生难题时，他们往往表现出一种自我的矛盾。一方面，他们面对城市，难以走出浓郁“乡土情结”，所以“赞美真挚，谴责伪善”，遵循民间伦理的道德原则；另一方面，他们又真诚地拥抱现代文明，向往城市生活，试图适应城市生活，他们能接受时代发展的必然趋势和社会前进的内在逻辑。两者叠加，在矛盾和张力中展开的人物行动逻辑则具有自我实现的未来之美，为读者的自我认知提供了强大的建构力量，这对现实社会的建构意义是显而易见的。

第二，寻求自足健康的精神生态。乡村是否具有自足而健康的精神生态，这个问题并非城市化速度加快的20世纪80年代以来才如此凸显，而早在五四新文化运动之后即已成为学界讨论的热题。晏阳初、梁漱溟、陶行知、费孝通等乡土文化实践者从不同角度论证了传统乡土文化的自足性，其共同观点是，即使工业化、城市化的速度再快，居于其中的社会主体仍然是人，而不是作为地理、自然意义上的城市或乡村。但是，正如叶圣陶早在《多收了三五斗》、茅盾在“农村三部曲”（《春蚕》《秋收》《残冬》）等小说中揭示的那样，传统的农业和手工业在国外资本和大机器生产面前的弱势已暴露无遗。在那里，我们看到，传统农业生产方式已经无法抵御大机器批量生产和规模化生产方式的冲击。建立在自给自足的小农经济基础上的乡土文化面临着迫切的转型。那么，传统乡土文化将何去何从？如果说，乡村的确需要建设，也缺少具有号召力，能带领众人致富的能人和知识分子，那么，在城乡差距日益严峻的现实矛盾中，如何让

① 赵学勇：《路遥》，吴小美、赵学勇编《中国现当代作家作品研究》，兰州大学出版社2002年版，第334页。

有意愿建设农村者乐意地回到农村，去拥抱乡村，建设乡村。很明显，道德的规劝和政策的规约都有明显的局限，且道德的规劝也只能是暂时的止痛药，而乡村文化对城市文化简单的拒斥由来已久，且这种拒斥也只能是“阿Q式的嘲笑”[①]。那么，城乡差距能否真正缩小？在城市文化面前，乡村文化何以自信？是否有一种力量能让乡村文化与城市文化平等对话？优秀的小说作家是否以某种自觉的意识建构了既具有形式感、又具有文化价值的意义世界。

在美学家苏珊·朗格来看，但凡形式，都是有意味的，而在苏珊·朗格、桑克蒂斯等美学家看来，艺术即形式。[②] 优秀的小说作家，特别是长篇小说作家都具有形式感和结构意识。当然，这里的形式感，不是现实主义文学批评中的内容决定形式，也不是雕塑、舞蹈的可视性的外观，而是作为一种文体在总体结构上的安排与内容所同时具有的意义、内涵。在20世纪80年代以来小说的“城—乡”关系书写中，作者的社会价值建构理想主要是通过人物的情感取向和文本结构来实现，这在现实主义小说文本中表现得最为明显。在人文科学领域往往被阐释为绿色生态、健康饮食、重然诺的道德境界，或是与自然同生共长、日出而作、日落而息的生活、生产方式。

在小说叙事展开过程中，乡土文化价值取向往往被具体化为人与人之间的交往关系，从而形成具有某种形式感的文化结构意义。比如孙惠芬的《歇马山庄的两个女人》中的潘桃就是作者塑造的、有更多自觉和自我意识的乡村女性，也是作者建构乡村社会文明的一个重要表征。在潘桃看来，婚姻是人一生重要的事，须当谨慎对待，但婚姻的重要性并非大摆排场、大操大办才能显现婚姻双方中女性的重要。相反，她认为，结婚需要仪式，但不是表演，甚至潘桃认为：“什么事情搞到最火爆，就意味已经到了顶峰，而结婚，只不过是女孩子人生道路上的一个转折，哪里是什么

---

① 在《阿Q正传》中，阿Q对城里人“将长凳称为条凳”“煎鱼用葱丝”的做法很不以为然，认为城里人是错的；倒是对城里连老少们打“麻酱”（麻将）很是佩服，“小乌龟子都叉得很精熟”。所见皆为浮皮表面，这恰恰暴露出阿Q的短视与狭隘。上述均引自《阿Q正传》，《鲁迅全集》（第1卷），人民文学出版1981年版，第508—509页。

② 持上述观点者有苏珊·朗格、王尔德、桑克蒂斯等美学家，参见马新国主编《西方文论史》，高等教育出版社2002年版，第287—295页。

顶峰？再说，有顶峰就有低谷，多少乡下女孩子，结婚那天又吹又打，披红挂绿，俨然是个公主、皇后、贵妇人，可是没几天，嫁妆洁白如玉、脸上的胭脂尚未褪色，就‘水落石出’地过起穷日子。”① 而潘桃绝不想在一时的火爆过去之后，用一生走心情的下坡路。于是，她为自己安排了一个简单的婚礼：“跟新夫玉柱到城里旅行了一趟。”② 这次旅行婚礼非常简单：一顿肯德基，一顿米饭炒菜，随便什么旮旯里的小馆子，然后每人一碗葱花面，你情我愿，没有繁文缛节。小说中，作者借刚刚结束旅行结婚回家，即遇上同村李平大操大办婚礼时有意表现特立独行的潘桃的姿态，提出了自己对新式婚姻仪式的认同：“潘桃这看似朴素的婚礼，其实是一种精心的选择，是对宿命的抗拒。潘桃的朴素里，包含了真正的高雅。”③ 很显然，这是作家借主人公之口，提出自己的婚姻观，或者借潘桃之口，回答当下乡村女性以铺张、豪华的方式要求男方大操大办背后的心理秘密。

很明显，从叙事策略和结构方式来看，《歇马山庄的两个女人》所采用的是对比结构方式，以此推衍出作者的价值判断。与同样有城市经历、看尽城市万家灯火、又回到乡村的李平相比，潘桃选择的结婚仪式是朴素的，同时也是刻意张扬的。但她张扬的是简单，是个人的独立判断。这里的张扬，不是外在的排场，而是内心自我的彰显，是潘桃自我确证的一种方式。她将简单作为幸福感的重要指标，她觉得“有了这样巨大的幸福，有了这样巨大的与众不同……再也不似从前那样傲慢”④。两相对比后，作者这样写：成子媳妇的风光（指李平和成子结婚时的排场——引者注），“外表很现代，性格却很传统，外表很城市，性格却很乡村，一个彻头彻尾的两面派”⑤。实际上，这是出于对自我认知的不确定而引发的心理失衡。令人深思的是，自以为已经很具有城市气质的潘桃在李平那场豪华奢侈的婚礼仪式面前，仍然显现出一种微妙的失衡，甚至也嫉妒起李平来。越到故事的发展，这种心情越像迷雾一样缠绕于自认为阅尽城市繁

① 孙惠芬：《歇马山庄的两个女人》，《人民文学》2002 年第 1 期。

② 孙惠芬：《歇马山庄的两个女人》，《人民文学》2002 年第 1 期。

③ 孙惠芬：《歇马山庄的两个女人》，《人民文学》2002 年第 1 期。

④ 孙惠芬：《歇马山庄的两个女人》，《人民文学》2002 年第 1 期。

⑤ 孙惠芬：《歇马山庄的两个女人》，《人民文学》2002 年第 1 期。

华的潘桃的心间，使得她自感像钝刀子割肉一样生疼。

当然，在这种具有城市化倾向的个体价值建构中，那些曾进入城市又回到乡村的“新人”们的新质是否自足，尚需进一步探讨。比如在潘桃和李平的心理较量中，她获得平衡的方式是对自己已经接受了城市现代观念的自我满足，即“与众不同”，她自认为李平只是外表现代，性格传统，外表“很城市”，内心“很乡村”，换言之，就是她认为李平“很土”。也就是说，那种现代的、城市的新质是否必须通过对比才能显现，作为自认为具有现代意识的潘桃的自我确证（或“存在感”）只有通过比自己更弱小、更显传统的“他者”才能真正体现呢？孙惠芬的思考显然是在这样的叙述中展开的。“在歇马山庄，一个已婚女人的真正生活，其实是从她们的男人离家（进城——引者注）之后那个漫长的春天开始的。”[①] 这是孙惠芬“两个女人故事”的对比结构的中心，其价值指向是健康而自足的生活态度和精神生态。孙惠芬是对乡村社会有深入体验的作家，大到乡村留守女性的心理较量，小到小鸡小鸭对一个持家女性的生活意义等，孙惠芬对描写对象的熟知和细致都令人赞佩。在运思方式上，选择“城—乡”关系为书写对象的作家有着鲜明的乡村伦理认同，并以自然万物与人的生命相映照，以自然的伦常法则思考人之生死，即以自然的大结构映照人的存在，从而在生命秩序上达到个体与自然合一的“映照结构”。

这种映照结构在乡土意识明确、土地情节浓厚的作家那里，就是将自己的生命泥土化、乡土化，以土地的品格衡量自我存在的意义。“我热爱生，也热爱死，甚或冥思苦想地创造死的机会，而总是不得要领。生命不过是一些泥土而已，生前从各种各样的泥土中来，死后又委身泥土。”[②] 生命的存在方式是来自土地，最终委身土地，其过程各具特征。应该说，这不是作者空洞的感想，而是对天地空旷、苍茫，人生短促、虚幻的体悟。他们以生命映照大自然，生命境界得以豁然。很显然，农裔作家试图挖掘的就是这种来自乡土、根植于传统，又能够包容现代观念的乡村文化形态。但这样的建构理想在城市化进程快速展开、“城—乡”关系

① 孙惠芬：《歇马山庄的两个女人》，《人民文学》2002年第1期。

② 宗满德：《后记》，《乡村的颤栗》，敦煌文艺出版社2008年版，第263页。

发生巨变的时代，非但不能一蹴而就，甚至是一场漫长的马拉松。前文所述孙惠芬的《歇马山庄的两个女人》中的两位女性，在丈夫进城打工后的“第二天”，他们原本预设好的生活轨迹不经意之间发生偏转，这种变化突如其来，让她们措手不及。当丈夫进城打工后，她们的世界开始向另一个方向展开。如果说，关仁山的《九月还乡》、朱承荣的《于小满还乡》、阎连科的《炸裂志》《柳乡长》等小说中的“回乡”女性所面临的是熟人世界的道德审判的话，那么，孙惠芬、方方笔下并没有获得自足与自觉的潘桃、英芝们，面临的既不是他者审判，也不是道德指责，而是如何认识自我，确证自我。不无可惜的是，潘桃们虽然有城市生活经历，接受了民主、平等、自主、自由，以及开放包容、拼搏向上的现代城市精神，但是这些思想并未能入心、入脑，她们曾经的自足、自信，以及现代思想，一旦回到以血缘和家族维系的熟人社会，因尚未在心地生根，终将被强大的传统惯性所冲击，诚如鲁迅笔下的孤独者，开始重复自己先前所厌恶、奉行先前所反对的行为。[①] 换言之，倘若没有了强大的自我，“潘桃们”只能通过以自己曾经最不屑的方式与“李平们”攀比，以此来证明自己的存在。或者说，她们只有将他者作为镜子来反照自我，以确认自我镜像。但作者在寻求自足而健康的乡村精神生态时，既对潘桃们身上可能出现的现代品质充满期待，又对城乡交往过程中向往城市生活却不得其要领、不能真正认知现代精神的乡村青年予以揭示和批判。

乡村对城市的倾慕一开始是形式的，外在的，甚至是不加选择的，具体显现在说话走路、衣着打扮上。比如路遥《平凡的世界》中的王满银、孙玉亭，由于时代局限，他们看不到城市能给奋斗者提供的机会，能看到

① 鲁迅在小说集《彷徨》中塑造的吕纬甫（《在酒楼上》）、魏连殳（《孤独者》）等人物，他们曾经年轻气盛，是充满热血的、支持思想变革的青年，而后变成了自我否定的“停在原地点”的孤独者和彷徨者。鲁迅以一种矛盾复杂的心态表达了冲决传统、确立新知的艰难，比如吕纬甫曾经有过“同到城隍庙里去拔掉神像的胡子的时候，连日议论些改革中国的方法以至于打起来的时候”，而今对待生活“敷敷衍衍，模模胡胡”。他曾经嘲笑蜂子先是停在什么地方，“给什么来一吓，即刻飞去了，但是飞了一个小圈子，便又回来停在原地点”。而魏连殳，他是人们眼中古怪的“新党”，在黑暗中长久地孤独跋涉，终究屈从现实，做了军阀的顾问，过上了先前自己反对的生活。当魏连殳说出“我已经真的失败，——然而我胜利了”的时候，他的自我矛盾也得以凸显。上述两篇小说见《鲁迅全集》（第 2 卷），人民文学出版社 1981 年版，第 24、86 页。

的却是“投机”。无论是王满银将真假老鼠药分颜色包装，赚取一半利润，还是像孙玉亭怂恿侄子孙少安在砖厂开工生产时大搞点火仪式，为孙少安写报道稿“自我表扬”，并邀请乡、县一级干部，以扩大其“政治影响”等行为，在叙述者看来都不是理想的“现代人”。很显然，作者对有城市经历、但仅仅看到城市社会表象的王满银、孙玉亭们的投机心理所给予的不是理解与同情，而是揭示和批判。所以，在孙少安、孙兰香眼中，王满银是一个“二流子姐夫”，而孙玉亭则是“破败的革命老前辈”——尽管他还保持着高昂的“‘政治’激情”。① 可见，城市与乡村的交往初期，往往是城市光鲜的表面或时髦的形式对农村青年产生巨大的诱惑力，而后这种交往逐渐由形式单一、局域受限向方式多元、范围宽广转变。城乡交往开始向时空的纵深处发展，城乡各自健康自足的精神气质得以彰显，从而深刻地影响和感染了彼此，这种变化在20世纪80年代以来的“城—乡”关系书写中表现得尤为明显，比如方方的《奔跑的火光》里的乡村少女英芝模仿城里人唱最流行的《心雨》《九百九十九朵玫瑰》等歌曲、穿“露肩膀”“露肚脐眼”的裙子，并以此为荣；而关仁山《伤心粮食》中的王立勤、《平原上的舞蹈》中的尧志邦和徐早蝶也同城里青年一样学会了上网；甚至《伤心粮食》《九月还乡》《民选》中有钱有闲的农民也模仿市民打麻将、唱卡拉OK。② 城市像一块巨大的磁石吸引着变革时代的农村青年，让他们知道自己应当像流行歌曲中所唱的那样——“再也不能这样过，再也不能那样活”，③ 这是近距离体验了城市生活、被城市巨浪冲击过的农村青年的真切心声，集中体现了经济、文化变革中农村青年焦虑不已、躁动不安、欲望高涨地向往“外面的世界”的“集体意识”。

但是，快速奔向城市的农村青年接受的“新生活”往往是表面的，接受方式也是盲目，甚至会掉进“现代性幻觉”的陷阱。在城乡交往巨

---

① 路遥：《平凡的世界》（第3部），北京十月文艺出版社2012年版，第102页。

② 相关的文本梳理可参见安文军《当前小说中农民形象的社会学分析》，《中国农业大学学报》2003年第4期。

③ 与这句话同样流行于农村巷道和田间地头的歌词还有“我曾经向你问个不休，你何时跟我走……我一无所有”（《一无所有》），“跟着感觉走，请抓住梦的手”（《跟着感觉走》），“妹妹你大胆地向前走呀，往前走，莫回呀头”（《妹妹你大胆地向前走》），等等。

变中，乡村文化将以怎样的姿态立足于巨变的时代，城市文化是否会无往不胜，它如何面对乡村文化，这也是关注“城—乡”关系书写的作家不断追索的问题。在贾平凹《浮躁》中，乡下文学青年金狗进入州城后，当了记者，有机会接触各色时髦女性，金狗很快对城里女性石华产生了莫名的好感，并与之“发生关系”。在金狗心目中，石华要比乡下女孩小水“大方洒脱”，这种“感觉”的对比是通过金狗的视角展开的。在金狗心中，石华“直率大胆，易于动火骂人”，[①] 更敢骂领导以权谋私，敢批物价胡乱飞涨、敢说男人们没羞没臊。她很快成了金狗“城市人生”的“生活导师”。让金狗受教的，是她看出金狗进城衣着打扮不够“城市化”，于是她教金狗如何穿得体面，教金狗如何练习所谓“城市气质”，要他常洗澡，并教他跳舞……金狗迅速掉入了城市女性的“气质幻觉”。但是，从文本的叙述来看，这位口齿伶俐、能歌善舞、能如数家珍般叫出很多明星，且善于展现自己的优势，善于化妆的城市女性，她带给金狗的所谓城市现代是否是真正意义的现代呢？显然不是。实际上，石华表面现代，内里却是被城市的时尚和消费意识所捕获的女性。她识字不多，对现代生活的认识仅仅停留于浅层次的时尚娱乐消费。金狗有才华，有激情，有为农民请命的担当。石华看好金狗，恰恰是看到了他的质朴和才情，以及他作为年轻人的担当，以及先人后己的奉献意识。但她对金狗的欣赏最终兑换为对他的身体的占有。金狗的质朴在褪色，意志在消沉，他逐渐沦为石华欲望的猎物，而石华的所谓时尚和现代，更多表现为对物的占有。也就是说，在石华的欲望驱逐下，金狗逐渐成为被物化、被占有的对象。这种表面的现代，一方面给金狗以道德上愧疚感，另一方面又让金狗深陷欲望的深渊。他在道德压抑和欲望放纵中苦苦挣扎。所以，金狗的矛盾体验所揭示的是，城市化绝不仅仅是形式的华美和物质的享乐，当然，乡村也绝不是物质的匮乏和思想的保守，“现代”自有一种别样的方式。而进城者只有穿过欲望的死海，并获得物质的保障和精神的自主，才有可能成为现代城市合格的公民。

我们这里所谓现代，是马克斯・韦伯意义上的经济、法律等传统的决

---

① 贾平凹：《浮躁》，《贾平凹文集》（下卷），甘肃人民出版社 1998 年版，第 204 页。

定因素，以及心理态度、价值观、生活方式引起的变化的过程本身。[①] 韦伯从价值维度确证了现代性内涵，辨析了以时间维度的线性变化特征对现代性的界定，对我们理解城乡交往关系中的现代因素有重要意义。在快速城市化进程中，进城者倘若要成为城市合格、合法公民，这个过程必然是漫长的，甚至要完成一种精神的蜕变。生活空间和日常生活方式的变化，使进城者接受的城市文明与其原有的乡村生活观念出现龃龉、磨合，新的观念才得以产生。李铁的《城市里的一棵庄稼》中，崔喜知道与城里人接触，“自己需要打扮、需要修饰，需要融入”,[②] 她褪去“乡村之壳”的办法是借用化妆品遮蔽自己“乡土”之色，然后与城里人搞好邻里关系；而作为城市的一员，就要抵达城市的每个角落，每一条人造的河流，学会像城里人一样悠闲地散步……尽管如此，她仍然被城里人嫌弃。于是她悟到了在城市的生活逻辑：城里人需要秘密（独立空间）；乡村人需要互动与交往，没有秘密。自己错就错在她太主动地进入他人“领地”的行为——串门是对人的不尊重，她要改造自己，要入乡随俗，唯其如此，才能被人接受。值得注意的是，李铁通过崔喜的视角，写出了城市人的孤独与崔西串门的心理本质是一致的。孤独与交往的愿望没有边界，没有城乡之别，更没有贫富之分，这也正如另一位作家杨静龙在“城—乡”关系书写中也道出了同样的“人生”真谛。作家杨静龙在《遍地青菜》中更是借主人公之口表达了自己“城乡一家人”的理念：“其实，在多少年以前，并没有什么城市和农村之分。我们拥有一个共同的祖先，他的名字就叫农民。所以，我们的血脉是相通的，那些血最后终究会汇流在一起……”[③] 很显然，这是带有强烈主观愿望的“作者的话”，即倘若乡村以大地宽容和慈母爱心与城市交往，必然能被城市所接受。

所以，在寻求健康自足的乡村精神生态时，致力于“城—乡”关系书写的作家将更多的笔墨倾注于城乡文化内涵和城乡生活方式的交往，也

---

① ［德］马克斯·韦伯：《世界经济通史》，姚曾广译，韦森校订，上海人民出版社 1981 年版，第 301 页。

② 李铁：《城市里的一棵庄稼》，《十月》2004 年第 2 期。

③ 作家杨静龙借助城市雇主杨大哥和赵姐夫妇的话诠释了作者的“城乡一家人”的基本价值观。相关内容可见杨静龙《遍地青菜》，浙江文艺出版社 2013 年版，第 67 页。

极力发掘两种文化的交互影响中农村青年对城市生活的接受和吸纳，从外在模仿转向精神认同的过程。

城乡融合是一种文化的交流，也是两种文化的博弈。城乡文化的交流是两种思维方式和价值观念的对话与交锋，甚至可能是两种异质文化触电般的相遇。因此有论者会担心城乡交往会使乡村伦理和道德价值面临崩溃。[①] 比如，乡村社会人际关系的恶化，乡村不再是游子的精神家园，不再是知识分子想象中的田园世界，等等，这一切“症状”往往被归因为市场经济和城市文化。在这种担忧中，人们最关心的就是有关于传统家庭伦理体系是否崩溃。事实上，在生产、消费、交换为前提的市场经济原则下，血缘关系如何保持，孝道会不会被抛弃，乡村文明会不会因此而崩溃，也是作家不断尝试回答的叙事难题。这样的担忧在贾平凹、阎连科、关仁山、王十月等作家的小说中表现得非常明显。当然，这种担忧不无警示意义，但表现出对城市文化和现代文明的被动接受或主观拒绝。那么，传统走向现代的意义何在呢？这个问题缩小化的、同质化的质疑则是孝道到底是什么？我们可以借费孝通的说法作以简化理解。费孝通在解读《论语》时，他注意到，孔子在不同的人面前用不同的话来阐释“孝”的内涵和意义。[②] 那么，孝道在孔子看来到底怎样呢？费孝通的解读是这样的：

> 孔子没有抽象地加以说明，而是列举具体的行为，因人而异地答复了他的学生。最后甚至归结到心安二字。做子女的得在日常接触中去摸熟父母的性格，然后去承他们的欢，做到自己的心安。这说明了乡土社会中人和人相处的基本办法。[③]

也就是说，传统乡土文化中产生的诸如孝道、诚信等价值系统，不会因时代改变完全消泯，只是它的内涵会因人而异，也会随着生产方式的变

① 比如本文第一章中归纳“乡村溃败论”“乡土终结说”等论点支持者的担忧。

② 比如孔子对“孝”的解释有“父在观其志，父殁观其行，三年无改于父之道，可谓孝矣”“生，事之以礼；死，葬之以礼，祭之以礼”“父母唯其疾之忧”等。

③ 费孝通：《乡土本色》，《乡土中国　生育制度　乡土重建》，商务印书馆 2011 年版，第 11 页。

化而变化。鲁迅在离故乡、“走异路”“寓居城市”后极力批判“卧冰求鲤”“割肉饲亲”等不近人情的孝道,[①] 而是“肩住黑暗的闸门，放他们到宽阔光明的地方去”[②]，不是让子女继承愚孝，再一次背上因袭的沉重负担，即费孝通所言“做子女的得在日常接触中去摸熟父母的性格，然后去承他们的欢，做到自己的心安”[③]，是时代变化后“孝”的一种表达方式，也是子女自我人格实践——获得“心安”的过程。可见，不少城乡二元对立的矛盾叙事观，的确展示了丰富而具有张力的“城—乡”关系，但从根本上规避了现代性背景下城市与乡村“异构同质”的自然空间特征，也忽略了乡村与城市中所有故事和变故的承担者——人。

在这个意义上，我们更欣赏城乡交往叙事中所体现的以人为本的写作立场。因为这种立场并非隔绝城市与乡村，而是对照的审美视角，从而避免了“用城市的眼光写乡村和用乡村的视角写城市”[④]，即不割断城乡联系，不对立城乡关系，而是真切地反映当下社会发展进程中个体生存与城市、乡村的现实境遇。具体而言，从乡到城，变化的是时间与空间，而相对恒定的恰恰是人，是什么让“人”之外的“他者”成为横亘于人与人之间的壁垒？倘若从生死两端的哲学意义来看，自然中的生命萎谢后归还黄土。春华秋实，伤春悲秋，生老病死，自然法则，等等，都是因为人的感知和存在才变得意义丰富，价值丰盈。在这个意义上，“城乡本应同根生”并非虚妄，而乡土文明和城市文明各自的自足和健康素质将不断彰显。

第三节　城乡调和中的“人与人”

由于 80 年代以来中国社会发展的路径是由计划经济转向市场经济，

① 鲁迅:《二十四孝图》,《鲁迅全集》(第 2 卷)，人民文学出版社 1981 年版，第 251 页。

② 鲁迅:《我们现在怎样做父亲》,《鲁迅全集》(第 1 卷)，人民文学出版社 1981 年版，第 129 页。

③ 费孝通:《乡土本色》,《乡土中国　生育制度　乡土重建》，商务印书馆 2011 年版，第 11 页。

④ 张钧:《小说的立场——新生代作家访谈录》，广西师范大学出版社 2002 年版，第 144 页。

由国内市场转向国际市场，中国逐渐参与了更多的国际化的经济分工，对于大量的农村富余劳动力来说，流动成为一种主流趋势。但是，由于快速转型，生产力发展和人口流动在增加了农民劳动力收入的同时，也出现了巨大的城乡物质差距。“城—乡”关系面临着前所未有的调整与转型，城乡交往中“人与人”的关系也变得异常丰富而复杂。可以说，“城—乡”关系是20世纪80年代以来中国最为巨大的社会结构性存在，而“城—乡”关系书写也成为文学表现中国社会城市化、现代化过程中“人与人”关系的重要符码。

在讲述“城—乡”关系故事时，20世纪80年代以来的中国小说书写，特别是90年代以来的小说出现了明显的叙事转向，即从80年代的制度局限转向进城农民的道德同情叙事，这样的同情立场支撑了很多作家的农民视角和农民立场。“或许是出于一种对现实的深切关怀，作家们在叙述农民进城的故事时，大都会情不自禁地持有一种严正的道德立场，自觉地贴近农民的视角，来描绘他们在城市中遭遇的困厄、伤痛和毁灭。”[①] 倪伟的这种论断主要是通过新世纪以来青年作家荆永明创作的十多部小说来证明的。事实上，不只是荆永明，包括很多主要以进城为文学主题的作家，因为二元对立的城乡观念，虽然其人物形象鲜明、情节冲突明显，在很大程度上成就了路遥、贾平凹、刘庆邦、陈应松、王十月等“城—乡”关系书写作家。但是，强烈的“道德归罪”会将城与乡的交往故事简化为一种“苦难的历程”或控诉文学。在这一类作品中，“城市和乡村往往会被抽象化为两个对立的价值世界，农民们在城市的挣扎和毁灭，于是被演绎为一曲关于质朴价值观遭到毁灭的挽歌”[②]。所以，在小说书写的社会价值建构中，作家对现实社会的揭示和批判，对未来生活的想象与建构的功能也受到读者的质疑，换言之，在城市化和商业文化冲击之下，文学还能否反抗不断被物化的世界，能否呈现一个情感的、审美的世界？具体到“城—乡”关系书写中，主要表现在如下几方面。

第一，城市化是否必然带来精神颓废和道德状况恶化，作家是如何书

---

① 倪伟：《讲述外地人的尴尬》，薛毅编《乡土中国与文化研究》，上海书店出版社2008年版，第214页。

② 倪伟：《讲述外地人的尴尬》，薛毅编《乡土中国与文化研究》，上海书店出版社2008年版，第214页。

写和表达的？尽管不同经历的作家对现实判断和未来想象并不相同，但“城—乡”关系书写作家在想象理想世界时，对现实问题进行深刻揭示的同时，对未来也抱有持久的理想，他们以文学的方式始终建构着一个诗意的世界，这与社会学、空间地理学的观照方式有明显区别。在社会学和思想史领域，早在19世纪欧美工业城市化的进程中，既已形成了一种普遍的看法：城市人在生理、心理上都没有乡村人精力充沛，城市人也没有乡村人朴实肯干，甚至认为：“城市是人堕落的地方，城市生活是堕落的根源。”① 很明显，这种论述带有鲜明的城乡对立思维模式。而阿德那·费林·韦伯认为：“城市成长如同其所依赖的制造业的成长那样，有助于技工和工厂工人的发展。……城市人口生活在一个更为有效的生产单元。人口在城市集聚，促成精明能干之人脱颖而出；乡村人口来到城市，被看作开始缓慢地向社会、经济的上层攀爬；与乡村比较而言，城市生产或者留下很少的弱势群体，比如盲人、聋哑人、弱智等；另一方面，城市生活也导致精神病人增加。”② 当然，韦伯并没有否定城市化进程所付出的代价，比如自杀、犯罪率居高不下等情况。但总体来看，韦伯认为，城市化的利大于弊，好处多于坏处。而他更倾向于从社会理论的角度来观察城市与乡村：城市有可能引领自由与进步的思想。由于城市人口众多，职业多元，其兴趣和观点的多元化特征才有可能碰撞出思想和智慧的火花，进而产生更为广泛的、自由的判断，这是产生偏爱新思想、新行为、新观点的“新人”群体的重要条件。

而文学对社会的批判始终保持一种不倦的热切，并非一味地批判和否定。鲁迅在书写“二十年后回故乡”的底层农民形象时，一方面对其精神上所受到的奴役表现出一种悲愤，另一方面对其可能出现的“觉醒”寄寓了朦胧而真诚的希望。有论者在谈及述鲁迅《故乡》中叙述者“我”的出走与返乡时说：“回乡的叙事者目睹和经历了故乡的总体悲凉后的离开和诀别，就代表着对故乡及故乡一切的现实否定和整体批判，当然，在表达了对故乡现状和导致现状的‘历史’的不满与否定之后，叙事者也

---

① 这是莫顿（Morton）的看法，参见［美］布赖恩·贝利《比较城市化》，顾朝林、汪侠等译，商务印书馆2010年版，第8页。

② 这是阿德那·费林·韦伯在《19世纪城市的成长》中阐释的观点，转引自［美］布赖恩·贝利《比较城市化》，顾朝林、汪侠等译，商务印书馆2010年版，第8—9页。

表达了对新的故乡和新的人生的朦胧希望。"[1] 这种说法是有道理的。其中昭示的则是主体认同的艰难，因为归根结底，"认同作为区分自我与他者标准的内化过程，在任何时代都有普遍意义。一个人总是在不断追问'我是谁?'的过程中寻求皈依"[2]。作者对时代的判断，在很大程度上就是回答自身的困惑，寻找"我是谁"的答案。

那么，为什么在城市化进程中伦理道德状况会成为读者关注的问题，作家何以建构一个情感的、审美的世界以面对物化的、商业化的时代？按照马克思、恩格斯的看法，占有不同社会生产资料、社会资源的阶层之间出现的利益对立必然引起城乡关系的变化，甚至分离，即"一个民族内部的分工，首先引起工商业劳动同农业劳动的分离，从而也引起城乡的分离和城乡利益的对立"[3]。这种对立在同一个民族内部主要体现为分工的不同与利益的争夺。而"随着私有制，特别是不动产私有制的发展而逐渐趋向衰落。……一些代表城市利益的国家同另一些代表乡村利益的国家之间的对立出现了"[4]。也就是说，无论是马克思、恩格斯所关注的欧洲工业化引起的阶级对立、社会形态商业文明对农业和农村的剥夺，还是当前社会主义中国城乡关系在城市化、现代化过程出现的城乡资源流动、人口往来、文化交流，不可避免地存在城市与乡村对社会资源（特别是社会空间）的争夺，也不可避免地将城市空间的社会生产作为一种新的资源配置方式。所以，社会空间也被分成了代表城市利益群体和乡村利益群体的各种形态。马克思在《共产党宣言》中指出："资产阶级使农村屈服于城市的统治。它创立了巨大的城市，使城市人口比农村人口大大增加起来，因而使很大一部分居民脱离了农村生活的愚昧状态。正像它使农村从属于城市一样。"[5] 马克思从两个方面阐释了城市化对农村和农民所产生的结果，即一方面城市化因为居住空间的改善，从而让农民"脱离了农村生活的愚昧状态"，另一方面，单向度的城市化又有可能使得农村从属

---

① 逄增玉：《启蒙主义与民族主义的诉求及其悖论》，《文艺研究》2009 年第 8 期。

② 许纪霖、王儒年：《近代上海消费主义意识形态之建构——1920—1930 年〈申报〉广告研究》，姜进编《都市文化中的现代中国》，华东师范大学出版社 2007 年版，第 260 页。

③ 《马克思恩格斯选集》（第 1 卷），人民出版社 1995 年版，第 68 页。

④ 《马克思恩格斯选集》（第 1 卷），人民出版社 1995 年版，第 69 页。

⑤ 《马克思恩格斯选集》（第 1 卷），人民出版社 1995 年版，，第 276—277 页。

于城市，这是由工业资本主义时期资产阶级的阶级属性所决定的。所以，“从社会空间的角度来看，马克思、恩格斯将城乡之间的对立和分离放置在不同利益集团对空间资源的占有和掠夺来考虑，虽然一部分农民从农村进入城市后‘脱离了愚昧落后的状态’，但他们在城里的生存状况却越来越困难，他们与资本家之间的矛盾也越来越明显，城乡间的对立从阶级和空间两个方面越来越趋于尖锐化”，[①] 可见，城乡之间的分离与对立的历史由来已久，其产生触及了不同集团的经济利益和空间生产利益。也就是说，按上述理论，在商业资本和经济利益驱动之下，一旦涉及空间资源的分配、出现空间的生产，必然会出现商业、资本、权力等外在因素对“人”的支配，即城与乡在不同集团的空间生产中，人际关系的调整，即商业化、城市化必然带来人性新的伦理和道德状况的出现。

那么，面对如此复杂的城乡社会进程难题，作家的书写与社会学家、经济学家、空间地理学家的表达方式、价值判断是否一致呢？

第二，从社会学理论来看，虽然在现代社会发展过程中真实地存在着城市与乡村间尖锐的对立关系，但作家并未将这种对立视为一种势均力敌的对抗。虽然关注中国“城—乡”关系的作家也不得不承认，在大工业发展基础上建立的“现代化的大城市（它们像闪电般迅速成长起来）来代替从前自然增长起来的城市。凡是它所渗入的地方，它就破坏了手工业者和工业的一切旧阶段。它使商业城市最终战胜了乡村”[②] 这一事实，也深刻地感受到马克思、恩格斯所说的在城市工业文明的冲击之下，乡村必定走向“孤立和分散”，[③] 以及与日渐繁荣的城市形成鲜明的对照这一现实状况。但是，与大多数关注中国现实的人文社会科学领域的学者一样，他们迫切需要面对的是：“中国落后的二元经济结构在特定的工业化发展战略和资金积累模式下，必然导致二元社会结构；反过来，二元社会结构的形成又进一步强化了二元经济结构，造成了二元经济结构同二元社会结构并存的状态。这成为直到 80 年代改革以前中国社会经济结构的重要特

① 漆文娟、张继红：《马克思主义城乡理论与中国化城乡关系实践》，《城市学刊》2015 年第 1 期。

② 《马克思恩格斯选集》（第 1 卷），人民出版社 1960 年版，第 68 页。

③ 《马克思恩格斯选集》（第 1 卷），人民出版社 1960 年版，第 57 页。

征，并直到现在还在很大程度上产生着多方面的影响。"① 可见，虽然对于城乡二元社会结构，经济学家和社会学家都会给出自己专业的解释，但作家更多关注和思考的是，在这样的时代浪潮中，并不懂经济学、社会学的老百姓是怎样面对凡俗人生，以及他们的日常生活是以怎样的精神面貌展开，他们对时代发出了怎样的心声，对未来抱有怎样的期望，等等。正是基于对创作主体在城乡转型中的价值认同和困惑，高晓声、路遥、贾平凹等众多作家通过"城—乡"关系书写，塑造丰富、立体的人物形象，展示了人物曲折、多变的人生命运，揭示了现实问题，在判断问题征候，揭示城乡交往、空间变化中造成主人公悲剧性命运的根源等方面不遗余力。即使他们并未能超越城乡二元对立的思维模式，没有突破城乡冲突的构思方式，但他们在 20 世纪 80 年代初塑造的进城农民形象、城乡恋爱悲剧、城乡交叉地带、城乡生活方式等等，为城乡对立（甚至隔绝）期的"城—乡"关系建立了一册时代精神档案。

事实上，从"乡土中国"到"城市中国"的巨大车轮，在城乡转型的道路上留下了深刻的印迹。从乡土到城乡，再从城乡到城市，那就意味着城乡关系既有隔离、对立，更有交往、互动。80 年代以来中国社会所面临的就是从隔离、对立走向交往与互动的转型。对于乡村，它是我们很多作家曾经的生活空间，是他们的故乡，也是精神家园。再过一个或几个世纪，很多作家的乡土记忆会变得非常模糊，这在西方发达国家——特别是具有悠久的庄园生产传统的英国尤为明显，其城乡关系已经显现出城乡合二为一的特征。劳伦斯·哈沃斯说："城市与乡村曾经代表两种不同的生活方式"，而"这两种方式正合二为一"，同时，"国家正在变为城市，这不只是城市正向外扩展这个意义上说的"，还包含了城市化本身的社会意义。②

所以，相对于"城—乡"关系书写，作家所关注更多是身处其中的人的思想、情感、精神世界。比如在商业化、城市化、现代化的今天，农民将何去何从？他们将成为时代悲剧的演员，还是新时代的主人？关注这些问题的作家，一方面会在讲述中不断重复"昨天的故事"，一方面在用

① 刘应杰：《中国城乡关系演变的历史分析》，《当代中国史研究》1996 年第 2 期。

② 参见［美］埃尔伯特·鲍尔格曼《跨越后现代的分界线》，孟庆时译，商务印书馆 2003 年版，第 154 页。

新的经验讲述“老百姓的故事”时，竭力塑造时代新人形象，赋予这些人物以新的时代内涵。虽然这些故事，不是传奇，也不惊险，但无可替代，并最终指向人与空间、人与世界的存在关系，将文学书写上升到“社会文明与人的全面发展”这一富有意味的哲学问题。

第四节 现代化与全面发展的“人”

乡村和城市，如果仅仅从地理空间的意义上看，并没有根本的区别，但从居于其中的“人”所附有身份特征、社会地位、资源分配等社会空间的附属意义来看，城市和乡村就带有了鲜明的区别性、差异性特征。

一

“城—乡”关系书写触及的问题归根到底仍然是社会空间转型中人的生存、人的存在问题，也回应着当下中国的现代化走向，在根本上是要回答我们要怎样的城市化，怎样的社会主义现代化？而特定历史语境里的具有时代色彩的概念，比如乡土文学、城市文学、“乡下人进城”叙事能否准确地辨析“城—乡”关系书写作家的精神指向，是我们始终认真对待的。当然，我们在这里论及特定时期的国家意志、时代观念，甚至是政治性概念及其内涵，在某种程度上不适用于“城—乡”关系问题，也区别于文学观照现实生活和精神世界的方式，但这并非否定文学与政治的关系。

应当指出的是，在从梳理、辨析、反思“城—乡”关系史和“城—乡”关系书写史时，尽管不像浪漫主义的倡导者瓦特·佩特那样将文学艺术行为看作“诗的激情、美的欲望、对艺术本身的热爱”,[①] 但我们并不否认文学和政治的关系。恰恰相反，我们试图在时代发展和社会转型中观察“城—乡”关系书写，并在其中辨析人的全面发展与社会文明价值建构之间的关系及意义。按孙中山先生关于政治，即“众人之事”的理解，当下最大的政治就是前面提到的我们要怎样的社会主义现代化，具体

① 瓦特·佩特的论述，见［英］雷蒙·威廉斯：《文化与社会——1780—1950》，高晓玲译，吉林出版集团有限责任公司，2011年版，第181页。

而言，即城市化、现代化将带着我们走向哪里？民以食为天，应当说，在城市化进程中，中国社会最“基础”之“事”仍然是要“关注民生”，解决普通民众的衣食住行问题，而与此密切联系的则必然是每个个体自身的全面发展的问题。倘若每个个体不能像《共产党宣言》第二部分结尾所说的那样“获得自由发展”，[①] 真正实现自身的人生价值，事实上就很难在根本上解决衣食住行的问题。以“城—乡”关系书写中农民工文学中的进城者（或者“打工文学”中的打工者）为例，阎连科、刘庆邦、王十月等小说作家笔下的进城者，他们在城市中修建“广厦千万间”，甚至那高高耸立的深圳“世界之窗”也是他们付出巨大体力劳动的结果，但是，城里没有一个平方是他们的，楼房封顶、楼盘竣工后，或新房装修完工后，他们留给这个城市的，只有候鸟一般迁徙时沧桑的背影。进一步看，若没有成为自己创建的社会空间的主人，他们就不可能使自身获得全面发展。

在城市社会空间中，即使进城者获得与“在城者”相同的发展和竞争机会，他们也很难从根本上改变自身的生存处境。因为在单向度的城市化、工业化进程中，体力劳动和脑力劳动的较量，正如乡村与城市的角逐，胜利者和失败者是不言自明的。一幢幢拔地而起的高楼，无疑是进城农民工手中完成的一部部得意之作，但这些“作品”在给城市提供了便利后，又变异为进城农民和城市平民的“他者”。换言之，新的空间生产让“人”成为空间（房子）和资本（金钱）的奴隶。在这种“城—乡”关系中，人成为人自身创造的社会空间的奴隶。更重要的是，在城乡差异化背景下、在贫富差距仍然是当前城乡社会显著问题的时代语境中，无论是空间的建造者（进城务工者），还是空间拥有者（城市市民），最终都为资本和空间所驱使，成为被外物（空间）所“异化”的人。

---

① 马克思在《共产党宣言》第二部分论述“人的全面发展”的宣言，完整的表述为：“代替那存在着阶级和阶级对立的资产阶级旧社会的，将是这样一个联合体，在那里，每个人的自由发展是一切人的自由发展的条件。”《马克思恩格斯选集》（第1卷），人民出版社1995年版，第294页。

二

当然，除了这种严厉的批判和深刻的揭示外，也有部分作家试图寻得身处城乡交往困境中的人的存在意义，并试图通过艺术审美的方式洞见历史，建构一种新的价值秩序。范小青、许春樵、须一瓜、魏微等作家的“城—乡”关系叙事中对空间阻隔和时间断裂中的“平等化”想象，开始有意识地触及自我意识的提高与个体自身全面发展的可能，重新思考人与社会空间的关系，从而反思社会空间的非正常化生产与人的异化的关系。①

事实上，当我们读到此类“城—乡”关系书写中的优秀之作，或者读出其中的“新质”，以及“城—乡”关系表述中更为丰富的意义时，就会发现其基本的精神指向往往是思考、回应某些具有时代感的问题，也有可能走向某种深度的追问。倘若在城乡交往叙事中仅仅叠加苦难，以期同情、悲悯，难免成为一种“苦难的展示”，成为一种流于肤浅的叙事病症。当我们做了大量的梳理工作后发现，仅仅停留于“苦难的展示”作品数量的确不少，但仍然需要肯定的是，在“城—乡”关系书写中，作家试图围绕人与人、人与世界的关系，讲述一个令人感动、欣喜，抑或悲愤、绝望的“人”的故事，以寻找“城—乡”关系的“新质”，这是“城—乡”关系书写在发展过程中必然的现象，同样值得称道。

首先，文学关注的“人的全面发展”不是“大而全”的数量关系，而是一种关系叙事。文学的发展态势不能仅凭经济学或统计学方法，以此计算出强与弱，多与少。因为文学往往是以审美的观照判断人的情感态度与价值选择。如果这种观照方式深入地触及了一个人、一个民族的精神和灵魂，即使在数量上少了，也不见得是坏事。所以，我们认为，有关“城—乡”关系书写的研究仍要回到情感认同和价值判断中去，因为乡土社会向城市社会的转型是社会发展的主流方向，再过一百年，或几百年时间，城与乡之间的关系差异会消除，至少城乡差异和城乡关

① 范小青的《城乡简史》、许春樵的《屋顶上空的爱情》、须一瓜的《海鲜啊海鲜，怎么这么鲜啊》、魏微的《大老郑和他的女人》等作品通过城乡空间对比、人被空间放逐、空间交往对身份限制的突破等角度写出了人与社会空间生产的多种关系。

系问题将不再是社会的主要问题。但是，我们切不可以预设的结论倒推过程。中国正面临的是转型问题，而不是“转型之后”怎样的问题。“城—乡”关系书写关注的正是这一巨大转型中，平凡人内心深处的暗流涌动。所以，雷达先生提出的“亚乡土叙事”并不令人陌生，它是对新的叙事空间和价值判断的概括，因为这种转型时期的人心世相，甚至价值断裂等，远非传统乡土文学中的地域和民俗所能涵盖，当然也不是启蒙时代的旧文化传统批判。“亚乡土叙事”所关注的恰恰是当下时代转型中体现的因经济基础、社会结构变化引发的政治、道德、伦理、权力、人生理想、精神建构的变化。可见，“亚乡土叙事”的概念的提出，其目的在于注视传统文学中的乡土题材的现代转变。因为“这类作品一般聚焦于城乡接合部或者城市边缘地带，描写了乡下人进城过程中的灵魂漂浮状态，反映了现代化进程中我国农民必然经历的精神变迁。与传统的乡土叙事相比，‘亚乡土叙事’中的农民已经由被动地驱入城市变为主动地奔赴城市，由生计的压迫变为追逐城市的繁华梦，由焦虑地漂泊变为自觉地融入城市文化，整个体现的是一种与城乡两不搭界的‘在路上’的迷惘与期待”①。

很显然，在个体精神的建构方面，“亚乡土叙事”中所涉及的人物形象更具有当下性，其精神指向更接近于城乡转型语境下商业资本、市场经济对人际关系的改变。关注这一系列问题的作家，除了论者涉及的贾平凹的《秦腔》《高兴》以及雪漠的《大漠祭》等作家作品之外，还有不少作家的乡土叙事也正在尝试这种审美和叙事实践。他们在建构一种新伦理、美学秩序时是否会面临着创新的难题？像贾平凹《秦腔》中所唱的土地挽歌一样，迟子建《花牤子的春天》中也写出了农村男性劳力缺失后的伦理失范；像雪漠的《大漠祭》所写的传统伦理的道德美感令人喟叹一样，孙惠芬的《歇马山庄的两个女人》中的乡村女性自觉意识的确立的难题同样令人唏嘘。这里既有城乡空间两不搭界的迷惘和期待，又有进城、回乡途中人与空间、人与人新型关系的认同与重建。

---

① 雷达：《新世纪文学的精神生态和资源危机》，此文据作者于2006年12月27日在上海作协举办的“东方讲坛·城市文学讲坛系列讲座”的演讲稿整理，后收入雷达《重建文学的审美精神·文艺评论精品》（下卷），北京大学出版社2009年版，第180页。

其次，文学关注的“人的全面发展”是一种价值期待和建构意识。城市与乡村的分野并不能区别城市文学与乡土文学的胜负或是强弱，城市与乡村的分野最终必然产生两种生存空间和文化形态的对话与交往，且分野的力度越大，对话与交往的可能性也就越大——尽管这种分野的结果并不是我们想要看到的。所以，正是由于这种分野的结果，才导致了城乡观念巨大的冲突，人与空间的关系显得更为复杂。比如阎连科的《柳乡长》《炸裂志》以一种极端的方式显现激进的城市化对乡村女性的道德戕害，以及炸裂村以极端的方式对城市化所表现的抵触；孙惠芬的《街与道的宗教》《上塘书》中有意悬置道德法庭，让人物的出逃（离开乡村）成为合情而不合理的人生选择，让逃离乡村成为“自主选择”，相信“城市就是能够挽救他们自身的地方”①，而不是按照他者意志来选择自己的人生道路和生活方式，这是一种以人的自我实现和自由创造为最高使命的文学叙事。

相应地，在叙事过程中，不使人物行动违背自我价值追求，而使人物的性格、命运的展开符合现实语境及其文本逻辑，才是当下乡土文学开拓新空间、塑造新形象的内在逻辑。依此来看，除了上述显现尖锐的城乡冲突的作品展示了人性的复杂之外，在范小青的《城乡简史》、迟子建的《世界上所有的夜晚》等作品中塑造的王小才、“我”等人物形象（包括叙事者)，他（她）们的执拗，才使得自己不循规蹈矩，对尊严的守护，更是在“世界上所有的夜晚”揭开了阴暗而隐秘的场所，让人性得以彰显，成为冲决传统文化结构最有力的武器，同时也催生了“城—乡”关系书写的新空间，即让人成为城乡交互空间、城中村、城市边缘地带的真正的主人。虽然，这样的优秀之作的数量仍然有限，但对于“人的全面发展”的价值期待和建构意识却是不容忽视的。

近百年以来中国文学的发展历程，无论是从社会历史的变迁，还是从文学发展的文化逻辑来看，似乎以一种内在的断裂与延续的方式形成了新文学的一百年，前三十年，文化启蒙和学习西方思维居于重要地位的时期，到第二个三十年，平民思想和本土化诉求击败西化思维的时期，80

① 相关论述可参见轩红芹《乡村命运的现代化建构——论孙慧芬的小说创作》，《云梦学刊》2005 年第 5 期。

年代以来的四十年，中国文学的发展，无论是“新乡土文学”的出现，还是新的城市空间的拓展，或者“城—乡”关系的书写，有意肯定和发掘“无土化”“非道德化”的本土经验，在“城—乡”关系书写审美趋向中逐渐回归本土化的美学追求和价值判断。当然，在这一转变过程中，它的主题会变化，场域会变化，人物的精神构成会变化，思维方式和生活方式也都会变化。即便如此，在我们来看，作为精神家园的乡土人文传统不仅不会断裂，更不会消亡，作为一种记忆，它会像基因一样代代遗传。在此意义上，贾平凹、刘庆邦、毕飞宇、孙惠芬、关仁山、刘醒龙，乃至周大新、陈应松、王十月、邓一光等作家在当下中国的意义就显得尤为重要，因为在表达中国经验时，他们能感知传统“乡土中国”向“城乡中国”转型中人心的裂变与阵痛。

马克思曾在《哲学的贫困》中说：“城乡关系一改变，整个社会也跟着改变。”[①] 因此，我们不能忽视 20 世纪 80 年代以来，特别是新世纪以来乡土文学正在发生的变化，特别是审美空间和审美方式的新变。在这个意义看，作为对社会生活的一种反映、想象与建构，80 年代以来的中国小说为我们提供了一份丰富而意义重大的城乡精神履历。在反映城市化产生的复杂社会问题和各种价值断裂时，这些小说也在积极书写、建构和谐社会中新的道德、信仰、伦理、美学秩序，为转型期文明社会秩序的价值建构提供了一份意义丰富的人文精神档案。这是其他学科很难提供的，而且随着人们思维方式、生活方式的改变，人们认知世界的方式也会发生改变，这个变化将是剧烈的，空前的，深刻的，或许还将蕴含某种悲剧性。所以，在城市文明的技术扩张中重建相对独立的乡村生活，首先，需要承认，乡村的现代不是城市文明的简单延伸，也不是单纯地为城市提供农业产品和廉价劳动力资源场所，其自足性也将逐渐显现。其次，乡村可以是现代文明背景下自然、和谐、自足的生活场域，它为立足乡村社会、创建乡村文明和确立乡村价值提供多种可能性。在城市化为中心的现代化背景下，创建一种自足性而非依附性的乡村文化和乡村精神，守护乡村文化尊严、重建乡村文明，振兴乡村的希望才有可能。

总之，城市化，是现代化最直接的表现方式，城乡关系是当前中国社

① 《马克思恩格斯选集》（第 1 卷），人民出版社 1995 年版，第 157 页。

会典型的结构性存在。城市化可以让贫穷的乡村走向富裕，也可能让城市和乡村社会空间得到有效重组，让城乡关系进一步融洽，从而在经济上实现互补，以城带乡，以乡补城，在文化上实现互通，城乡交往，城乡互动，最终达到较为理想的“城乡经济—文化共同体”，让乡村与城市居民共同继承创造、平等分享人类共有的物质文明和精神文明。当然，城市化不是现代化的唯一的方式，更不一定是最好的方式，城市化与城乡一体化并非同一个命题。城市化主要包括农村的城市（镇）化和小规模城市的大规模化，而城乡一体化主要指向城与乡的差异性发展目标，是城市与乡村共同的现代化。就文学而言，居于文本结构和叙事话语中心的是人，是时代浪潮冲击中暗流涌动的人心世相！

结语　城市化进程与社会文明价值建构的可能性

文学的本体性功能在于它以审美的方式揭示生活的本质规律，同时建构一个“应然的”诗意的世界。小说的书写是以人为中心，关注人的思想、心理、情感，能够把人写活的语言艺术。作为语言艺术的一种重要形式，小说的任务就是写出怎样“活着的人”。

80年代以来小说中的“城—乡”关系书写研究，集中精力所关注的就是在怎样的背景下，以怎样的叙述方式写出时代转型中个体与群体的命运。“城—乡”关系的本质是中国社会的现代转型问题。从乡土中国到城乡中国，再到现代中国的社会发展路径，又根源于人自身的全面发展，即人的现代性。“全面发展的人”不受外物“奴役”，在城乡关系中则表现为消除空间对人的控制、身份对人的限制。

一

我们是从关注新世纪以来的乡土小说和“底层文学”反观80年代以来小说的“城—乡”关系书写的，二者的共同点是对历史潮流中的底层社会和边缘群体，特别是城市化进程中有可能不断底层化的农民的情感与命运关注。作家和历史学家对重大社会问题的关注是有差异的：“小说家和历史学家之间一个很重要的差异，就在于他们关注‘历史’的侧重点不同。历史学家多关注重大社会历史事件及其代表人物或社会力量，关注历史潮流显层的惊涛骇浪，而小说家更关注的是涌动的历史潮流的底层，是千千万万无名氏的生活欲求和精神走向，恰恰是这种在潮流底层涌动的暗流，在无形中从根本上左右着我们的生活和历史发展的走向。”① 文学

---

① 张明廉：《西部农民凡俗人生的真实与诗意——评雪漠的长篇〈大漠祭〉》，《飞天》2001年第5期。

进入历史的方式并非求诸文献和史实，而是以合理的想象进入汹涌的历史河流的背面或褶皱之处，文学暗流涌动会拉开宏大历史掩映的细节和命运。所以，在我们看来，如果将文学书写与新历史主义的观点结合起来看，历史的真实更多隐藏在文学的细节之处。我们所探寻的 80 年代以来文学，特别是新世纪以来乡土文学出现的审美空间的拓展和审美方式的新变，它给我们提供了当代中国人城乡交往的履历，也为反观城市化道路及其这一过程中衍生的复杂社会问题提供了一个视角，一种尺度。

文学的尺度也就是人的尺度，是审美的尺度。南帆先生曾在《五种想象》中说：“文学的主要意义不是再现历史景观，而是诉诸美感，触动我们的经验结构，改写经验内部的文化密码——从改变主体到改变历史。尽管是否存在一种普遍的‘国民性’是一个有争议的问题，但是，改造‘国民性’这种命题肯定比改造社会历史更适合于文学。”① 而且“文学的存在目的只是为了人，为了人性的提升和塑造。也就是说，文学的最终尺度只能是人的尺度，其他的价值规范都要以此为依据”②。小说书写与未来社会精神价值的建构，在何种意义上才不至于自说自话，理论根基和现实依据是什么，这需要作细致的思考和辨析，而不是“削足适履”的比附。20 世纪 80 年代以来中国文学的“城—乡”书写，只有将其放置在城市化进程与中国乡土社会的具体关系中对比参照，才能真正显现出来，但不能因文学史资源已具有的历史地位，便以当下文学比附过去的文学史资源。这是我们一直在思考的。

在历史文化研究中，余英时曾经说：“在中国史研究中，参照其他异质文明（如西方）经验，这是极其健康的开放态度，可以避免掉进封闭的陷阱。所以我强调比较观点的重要性。但我十分不赞赏‘削足适履’的比附，因为这将导致对中国史的歪曲。”③ 这也是马克思在《答米开洛夫斯基书》一文中所说的，绝不能把西欧资本主义的起源的论断当成通则运用到俄国史的研究中。同样，对 80 年代以来中国小说的“城—乡”关系书写与新文学传统中的乡土文学、城市文学的关系研究也如是。所

---

① 南帆：《五种形象》，复旦大学出版社 2007 年版，第 159 页。

② 李万武：《评近年文学的非审美化倾向》，《文艺争鸣》1991 年第 2 期。

③ 余英时：《儒家伦理与商人精神 · 序》，参见沈志佳编《余英时文集》（第 3 卷），广西师范大学，2004 年，第 6 页。

以，将一种文学现象和思潮置于新文学史的整体坐标中才能发现其自足性和新质。借鉴陈思和“新文学整体观”的论断：“如果把这些作品放入新文学的整体框架中去评价，可能就会客观得多，也可能会避免那些名不副实的评价。‘整体观’的好处之一，就是用历史的眼光去认识作品中出现的新因素，并及时发现这种新因素在文学史上的渊源和意义，使人客观地去评价它。”①

80年代以来有关“城—乡”关系书写的数量之巨、力度之大远远超出了新文学发展史上的任何一个时期，产生的历史语境和文学环境均具有典型的“中国现代性”特征。应当说，这是中国社会现代性和文学现代性的阶段性体现，也折射出当下中国的社会矛盾和文化斗争，即如一位评论者谈及“底层文学”（包括新一代农民进城叙事）时所言，这是“前期社会主义的政治想象在后革命中国的历史性复兴，呈现了一个被‘大国崛起’的时代有所忽视的‘另类’现代性叙事”，②“城—乡”关系的表述中仍然存在上述问题。在整个20世纪中国文学的想象与建构中，当这些概念从社会学、文学理论中被我们“拿来”时，往往会变成一个含义模糊、变动不居的时代性、政治性概念，随着一波一波的城市化“运动”袭来，它们内涵的蜕变让我们猝不及谈。我们需要警惕的是，谈及“城—乡”关系，城里人不等于天然的富有与道德上有缺陷，同样乡下人不是天然地应赋予淳朴与善良的品质。所以，在借用一些新的概念来界定“城乡”“底层”的所谓“新”内涵时，我们试图避免把它们从一种“关系”中抽象出来，不使之成为一种空洞化的符号关系。

尽管我们的研究是在历史与逻辑的统一中寻找“城—乡”关系书写对未来社会合理的想象与建构，但我们始终以为，不应轻易否定那些表面看来在艺术成就方面不是很高的这一部分作品，特别是其中出身乡村、“底层”且仍留守乡村的那些并不知名的作者。我们有必要关注并仔细辨析其作品中内蕴的各种因素，关注并仔细辨析他们笔下的物质状况，更应当关注其精神诉求，或许正是在这样的一些作品中，我们才能看到当代生活的真实走向，人心的真实走向。因为我们看到的历史，多是按预设的因

① 陈思和：《新文学整体观》，上海文艺出版社1987年版，第11—12页。

② 马春花：《左翼文学传统在新时期的沉寂与复兴》，《海南师范大学学报》2009年第1期。

果框架叙述所谓重要人物、重大事件的大历史，历史的具体内容有可能被抽空，果真如此，人民创造历史的说法将变成没有所指的空洞的能指。在这个意义上看，真正鲜活的“历史”恰恰保存在各个时代的文学作品中。“城—乡”关系书写正是在一些重要的侧面记录了我们正在前行的历史脚步。或许我们探寻80年代以来中国小说书写的价值就在这里。

目前，有关于当下中国城乡一体的观念并非不言自明，而是有多种声音。有论者认为，一体化是社会发展的历史必然，在“城—乡”二元结构的中国经济、政治、文化语境下，只有城乡一体化才能消除城乡差距，实现真正的社会进步；而另有论者认为，当下中国的城乡一体化是中国社会的“人口大逃亡”，只有将更多的农民移居到城市，让农民转化为市民，才能解决目前乡村社会的劳动力过剩和城乡冲突。前者是一个社会发展的客观规律，而后者是中国社会发展的策略之举。农民进城务工，用体力创造了中国社会一个个奇迹，李克强总理在“十二次全国人大三次会议”答记者问里说，“亿万农民工进城，才创造了中国城市发展、经济发展的奇迹”，的确这样。不过，只有农民进城，成为城市的一员，农民与市民之间的误解才有可能逐渐消除。

实际上，倘若观察新世纪乡村小说、进城叙事和“底层文学”中的城乡书写，我们会发现，作家审美观念中的城乡冲突、城乡误解仍然让人震惊，这从另一个层面显现了城乡社会文明价值的紧迫性。被称为乡土文学作家和“底层文学”作家的陈应松曾说：“只要是写乡村，你的写作就一下子有一种超越感，比起城市那种小资生活的暧昧、孤独、茫然、惶惑、变态，乡村小说相对容易把握些，城市题材不好把握，那些人都是莫名其妙的、变态的、恍恍惚惚的。”[①] 陈应松在一句话里连用了两次“变态”这一批判性的、感情色彩浓郁的词语，足见乡村题材作家对城市生活和城市文学的态度。也就是说，在乡土小说作家的精神世界里，城市是惶惑的、堕落的、变态的，而只有乡村社会是宁静的、向上的、健康的。显然，这样的判断并不符合事实。事实上，城市和乡村已经不再是完全封闭的两个空间形态，城乡生活和城乡文化的互通已成为当今社会巨大的结

---

① 陈应松：《农村小说怎么写?》，白烨主编《中国当代乡土小说大系》（第3卷下），农村读物出版社2012年版，第1079页。

构性存在，这是不容忽视的。城乡文化的矛盾形态：一方面农村文化愚昧落后、狭隘保守，城市文化开拓进取、追求个性；另一方面又认为商业是庸俗的，城市是罪恶的，城市文化有其自身的“非人性道德”和“历史罪恶”，而乡村文化有天然的淳朴民风、“和谐人伦”等特征。这是城乡冲突的理论起点。但是这种无交往的城乡冲突观念正在发生变化。

我们在梳理大量的小说创作时，逐渐看到了这样一条思想和情感的线索，那就是从鲜明的“城乡意识形态”向“城乡文化共同体”转变的可能。虽然乡村对城市的误解在城市化进程中的今天并没有消失，这一观念在乡土文学和“底层文学”中仍然存在，但是今天的“城—乡”关系与半个世纪以前的“城—乡”关系已经有了很大的区别。我们注意到近年间对进城叙事、知识叙事、底层叙事的批评，绝大多数是离开了、甚至可以说是有意地避开了这种“关系”在说“城乡”，或者用某种貌似的表层“关系”取代实质性的真实社会关系，比如用城里人与乡下人的关系去观照底层问题，这也是作家体现人文关怀的根基所在。可以说，他们和处于底层的农民境遇是没有本质差别的，甚至具有“同质”性特点。

所以，城乡空间的差距并非城乡矛盾冲突、底层贫困、乡村凋敝的根本原因，因为即使在发达城市、相对发达城市仍然有大量贫困的工人和农民工，正如《中国农民调查》的作者的感慨：“我们没有想到，安徽省最贫穷的地方，会是在江南，是在闻名天下的黄山市”，且“在不通公路也不通电话的黄山市休宁县的白际乡”①。“不可否认，我们今天已经跨入了中国历史上前所未有的崭新时代，然而，对底层人民，特别是对九亿农民生存状态的遗忘，又是我们这个时代一些人做得最为彻底的一件事。”② 这样的“感慨”绝非无中生有。无论身在偏远乡村，还是客居发达城市，底层群体并没有因为乡村和城市的发展而共享社会现代化的成果，相反他们付出了很多。

与此相关的另一个问题是，一旦谈及城乡关系，诸多论者则会涉及户籍制度，严格区分“农业户口”“非农业户口”，使得户籍变成了身份，并以制度化的方式承传，严重限制了城市与乡村之间的人口流动，物资交

① 陈桂棣、春桃：《中国农民调查》，人民文学出版社 2004 年版，第 13 页。

② 陈桂棣、春桃：《中国农民调查》，人民文学出版社 2004 年版，第 13—14 页。

换和文化交流，造成城乡差别的固定化和扩大化，这是符合历史事实的。但论者又据此突出城里人与乡下人这样一种两极关系，必然带来偏差和误解，即将城乡的差距的重心放置于城市与乡村生活方式和经济收入的差别，而不是户口制度本身。所以，判断底层、城乡的一个很重要的参照标准是上下分层关系、城乡隔离关系，以及城乡空间生产问题。在这种关系中包含着平等、权利、公平、正义的归属问题，大小问题，有无等问题。在这个意义上看，中国社会乡村社会的困境状况仍然是显而易见的，城市底层群体也是庞大的，谈及城乡关系问题，除了要从社会学、经济学、政治权利等视角观察，也不可忽视文学、文化研究的切入角度。

二

如前文所述，中国新文学在发生期既已表现出传统与现代、城市与乡村的强烈冲突和鲜明比照，这也凸显了作家回应现实问题时复杂的价值取向。与此相应的是，中国新文学有一个潜在的农民进城主题，“甚至整个新文学都是进城的文学”。[①] 但不可否认，在此后很长一段时期内，特别是20世纪三四十年代，由于战争和社会政治等原因，城乡互动关系被制约和遮蔽。80年代以来，随着制度层面的城乡流动壁垒逐渐被破除，城市化进程重新启动，城乡之间的人口流动、文化交流等日益频繁。在这个意义上看，“城—乡”关系则成为这一时期中国最为重要的、对人民生活影响最为巨大的社会结构存在，也是重建当下中国社会文化心理结构的重要参照。“城—乡”关系书写也再次成为文学表现中国社会城市化、现代化的重要语码。

新文学初期形成的乡土叙事传统，其思想根基建立在作家对乡土社会以血缘、家族为静态结构的审美判断。20世纪20年代周作人、鲁迅等首倡的“乡土文学”传统中的乡土叙事，通过鲜明的人性和道德的尺度控制人物和事件；在叙事伦理层面表现为对新旧社会变革中的道德批判、文化批判和社会批判。这既是中国新文学初期形成的“乡土审美经验”，也

① 邵宁宁：《城市化与文明社会秩序的重建——中国现当代文学中的“进城”问题》，《兰州大学学报》2008年第1期。

是批判现实主义精神传统在20世纪90年代式微后能够再度复苏的思想起点。[①]这一审美经验的改写集中出现在城乡关系壁垒被打破、城乡互动真正形成的过程中。

首先，新文学传统中的城乡关系。中国现代意义上城市的兴起源于19世纪中叶，彼时开始出现传统农业国家内部城市与乡村的分野，城乡二元对立的社会结构形态逐渐显现。中国新文学在发生期出现的现代与传统、城市与乡村的强烈冲突，凸显了作家体验、回应现代性时复杂的价值取向。新世纪的乡土书写，特别是“新乡土小说”的根基是建立于20世纪80年代的农村题材小说和20世纪90年代逐渐成形的多元文化生态，这一书写逐渐跨越了对静态的乡土社会的审美批判，更多呈现出城市与乡村的“交往”、农村与城市的博弈，这里有对异质化的空间变迁的把捉，也有对落后与先进、愚昧与文明二元结构的理性辨析，更有对乡村文化伦理和城市文化精神走向交往融合的切身观照。

在很长一段时间，乡村与城市的隔膜未能被拆除。虽然鲁迅、老舍，甚至萧也牧等小说作家从不同层面触及了“城—乡”关系，但“进城叙事”在很长一段时间并没有为后来作家很好地继承。同样，城市书写也仍在相对封闭的都市空间展开，比如20世纪30年代的穆时英、刘呐鸥、施蛰存等“新感觉派”作家，在咖啡厅、酒吧、歌厅等现代性特征的局域空间里寄托了知识分子的现代体验：身居都市，心生孤独，精神家园荒芜，等等。所以，在都市文学中，城市往往被赋予先天的“非人性道德”和“历史罪恶”，而同一时期中的“革命文学”视域中都市（城市），也最终被想象成为“革命和欲望”的容器，这是现代作家对欲望化都市的集体表述。

当然，城市与农村、都市与乡土等城与乡的空间互融的书写局限性也显而易见。在更长一段时期内，由于制度变革和社会政治等客观原因，城乡互动关系进一步被历史性地制约和遮蔽，及至20世纪50—70年代，战时思维和革命思维仍未完全消除，整个中国社会对城市、城市文化表现出相当消极的态度。城市与乡村，从社会发展形态和文化表征来看，二者是

---

① 有关叙事伦理的哲学基础及其对现当代文学书写转型的意义，可参看张继红、郭文元《写作伦理：1990年代以来中国当代文学的一个关键词》，《当代文坛》2011年第5期。

传统与现代的矛盾的变体。但是，在这一段时间，城市与乡村的矛盾不是从生产力发展的历史角度，而是在道德批判层面展开的。乡村被赋予朴素、善良、本色等美德；而城市则被赋予闲适、优雅、日常化、个人化的消费和欲望的社会空间。二者几乎没有交集，没有调和的可能。城市与乡村书写没有突破此前的城乡隔绝与城乡对立的状态，正如孟繁华在《反城市文化的现代化悖论》中谈及中国当代文学的审美趣味“规训”时所说：“城市是现代化的产物，也是现代化的象征。高楼大厦、商贸中心、巨幅广告、摩登女郎、股票交易等城市符号，表达了人类社会对现代化的理解。或者也可以说，人类社会的现代化过程，事实上也就是城市化、商业化的过程。但是喧嚣热闹的城市本身就是一个巨大的悖论：一方面，它的各种符号——包括城市地图、街区分布、各种标牌明示的场所：商店、饭馆、剧场、咖啡店、酒店以及处理公共事物的政府部门，这些不同的城市符号仿佛都在向你发出邀请和暗示；另一方面，城市的这些符号又是一种冷漠的拒绝（姿态），它以陌生化的环境——建筑环境、语言环境、交往环境等拒绝了所有的城市的他者。因此，城市以自己的规则将其塑造成了一个暧昧的、所指不明的场所。”① 对于有着浓厚的农耕文化记忆、从“乡土中国”走出来的中国的社会主义创建者来说，他们对城市的看法，一开始便显现出异常复杂的态度。在进入北京（城市）前，毛泽东曾宣布：“从现在起，开始了由城市到乡村并由城市领导乡村的时期。党的工作重心由乡村移到了城市。在南方各地，人民解放军将是先占城市，后占乡村。城乡必须兼顾，必须使城市工作和乡村工作，使工人和农民，使工业和农业，紧密地联系起来。决不可以丢掉乡村，仅顾城市。”② 并且在社会主义建设实践中，中国共产党领导全国人民以极大的工作热情和奉献精神去管理和建设城市。同时作为党的最高领导人，毛泽东又告诫全党：因为胜利，党内的骄傲情绪、功臣自居的情绪、不思进取的情绪，以及贪图享乐不愿再过艰苦生活的情绪可能滋长。部分党员干部经不起糖衣炮弹

---

① 孟繁华：《反城市文化的现代化悖论》，原载《东疆学刊》2002 年第 2 期，后收入孟繁华《传媒与文化领导权：当代中国的文化生产与文化认同》，山东教育出版社 2003 年版，第 76 页。

② 毛泽东：《中国共产党第七届中央委员会第二次全体会议上的报告》，《毛泽东选集》（第 4 卷），人民出版社 1991 年版，第 1427 页。

的攻击，他们在糖弹面前要打败仗，所以要时刻提防“不拿枪的敌人”，在城市中与其进行政治斗争、经济斗争和文化斗争。[①] 这种把“革命的农村和保守的城市”一分为二的想法，是通过革命经历的合法性讲述逐渐对城市的改造愿望予以认定。也就是说，建国初期无产阶级领导人对敌对阶级的分析理解直接影响了城乡关系的判断，即作为城市社会空间，它最有可能产生诸如享乐、腐败的心理，若处理不当，会影响到社会主义大厦的思想根基。因此，在思想文化领域、意识形态领域，“反城市倾向是中国农民文化在社会主义初期的典型的精神特征”。[②]

新中国成立初期的社会主义建设，要摆脱落后的经济状况，一方面，要实现农业、工业的现代化，并用“年度计划”的方式将中国的现代化进程列出时间表，画出路线图；另一方面，出于革命历史的经验和教训，对城市化保持高度的警惕，甚至观念的“规训”。所以，无产阶级革命者认为，“只有保持非城市化的生活方式——革命战争时期的艰苦朴素的作风，才能保有无产阶级和社会主义者的本色，才能与资产阶级的生活方式保持必要的距离。”[③] 应当说，这种思维是一种“典型的前现代社会的思想方式”。就文学作品，特别是小说的叙事目的是通过人物形象的塑造而言，描绘出不无乌托邦的想象前景，以引导和调动读者的集体意识，并为之奋力实践，展现勃勃雄心的叙事抱负，是这个时代小说的书写特征。这就是新中国成立初期社会主义国家城乡想象的时代背景。

其次，新世纪文学的城乡互动书写。四十多年来，特别是21世纪初，制度层面的城乡流动壁垒逐渐被破除，城市化进程加速，城乡一体化已成为时代巨变的风向标。城乡之间的物资交换、人口流动、文化交流等日益频繁，城乡空间成为一个最为重要的、对人民生活影响最为巨大的社会结构存在。城乡隔绝的制度坚冰开始消融，感觉敏锐的作家已经明显地感觉

① 毛泽东：《中国共产党第七届中央委员会第二次全体会议上的报告》，《毛泽东选集》（第4卷），人民出版社1991年版，第1427页。

② 孟繁华：《反城市文化的现代化悖论》，原载《东疆学刊》2002年第2期，后收入孟繁华《传媒与文化领导权：当代中国的文化生产与文化认同》，山东教育出版社2003年版，第76页。

③ 孟繁华：《中国当代文学通论》，辽宁人民出版社2009年版，第144页。

到城乡交往的新时代气息，铁凝的《哦，香雪》，高晓声的《陈奂生上城》，路遥的《人生》《平凡的世界》等一系列作品鲜明地标识了这一时代巨变。在文学题材的选择领域来看，城乡互动已成为时代解冻的“春之声”，为此后的城乡关系书写发出了强烈的信号。在城乡尖锐的矛盾冲突中，路遥对城乡之间的和解抱有较大的期望。在写到田晓霞这个城里女性和“煤黑子”孙少平的恋爱时，路遥写道：“她来自繁华的都市，职业如同鼓号般响亮，身上飘逸着芳香，散发出时代生活优越的气息。他，千百万普通矿工中的一员，生活里极其平凡的角色，几小时前刚从黑咕隆咚的地下钻出来，身上带着洗刷不尽的煤尘和汗臭味。他们看起来是格格不入的人。但是他们拥抱在一起。”① 城市与乡村、贫穷与富裕、男人与女人，因为爱情和理想而相互拥抱。虽然这种关系在“平凡的世界”的世界里仍然不无理想化的想象，特别是在当时那样一个城乡差距相对悬殊、城乡关系相对隔膜的时代，表现出城乡之间超越物质，超越社会地位，超越空间阻隔的理想关系。与此相关，20 世纪 80 年代中后期，“新写实小说”中的《一地鸡毛》《塔铺》和“知青小说”中的《桑树坪纪事》《拂晓前的葬礼》等小说，是以历史和现实中的进城、回乡难题，表现了人在面临日常生活和凡庸琐碎所构成的生存困境。只是这一主题类型的写作数量有限，而大量描写城乡转型现实的作品则出现在新世纪。其一，从“符号化”到具体化。新世纪“新乡土小说”立足于现代性视域下的乡村变革，将小说的叙事视域与叙事空间向城市甚至荒野扩延，出现了城中村空间叙事、农民市民化叙事、“候鸟”叙事等动态的审美空间和“交往叙事”形态，作家开始以“交往”的眼光将乡村看成一个变动的现实空间，而不是静态的历史空间，这是对新文学乡土文学传统乃至新时期农村题材小说相对封闭的想象空间的突破，从而逐渐形成了文学世纪转型过程中新的审美形态和审美经验。其二，从“想象化”到“经验化”。新文学传统中想象化的“符号乡村”中，人物形象虽具有高度的典型特征，比如落后、愚昧、精神胜利，这是“寓居”城市的知识分子记忆与想象中的乡村人物形象。而新世纪以来的乡村逐渐显现出具体化、日常化、细节化的“现实乡村”景象。无论周大新的《湖光山色》中的“回乡”困境的原

① 路遥：《平凡的世界》（第 3 部），北京十月文艺出版社 2012 年版，第 71 页。

生态世相呈现，李洱的《石榴树上结樱桃》中世俗化乡村生存难题等，还是极尽叙事技巧的孙惠芬的《上塘书》、李佩甫的《生命册》、贾平凹的《带灯》、雪漠的《大漠祭》等"新乡土小说"，这一类型的作品，多擅长以细节带动叙事，以日常生活呈现乡村社会在时代褶皱里的隐在变迁。这既是一种新的乡土小说审美景观，也是对新文学传统中乡土小说资源的激活与创化的新表象，显现了现实语境下社会转型及其表征背后隐含的当下新乡土经验，对发掘、言说"中国经验"有积极意义。

新世纪"城—乡"关系书写中对"中国经验"的讲述，根源于转型期乡村社会遭遇的群体性困境和城市生活制造的"现代性碎片"，零碎散乱，但棱角俱现，它所折射的是"乡土中国"走向"城乡中国"过程中，传统自身按照经验、习俗、惯例自发存在，又以相对稳定的"质性传统"吸纳了时代变迁中的他者冒犯，也经受了源于自身文化基因的异变。

三

有关于"城—乡"关系的叙事绝不只是对地理、地域的融合与拓展，也不只是城市与乡村两种社会形态的生活习惯、思维方式的简单对比，而是广泛而深入的物资交换、情感交往，呈现出一种双向互动的动态特征。

作为对社会生活的一种反映、揭示，以及想象与建构的特殊方式，文学则以其独有的方式接近和抵达心理现实，实现文学对理想现实的价值建构。尽管在中国当代文学的特殊时期，小说书写总会受到来自政治、消费意识形态等文学外部力量的规范甚至"规训"，以致偏离文学的"审美自律"，但是，近四十多年来的中国小说为我们提供了一份当代中国人的城乡精神履历，传达了"中国经验"。比如，在反映城市化产生的复杂社会问题和各种价值断裂时，近四十多年小说一方面展示了"向城而生"的单向流动，也揭示了乡村伦理的溃败的事实，同时，也在积极书写、建构和谐社会中新的道德、信仰、伦理、美学新秩序，为转型期文明社会秩序的价值建构提供了一份难能可贵的精神档案，"对其背后隐藏的乡土中国与现代中国、传统文化与现代文明激烈交战的揭示，是对独具特色的中国现代化进程中城乡关系书写的深刻辨析，进而呈现出个人与民族在这一历史语境中的命运际遇与心路历程”①。由于长期形成农村经验和较为稳定的乡村价值认同引导，批评界在论及这一时期中国文学的城乡题材的书写时，普遍的观点是：作家在书写乡村经验时，表现得比较成熟，而在表现城市经验时，显得捉襟见肘。甚至可以说，20世纪80年代以来大有成就的作家，无论是被称为陕西三大家的陈忠实、路遥、贾平凹，还是创作数量可观的莫言、张炜、阎连科、李佩甫、陈应松、周大新、孙惠芬、邓一光等关注乡土社会发展的作家，他们的文学世界是以乡村为单元建构起来的。可以说，正是这种乡土经验书写成就了他们在中国当代乡土文学书写史上的地位；即使是一直具有先锋意识的余华、苏童、格非，也曾以书写小镇和城乡接合部的人生世相和日常生活而著称，当然，“当他们书写的经验内容与当下越来越近、与城市越来越近的时候……问题也同样明显”。② 可以说，是乡村，无一例外地成就了他们的“中国想象”，更促成了他们以乡村书写支持其美感经验和文体形式的叙事范式。如此，在表述从“乡土中国”到“城乡中国”的人心裂变时，批评家提出的“亚乡土叙事”的概念，③ 并聚焦城乡接合、交叉地带或者城市边缘空间，关注乡下人进城过程中的灵魂漂浮状态，以揭示现代化进程中中国农民必然经历的精神变迁。我们不能忽视80年代以来特别是新世纪以来“城—乡”关系书写可能出现和正在发生的变化，特别是审美空间和审美方式的新变。

因此，在城乡一体化政策的大背景下，从时间维度、空间维度、价值维度、审美维度探寻20世纪80年代以来中国小说“城—乡”关系书写中的价值认同、文化选择及社会心理等内涵，进而建构“城乡文化共同体”的理想空间的诸多努力则既具有切实的文学价值，也具有重要的社会现实意义。

---

① 梁波：《城乡冲突：新时期小说的一种叙事模式·中文摘要》，博士学位论文，兰州大学，2011年。

② 张清华：《思考和评价近三十年文学的几个角度》，《窄门里的风景》，广东人民出版社2014年版，第165页。

③ 雷达：《新世纪文学的精神生态和资源危机》，《重建文学的审美精神·文艺评论精品》（下卷），北京大学出版社2009年版，第180页。

余论　小说的发现、建构与局限

行文至此，本当收束，仅有余论，尚需赘述。本书旁征博引，以求通则，但观察小说书写，能否“明吾民独造之真际”（柳诒徵语），仍需明晰小说之发现、建构功能及其局限。在论及“城—乡”书写对社会文明价值建构的可能性时，我们试图寻找和阐释作为语言艺术之小说独特的想象、建构、揭示与发现诸“功能”，阐释其意义的可能性，同时也不断地自我提醒，切不可“翻墙越壁”，越俎代庖，生硬地赋予小说以“本职之外”的“义务”，必须体认小说的发现与建构的局限性，尽可能确证只有小说才能发现的、只有小说能够照亮的一个世界，使得此前系统论述获得合法的历史根基和切实的现实依据。

一

“读者模仿文本，生活模仿艺术”，这原本是一个接近事实的概括，特别是在现实主义文学范畴内，更是一种毋庸置疑的艺术理论。但是，在真正进入这个课题的过程中，另一种文类形式在中国悄然兴起，那就是“非虚构写作”①。一时间，有关“回乡记”“春节见闻”以及“非虚构与报告文学的名实之争”等现象和话题不断涌现。很多有感于现实剧变的作家、知识分子，从书斋里走出去，走向田野，走向农家小院，走进那一个个“无声的世界里”，以一种客观的笔墨记录了“闲聊”的内容，也呈现、展示了一个被宏大历史遮蔽的、接近真实的心理世界。参与“非虚构”写作的，不一定是专业的社会学家或传统意义上的乡土作家，或许他（她）们只是乡村生活变迁的见证者，记录者。应当说，我们也是其

---

① 非虚构写作出现于20世纪60年代的欧洲，而直到2010年左右在中国悄然兴起，在此期间，《人民文学》等期刊起了推波助澜的作用。诸多的非虚构写作者相信：现实比想象更真实，甚至现实比虚构更荒诞。

中之一，对于整年在城里，逢年过节才能回农村的特殊群体，我们是否已经成为丁帆先生所说的“回不去的城市异乡者”[①]呢？我们能否贴切地表述我们自己？问询的急切不断地让我们产生表达的冲动。

这样，我们又被另一个问题所困惑，那就是“小说在何种程度上触及真实的城乡关系？”小说的书写与建构是否与当下乡村文化具有同质关系？现实生活是否已经超越了作家的想象，作家想象是否只是书斋里的臆想？换言之，在变动不居的现实面前，作家的想象是否已经不能回应真实的社会问题了。那么，曾经伴随着人类成长的文学，真的已经被现实、被时代所抛弃了吗？很多问题一直萦绕于怀。当然，这也是文学与世界的关系、文学存在的必要性等根本性问题。这让我们在肯定“经国之大略，不朽之盛事”的文学意义的同时，对米兰·昆德拉、赫尔曼·布洛赫、卡尔维诺批评家对小说的发现、对抗、照亮等小说功能及意义的思考。

第一，小说可以照亮一个世界，帮人们抵抗遗忘。在谈到小说存在的必要性及意义时，米兰·昆德拉说：“从现代的初期开始，小说就一直忠诚地陪伴着人类。它也受到‘认识激情’（被胡塞尔看作是欧洲精神之精髓）的驱使，去探索人的具体生活，保护这一具体生活逃过‘对存在的遗忘’，让小说永恒地照亮‘生活的世界’”，[②]对此赫尔曼·布洛赫一直“顽固”地强调：“发现惟有小说才能发现的东西，乃是小说唯一存在的理由。一部小说，若不发现在它当时还未知的存在，那它就是一部不道德的小说。”[③]当然，他还强调，知识是小说的唯一道德。在这里，我们要表达的是，昆德拉和布洛赫所强调的是“对抗遗忘”“照亮生活”“发现当时还未知的存在”，这些观念的确是小说优势和长处了，因为小说通过合理的叙事、想象与建构，并通过有一定长度的叙事时间构建了未知的存在，以合乎叙事逻辑的内在秩序——结构来映照现实、“照亮生活”。

---

① 丁帆：《城市异乡者的梦想与现实——关于文明冲突中乡土描写的转型》，《文学评论》2007年第5期。

② 上述观点见［捷］米兰·昆德拉《小说的艺术》，董强译，上海译文出版社2004年版，第6页。

③ 转引自张清华《“发现惟有小说才能发现的东西”——〈二〇〇八年中国最佳短篇小说〉序》，《当代作家评论》2009年第1期。

如果综合这些因素，小说在集合作家的叙事力量、反映个体/群体的命运等方面则是其他艺术门类难以到达的。批评家张清华在对米兰·昆德拉和赫尔曼·布洛赫的“小说存在意义”作补充时说：“如果要让我接上昆德拉的话再加一句，并且把它变成‘广告’的话，那就是：你应该阅读这些小说，否则关于这时代的某些秘密，某些人的遭遇与命运，你将永远不会知晓。”[①] 张清华提及的小说能够揭示这个时代和个人的秘密，感受这个时代某些人的遭际和命运等，实乃文学与生活、文学与世界的秘密，这一阐释更明晰了小说具有的抗拒遗忘的功能。世界在变，但他们“笔锋常带情感”，抵抗遗忘则成为无法避免的精神诉求，但如何抵抗遗忘，文学，特别是小说，历史地承担了这种责任，这成为一种消费时代的“责任的伦理”。

所以，我们对文学，特别是小说的发现和建构的功能抱有信心，亦怀敬畏之心。卡尔维诺在《未来千年文学备忘录》“英文版前言”中说：“我对文学的前途是有信心的，因为我知道世界上存在着只有文学才能以其特殊的手段给予我们的感受。”[②] 卡尔维诺强调文学是通过特殊的手段，即对独特感受的记录和表述，特别是情感性的审美经验（感受）的艺术呈现，应当说，这是社会学、历史学、哲学——与文学研究最具学缘关系的学科所不具备的。

第二，文学就是一宗精神档案。从阅读和接受意义上看，阅读小说，能更深刻地认识自我，以文学精神之光映照现实。读新历史主义的著作，我们真切地感受到：历史的真实和现实的真切隐藏在小说文本的细节之处。一个时代的心灵史，并不是一些重大事件的发起者的情感和愿望，而是被动地接受那些重大历史事件、历史转折的普通个体的命运史。文学的价值不是从历史惊涛骇浪中冷眼观潮，而是在历史退潮后探寻那些曾经被冲刷、被淹没的陆地，是从历史背面观察历史，是从历史的褶皱中拓展历史。恩格斯认为巴尔扎克是现实主义大师，对其小说的文献功能的赞赏几

① 张清华：《“发现惟有小说才能发现的东西”——〈二〇〇八年中国最佳短篇小说〉序》，《当代作家评论》2009 年第 1 期。

② ［意］伊塔洛·卡尔维诺：《英译本前言》，《未来千年文学备忘录》，杨德友译，辽宁教育出版社 1997 年版，第 1 页。

乎达到了登峰造极的程度,[①] 法国文学家斯达尔夫人也曾说，小说是对历史叙事的有效补充，小说家通常会关注并记录史学家所忽略的日常史、心灵史，小说也被巴尔扎克评价为一个民族的秘史；陈忠实将巴尔扎克的这句名言作为自己的终极理想，附于《白鹿原》的扉页。所以，“如果没有小说，我们恐怕很难看到或者了解到某个国家、地区的人们在一二百（年）或者三百年前如何生活，有何感受，他们又如何表达自己的喜怒哀乐”[②]。外国文学评论家黄燎宇先生也说，当代中国小说成为我们了解当代中国文化、社会历史最便捷的途径。[③] 在现实主义文学作品的社会功能更应是如此。

基于上述理解，我们对自己一直纠结的问题也逐渐找到了属于自己的答案，且在阐释和表述当下中国的“城—乡”关系、解开心中谜团的过程也有了某种内在的冲动和自信。当下中国的“城—乡”关系是转型期中国社会结构的巨大存在，我们也身处其中，切身地见证和体验了这种巨大的（也是不可抗拒的）转型。可以说，我们在四十年的时间里，几乎经历了欧美国家四百年发展的历史。如此悬殊的天壤之别，怎么没有转型的阵痛和心理裂变的危机呢？比如城市化，被认为是社会发展和经济成熟过程中必然经历的一个阶段，是城市新型文化与传统乡村文化交流、互动的过程，也是人口、资本、产业、土地等诸多资源要素在空间内涵上的理性交往、转换的过程。这一转换有其深入的内在逻辑和自身发展的科学规律，而那种人为的、政策性的要素“拼盘”，看似“光鲜灿烂”，却是缺乏内涵的碎片化拼凑，很难形成真正的城市精神气质，特别是依恃行政干预“大干快上”的城市化，在短期内可能“光鲜灿烂”，但长期延续，会积聚更多社会矛盾和认同危机，不仅不会给人们带来福祉，更容易引发难以预估的价值危机！

现实生活中的“城—乡”关系与文学表述中的城乡交往有非常密切

---

① 恩格斯曾称巴尔扎克的《人间喜剧》是一部法国社会，特别是巴黎上流社会的卓越的历史，称巴尔扎克“是比过去、现在和未来的一切左拉都要伟大得多的现实主义大师”。

② 转引自张清华、张新颖等《余华长篇小说〈第七天〉学术研讨会纪要》，《当代作家评论》2013 年第 6 期。

③ 黄燎宇语，转引自张清华、张新颖等《余华长篇小说〈第七天〉学术研讨会纪要》，《当代作家评论》2013 年第 6 期。

的关系，这种关系也接近历史讲述和文学叙事之间的关系。亚里士多德有句名言：历史学家所关注的是已经发生的事，而文学家关注的是可能发生的事，即文学是现实最真切的一面镜子。反过来看，中国的先锋作家余华、“神实主义作家”阎连科等曾在多种场合都说，现实的荒诞已经超出了作家的想象力，[①] 这种判断在钟情于怪诞（或荒诞）写作的作家来说无疑是准确的。而另一种情况则是，现实除了荒诞一面之外，它还存在着真实与温暖的一面，特别是凡俗人生的情感与愿望、欲望与道德、困境与努力等等，作家是否能够真切地触及，就值得关注。描写“城—乡”关系的作家，一方面在极力触及它，同时又相信作家的想象能力和效果，“文学就是这样，它讲述了作家意识到的事物，同样也讲述了作家所没有意识到的，读者就是这时候站出来发言的”[②]。也就是说，那些逐渐关闭了走向民间的大门、逐渐在书斋里想象的作家、知识分子，他们对凡俗人生的理解究竟怎样，作家概括出了怎样的现实状况和精神处境，比如中国每年近2亿人口的城乡流动，他们一方面背井离乡，向城而生，一方面又爱田守家，安土重迁。这种观念，使他们的进城过程十分艰难。一旦选择离开，他们往往被连根拔起，但作家的任务不是仅仅为他们洒下一掬同情的眼泪，他们的记忆与想象为时代留下了像19世纪的巴尔扎克、司汤达，以及20世纪80年代的路遥、陈忠实“立此存照”的时代之作。如何才能使想象与建构不是流于一厢情愿的臆想，让小说避免没有内在结构秩序的“虚构”，让叙事、想象与现实与未来同构地存在，是文学与现实恒久的关系。

文学书写传递的不仅是经验，而且是一种唤醒和期待。优秀的小说，它不只是讲故事，也不止于传递经验，而是一种唤醒，是一种发现，一种建构，一种揭示，所以，“小说是对个体经验、情感的具体化的再呈现，把简化的历史变为可感的有影响力的情感素材，所谓人的记录，而非苍白无力的叙述”[③]。批评家张柠曾说，一个人活得越长，他

① 除了余华、阎连科等作家有这样的判断之外，作家东西也有类似的看法，他认为“现实比小说荒谬”“想象比道路还长”等观点，参见张清华主编《中国当代作家海外演讲》，北京大学出版社2012年版，第170、172页。

② 余华：《我能否相信自己》，人民日报出版社1998年版，第147页。

③ 米兰·昆德拉：《小说的艺术》，董强译，上海译文出版社2004年版，第23页。

的经验被钙化的可能性越高，同样，一段历史越长，他自身的经验越容易被钙化，文学作品的一个重要功能是“唤醒”，重新修复钙化的病灶，激活历史的记忆。所有这些是我们在梳理20世纪80年代以来中国小说作家为中国社会转型留下的文学资源时所获得的历史的和美学的经验。

二

学术研究的过程，在我们这儿也就是一个不断解开内心谜团、破解心灵密码的过程。事实上，在做这个选题之前，我们一直心存着另一个困惑，那就是文史互证的研究方法能否解决城市化进程中的“城—乡”关系与社会文明价值的建构问题，小说的书写所完成的“文明的冲突与社会秩序的重建”① 的一个具体课题。文学对社会价值（或文明社会价值）的建构在何种程度上是有效的。我们应该以社会学的知识和方法统领文学研究，还是以文学的想象、反映与建构来呼应当下中国的城乡转型？除此之外，有没有更为自足的视野和可行的方法显现文学回应历史巨变的真实性与准确性？

我们集中关注的作家是如何处理个体与时代的关系的，这应该仍然是一个有意义的话题。一是，20世纪80年代以来的乡土文学的几种不同话语形态为什么会出现混杂，它反映了社会转型时代之际作家怎样的思想状态和情感取向。二是，20世纪80年代以来的“城—乡”关系书写在美学追求上有哪些新变，是否自觉，文学史价值体现在哪里。三是，80年代以来城市文学对乡土文学冲击以及如何走出困境。“在描述当下中国现实的时候，文学性在哪里？文学所提供的人对世界的看法和感受，应该比媒体意识形态更复杂、更深远更有精神引领的力道。”② 因由这种价值观和文学观，我们发现，20世纪80年代以来小说“城—乡”书写中的诸多人物

---

① 此一说法见塞缪尔·亨廷顿《文明的冲突与世界秩序的重建》（修订本），周琪、刘绯等译，新华出版社2010年版。亨廷顿所言“文明的冲突”主要是指不同的国家、地区之间由不同的文化传统的差异产生的冲突，在本书中主要指的是中国社会内部城与乡之间、传统与现代之间的矛盾与冲突。

② 欧阳江河语，转引自张清华、张新颖等《余华长篇小说〈第七天〉学术研讨会纪要》，《当代作家评论》2013年第6期。

在总体意义上显现出某种“功能性”特征。在很多具有“乡土情结”的作家那里，他们笔下那些来自乡下（或者具有乡村背景的人物）、面对工商业化程度很高的大都市时普遍带有怀疑、拒绝。在城乡转型的巨大变迁中，这些人物被卷入“现代化的历史”，很自然，他们是这个时代的亲历者，又是转型时代的牺牲品。也就是说，在这种功能性的叙事特征里，作者的审美意识中始终萦绕着一种“城乡情结”。这是80年代以来蕴藏在现实主义作家心中的“时代情结”。如此，作家在人物形象的塑造和情节结构的安排中，自觉或非自觉地赋予其人物以悲剧性结局。具体表现为，这些来自乡村社会的人物，他们的质朴与勤劳，单纯与善良如何与工业化、城市化的城市（或都市）相遇。我们也逐渐发现这样一个问题：即使是以悲剧的方式来结构小说，作者更喜欢采用一种“日常生活的叙事”，即使时代不可逆转的车轮从那些小人物身上滚滚而过，但他们仍然能听之任之。这样的写作意识是我们此前很少能注意到的。也就是说，作者在表达这一城乡冲突和城乡社会转型时，他们有意以喜剧性的人物来表现悲剧意识。更进一步看，他们更关注来自乡村社会的普通“小”人物如何与工商现代化“大”时代交往，由此以形象的感染力、思想的启示性，引发人们对普遍人性与历史命运、乡村文化与城市文明、传统观念与现代意识之间对立元素的辩证思考。

针对中国的“城—乡”关系，我们应当反思的是，面对当前的城乡问题，我们是否具有历史意识和文化眼光。作家该如何面对历史，即文学如何表述和介入历史？当我们阅读了大量的“城—乡”关系书写的文本之后，我们发现这种担忧尽管并不多余，但又低估了作家的努力。诺贝尔文学奖获得者略萨在与加西亚·马尔克斯的谈话中说，他有个感觉，在作家身上发生的某些事，在工程师、建筑师、医生身上永远不会发生。① 换一句话说，在作家想象和建构的诗意世界中，在其他学科领域也很难发生。

总之，20世纪80年代以来“城—乡”关系书写的作家的确以个人的激情照亮了一个世界，也以理性的思辨建构着诗意的世界，甚至从思想史

① ［秘］马里奥·巴尔加斯·略萨、［哥伦比亚］加夫列尔·加西亚·马尔克斯：《拉丁美洲小说两人谈》，申宝楼译，《外国文艺》2007年第6期。

的高度建立了社会转型时期的“亲历者”的精神档案，以此帮助人们抵抗对历史的遗忘。所以，关注“城—乡”关系书写，如果不能获得一种全局性、整体性眼光的话，就无法得出一个切合现实而富有启示意义的结论。

参考文献

Ⅰ 著作类

［德］埃利亚斯：《文明的进程：文明的社会发生和心理发生的研究》，王佩莉、袁志英译，上海译文出版社 2013 年版。

白烨：《中国当代乡土小说大系》，农村读物出版社 2013 年版。

［英］彼得·霍尔：《文明中的城市》（1—3 册），王志章译，商务印书馆 2016 年版。

蔡翔：《革命/叙述：中国社会主义文学—文化想象（1949—1966）》，北京大学出版社 2010 年版。

曹卫东：《交往理性与诗学话语》，天津社会科学院出版社 2001 年版。

陈晓明：《现代性与中国当代文学转型》，云南人民出版社 2003 年版。

程金城：《中国 20 世纪文学思潮论》，甘肃人民美术出版社 2008 年版。

丁帆：《中国乡土小说的世纪转型研究》，人民文学出版社 2013 年版。

丁帆：《中国乡土小说史》，北京大学出版社 2007 年版。

杜素娟：《市民之路——文学中的中国城市伦理》，北京大学出版社 2014 年版。

［美］范芝芬：《流动中国：迁移、国家和家庭》，邱幼云、黄河译，社会科学文献出版社 2013 年版。

［美］菲力浦·劳顿等：《生存的哲学》，胡建华、杨全德等译，湖南人民出版社 1988 年版。

费孝通：《乡土中国　生育制度　乡土重建》，商务印书馆 2011 年版。

费孝通：《乡土中国》，上海人民出版社 2006 年版。

高秀芹：《文学的中国城乡》，陕西人民出版社 2002 年版。

高宣扬：《当代社会理论》，中国人民大学出版社 2005 年版。

［法］格拉夫梅耶尔：《城市社会学》，徐伟民译，天津人民出版社 2005 年版。

［美］汉娜·阿伦特：《人的境况》，王寅丽译，上海世纪出版集团 2009 年版。

何言宏总主编：《二十一世纪中国文学大系（2000—2010）》，南京师范大学出版社 2014 年版。

［美］赫伯特·马尔库塞：《审美之维》，李小兵译，广西师范大学出版社 2001 年版。

洪子诚：《问题与方法：中国当代文学史研究讲稿》，生活·读书·新知三联书店 2002 年版。

［英］吉尔伯特·罗兹曼编：《中国的现代化》，江苏人民出版社 2005 年版。

姜进编：《都市文化中的现代中国》，华东师范大学出版社 2007 年版。

［英］雷蒙·威廉斯：《城市与乡村》，韩子满、刘戈、徐珊珊等译，商务印书馆 2013 年版。

［英］雷蒙·威廉斯：《文化与社会（1780—1950）》，高晓玲译，吉林出版集团有限责任公司 2011 年版。

雷达：《近三十年中国文学思潮》，兰州大学出版社 2009 年版。

雷达：《重建文学的审美精神》，北京师范大学出版社 2009 年版。

雷达：《重新发现文学》，中国书籍出版社 2014 年版。

李静等：《城市化进程与乡村叙事的文化互动》，中国社会科学出版社 2015 年版。

李书磊：《都市的迁徙》，时代文艺出版社 1993 年版。

李新宇：《突围与蜕变——20 世纪 80 年代中国文学的观念形态》，南开大学出版社 2008 年版。

［美］理查德·舒斯特曼：《身体意识与身体美学》，程相占译，商务印书馆 2011 年版。

陆学艺：《中国社会结构与社会建设》，中国社会科学出版社 2013 年版。

［美］罗伯特·阿尔特：《想象的城市：都市体验与小说语言》，邵文实译，江苏教育出版社 2013 年版。

［德］马克斯·韦伯：《儒教与道教》，洪天富译，江苏人民出版社 2008 年版。

［德］马克斯·韦伯：《世界经济通史》，姚曾广译，韦森校订，上海人民出版社 1981 年版。

［美］马克·戈特迪纳：《城市空间的社会生产》，任晖译，江苏凤凰教育出版社 2014 年版。

孟繁华：《传媒与文化领导权 当代中国的文化生产与文化认同》，山东教育出版社 2003 年版。

［美］明恩溥：《中国乡村生活》，陈午晴等译，中华书局 2006 年版。

莫言：《莫言文集·用耳朵阅读》，作家出版社 2012 年版。

［爱尔兰］墨菲：《农民工改变中国农村》，黄涛、王静译，浙江人民出版社 2009 年版。

南帆：《文学的维度》，中国人民大学出版社 2009 年版。

钱理群、陈平原等：《二十世纪中国小说理论资料》（1—5 卷），北京大学出版社 1997 年版。

［美］塞缪尔·亨廷顿：《文明的冲突与世界秩序的重建》（修订本），周琪、刘绯等译，新华出版社 2010 年版。

［美］R. 麦克法夸尔、费正清编：《剑桥中华人民共和国史（下卷）：中国革命内部的革命（1966—1982）》，俞金尧等译，中国社会科学出版社 1992 年版（2007 年重印）。

王光东主编：《中国现当代乡土文学研究（上、下卷）》，东方出版社 2011 年版。

王光东：《城乡关系视野中的新世纪小说创作》，复旦大学出版社 2017 年版。

王建民：《流动的城乡界线》，光明日报出版社 2012 年版。

王晓磊：《社会空间论》，中国社会科学出版社 2014 年版。

［美］韦恩·布斯：《小说修辞学》，广西人民出版社 1987 年版。

徐勇编：《全球华语小说大系·乡土与底层卷》，新世界出版社 2012 年版。

薛毅主编：《西方都市文化研究读本》（1—4 卷），广西师范大学出版社 2008 年版。

严家炎主编：《二十世纪中国文学史》，高等教育出版社 2010 年版。

［德］于尔根·哈贝马斯：《现代性的哲学话语》，曹卫东译，译林出版社 2011 年版。

詹玲：《改革开放以来小说视域中的城乡问题研究》（1978—2012），中国社会科学出版社 2015 年版。

张鸿声：《都市文化与中国现代都市小说研究》，河南大学出版社 1997 年版。

张均：《小说的立场——新生代作家访谈录》，广西师范大学出版社 2002 年版。

张清华：《狂欢或悲戚——当代文学的现象解析与文化观察》，新星出版社 2014 年版。

张玉林：《流动与瓦解：中国农村的演变及其动力》，中国社会科学出版社 2012 年版。

周其仁：《城乡中国》，中信出版社 2013 年版。

Ⅱ 学术论文

褚洪敏、翟德耀：《城市和乡村人性的二重奏——铁凝城乡小说对照分析》，《山东师范大学学报》（人文社会科学版）2004 年第 6 期。

丁帆：《“城市异乡者”的梦想与现实》，《文学评论》2005 年第 4 期。

范伯群：《论“都市乡土小说”》，《文学评论》2002 年第 3 期。

傅逸尘：《城乡二元对立背景下的人性探索——评陈应松“神农架系列”创作》，《小说评论》2005 年第 5 期。

洪治纲：《乡村苦难的极致之旅——阎连科小说论》，《当代作家评论》2007 年第 5 期。

洪子诚：《文学传统与作家的精神地位》，《文学自由谈》1998 年第 6 期。

胡亚良、邓廷涛：《乡村文化与乡村伦理重建》，《发展》2010 年第 11 期。

黄强：《中国古代“乡下人进城”的文学叙述》，《扬州大学学报》（人文社会科学版）2007 年第 5 期。

雷达：《民族灵魂的发现与重铸——新时期文学主潮论纲》，《文学评论》1987 年第 1 期。

李迎生：《我国城乡二元社会结构的动态考察》，《中国社会科学》1993 年第 2 期。

梁波：《城乡冲突：新时期小说的一种叙事模式》，博士学位论文，兰州大学，2011 年。

刘应杰：《中国城乡关系演变的历史分析》，《当代中国史研究》1996 年第 2 期。

刘再复、杨春时：《关于文学主体间性的对话》，《南方文坛》2002 年第 6 期。

裴毅然：《城乡之战——百年中国文学精神资源之探》，《文艺评论》2001 年第 5 期。

邵宁宁：《城市化与社会文明秩序的重建——中国现当代文学中的“进城”问题》，《兰州大学学报》（社会科学版）2008 年第 1 期。

石世明：《乡村与城市的对话：距离·交叉·移入——论社会转型时期的中国乡土小说语境》，《当代文坛》2006 年第 4 期。

王鹏程：《从“城乡中国”到“城镇中国”——新世纪城乡书写的叙事伦理与美学经验》，《文学评论》2018 年第 5 期。

王学谦：《还乡文学：20 世纪中国乡土文学的自然文化追求》，《东北师范大学学报》（哲学社会科学版）2001 年第 4 期。

徐德明：《“乡下人进城”的文学叙述》，《文学评论》2005 年第 1 期。

徐刚：《“工人新村”与城市空间的文学建构》，《文艺理论与批评》2013 年第 1 期。

徐刚：《“十七年文学”中的“乡下人进城”》，《文艺争鸣》2012 年第8期。

轩红芹：《“向城求生”的现代化诉求——90年代以来新乡土叙事的一种考察》，《文学评论》2006年第2期。

杨立元：《由乡村到城市：何申的审美转移——何申“热河系列”小说论》，《文艺理论与批评》2000年第4期。

张连义：《新时期小说中农民意识的现代转型》，博士学位论文，山东大学，2012年。

周水涛：《城市化的乡村小说》，《文艺评论》2004年第1期。

周水涛：《城市进逼下的乡村——90年代农村小说的文化思考》，《小说评论》2002年第5期。

后　　记

《“城乡中国”的交往叙事》是在国家社科基金项目“城市化进程中的‘城—乡’关系与社会文明价值建构”结项成果的基础上修改完成的，主要研究对象是20世纪80年代以来的中国小说书写。历时六年的材料梳理、文本细读、理论阐释和意义追问是一个辛苦而快乐的过程。

一

准确地说，我本人对于城乡关系的系统思考，始于2008年。这是新世纪文学的合法性论争已尘埃落定、“底层文学”写作的有效性尚存争议的一年。当时我在北京师范大学访学，师从张清华教授做中国当代小说研究。访学期间，我有幸参加了由北京师范大学主办的“当代世界文学与中国国际学术研讨会”。来自中、美、德、加、英等国的160多位作家、学者较为集中地讨论了中国当代文学如何处理世界文学“影响的焦虑”“底层文学”介入现实的有效性，以及中国作家的乡土经验与城市生活如何并存等问题。这正如当时在北京宽阔的街道上，川流不息的高级轿车与连夜进城贩卖瓜果的马车并行一样，令我惊异而困惑。一方面中国正在与国际接轨，中国文学的世界性因素日趋彰显，中国与西方、城市与乡村的交往无处不在；另一方面，“中国经验”的讲述中隐含着认同焦虑。问题是，如何讲述“中国经验”，“越是民族的，就越是世界”的文学意义何在？换言之，绝大多数中国当代著名作家的“中国经验”仍然是乡土经验，他们人在城中，根在乡土，即使身居城市三四十年，其审美根基始终立于乡土，但“乡土文学终结论”已被广泛接受。相类似的情况是，方兴未艾的“底层文学”写作，急切地表述边缘群体、进城者的生活状况，其介入现实的道德感和伦理自觉赢得了赞赏。张清华教授发表于《文艺争鸣》的论文《“底层生存写作”与我们时代的写作伦理》，以进城者、边缘人为主要观照对象的“底层生存写作”研究立场，得到广泛认同，此文在中国知网数据库被引200余次，当属中国当代文学研究论文引用上的奇迹。但学界对“底层文学”存在的合理性仍质疑不断，认为以阶层属性和生活空间命名的此类文学，在反映现实问题时，缺乏深厚的穿透力，甚至不无“道德归罪”和“美学脱身”问题。因此，我的直观判断是：新世纪文学书写中的乡土依恋与向城而生、土地荒芜与乡土美化，以及人民立场与中产趣味、民生问题与资本逻辑等一系列审美价值矛盾，造成了审美主体与对象的分裂。长期以来以乡村与城市二元对立的审美方式，难以深度回应复杂的社会现实。那么，出现上述审美意识分裂的症结何在？

因为参加这次会议，我有幸向与会者雷达先生和张清华教授表达我的思考和困惑。雷达先生的观点是，“乡土文学终结论”判断为时尚早。他认为我们的乡土世界仍是广大的，即使中国像某些没有农业的工商国家一样了，乡土文学作为传统仍然会像基因一样遗传下来。而对于“底层文学”的价值判断，他提出了“关怀人的问题先于关怀哪些人的问题”的论断，并对“底层文学”写作和评论中“占领道德高地”的功利主义写作提出了独到的见解。张清华教授提出“我们时代的写作伦理”论断极大地启发了我，让我坚定了自己对城乡关系的基本认识。也正是在2008年，本书的合作者郭文元博士申报的国家社科项目“社会主义国家现代化进程中的城乡想象——1942—1976年的中国文学研究”获批。该项目是在20世纪90年代以来“再解读”研究思潮中重读20世纪40~70年代的城乡想象，认为这一时段的城乡想象是特定时期民族国家现代化想象的重要组成部分，其中“近乡远城”的审美取向，以及对“现代”的疏离和对传统的亲和，又呈现了农村经济文化建构中农民对家园的依赖和农村新人对自我的确认，顺应了民族国家建构的一贯主题，是社会主义国家现代性诉求的另一种表现形态。作为一种文学史断代研究，该项目通过城乡关系，在20世纪40年代与50~70年代之间确证“现代性形态”，拓展了城乡关系书写研究思路。

二

在攻读博士学位期间（2010—2013），我在雷达先生和兰州大学各位导师的指导下撰写、完成了博士学位论文《二十世纪中国文学资源与新世纪“底层文学”研究》，对比分析了新世纪“底层文学”与20世纪不同时段的启蒙文学、革命文学、工农兵文学、人民文学、纯文学等书写传统及其流变的区别与联系，反观“底层文学”的新质与缺陷，确证了“底层文学”的社会现代性与审美现代性的双重价值。在博士学位论文的资料准备期，我试图回答的问题是“底层文学”何来，它是文学史发展的历史必然，还是应和了社会现实对文学的召唤。在这一系列追索中，我形成了如下判断：“底层文学”与城乡关系书写相互印证，均有强烈的现实情怀，但二者的价值指向有本质的区别，值得深入探究。如果说，“底层文学”是人的文学、人民文学等文学资源汇入新世纪文学潮流之后，“人民主体性”的现实主义深化，那么，城乡关系书写的独特意义又何在？它与20世纪40—70年代现代民族国家的城乡想象呈现怎样的关系？

由我主持申报的“城市化进程中的‘城—乡’关系与社会文明价值建构”议题就是在上述背景下产生的。起初，课题组拟从叙事方式、叙事类型、文学史等角度做“内部研究”。后来在资料梳理时逐渐意识到，作为中国社会根基的乡村，其城市化和现代化进程直接规定了“城乡关系”的叙述方式，且长期二元对立的城乡意识形态影响下的物资交换、人口流动、文化交流方式，也形塑了文学表现、回应城乡交往的方式和能力。基于此，我们的立论是：从20世纪80年代以来，随着制度层面的城乡壁垒逐渐被破除，城市化进程在城乡“交往”日渐频繁的时代语境中逐渐展开；但是，面临的新问题是，在90年代的市场化语境下，城市和乡村在走向工业化、现代化的过程中差距日益明显，城市经济、文化迅猛发展，而乡村精神、乡村文化的自足性、自信心并没有完全确立，加之国内东、中、西部经济发展不平衡，全球化资本流通，致使中国乡村治理不断内卷化，乡村建设风险加剧，社会主义城乡治理和城乡协调发展出现新矛盾、新问题。作为对社会生活的一种反映、想象与建构的特殊表现方式，城乡叙事对社会变迁中的价值认同、文化交流及空间交往等内涵的书写，必将为转型期文明社会秩序的价值建构提供一份意义丰富的城乡交往精神档案。

应当说，这是课题组从“城乡关系书写”研究到“‘城乡中国’交往叙事”研究转变的学术背景和现实依据。我们提出“城乡交往叙事”，试图改变城乡二元对立的研究模式，突破以往或以城市为背景研究乡村书写、以乡村为背景研究城市书写，或以现代性眼光否定乡土，以传统道德立场批判城市的研究思路，逐渐形成了以城市化进程和文学城乡叙事的生成为背景，对比梳理80年代前后城乡关系书写的叙事立场和价值选择的研究路径。在具体展开过程中，通过空间、阶层、伦理以及城乡一体化等理论进行文学社会学研究，始终将结论建立在感性的文本解读与理性的价值思辨当中，揭示城乡交往叙事中时间与空间、历史与叙事、理性与激情、想象与建构之间的复杂关系，认为城市和乡村既是一组相互对立的地理空间和社会空间，又是指向过去与现在、现代与传统的两种相异的经验方式，城乡交往叙事的重要意义在于它为社会文明价值建构确立坚实的历史根基，提供了鲜活的文本依据。

三

在课题即将结题时，我们的研究重心再次回到乡土文学与中国乡村社会转型的深层关联性研究。由于研究的重心是“历史与叙事生成”背景下的“城乡冲突”，以及“城乡交往”叙事之于社会文明价值建构的关系，而有关城市霸权与“新批判”的资料占有尚不充分。所以，研究计划中的“城市霸权与‘新批判’”具体论点未能充分展开，有待资料完善后再做充分论述。2018年，以郭文元教授负责申报的国家社科基金项目“新世纪乡土小说书写与中国乡村社会转型”获得立项，该项目拟以社会主义现代化国家的城乡想象和“城乡中国”的交往叙事为起点，研究新世纪乡土小说书写经验，在新世纪乡土叙事“终结”与“开启”论争中发掘新世纪乡土小说叙事新变，并从“家园重建”和“新青年”塑造等不同方面进一步充实这种新变，创化新世纪乡土小说新质。团队成员拟在此基础上进一步确立“新中国70年”文学城乡关系书写中“前30年”与“后40年”的互动、对话、激活关系，以及“前30年”“社会主义城乡愿景”的合理因素与“后40年”“生态社会主义城乡想象”之间的内在统一性。同时，在准确理解“人与空间生产”关系内涵的基础上，对城乡空间交往书写进行专题探讨，以形成“乡土文学—城乡关系—乡村转型—空间正义”的研究格局和研究路径。

需要说明的是，“城市化进程中的‘城—乡’关系与社会文明价值建构”议题最初是由我和郭文元共同提出，并进行了长期的论证。2013 年夏，项目获得立项后，就如何展开研究，我们先后拜访、咨询了雷达、张明廉、程金城、邵宁宁、王元忠等多位专家、学者，其中一些宝贵的建议已融入课题成果之中，特在此说明，并致以真诚的感谢；在课题即将完成之际，白烨、赵学勇、程国君、古世仓、张晓琴、梁波等批评家、学者提供了诸多建设性意见，开拓了我们的研究视野，特借本书出版之机，表示诚挚的谢意！课题成果的撰写由我承担，郭文元梳理了 20 世纪 80 年代以前城乡关系书写资料，张学敏副教授提供了新中国成立初期乡村小说评价的部分报刊资料。李志孝教授是乡土文学研究专家，他一直关心着课题的进展。项目初稿完成后，郭文元提出了详细的调整建议，优化了论证结构，并进行了书稿最后一稿的校对，陶维国、谢继红、漆文娟、潘孝康也对书稿进行了认真校对，特此致谢。本书部分章节内容在《中国现代文学研究丛刊》《文艺争鸣》《当代文坛》等刊物发表过，谨向各位编辑老师表示衷心感谢。感谢所有关心、鼓励、帮助过我们同事和朋友，感谢宝鸡文理学院文学与新闻传播学院对本书出版的支持。最后，特别感谢本书责任编辑、中国社会学出版社的慈明亮先生，其严谨认真的工作风格和事无巨细的专业精神，使本书得以更理想的方式面世。

感谢生命中所有的过往和相遇！

张继红

2021 年 3 月 26 日于宝鸡